Ashley Schumacher

Amelia

Alle Seiten des Lebens

ROMAN

Aus dem Englischen von Barbara König

ARCTIS

Die Originalausgabe erschien 2021 unter dem Titel *Amelia Unabridged*
bei Wednesday Books, ein Imprint von Macmillan.

MIX
Papier aus verantwortungsvollen Quellen
FSC® C083411

Deutsche Erstausgabe
1. Auflage 2022

Satz: Pinkuin Satz und Datentechnik, Berlin
Druck und Bindung: CPI books GmbH, Leck
ISBN: 978-3-03880-059-0

www.arctis-verlag.de

Folgt uns auf Instagram unter
@arctis_verlag

Für Edward. Du bist einfach der Beste.

»Was sollen wir jetzt tun?«, fragte Emmeline und
blickte gen Himmel, wo sich drohend dunkle Sturmwolken
zusammenbrauten.
»Wir tun das Einzige, was wir tun können«,
antwortete Ainsley. »Wir halten durch.«

Prolog

Jeder kann eine Geschichte davon erzählen, wie er das erste Mal die Chroniken von Orman gelesen hat. Das hier ist meine.

An dem Tag, an dem uns mein Vater verließ, war es sonnig. Ich weiß noch, dass ich das seltsam fand. Denn in Büchern schlägt das Schicksal immer dann zu, wenn ein Sturm wütet und Blitz und Donner dafür sorgen, dass das Schlimmste, was passieren kann, in Szene gesetzt wird. Doch meinem Vater war der vollkommene, wolkenlose Himmel ebenso egal wie die Tatsache, dass er mit unserem einzigen Auto davonfuhr und uns mit unserer Trauer allein zurückließ.

Schon damals kam ich nicht umhin, mir vorzustellen, wir seien auf einer Insel. Die Sofas in unserem kleinen Wohnzimmer wurden zu schief aufgetürmten Seesteinen. Die verschränkten Arme meines Vaters, seine trotzige Haltung wurden zu einem verfallenen, verlassenen Leuchtturm, gegen dessen Gleichgültigkeit die Wut meiner Mutter brandete.

Durch die Jalousien konnte ich den Grund dafür vor unserem Haus sehen – in unserem klapprigen grünen Lieferwagen saß eine Frau – ein Mädchen –, kaum älter als ich. Die Verlockungen ihrer frischen einundzwanzig Jahre wurden ein wenig durch ihre Angewohnheit getrübt, besorgt an ihrem Zeigefinger zu nagen, während sich unsere Blicke durch die Windschutzscheibe trafen.

Ich konnte mich dunkel an sie erinnern. Eine Cheerleaderin bei den College-Football-Spielen, zu denen mich mein Vater in den letzten drei Monaten jeden Samstagnachmittag mitgeschleift hatte.

Mit einem leisen Schauder ließ ich das kaputte Stück Jalousie zurück an seinen Platz fallen, während meine Mutter meinen Vater anflehte zu bleiben. In meinem Bauch wanden sich Hunderte von Grausamkeiten und aus meinem Kopf verschwand die Insel, der Leuchtturm, alles.

»Für Amelia«, bettelte meine Mutter, das Gesicht von ihrer Wimperntusche verschmiert, was ich bisher nur aus dem Kino kannte. »Du kannst sie nicht verlassen, Willy. Sie ist deine Tochter. Sag es ihm, Amelia!« Grob fasste sie mich bei den Schultern und schob mich zu ihm hin. »Sag. Es. Ihm.«

Ich starrte sie beide an. Mom, deren selbst gefärbte rote Haare in alle Richtungen abstanden. Dad, der versuchte, stoisch und resigniert auszusehen. Sein Rollkragen war mit Bräunungscreme beschmiert, sie hatte seine bleiche Haut orange gefärbt.

Ich drehte mich wieder zum Fenster hin.

»Lass ihn gehen«, sagte ich. »Ist mir doch egal.«

Ich weiß nicht, ob der Tontopf mit der Sukkulente, die ich in der Grundschule herangezogen hatte, runterfiel, als Mom sich von mir abwandte, oder ob sie ihn absichtlich vom Tisch gefegt hat.

Als der grüne Lieferwagen schließlich davonraste, die Reifen über die holprige Einfahrt sprangen, ging meine Mutter in ihr Schlafzimmer und knallte die Tür hinter sich zu. Ich stand da, während der Wasserhahn in der Küche im Takt zu ihren Schluchzern tropfte, bis mich meine Füße aus der Haustür trugen, die Einfahrt hinunter und durch die Straßen und ich mich vor Downtown Books wiederfand.

Hier ging ich nur hin, wenn ich einen Geschenkgutschein hatte. Denn den Preis, den der Barcode der Bücher anzeigte, konnte ich mir sonst nicht leisten, nur den auf vergilbten Preisaufklebern im Antiquariat. Das Geld, das ich mit Babysitten verdiente, gab ich für neue Schulsachen aus und ab und zu für ein warmes Mittagessen anstatt des üblichen Käse-Senf-Sandwiches, aber nie für Bücher von hier.

Doch an dem Tag erlaubte ich mir, so lange ich wollte, vor dem Schaufenster stehen zu bleiben. Ich könnte die ganze Nacht hierbleiben, dachte ich, während ich den Kunden zusah, die zwischen den niedrigen Regalen umherwanderten, wie dümpelnde Segelboote am Horizont. Ich musste nicht zurück, nicht in dieses vaterlose, doch muttervolle Haus, nicht die verstreuten Tonscherben und die Blätter der Sukkulente vom Fußboden auflesen.

Mein Spiegelbild im Schaufenster sah aus wie ein Gespenst, mein knallgelbes Harry-Potter-T-Shirt ließ meine weiße Haut und meine blauen Augen bleich wirken. Meine langen Haare – irgendwas zwischen Blond und Braun – machten die Sache auch nicht besser. Ich fragte mich, ob Gefühle vielleicht alle Farben aus einem raussaugen. Ob Hass und Schock einem alle Kraft rauben.

Ich weiß nicht, wie lange ich noch dort gestanden hätte,

draußen vor der Tür, wenn nicht Jenna Williams aufgetaucht wäre.

Die Glastür des Buchladens war noch gar nicht richtig offen, da steckte sie ihren Kopf raus und sagte: »Du bist Amelia, stimmt's? Du kannst da nicht einfach so rumstehen. Das ist gruselig. Was machst du da überhaupt? Komm doch rein.«

»Ich weiß nicht«, sagte ich.

Trotz meiner Benommenheit hatte ein Teil von mir das Gefühl, ich müsste jetzt knicksen oder so. Jenna Williams – seit der fünften Klasse stets Jahrgangsbeste; *immer* perfekt angezogen; die Erste in unserer Klasse, die Eyeliner benutzte; bekannt für ihre Tennis-Leidenschaft – war das, was in der neunten Klasse einem Royal am nächsten kam, auch wenn sie nie Hof hielt. Sie hing mit ein paar Mädchen vom Tennisclub rum, aber näher als eine Armeslänge kam keiner an sie ran. Was sie eigentlich noch anziehender machte als die Mädchen, die um sich herum schwärmerische Bewunderer und Anhänger versammelten. Sie war nie unfreundlich, aber in einer Galaxie voller neuer Sterne war sie eine Supernova und wir alle wussten das, auch die Lehrer.

Seit dem Kindergarten waren wir immer zusammen in einer Gruppe oder Klasse gewesen, aber ich war überrascht, dass sie meinen Namen kannte.

Vielleicht lag es an der Sache mit den Sternen, jedenfalls hörte ich mich sagen: »Mein Dad hat uns heute verlassen.«

Sie seufzte, ihre beerenfarbenen Lippen leuchteten auf ihrer gebräunten Haut, und sagte: »Für immer verlassen? Wie absolut beschissen. Möchtest du darüber reden?«

Ich wäre weniger überrascht gewesen, wenn der Steinlöwe,

der vor dem Edelrestaurant auf der anderen Straßenseite saß, sein großes Maul geöffnet und dasselbe gesagt hätte, aber ich bekam ein »Nein, danke« heraus.

»Gut«, sagte Jenna. »Es gibt sowieso schon viel zu wenig Zeit für viel zu viele Bücher.«

»Ich weiß nicht«, sagte ich wieder, ganz nervös. Wenn sie ein Stern in einer Galaxie war, dann war ich eine Astronautin, die von ihrem Raumschiff abgekoppelt wurde und durch das Weltall schwebt, bis ihr der Sauerstoff ausgeht.

»Auf der Welt gibt es nichts, was ein gutes Buch nicht heilen kann«, sagte sie. »Na komm. Such dir eins aus. Oder zwei. Ich lade dich ein.«

Und so stöberten wir Seite an Seite im hellen, künstlichen Licht der Buchhandlung, als würden wir jeden Freitagabend so verbringen. Sie war keine Supernova und ich keine verlassene Tochter. Und obwohl ein Teil von mir unablässig an die Tränen meiner Mutter dachte, an den Klang, den die Zähne der Cheerleaderin wohl machten, wenn sie an ihrem Finger nagten, war ich zufrieden. Oder vielleicht auch einfach resigniert.

Wir brachten mein Buch und Jennas vier zur Kasse und die Buchhändlerin lächelte, als sie sah, was ich mir ausgesucht hatte: *Der Wald zwischen Himmel und Meer*, Teil I der Chroniken von Orman, von N.E. Endsley.

»Das Buch ist *so* gut«, schwärmte sie. Sie trug eine Lesebrille auf der Nase, eine weitere thronte vergessen auf ihrem Kopf. »Der Autor ist wahrscheinlich nicht viel älter als du. Er ist erst sechzehn oder so. Das ist ein Ding, nicht wahr? Du musst mir unbedingt sagen, wie du es findest.«

Im Licht der leuchtenden Glühbirne von Jennas cremefarbener Nachttischlampe las ich das Buch in einem Rutsch durch. Ich verbrachte die Nacht bei ihr, allerdings war ich bei diesem Besuch weniger einer Einladung als einer Verordnung gefolgt. Als wir den Buchladen verließen, stieg ich in das wunderschöne Auto der Williams und wurde zu ihrem wunderschönen Haus gefahren und es war so, als wäre ich schon immer da gewesen und als würde es immer so sein.

»Jenna bringt nie Freundinnen mit«, dröhnte ihr Vater gut gelaunt.

Die Fahrt vom Buchladen zu ihnen nach Hause dauerte nicht lange, aber doch so lange, dass mich Mrs Williams' Augen im Rückspiegel anlächeln konnten.

Als ich mir Jennas Handy auslieh, um meine Mutter anzurufen und ihr zu sagen, wo ich war, ging sie nicht ran. Ich hinterließ ihr die Telefonnummer der Williams und Jennas Handynummer und bat sie, mich zurückzurufen. Sie meldete sich nicht.

Ich hatte Angst, dass sie wütend sein würde, als die Williams mich am nächsten Morgen absetzten, aber sie war noch in ihrem Schlafzimmer. Ohne den säuerlichen Geruch von Mikrowellen-Pasta hätte ich gar nicht gewusst, dass sie überhaupt da war.

Doch Orman hatte in meinem Herzen schon Wurzeln geschlagen, klemmte unter meinem Arm und flehte darum, noch mal gelesen zu werden – flehte mich an, den tropfenden Wasserhahn und die leere Einfahrt und die Football-Spiele zu vergessen und in eine Welt zu fliehen, in der die Probleme viel größer und viel fantastischer waren als in meiner eigenen.

Komm mit, komm mit, flüsterte es.

Und frohen Herzens ging ich mit.

Die Geschichte handelt von zwei Schwestern, Emmeline und Ainsley, die ein verborgenes Reich entdecken – voller alter Prophezeiungen und flüsternder Wälder –, das an unsere Welt angrenzt. Emmeline ist eigentlich die Stillere, die Sanftmütigere, doch als ein Tropfen ihres Blutes den Waldboden durchtränkt, verpflichten die Alten Gesetze sie, Herrscherin des Reiches zu werden, und die extrovertierte, bestimmerische Ainsley wird unglaublich eifersüchtig.

Alles wird noch schlimmer, als Ainsley herausfindet, dass seit Jahrhunderten geweissagt wird, dass sie und nicht Emmeline dazu bestimmt ist, Herrscherin von Orman zu sein, und zwischen ihnen wütet ein Machtkampf, derweil eine ganze Welt auf dem Spiel steht.

Doch gerade als die Spannung zwischen ihnen einen Höhepunkt erreicht, landen sie mit einem Ruck zurück in der modernen Welt mit Fernsehern und Klimaanlagen und grünen Lieferwagen, die wegfahren und nie wiederkommen. Wie sich herausstellt, erlauben die Alten Gesetze nicht, dass Außenseiter für immer in Orman bleiben, Weissagungen hin oder her.

Die Geschichte endet damit, dass Emmeline und Ainsley sich auf ihrem Schlafzimmerteppich wiederfinden, sich wütend und verwirrt anstarren und nicht wissen, wie oder warum sie aus Orman verbannt wurden – und ob sie je zurückkehren werden.

Ein paar Monate später, an einem ungewöhnlich kalten texanischen Abend, gab ich das Buch an Jenna weiter. Es war derselbe Abend, an dem sie mir erzählte, dass ihre Eltern inzwischen, ohne zu überlegen, einen Tisch für vier bestellten.

»Willkommen in der Familie«, sagte sie trocken, als wäre das nicht das Beste überhaupt. »Auch du bist jetzt gezwungen, deine freie Zeit damit zu verbringen, dir Dads platte Witze und Moms Gejammer über die Arbeit anzuhören, während du zu salzige Chips mit Salsa isst.«

Als meine Gefühle sich beruhigt, als die Euphorie, Teil einer vollständigen und heilen Familie zu sein, und die Verzweiflung, meiner eigenen nicht zu fehlen, sich einander angeglichen hatten, nahm ich *Der Wald zwischen Himmel und Meer* aus meinem Rucksack und legte es auf das Kissen neben sie.

»Lies das«, sagte ich. »Es ist perfekt.«

»Nichts ist perfekt«, sagte Jenna.

»Das hier schon.«

Jenna las noch immer, nachdem ich schon längst so tat, als würde ich schlafen. In der dämmrigen Stille sorgte ich mich, dass das Buch sie nicht so packen würde wie mich, und was würde dann sein? Würde sie es kindisch finden? Mich kindisch finden und dann nicht mehr mit mir befreundet sein wollen?

Aber wenn es jemanden gab, dem ich vertrauen sollte, dann Jenna.

»Ainsley«, sagte sie ohne lange Vorrede, als ich am nächsten Morgen die Augen aufschlug. »Ich bin auf Ainsleys Seite. Und du?«

»Emmeline.« Ich lächelte, setzte mich im Bett auf und pflückte mir ein platt gedrücktes Stück Popcorn vom Nachthemd, das von unserem gestrigen Filmabend übrig geblieben war. Jenna war schon geduscht und angezogen, ihre schwarzen Locken steckten in einem ordentlichen Knoten.

»Sagst du das, weil du widersprechen willst oder weil du es wirklich denkst?«, fragte sie.

Ich verdrehte die Augen. »Genau so was würde Ainsley auch sagen.«

Wir verbrachten den Morgen damit, über die Feinheiten von Orman zu diskutieren, überlegten uns, wie die Mädchen den Weg dorthin zurückfinden könnten – wenn überhaupt –, und machten uns Gedanken über den zweiten Band.

Damals war uns nicht klar, was aus den Chroniken von Orman einmal werden würde. Als wir im Schneidersitz auf Jennas ungemachtem Bett saßen, konnten wir nicht wissen, dass das Buch und seine Fortsetzung einmal große Bestseller sein und in mehr Sprachen übersetzt werden würden, als ich kannte. Orman ließ eine Fangemeinde entstehen, die sich wie ein verschlungenes goldenes Band über Ozeane und Ethnien und Religionen erstreckte, was die Kritikerinnen und Kritiker überraschte, aber nie die Leserinnen und Leser.

Jenna hatte recht gehabt: Auf der Welt gibt es nichts, was ein gutes Buch nicht heilen kann.

Und die Chroniken von Orman?

Sind das Beste vom Besten.

Eins

Wenn mein Leben ein Buch wäre, dann würde ich hier beginnen. Hier vor der langen Reihe von Tischen, an denen man sich für das kalifornische Literaturfestival anmelden kann, hier, als in meinem Herzen so etwas wie Hoffnung aufkeimt.

Und wenn Jenna die Lektorin meines Buches wäre – und das wäre sie zweifellos, denn sie würde dafür sorgen, dass ich es richtig mache –, würde sie mir widersprechen. Sie würde sagen, dass ich damit anfangen soll, wie wir uns kennengelernt oder wie wir vor sechs Tagen die Crescent High School abgeschlossen haben, begleitet von tränenreichen Umarmungen ihrer Eltern und ein paar distanzierten Klapsen meiner Mutter. Aber dieses eine Mal werde ich Jennas Rat nicht befolgen und hier beginnen, mitten im Atrium, während ich nach oben auf das riesige bunte Banner starre, das über den Tischen hängt.

Mindestens ein Dutzend Autorengesichter sind darauf ordentlich angeordnet, aber es ist das Foto in der Mitte, das mich vor Aufregung zittern lässt. Genau im Zentrum ist die größte Abbildung von allen – N.E. Endsley mit seinen hohen Wangenknochen und seinen stufig geschnittenen dunklen Haaren, die weitaus eleganter aussehen als jede Boyband-Frisur.

Es zeugt von seinem schriftstellerischen Können, dass sich sein erstes Buch auch ohne dieses außerordentlich attraktive Autorenfoto auf dem Umschlag so gut verkauft hat.

»Autor der Chroniken von Orman« – mehr steht nicht unter dem ernsten Foto, aber alle wissen, dass der abschließende Band kommen wird. Diejenigen von uns, die ein kleines Vermögen dafür bezahlt haben – oder die, die von den Eltern ihrer besten Freundin dafür ein kleines Vermögen zum Schulabschluss geschenkt bekommen haben –, um im selben Raum zu sein, wenn er seine Ankündigung macht, hoffen darauf, zumindest einen Erscheinungstermin zu erfahren und vielleicht – Kreisch! – einen kleinen Ausschnitt zu hören.

Abgesehen von dem scharfen Schmerz der Freude, der mir das Gefühl gibt, dass ich nie wieder etwas so Wunderbares erleben werde, habe ich kaum Zeit, aufgeregt zu sein.

Ich unterdrücke ein wehmütiges Gefühl von Glück, denn Jenna ist schon auf einen der Tische zugeschritten und holt unsere Armbänder.

»Jenna Williams«, sagt sie zu dem blauen Polohemd dahinter, als ich neben sie trete. »Und Amelia Griffin. Zwei VIP-Pässe mit Zugang zu der N.E.-Endsley-Lesung.«

Der Mann blättert durch einen Stapel zusammengetackertes Papier und gibt jeder von uns dann ein Bändchen. VIP ist auf das dünne Gummi geprägt. Ohne es mir näher anzusehen, ziehe ich mir meins über mein Handgelenk, aber Jenna hält ihres hoch, um es genau zu untersuchen.

»Das hier hat einen kleinen Kratzer«, sagt sie. »Kann ich ein anderes haben?«

Die Verwirrung des Mannes hält etwas zu lange an – hinter seinen Augen sehe ich nichts als Aktenschränke; bevor Jenna also ihre übliche Rede über Präsentation und Qualität vom Stapel lassen kann, ziehe ich mir das Armband vom Handgelenk und vertausche es schnell mit ihrem angekratzten, bevor sie anfängt zu streiten.

»Das macht nichts«, sage ich. »Mir ist das egal.«

Jenna verdreht die Augen und sagt: »Sollte es aber nicht sein«, bevor wir zum Glück ohne Vortrag durch die langen Reihen von Ständen und Tischen voller Mitnahmeartikel und Bücher gehen.

Als die Williams uns im Februar beim Abendessen gefragt hatten, was wir uns zum Schulabschluss wünschten, sah Jenna kaum von ihrem Teller Enchiladas auf.

»Eine Woche nach Schulschluss ist ein Literaturfestival«, sagte sie. »Es dauert nur ein paar Tage. Das würde noch genau vor Irland reinpassen.«

Überrascht schaute ich sie an.

»Warst du wieder an meinem Computer? Woher wusstest du von dem Festival?«

Jenna verdrehte die Augen. »Als wärst du die Einzige, die eine Benachrichtigung erhält, wenn N.E. Endsley im Internet auftaucht.«

Es gab keinen Zweifel daran, dass sie sich das mir zuliebe gewünscht hatte. Später, als sie mich nach einer Autofahrt voller Gekreische, weil wir N.E. Endsley kennenlernen würden, vor meinem Haus absetzte, umarmte ich sie zum Abschied und flüsterte: »Du magst keine Web Alerts.«

»Was meinst du?«, fragte sie beiläufig.

»Du magst keine Alert-Dienste oder Newsletter, weil sie so viel Zeit kosten und dein Postfach verstopfen.«

Jenna sah aus dem Fenster, um ihr Lächeln zu verbergen. »Wann habe ich denn das behauptet?«

»Hast du nicht.« Ich grinste. »Das weiß ich einfach. Und wann hast du in meinen Computer geguckt?«

Entrüstet drehte sie sich zu mir. »Ich habe dir schon so oft gesagt, du sollst ihn einschließen, bevor du die Bibliothek verlässt.«

»Jup«, sagte ich trocken. »Wir wollen ja bloß nicht, dass der Pöbel in meiner Chronik sieht, dass ich Literaturfestivals und …«

»Lama-Memes suche, anstatt zu lernen?«

»Hör auf, mich zu verurteilen.« Ich gab ihr einen Schubs mit der Schulter und zog sie in eine weitere ungelenke Umarmung. »Und außerdem, hätte ich ihn nicht stehen lassen, dann hättest du dir was Vernünftiges zum Schulabschluss gewünscht. So was wie Buchhüllen oder was weiß ich, aber jedenfalls nicht das Allerallerallerbeste auf diesem Planeten.«

»Ich glaube nicht, dass irgendwer an der Uni sich für Buchhüllen interessiert, Amelia.« Ihre Stimme war gleichmütig, aber ich konnte spüren, dass sie lächelte.

»Was auch immer. Du weißt, was ich meine.« Meine Nase war in ihr Haar vergraben. Sie roch nach Shampoo und ihrem fruchtigen, zu süßen Parfum.

»Danke, Jenna«, flüsterte ich und war zu meiner eigenen Verwunderung vor Rührung geradezu seltsam sprachlos.

»Ich freue mich auch darauf, weißt du«, flüsterte sie zurück.

»Aber gern geschehen. Herzlichen Glückwunsch zum Schulabschluss. Können wir jetzt loslassen?«

»Gleich. Dein Parfum bringt mich fast um.«

Ebendieses Parfum bringt mich wieder zurück zum Literaturfestival, zum aufgeregten Gedrängel all der buchliebenden Menschen um uns herum, das meine Begeisterung nicht mal annähernd widerspiegelt.

»Guck es dir an«, dränge ich Jenna, jogge neben ihren schnellen Schritten her und strecke ihr mein Handgelenk vors Gesicht. »Guck! Dieses Armband bedeutet, dass wir in nur drei Stunden N.E. Endsley sehen werden. *Endsley*, Jenna.«

Jenna bleibt nicht stehen, ist völlig unbeeindruckt von meinem Versuch, sie abzulenken.

»Amelia«, sagt sie entnervt und liebevoll zugleich, Letzteres allerdings mehr als sonst. »Vor dieser Lesung finden noch andere Veranstaltungen statt und wir sollten auch noch ein paar andere Events und Stände genießen, okay?«

»Wie du meinst, JenJen.« Ich flüstere den Spitznamen, den ihr erster und letzter Freund ihr gegeben hat, in der Annahme, dass sie es bei dem Lärm nicht mitbekommt.

»Wag es nicht, mich so zu nennen.«

Ihre dunkle, lockige Mähne hüpft mir mit einem Mal entgegen und sie kneift die Augen zusammen, aber sie unterdrückt dabei ein Lächeln.

»Ach, komm schon, JenJen. Bleib mal locker. Das ist ein sehr passender Name für eine Freundin … oder einen Pudel.«

»Hör auf«, sagt sie lachend. Sie lenkt uns zu einem Stand mit T-Shirts in allen Farben des Regenbogens mit Sprüchen wie *Ich lese die ganze Nacht lang* oder *Ich bin kein Bücherwurm, ich bin ein Bücherdrache.* Die meisten kann man auch als Poster kaufen und ich drängle mich mit ihr zu den Plastikposterröhren am hinteren Ende des Standes durch.

»Deswegen ist es völlig sinnlos, einen Freund zu haben«, murmelt Jenna. »Sie lenken dich nur vom Lernen ab und erfinden blöde Spitznamen, die deine sogenannten Freundinnen dir dann immer wieder unter die Nase reiben.«

»Kopf hoch, JenJen«, sage ich und ziehe eine Posterröhre zwischen ihren Geschwistern hervor. »Wie findest du das für unser Zimmer im Studentenwohnheim?«

Oben ist das Poster mit kleinen Cartoonfiguren verziert, die erfolglos versuchen, Ski zu fahren oder Skatebord oder zu surfen, und darunter steht: »Wenn's nicht klappt, lies lieber ein Buch.«

»Das sieht nicht danach aus, als wäre es besonders förderlich für ein motivierendes Lernumfeld«, sagt Jenna. »Außerdem gefällt mir nicht, dass damit unterstellt wird, man könnte nicht gleichzeitig belesen und sportlich sein.«

»Spielverderberin.« Ich klatsche ihr mit der Röhre einmal auf die Schulter.

»Kindskopf.« Sie reißt mir das Poster aus der Hand und haut mir damit sanft auf den Kopf. Dann geht sie damit zur Kasse und schiebt die Kreditkarte ihres Vaters über den Tresen.

»Du musstest es nicht kaufen«, sage ich danach zu ihr.

Sie zuckt mit den Schultern. »Dad hat gesagt, und ich zitiere: ›Das ist dein Geschenk zum Schulabschluss. Tob dich aus. Aber erzähl es nicht deiner Mutter.‹«

»Deine arme Mom«, sage ich. »Sie wird dich erwürgen, wenn die Kreditkartenabrechnung kommt. Derweil wirst du weit weg in Irland sein, Pflanzen sammeln und im Nerd-Dasein aufgehen.«

»Pflanzenproben«, korrigiert mich Jenna.

»Was auch immer.« Ich gehe einen Schritt zur Seite, um eine Frau in einem langen Rock vorbeizulassen, die eine Sackkarre voller Kisten schnell wie ein Rennwagen schiebt. »Sie wird dir jedenfalls einen ihrer Vorträge halten wollen und du wirst nicht da sein, um ihn dir anzuhören.«

»Ich sage einfach, dass alles deine Schuld ist, und dann musst *du* dir ein Ohr abkauen lassen.«

Wir bewegen uns in einen schmalen, leeren Raum zwischen den Ständen, damit Jenna das Festival-Programm auf ihrem Handy aufrufen kann.

Plötzlich kommt es mir sehr erwachsen vor, dass wir zwei allein nach Kalifornien gefahren sind. Jenna und ich bestimmen, welche Veranstaltungen wir besuchen, wo wir zu Mittag essen, was für Quatsch wir kaufen. Ich warte immer darauf, dass uns jemand als allein reisende Minderjährige entlarvt, uns hinausbegleitet und unsere Eltern anruft, aber wir sind achtzehn Jahre alt. Wir haben uns zum Herbst in Missoula eingeschrieben. Wir *sind* erwachsen. Irgendwie.

Diese Erkenntnis ist gleichermaßen belebend wie einschüchternd. Ich will mich an diesen Augenblick erinnern, in dem meine Freundin auf unserer ersten Solo-Fernreise die Dinge in die Hand nimmt. Also krame ich, während Jenna scrollt, meine treue Digitalkamera aus meinem Rucksack und entferne die Schutzkappe. Ich gucke durch den Sucher und schieße ein einziges Bild – meine selbst auferlegte Regel – und lasse dann die Kamera von ihrem Band um meinen Hals baumeln.

»Oh, buch das, dann schaffen wir es noch zum Festsaal C für die Podiumsdiskussion ›Nur eine Fleischwunde: Gewalt in der Fantasy-Literatur‹«, sage ich und grinse. »Kapierst du? *Buch* es?«

Mein Lachen hallt in dem kleinen Raum wider, aber Jenna schnaubt nur und scrollt weiter. Ich habe das Programm praktisch auswendig gelernt, nachdem ich eine Woche lang abwechselnd die Einladungs-E-Mail angestarrt und wie besessen die zwei Orman-Bände wieder gelesen habe.

Meine Gedanken eilen voraus und ich frage mich, wie seine Lesung sein wird, und in meinem Kopf fließt alles, was ich über Orman und Endsley weiß, durcheinander.

Im ersten Buch – *Der Wald zwischen Himmel und Meer* – geht es darum, wie sie Orman finden und wie der Machtkampf zwischen Ainsley und Emmeline seinen Anfang nimmt; und das zweite Buch – *Königinnen in der Zwischenzeit* – handelt davon, wie Emmeline und Ainsley ihre Armeen um sich versammeln und um den Thron kämpfen. Doch die Alten Gesetze erlauben es ihnen, nur für kurze Zeit in Orman zu bleiben, und so gibt es Abschnitte in dem Buch, wo sie in unserer Welt leben. In Orman sind sie Herrscherinnen ihrer Reiche, aber zu Hause bei ihren Eltern müssen sie noch Hausaufgaben machen und Kekskrümel vom Teppich saugen. Es ist lustig, sie dabei zu beobachten, wie sie in zwei so verschiedenen Welten zurechtkommen müssen.

Alle glauben, dass das dritte Buch nur in Orman spielen wird, aber ich hoffe nicht. Ich stelle mir gerne vor, dass die Mädchen irgendwo mit mir in dieser Welt sind – dass Emmeline das Klopapier ausgeht, nachdem sie gepinkelt hat, und sie sich mit echten Sachen auseinandersetzen muss, Seite an

Seite mit mir, aber zwischendurch nach Orman zurückkehrt, um ihren Platz als wahre Königin des Reiches einzunehmen.

Das ist die Art von Geschichten, die mich nachts aufbleiben lassen, Geschichten, in die ich so tief eintauche, dass ich davon überzeugt bin: Das ist die geheime Vergangenheit einer wirklichen Welt, zu der ich nur noch keinen Zugang gefunden habe. Sie zu lesen gibt mir das Gefühl, eine Rüstung über meinem Lieblingspulli zu tragen – aufregend und gemütlich, abenteuerlich und nostalgisch.

Und N.E. Endsley ist so eine Art Autoren-Wunderkind. Er ist nur ein Jahr älter als Jenna und ich. Vor ein paar Wochen hat sein neunzehnter Geburtstag die sozialen Medien geradezu zum Glühen gebracht und ein paar prominente Websites haben Artikel gepostet, die seinen unglaublichen, glorreichen Erfolg noch einmal zusammengefasst haben.

Er war erst dreizehn Jahre alt, als er angefangen hat, die Geschichten zu schreiben und hat mit sechzehn sein erstes Buch veröffentlicht; das zweite Buch erschien dann ein Jahr später. Der dritte und abschließende Band der Trilogie sollte dieses Jahr rauskommen, aber der Erscheinungstermin wurde auf unbestimmte Zeit nach hinten verschoben.

Keiner weiß, warum.

Es gibt natürlich Gerüchte. Manche sagen, er habe eine Schreibblockade und wisse nicht, wie er so eine epische Geschichte enden lassen soll, nachdem sie so populär geworden ist. Manche gehen noch weiter und meinen, die Fangemeinde sei die Wurzel des Problems, verwenden Wörter wie *banal* und *aufdringlich.* Sie würden zu viel erwarten, zu viel Druck auf Endsleys Gestaltungsspielraum machen.

Andere wiederum behaupten, er würde nie fertig werden,

dass er noch vor seinem fünfundzwanzigsten Geburtstag zum Einzelgänger und Einsiedler werden und die Geschichte mit dem zweiten Band zu Ende sein wird, was immer auch der Grund dafür ist.

Ich hoffe, dass das nicht stimmt, aber meine Hoffnung ist klein. Das geht allen so. Endsley gibt kaum Interviews. Was die Orman-Fangemeinde über ihn weiß, sind hauptsächlich Gerüchte und bruchstückhafte Informationen.

Eines Nachts konnte ich nicht schlafen, wurde in einen Internet-Kaninchenbau hineingezogen und habe Kommentare von Leuten gelesen, die Endsley zufällig in New York City begegnet sind, wo er lebt. Ein Mädchen hat ihn in der öffentlichen Bibliothek gesehen und ihn um ein Autogramm in seinem zweiten Buch gebeten, das sie zufällig dabeihatte. Endsley hat abgelehnt. Aber als er sich von ihr abwandte, hat ein anderer Junge sie angesprochen. Er hat sich für Endsleys Verhalten entschuldigt, das Mädchen nach ihrer Adresse gefragt und ihr eine signierte Ausgabe versprochen, um sich dann ein weiteres Mal für Endsleys Unhöflichkeit zu entschuldigen und daraufhin in der Menge zu verschwinden.

In einem aktualisierten Beitrag hat das Mädchen dann behauptet, das Buch erhalten zu haben.

Wer weiß, ob das stimmt. Vielleicht kann ich das besser einschätzen, wenn ich ihn persönlich treffe.

»Wie wäre es mit der Podiumsdiskussion ›Gerade genug Köchinnen in der Küche‹?«, fragt Jenna und unterbricht meine Träumerei. »June Turner und ein paar der Autorinnen von der Anthologie über Feminismus auf der Highschool werden sprechen. Weißt du noch, das Buch, das ich dir letzte Woche zum Lesen gegeben habe, was du aber nie getan hast?«

»Woher weißt du, dass ich es nicht gelesen habe?«, frage ich.

»Weil nicht eine einzige Seite umgeknickt war, als du es mir zurückgegeben hast. Es war nicht ein einziger Fleck zu sehen.«

»Willst du damit sagen, ich sei eine Bücherverwüsterin?«

Jenna wirft mir den gleichen Blick zu, den Mrs Williams auf Mr Williams beim Wocheneinkauf richtet, wenn er heimlich eine Packung Muffins in den Einkaufswagen legt. »Für meine Mädchen«, behauptet er dann. Es ist ein genervter Blick, aber gleichzeitig so voller Liebe, dass ich fast platze, wenn ich ihn sehe.

Ich lache. »Okay, ich bin eben nicht besonders ordentlich. Verklag mich. Und du hast recht, ich habe es nicht gelesen, aber nur, weil ich …«

»Die Endsley-Bücher noch mal lesen musstest«, unterbricht mich Jenna. »Ich weiß.«

Ich hake mich bei ihr unter, ziehe sie mit und tauche wieder mit ihr in den Menschenstrom ein.

»Dann Feminismus, JenJen. Wir sollten uns beeilen, wenn wir vorne noch einen Platz bekommen wollen. Ich *weiß*, dass du in der ersten Reihe sitzen willst.«

Ganz offensichtlich verkneift Jenna es sich, ein weiteres Mal die Augen zu verdrehen, während ich sie stur an meiner Seite halte. Mit so vielen Leuten um uns herum ist es schwierig, nebeneinanderzugehen. Sie lässt ihren Arm jedoch nicht fallen. In unserer Freundschaft ist es ihre Aufgabe, die großen und die nicht ganz so großen Entscheidungen zu treffen. Und es ist meine Aufgabe, dafür zu sorgen, dass das, wofür sie sich entschieden hat, Spaß macht, egal, wie viele Gesichter sie dabei zieht.

Heute ist die Aufgabe für uns beide leicht, denn obwohl sie es nicht zugeben würde, weiß ich, dass Jennas Herz genauso aufgeregt schlägt wie meins; sie die Minuten zählt, bis wir näher an Orman und seinem Schöpfer sein werden als je zuvor.

Nach der überraschend lustigen Diskussion über Feminismus will Jenna noch eine weitere Veranstaltung besuchen, bevor wir uns in die Schlange für die Endsley-Lesung einreihen, aber ich habe Angst, dass wir dann keinen guten Platz mehr kriegen. Ich muss gar nicht besonders viel jammern, um sie umzustimmen.

»Gut«, sagt sie und rollt mit den Augen. »Aber wir werden über eine Stunde lang anstehen und ich habe keine Lust, mir diesen *Sie drängelt sich vor*-Unsinn anzuhören, also wenn du aufs Klo musst, dann geh jetzt.«

»So dolle muss ich nicht.«

»*Dringend.* Wenn du eines Tages Englisch-Professorin bist, fängst du besser jetzt schon an, auf deine Ausdrucksweise zu achten.«

Jetzt bin ich mit Augenrollen dran. Jenna hat mich letztes Frühjahr gezwungen, einen teuren Berufseignungstest zu machen, der alles Mögliche im Hinblick auf Genauigkeit und Verlässlichkeit und bla, bla, bla versprochen hat. Dabei herausgekommen ist *Professorin.* Jenna sagte: »Perfekt. Dann unterrichtest du Englisch«, und das war's dann. Innerhalb von zwei Stunden hatte sie mir einen Zehnjahresplan erstellt und ihn in hellroten Kästchen neben ihren lilafarbenen in einer Tabelle festgehalten.

Der erste wichtige Eintrag – zum selben College zugelassen zu werden – ist in unserem gemeinsamen Dokument schon mit einem Häkchen versehen worden. Die nächste Aufgabe, ein Vorbereitungskurs für die Universität an unserem Nachbarschafts-College, ist nur in meinem hellroten Kästchen markiert, denn ich soll mitschreiben – *und zwar sorgfältig, Amelia* –, während Jenna in Irland ist. Der Kurs dauert nur einen Tag, aber angeblich bringen sie einem dort lauter neue Lernmethoden und Bewältigungsmechanismen bei, damit man das Studium in Würde und ohne den Verstand zu verlieren durchstehen kann. Jenna besteht darauf, dass das notwendig ist.

»Gut. Dann gehe ich«, sage ich ihr und meine den Gang zum Klo, denke aber an den blöden Vorbereitungskurs. »Kannst du meine Tasche halten?«

Jenna stößt einen leidgeprüften Seufzer aus. »Meine ist schon so schwer. Ich setze mich da hin und warte auf dich.«

Sie zeigt auf eine Stelle auf dem Teppich, wo zum Glück niemand ist. Daneben ist ein abgesperrter Korridor mit einer langen Reihe von Fenstern, durch die man den Ozean sehen kann. An dem Absperrseil hängt ein Schild: *Kein öffentlicher Zugang.* Eine Limonade und ein halb aufgegessenes Stück Gebäck auf der anderen Seite der Absperrung lassen vermuten, dass hier ein Ehrenamtlicher seinen Posten verlassen hat.

»Ich beeile mich«, sage ich. »Wir treffen uns dann wieder genau hier.«

Jenna lehnt unsere beiden Taschen voller Bücher gegen die Wand, lässt ihre Schultern kreisen und reibt sich den Nacken, während ich davonflitze und in meiner Eile fast über meine eigenen Füße stolpere.

Vor dem ersten Klo, an dem ich vorbeikomme, führt die Schlange zur Tür hinaus und die halbe angrenzende Wand entlang. Ich überlege, die Männertoilette zu benutzen (Warum ist da *nie* eine Schlange?), entscheide mich aber, mein Glück im ersten Stock zu versuchen, in der Hoffnung, dass die Toiletten dort nicht so voll sind.

Da ist es doppelt so voll. Aber es kommt mir blöd vor, wieder nach oben zu gehen, also stehe ich zwanzig Minuten in der Schlange, wippe auf den Zehenspitzen auf und ab, bevor ich mir die Hände wasche und zurück nach oben zu Jenna hetze, damit wir uns endlich anstellen können, um N.E. Endsley zu sehen.

Mein Herz schlägt mir bereits bis zum Hals, deswegen hat es gar nicht die Chance zu reagieren, als ich auf der letzten Treppenstufe stolpere und kopfüber in die Beine eines Jungen falle, der über mir steht.

Dunkle Haare und von der Sonne geküsste Haut, mit warmen Augen, die mich besorgt ansehen, als ich seinen Blick treffe. So muss ein menschlicher Schokoladenkeks aussehen. Ein sehr gestresster Schokoladenkeks. Er hat so tiefe Furchen auf der Stirn, dass ich allein beim Anblick schon Kopfschmerzen bekomme. Wäre ich nicht so wild darauf, zu Jenna zurückzukehren und N.E. Endsley zu sehen, würde es mich wahrscheinlich mehr interessieren – dass er so süß ist, dass er ein Band um den Hals trägt, welches ihn als Mitglied des Festivals identifiziert, dass ich gerne wüsste, was dieses Stirnrunzeln verursacht.

»Tut mir sehr leid«, sagt der Junge. »Ich habe dich nicht kommen sehen.«

»Alles gut«, sage ich und stütze mich an seinem Ellbogen ab, um mich aufzurichten. »Meine Schuld. Ich habe nicht aufgepasst.«

Schon im nächsten Moment suche ich hinter ihm nach Jenna, während der Junge sich an mir vorbeischiebt und die Treppe hinuntereilt, sodass das Plastikschild an dem Band um seinen Hals zur Seite geweht wird und gegen seine Schulter schlägt wie die Krawatte von Clark Kent.

Zuerst frage ich mich, ob Jenna wohl schon gegangen ist, aber sie hat sich nur auf die andere Seite des Korridors gesetzt. Sie sieht nicht, dass ich auf sie zugehe, weil sie den Kopf abgewandt hat. Irgendetwas an ihrer Körperhaltung erinnert mich an Gatsby, der verlassen auf das grüne Licht am Ende des Steges blickt, und das macht mich nervös.

»Ich bin wieder da«, sage ich und aufgeschreckt dreht sie mir den Kopf zu.

»Was ist los?«, frage ich mit gerunzelter Stirn.

Sie blinzelt einmal, zweimal, rutscht unruhig hin und her. »Nichts. Nur in Gedanken versunken. Glaubst du, dass ein Koffer für Irland reicht?«

Ich werfe ihr einen kurzen Blick zu und versuche, meine bestimmerische Freundin mit diesem scheuen Wesen vor mir in Einklang zu bringen. Sie klaubt sich eine unsichtbare Fluse von den Strumpfhosen.

»Rück raus, Williams. Was ist los?«

Einen Augenblick lang guckt sie schuldbewusst, aber als sie spricht, wird mir klar, dass ich ihre Unheil verkündende Ausstrahlung falsch gedeutet habe.

Nicht Schuld ist ihr ins Gesicht geschrieben, sondern Mitleid.

»Amelia … seit du losgegangen bist, verbreitet sich hier ein Gerücht. Eine Frau ist mit einem Funkgerät vorbeigegangen und ich habe gehört …« Sie neigt ihren Kopf Richtung Korridor. »Und eine andere kam ein paar Minuten später mit einer Gruppe von Ehrenamtlichen hier raus. Sie werden es bald verkünden.«

Mir dreht sich der Magen um.

»Verkünden. Was denn?«

Der verhärtete Ton meiner Stimme lässt Jenna zusammenzucken.

»Amelia, lass uns versuchen, so verständnis…«

»Meine Damen und Herren.« Eine Stimme dröhnt aus den Lautsprechern über uns und der Lärm im Raum schwillt ab.

»Hier spricht Linda Lancaster, ich bin für die Veranstaltungen auf dem Literaturfestival verantwortlich. Aufgrund von unvorhergesehenen Ereignissen kann N.E. Endsley dem Festival heute nicht beiwohnen. Für diese Umstände möchten wir uns aufrichtig entschuldigen. Diejenigen, die für die Lesung schon bezahlt haben, bekommen ihr Geld zurück oder können es den uns verbundenen Wohltätigkeitsorganisationen spenden. Sollten Sie Fragen oder ein Anliegen haben, wenden Sie sich an unsere Mitarbeiterinnen und Mitarbeiter und an unsere Ehrenamtlichen in der Lobby. Vielen Dank.«

Brausende Klänge der Verwirrung und Enttäuschung spritzen gegen die Felsen der ehrenamtlichen blauen Polohemden. Ich gucke geradeaus, mein Blick bleibt an einem Stand hängen, der Buchumschläge aus Stoff verkauft, aber ich sehe ihn gar nicht wirklich.

»Amelia.« Jenna klingt, als würde sie sich einem verwundeten Tier nähern. »Amelia, bitte sag was.«

Ich kann nicht. Ich kann nicht damit umgehen, dass sie mich zu trösten versucht.

»Das kann nicht wahr sein«, sage ich. »Oder?«

»Es ist wahr, Amelia.«

»Kannst du aufhören, meinen Namen so zu sagen? Ich werde schon nicht« – ich wedle mit den Armen über meinem Kopf – »ausflippen oder so.«

»Ich weiß.«

»Ich bin sauer.«

»Ich weiß.«

»Du etwa nicht?«

Irgendetwas an ihrem Gesichtsausdruck ist komisch, aber sie antwortet nicht. Wie kann sie das so hinnehmen? Die Veranstaltung mit Endsley sollte das Hauptevent des Festivals sein – und meines Sommers. Die Erinnerung daran, dass ich dieselbe Luft wie er geatmet habe, sollte mich durch die Jenna-lose Zeit tragen, während sie in Irland ist.

Nun werde ich alleine an meinen Gedanken ersticken. Ich werde die nächsten zwei Monate damit verbringen, darauf zu warten, dass die Leute bei den Wiederholungen von *Glücksrad*, die Mom sich wieder und wieder ansieht, das bescheuerte Rätsel lösen. Während Jenna ihren »Ausflug nach Irland« genießt, den die meisten als Urlaub betrachten würden, obwohl sie es eine botanische Expedition nennt.

All das wäre sowieso so gelaufen. Aber der einzige Grund, Doch ich habe den Williams nur gesagt habe, dass ich nicht mit Jenna nach Irland will, weil es einfach schon zu viel war – sie haben die letzten Jahre für Abendessen und Wochenendausflüge und obendrein noch für dieses Festival bezahlt. Eine Reise ins Ausland hätte mir das Gefühl gegeben, eine rote Linie zu überschreiten, eine Linie, die für mich trotz ihres scheinbar grenzenlosen Zwei-Anwälte-Eltern-Einkommens da ist und der ich seit der neunten Klasse immer wieder ausweiche. Einmal habe ich Jenna gegenüber die rote Linie erwähnt. Sie hat geschnaubt und meine Bemerkung vollkommen ignoriert. Aber sie ist da, auch wenn sie sie nicht sehen kann.

Sie ist genauso präsent wie Jennas nicht gerade subtiles Beharren darauf, dass ich mit meinem Uni-Abschluss etwas Vernünftiges anstelle, anstatt die Fotografie zu verfolgen, wie ich das mal erwähnt habe. So präsent wie die schrillen Schluchzer eines Mädchens, halb so alt wie ich, die eine zerlesene Ausgabe von *Königinnen in der Zwischenzeit* umklammert und ihr Gesicht in das Hemd ihres Vaters drückt.

Es ist alles zu viel.

»Es finden noch ein paar andere Veranstaltungen statt«, fängt Jenna an, aber als ich zu ihr herumwirbele, verstummt sie eingeschüchtert, ganz untypisch für sie, während Tränen, denen ich nicht erlaubt habe zu fallen, mir übers Gesicht laufen.

Sie geht einen Schritt auf mich zu und ich frage mich, ob dies ein seltener Fall von Jenna-umarmt-mich-zuerst wird, aber sie bleibt stehen, bevor wir uns berühren.

»Vielleicht sollten wir zurück ins Hotel gehen und uns ein bisschen ausruhen«, sagt sie. »Das überteuerte Eis aus der Minibar essen.«

Ich bin erleichtert, dass sie vorschlägt zu gehen. Ich kann es nicht ertragen, weiter hier zu sein, von Veranstaltung zu Veranstaltung zu wandern, während mein Herz akrobatische Manöver in meiner Brust veranstaltet.

Als wir das Kongresszentrum durch die Glasschiebetür verlassen, lasse ich mein angekratztes Armband in den Mülleimer fallen.

Zwei

Die lange Fahrt zum Flughafen am nächsten Tag verläuft unheilvoll schweigsam. Ich bitte den Uber-Fahrer, die Fenster runterzulassen, denn hier ist die Luft angenehm kühler als zu Hause in Texas. Ich versuche es zu genießen, mich dem Zauber der matten Sonne, die meine Wangen besprenkelt, hinzugeben, aber ich bin nicht in der Stimmung.

Ich denke gerade über die Redewendung »Man soll den Tag nicht vor dem Abend loben« nach und frage mich, wie man den Zauber der Welt und den ganzen Scheiß überhaupt entdecken soll, wenn angemessene Erwartungen nicht erfüllt werden, als Jenna plötzlich das Fenster an ihrer Seite des Autos hochfährt und mich dadurch zwingt, entweder meins zu schließen oder mein Trommelfell durch den Druck platzen zu lassen.

Gerade will ich protestieren, aber sie lässt mich nicht zu Wort kommen und sagt: »Sei nicht sauer.«

»Dafür ist es ein bisschen zu spät.«

»Ich habe Endsley kennengelernt«, platzt es aus ihr heraus.

In all den Jahren unserer Freundschaft haben wir nur wenige Male miteinander diskutiert – meistens ging es darum, wo welcher Insiderwitz herstammt –, aber *gestritten* haben wir uns nie. Die intensive Auseinandersetzung, die wir hatten, als Jenna darauf bestand, dass ich zusammen mit der großen Gruppe Singlemädchen zum Abschlussball gehe, und ich mich geweigert habe, kam einem Streit am nächsten.

Wenn die langsam hochkochende Lava in meiner Kehle ein Anzeichen dafür ist, wird unser erster Streit die Schlacht sein, die für immer alle Kriege beendet.

»Aber die vom Buchfestival haben gesagt, dass er absagen musste«, sage ich und versuche, mit normaler und ruhiger und erwachsener Stimme zu sprechen. »Sie haben gesagt, er kann nicht kommen.«

Jenna seufzt. »Ich weiß. Ich habe ihn gesehen, bevor er gegangen ist.«

»Du meinst, du hast ihn von Weitem gesehen«, sage ich. »Du hast gesehen, wie er in seinen Wagen gestiegen ist oder so, das meinst du doch, oder?«

Anscheinend ist Jenna nicht dazu in der Lage, einen Satz ohne Seufzer zu beginnen, weil sie es wieder tut und dann sagt: »Nein. Ich habe N.E. Endsley kennengelernt. Ich habe mit ihm gesprochen, als du auf der Toilette warst.«

Mein Mund macht nicht lange genug Pause, um die Information zu verarbeiten. »Das soll ein Witz sein, stimmt's? Du machst Witze.« Ich kann hören, wie meine Stimme lauter wird.

»Bitte bleib ruhig, Amelia. Bitte?« Jenna atmet aus. Sie fängt an, den Ton zu benutzen, den ihre Mutter vor Gericht anschlägt, wenn sie sich im Angesicht von hysterischen Klienten, Ehemännern oder – in diesem Fall – Fangirls weigert, die Contenance zu verlieren, und sich dazu zwingt, entspannt zu sein.

Ich versuche, die Stimme zu senken. »*Wo* hast du ihn gesehen?«

Das hier ist das Höchstmaß an Verrat, die absichtliche Vorenthaltung meines größten Wunsches – den Autor der Chroniken von Orman zu treffen –, und ich kann sie durch das heiße Rauschen in meinen Ohren kaum hören.

Der Uber-Typ wirft im Rückspiegel einen kurzen Blick auf uns und guckt dann wieder weg. Bestimmt erzählt er später beim Abendessen von den zwei irren Teenagern, die auf dem Rücksitz einen Flüsterstreit ausgetragen haben.

»Weißt du noch das Seil, neben dem ich stand?« Jenna klaubt wieder unsichtbare Flusen zusammen. »Das hat wohl auch den Weg zum Pausenraum für die Autoren abgesperrt. Ich habe etwas gehört, das so klang, als würde jemand ersticken, und dachte, jemand wäre in Schwierigkeiten. Ich habe das *Kein öffentlicher Zugang*-Schild ignoriert, um nachzusehen ... und dann war er es.«

»*Er*«, sage ich bitter. »Er. Wie kannst du das einfach so sagen? Es war nicht einfach er, das war N.E. Endsley, Jenna.«

»Ich *weiß*, Amelia, aber er ist auch einfach nur ein Mensch, weißt du?«

Jetzt klingt sie mitfühlend und mütterlich und ich weiß, dass meine Reaktion nicht fair ist, aber ich kann spüren, wie ich noch wütender werde.

»Nein, das weiß ich nicht, denn ich war nicht dabei, falls du dich erinnerst.«

Jenna ist still. Ein knallgelber Sportwagen taucht hinter

uns aus dem Nichts auf, weicht uns ruckartig aus und rast davon; das Brummen seines Motors zerschneidet die Stille.

»Er ging auf und ab und hat sich die Haare gerauft«, sagt Jenna. »Und vor sich hin gemurmelt. Ich glaube, er hatte eine Panikattacke. Ich weiß es nicht. So was habe ich noch nie erlebt.« Jennas Stimme ist ganz leise, als hätte sie Angst, zu laut zu sprechen.

Als ich nicht antworte, versucht Jenna, die Stille zu füllen, ihre Stimme wird vor Verzweiflung höher. »Er brauchte Hilfe, Amelia. Alles, was ich tun konnte, war, zu versuchen, ihn zu beruhigen. Glaubst du im Ernst, ich hätte ihn einfach so stehen lassen können? *Hey, wart mal kurz. Ich muss meine Freundin suchen. Sie liebt deine Bücher. Warte bitte ganz kurz, auch mit deinem Nervenzusammenbruch. Danke.*«

»Hättest du«, brülle ich fast und hasse, dass mein texanischer Akzent durchkommt und wie unsinnig ich klinge. »Du hättest mich suchen können. Ich hätte helfen können!«

Innerhalb einer Sekunde denke ich an all die Dinge, die Jenna ausmachen – ihre Güte, ihr stilles, aber unerschütterliches Mitgefühl, ihre nervige Angewohnheit, immer recht haben zu wollen –, und wünschte, ich könnte die Klappe halten. Dass dieser schmerzende, desillusionierte Teil meiner Brust lange genug aufhören würde wehzutun, damit ich Jenna sagen kann, dass ich verstehe.

Aber als Jenna antwortet: »Oh, Amelia. Das ist unsinnig«, kocht die Wut wieder in mir hoch und ich bin diesem Sturm hilflos ausgeliefert.

»Ist es nicht«, schreie ich beinahe. Der Uber-Fahrer hustet, aber wir ignorieren ihn. »Das war der Grund, warum wir zu diesem Festival gefahren sind, obwohl deine Mutter gesagt hat, dass das zu kurz vor deiner Irlandreise ist. Weil wir ihn treffen wollten und unsere Bücher signieren lassen, und noch nicht mal das konnte ich machen, denn was immer du zu ihm gesagt hast« – ich halte inne, um mit den Fingern Anführungszeichen zu machen –, »›um *ihn zu beruhigen*‹, hat es nur schlimmer gemacht, denn er *ist gegangen.*«

»Ich weigere mich, mit dir zu sprechen, wenn du so bist«, sagt Jenna mit lauter Stimme, um mein Gezeter zu übertönen.

»Du weißt, was diese Bücher mir bedeuten!« Ich schreie jetzt richtig, aber das ist mir egal. »Du weißt, wie mir diese Bücher damals geholfen haben!«

Sie zuckt zusammen, denkt an den verlassenen Amelia-Welpen, den sie vor Downtown Books gefunden hat. An die unzähligen Male, die ihre Eltern so getan haben, als hätten sie zwei Töchter anstatt nur eine, weil meine Eltern sich nicht die Mühe gemacht haben, bei irgendwelchen Preisverleihungen oder kitschigen Schulweihnachtsfeiern aufzutauchen.

»Ja, aber niemand weiß, wie *ihm* diese Bücher geholfen haben. Es ist nicht gerecht, von jemandem zu viel zu verlangen, Amelia, egal, wie sehr wir die Person oder ihre Arbeit bewundern. Er wollte unbedingt da weg. Er sah gefangen aus und verloren und ich … ich habe ihm gesagt, er soll sich um sich selbst kümmern.«

Das sanfte Brummen des BMW, das leichte, schicke Geräusch des Blinkers tickt in noch eine weitere Insel des Schweigens. Ich frage mich, ob es stimmt, dass vor einem Tornado absolute Stille herrschen kann.

»Ich habe ihm von dir erzählt«, sagt Jenna nach einer Weile.

»Ich will das nicht hören«, unterbreche ich sie. In mir drin scheppert noch irgendetwas anderes, das nichts mit unserem

Gespräch über N.E. Endsley zu tun hat, und es tut weh. »Ich will davon nichts hören. Du hast den Star des Bücherfestivals nach Hause geschickt, weil er gestresst war. Geht klar, aber ich bin enttäuscht und ich will nichts mehr davon hören. Bitte.«

Das Bitte kommt zusammen mit einem Hickser aus meinem Mund. Es ist armselig. Ich bin armselig. Und es ist mir gerade vollkommen egal.

Für den Rest der Fahrt sprechen wir nicht mehr miteinander und auch nicht bei der Sicherheitskontrolle; wortlos sitzen wir nebeneinander und warten darauf, ins Flugzeug steigen zu können; als die Flugbegleiterin Jenna Mineralwasser und mir eine Cola gibt, sagen wir nichts.

Als das Flugzeug seinen Landeanflug auf den Flughafen beginnt, frage ich sie schließlich, warum sie es mir nicht früher erzählt hat, warum sie gewartet hat, bis wir im Auto saßen.

»Was für einen Unterschied hätte es gemacht, wenn ich es dir vorher erzählt hätte?« Ich bin emotional zu erschöpft, um ihr zu sagen, dass das keine Antwort ist.

Ich habe vor Jenna schon tausendmal geweint, aber sie habe ich nur ein Mal weinen sehen.

Wir waren gerade mal fünfzehn und unsere Freundschaft war noch neu und unausgereift. Aber ich kannte sie gut genug, um zu verstehen, dass sie eine tiefe Zuneigung für den uralten Kater der Williams, Moot, empfand, selbst wenn das von außen nicht sofort ersichtlich war. Sie grummelte darüber, dass er so viele Haare verlor, dass er mit seinen scharfen Krallen ihre Daunendecke zerriss, doch das war alles nur Show. Wenn er zur Schlafenszeit nicht am Fußende des Bettes lag, ging sie ihn holen.

»Sonst miaut er an der Tür«, war ihre Begründung. Aber wenn sie meinte, ich würde nicht hingucken, kraulte sie Moot liebevoll die Ohren.

Es war einer dieser Tage, an denen Kälte in der Luft lag, als Moot an Mr Williams' Beinen vorbeischlüpfte und in die Wildnis der Nachbarschaft davontollte. Keiner machte sich besonders Sorgen, bis es Abend war und Zeit für mich, nach Hause zu gehen, und Moot noch immer nicht zurückgekehrt war.

»Der kommt schon wieder«, sagte Mr Williams. »Macht er doch immer.«

Machte Moot aber nicht. Nicht an dem Abend und auch nicht am Abend danach.

Jenna wollte nicht zugeben, dass sie sich Sorgen machte, aber am dritten Abend schaute sie ständig aus dem Fenster, mit gerunzelter Stirn, anstatt sich wie sonst voll und ganz auf ihren *Romeo und Julia*-Aufsatz zu konzentrieren.

»Jenna?«

»Ja?« Sie wandte ihren Blick nicht vom Fenster ab. Wahrscheinlich merkte sie selber gar nicht, dass sie immer noch rausguckte.

»Lass uns spazieren gehen«, sagte ich. »Es ist schön draußen.«

Sie hörte auf, aus dem Fenster zu starren, und warf mir einen Blick zu. »Es sind gerade mal zehn Grad«, sagte sie, zog sich aber schon ihr Sweatshirt über den Kopf.

Nachdem wir ein paar Minuten gegangen waren, hörten Jenna und ich auf, so zu tun, als ob, und benutzten die Taschenlampe von Jennas Handy, um unter Bäumen und hinter Autos zu suchen, in der Hoffnung, mit dem Lichtstrahl eine moppelige, ergraute Tigerkatze mit leuchtend grünen Augen einzufangen.

Durch irgendein Wunder – oder einen Fluch – fanden wir eine Stunde später Moots zerrissenes Halsband mit der verbeulten silbernen Glocke, die nicht mehr bimmelte, neben einem Busch im benachbarten Park. Sogar in der Dämmerung konnten wir sehen, dass es voller Blut war und ein paar Haarbüschel zu viel von Moots Fell daran hingen.

»Kojoten«, sagte Jenna.

Beim Anblick des mitleiderregenden, zerfetzten Halsbandes kämpfte ich mit den Tränen.

»Es tut mir so leid«, flüstere ich.

»Er war alt«, sagte Jenna mit matter, monotoner Stimme. Und dann zitierte sie aus dem Gedicht von Robert Frost, das wir in der Woche in Englisch gelesen hatten: »Nichts Goldenes kann bleiben.«

An diesem Abend brach ich unsere Regel und verkündete, dass ich bei ihr übernachten würde, auch wenn am nächsten Tag Schule war. Jenna kämpfte dagegen an – *Mir geht es gut, mir geht es gut*, sagte sie –, aber ich ließ nicht locker.

Mitten in der Nacht wurde ich davon wach, dass das Fenster geöffnet und die gemütliche Geborgenheit von Jennas Schlafzimmer durch die Kälte vertrieben wurde.

»Was machst du?«, fragte ich und stand verschlafen von ihrem Bett auf.

Sie hob sich schemenhaft vom Fenster ab. Ihr langer Rücken vornübergebeugt, saß sie zusammengekauert in der Wärme ihres Plüschbademantels und schaute aus dem Fenster.

»Ich dachte, ich hätte ihn miauen gehört«, sagte sie.

Ich stellte mich neben sie. »Es tut mir leid.«

Sie bewegte sich immer noch nicht. Ich warf ihr einen Blick zu.

Tränen, kleine Diamanten, die im blassen Schein des Mondes leuchteten, stürzten in einem stetigen Strom ihr Gesicht herab.

Zögernd, ein wenig ängstlich, dass sie mich zurückweisen würde, legte ich einen Arm um ihre Schultern. Mir fielen Hunderte von Sachen ein, die ich sagen könnte, aber am Ende kehrte ich zu Orman zurück.

»Weißt du noch der kleine Bach? Drüben, auf der anderen Straßenseite im Park?«

Jenna nickte.

»Vielleicht fließt er nach Orman«, sagte ich. »Und vielleicht brauchten Emmeline und Ainsley einen dicken, alten Kater, damit sie nicht mehr so viel Heimweh nach dieser Welt haben.«

Jenna schwieg. Ich fing an, mir richtig blöd vorzukommen, bis sie sagte: »Moot wird es in Orman gut gehen, meinst du nicht? Der Koch in Siren's Point wird ihn bestimmt so oft füttern, dass er kaum noch gehen kann.«

In meiner Erleichterung lachte ich lauter als nötig. »Ja, oder vielleicht mag Emmeline ihn am liebsten, aber er entscheidet sich, bei Ainsley zu leben, und dann wird Em sauer.«

»Wahrscheinlich.«

Jennas Mundwinkel zuckten und sie ließ ihren Kopf auf meine Schulter sinken und wischte sich die Tränen weg. Die kalte Nachtluft ließ mein Gesicht einfrieren, aber ich wagte nicht, mich zu bewegen, aus Angst, den Augenblick zu zerstören.

Jenna weint vielleicht nie, ich aber schon.

Ich zwinge mich, meine Tränen zu trocknen und meinen Ärger hinunterzuschlucken. Wir haben nur noch einen Tag, bis Jenna nach Irland abreist.

Einen Tag, um auszupacken – oder, in Jennas Fall, wieder neu zu packen – und um die Blasen, voll von leerem, totem Raum, die ich zwischen uns aufgebauscht habe, seit sie mir von N.E. Endsley erzählt hat, zum Platzen zu bringen.

Wir halten ein seltsames Gleichgewicht aufrecht; räumen Jennas neue Bücher, die sie auf dem Literaturfestival gekauft hat, in die Regale ein und versuchen wieder und wieder, ihre umfangreiche Beinahe-Botanikerin-Garderobe in den zwei Koffern unterzubringen, die sie mitnimmt. Jenna rollt das Poster auf, das wir gekauft haben, blickt mich über ihr ungemachtes Bett voller Sockenbälle an und lächelt, hält es höher, als wollte sie sagen, *guck mal.*

Ich nicke matt. *Ja.*

Sie rollt es wieder zusammen, schiebt es zurück in die Posterröhre, legt es oben auf meine Tasche, damit ich es mit nach Hause nehme, und seufzt.

Es tut mir leid, sagt der Seufzer, aber ich tue so, als hätte ich es nicht gehört, und rolle weiter ihre Oberteile in winzig kleine Zylinder.

Zwei Mal fragt sie mich, ob ich daran denke, zu dem Vorbereitungskurs zu gehen. Ich glaube immer noch, dass das acht Stunden voller Leute sein werden, die den Klang ihrer eigenen Stimmen lieben und in schlecht funktionierende Mikrofone sprechen, aber ich verspreche es ihr. Ich muss es ihr sogar hoch und heilig versprechen, ein Trick, der eigentlich von mir kommt und den ich seit der zehnten Klasse bei ihr anwende, um sicherzugehen, dass Jenna mir wirklich zuhört, anstatt sich auf etwas anderes zu konzentrieren. Ich muss fast lächeln, als sie – wie immer – ihre Hand ausstreckt, damit wir hoch und heilig schütteln können, aber nur fast.

»Schreib alles mit«, sagt Jenna. »Und die richtig guten Sachen erzählst du mir, wenn ich wieder da bin.«

Ich will ihr sagen, dass die richtig guten Sachen das Mittagessen und die Abschlussworte sein werden, aber ich tue es nicht.

Alles ist immer noch seltsam, als Jenna am nächsten Tag abreist. Keine von uns will die Szene während des Buchfestivals wieder aufleben lassen, die Streitpunkte wieder ausgraben, die in ihrem unversiegelten Sarg schlummern, also sprechen wir nicht darüber.

Falls die Williams mitbekommen, wie schweigsam wir auf dem Weg zum Flughafen sind, erwähnen sie es nicht. Vielleicht denken sie, dass wir noch müde von unserer Reise nach Kalifornien sind. Jenna hat ihnen nichts vom Endsley-Drama erzählt.

Als ich sie umarme, lasse ich meine Arme locker, um für unsere Abschiedsworte Platz zu lassen und auch für die vereinzelten Flecken Unbehagen und den letzten Rest Empörung, die ich noch unter meiner Haut schweben sehe.

»Du schuldest mir was«, sage ich in ihr Ohr. »Für Endsley, meine ich. Ich möchte, dass du mir einen Highlander im Schottenrock mitbringst, um das wiedergutzumachen.«

Sie schnaubt, aber löst unsere Umarmung nicht. »Ich fahre nach Irland, du Idiot, nicht nach Schottland.«

»Ich weiß, aber das sind doch nur ein paar Stunden auf der Fähre, stimmt's? Einen Tag kannst du wohl dafür erübrigen.«

Da hält sie mich ganz fest und ich sage meinen Armen, dass sie sich bewegen sollen, um ihrem Beispiel zu folgen, aber sie schaffen es nicht so wirklich. Mein Witz über den Ausflug nach Schottland kommt der einzigen Entschuldigung, zu der ich in diesem Augenblick fähig bin, am nächsten. Es sind nur zwei Tage vergangen, seit ich mit N.E. Endsley in ein und demselben Raum sein sollte.

»Gut«, sagt Jenna und in den warmen Winkeln ihrer Stimme versteckt sich ein Lächeln. »Aber falls ich in einen magischen Steinkreis trete und in der Zeit zurückreise, komme ich nicht zurück.«

»Gut«, stimme ich zu. »Dann gehören deine Bücher mir.«

»Gut.« Sie lacht. Es ist ihr sprudelndes Lachen, das sie aus gutem Grund nicht oft einsetzt. Ein Mann, der an uns vorbeigeht, fällt fast über seinen Koffer, als er es hört.

»Gut«, sage ich. »Jetzt geh, bevor ich an deinem Parfum ersticke.«

Und einfach so ist Jenna weg.

Drei

Bücher lügen. Das weiß ich, als mich Jennas Mutter anruft, weniger als eine Woche nach ihrer Abreise, um mir zu sagen, dass Jenna tot ist.

»Autounfall«, sagt sie. »Der andere Fahrer ist über eine rote Ampel gefahren.«

»Wie?«, frage ich. Dümmlich, mit brüchiger Stimme.

»Ich weiß es nicht«, sagt sie.

»Aber sie war doch in Irland.«

War. Ich weiß es erst seit einer Minute und Jenna ist schon ein *War* anstatt eines *Ist*.

Jennas Mutter macht kaum eine Atempause. Sie spricht mit ihrer Anwaltsstimme, ihrer nüchternen Stimme, die sie benutzt, wenn sie Klienten anruft oder wenn Mr Williams den Truthahn nicht dünn genug schneidet.

»Wirst du eine Rede halten, Amelia? Auf ihrer Beerdigung, meine ich?«

Ich sage Ja, doch als der Tag kommt und ich vor der Gemeinde stehe, die noch im Augenblick zuvor einen Lobgesang angestimmt hat, weil Jenna jetzt »bei ihrem Schöpfer ist«, bin ich außer mir. Alle Farbe weicht aus mir heraus und legt sich auf jede Oberfläche – auf das Podium, das scheußliche Blumenarrangement, ihren Sarg –, während die Geschichten und Erinnerungen meine Gedanken und meine Stimme gefangen halten.

Wäre dieser Moment ein Foto, den ich mit meinem Objektiv festzuhalten versuche , würde ich die Schatten, die unter ihrem blöden Sarg hervorkriechen, so weit ausdehnen, wie ich nur könnte. So weit, dass sie die traurigen Gesichter in den Kirchenbänken bedecken, so lange, bis alles auf dem Foto im Schatten wäre, abgesehen von mir hinter dem Podium und dem, was von Jenna übrig ist. Ich würde es *Eineinhalb Überlebende* nennen.

Aber meine Fantasie kann mich nicht ewig ablenken. Unzählige Augenpaare sehen mich voller Mitleid, voller Kummer an und ich spüre die Jahre, die Jenna und ich in Schlangen gestanden haben, um unsere Bücher signieren zu lassen, die Nachtschichten, wenn eine von uns zu spät mit ihrem Aufsatz angefangen hat, die unzähligen Stunden, die wir gemeinsam lesend verbracht haben. All das und die blöden, blöden Bilder an ihrer Schlafzimmerwand arbeiten sich durch den Kloß in meiner Kehle zu dem Würgegriff vor, der mein Herz zusammendrückt.

Schließlich kommt der Pfarrer nach vorne, um mir auf den Rücken zu klopfen und mich vom Mikrofon wegzuführen, und meine heftigen Schluchzer sind auch ohne Verstärker laut genug.

Das ist einfach nicht richtig, geht es mir die ganze Zeit durch den Kopf. *Das Leben ist vom Drehbuch abgewichen und das ist nicht gerecht … ich bin darauf nicht vorbereitet.*

Während manche Kinder darauf warten, Eulenpost zu bekommen, oder darauf, hinter ihrem Wandschrank ein magisches Reich voller sprechender Tiere und Steintische zu entdecken, habe ich immer auf die nächste Hiobsbotschaft gewartet. Denn wenn ich eines aus Büchern gelernt habe, dann, dass das Leben gerecht und ungerecht ist, fair und unfair. Als mein Vater uns verließ, dachte ich, jetzt ist alles vorbei. Aber dann hat Jenna mich gefunden und das Leben war wieder furchtbar aus dem Gleichgewicht, zu gut und zu schön.

Ich habe auf weitere schwere Zeiten gewartet, die Zeiten, von denen die Bücher sagen, dass sie einen ereilen, wenn man jung ist, aber immer, *immer* vorbei sind, sobald die Jugendzeit erreicht ist, damit man glücklich bis ans Ende seiner Tage leben kann. Die Letzte-Schlimme-Sache würde passieren, bevor man mit der Schule fertig wird. Schlimme Dinge ereignen sich nämlich entweder in der Highschool oder nachdem man die vierzig erreicht hat und einen Ehepartner und sechs Kinder und ein paar Jahrzehnte voller Enttäuschungen im Gepäck hat.

Bücher lügen. Das Leben ist nicht fertig mit dir, nur weil du achtzehn bist oder weil du findest, dass es genug ist.

Es ist nie genug. Du hast nie das Schlimmste überstanden.

Jenna war der Meinung, dass ihre Bücher neu und rein sein sollten, unberührt von allen, außer von ihr selbst. Mir ist es lieber, wenn meine Bücher schon benutzt wurden, Geschichten in sich tragen, unabhängig von dem, was auf der Seite steht. Meine gebrauchten Bücher stelle ich mir wie kleine Soldaten vor, die hinaus in die Welt gegangen sind, um ihre Pflicht zu erfüllen, bevor sie in meine Hände geraten. Ein Buch ist etwas, in das man eintritt, das man in Besitz nimmt und bewohnt. Vielleicht verleihe ich deswegen gerne meine Bücher, während Jenna ihre immer bei sich behielt.

Aber Jenna ist nun fort. Sie ist fort und ihre Eltern haben mir ihre Bibliothek vermacht.

»Sie hätte gewollt, dass du sie bekommst«, sagt Mr Williams unter Tränen, als er und Mrs Williams ein paar Tage nachdem wir zugesehen haben, wie Jennas Körper in die Erde gesenkt wurde, nach mir schauen.

Das ist erst das zweite oder dritte Mal, dass sie im Haus meiner Mutter sind, und am Rand von meinem Doppelbett wirken sie völlig fehl am Platz.

Mr Williams versucht mich davon zu überzeugen, den Rest des Sommers mit ihnen zu verbringen, aber irgendetwas in mir sperrt sich dagegen.

»Du müsstest … du müsstest nicht in Jennas Zimmer schlafen«, sagt Mr Williams. »Aber wir könnten dir jedwede Hilfe anbieten. Berater und Therapeuten und Tutoren, was immer du brauchst … was immer du willst.«

»Ich weiß«, sage ich und reibe mir die Schläfen, damit das leise Pochen aufhört. »Ich weiß.«

»Mark«, sagt Jennas Mutter. Ihre Stimme ist leise, ein wenig vorwurfsvoll. »Sie möchte nicht in unserem Haus sein.«

Sie hat recht. Ich kann den Gedanken nicht ertragen, von den langen Fluren ihres makellosen Hauses erdrückt zu werden, an deren Wänden fast so viele Fotos von mir hängen wie von Jenna.

Fotos von uns mit Schlammmaske und Schlafanzug. Aufnahmen von uns am Meer, Mr Williams' kleiner Finger mit im Bild. Das Foto von Jenna, die über die Schulter guckt und ihr umwerfendes Lächeln lächelt, das kaum jemand zu sehen bekam, das ihr Gesicht leuchten ließ, Lachfältchen um die Augen.

Das ist das Foto, das Mrs Williams für die Beerdigung hat vergrößern und einrahmen lassen. Während der Trauerfeier bei ihnen zu Hause zeigte Kailey Lancaster auf das auf eine Leinwand gezogene Bild, das auf einer Staffelei stand und von Tüchern umrahmt wurde, und flüsterte ihrem Freund zu: »Das sieht überhaupt nicht aus wie sie.«

Ich musste alles in mir aufbringen, um ihr nicht »aus Versehen« ihren Teller mit Käsewürfeln und Obst aus der Hand zu schlagen.

Ich schiebe die Erinnerung daran zur Seite und mache einen schwachen Versuch, Jennas Bücher zurückzugeben, darauf zu bestehen, dass sie die sechs riesigen Kisten wieder in Jennas Regale einräumen, aber ihre Eltern wollen nichts davon hören.

Als sie endlich weg sind, verbringe ich gefühlt Stunden damit, durch Jennas Bücher zu gehen, und zerstöre systematisch Seite 53 von jedem Buch, reiße sie in der Mitte durch, um sie dann schlampig wieder zusammenzukleben. Das erste Klebeband, das ich in der Ramsch-Schublade in der Küche finden konnte, ist das doppelseitige. Benommen benutze ich es für etwa zwölf Bücher. Die anderen versuche ich nicht mehr zu reparieren.

Die Sache mit Seite 53 war Jennas Leseregel.

»Weit genug, um ein Gefühl für den Stil des Autors zu bekommen, aber noch nicht weit genug, um einen riesigen Spoiler zu riskieren«, hat sie immer gesagt.

Ich weiß nicht, warum ich die Seiten zerreiße. Vielleicht hoffe ich, dass sie zurückkommt und mich anmotzt, weil ich ihre Bücher verwüste. Vielleicht versuche ich, sie auszuradieren, mir die Bücher anzueignen, damit ich vergessen kann, dass die vollkommene Jenna und ihre vollkommenen Bücher je existiert haben.

Oder vielleicht bin ich einfach blöd vor Trauer und habe keine Ahnung, was ich da eigentlich tue.

Später am Abend, als Sommerregen gegen das Fenster prasselt und auch meine schwermütigsten Gedanken übertönt, versuche ich, das Buch zu lesen, das ich vor dem Schulabschluss angefangen habe. Wieder und wieder versuche ich es. Dann wechsele ich zu Orman und versuche es noch einmal. Aber meine Augen weigern sich, die Buchstaben in Sätze zu verwandeln, die Sätze in Seiten.

Ich lese denselben Satz nicht weniger als fünf Mal, bevor ich aufgebe. Ich schließe das Buch und lege mich mit geschlossenen Augen auf den Rücken.

Mein Leben ist entzweigerissen worden. Bevor es ein *Vorher* und ein *Danach* gab, hielt ich mich für eine begabte Leserin. Zu lesen war für mich immer schon eher, wie ein Videospiel zu spielen, als wie einen Film zu gucken – ich war mittendrin, ich erlebte es aktiv, danach war ich körperlich und emotional jedes Mal fertig.

Ich konnte in eine Seite hineintreten und durch die beschriebene Landschaft streifen, unabhängig von den Charakteren, die sie bevölkerten. Ich habe Frodo den Ring aus der Hand gepflückt und bin das eingravierte Elbisch mit den Fingerspitzen nachgefahren. Ich habe heimlich von der Milch der Boxcar-Kinder getrunken, aus ihrem Geheimvorrat hinter dem Wasserfall, habe mir Harrys Besen ausgeliehen, während er mit Hermine gelernt hat, und mit den Katzen der Bennets gespielt, während Elizabeth und ihre Schwestern in Netherfield getanzt haben. Ich bin in die waldgrünen Illustrationen von Orman eingetreten, meine Fußstapfen waren größer als Emmelines und kaum so groß wie Ainsleys. Ich habe meine Hand auf den kühlen Stein der Leuchtturmanlage gelegt, die sie bei ihrer Ankunft zuerst begrüßt hat, habe das Salz aus dem Meer darunter gerochen.

Ich habe in Büchern gelebt. Ich habe Bücher immer schon gegessen und geatmet und das für selbstverständlich gehalten. Ich bin immer davon ausgegangen, dass, wenn sie mich ein Mal gerettet haben, sie auch in Zukunft da sein würden, um mich aufzubauen, auch wenn Jenna das nicht mehr ist.

Aber Jenna ist weg und die Wörter bleiben auf der Seite in ihren ordentlichen, akkuraten Reihen. Sie kommen mir nicht wie alte Freunde entgegen und die Charaktere sind nichts als Marionetten, die an sichtbaren Fäden bewegt werden.

Würde ich ein Selbstporträt machen, würde ich den Fokus nicht auf meinen zusammengekrümmten Körper auf dem Bett mit der nicht zusammenpassenden Bettwäsche richten. Ich würde alle Bücher von Jenna nehmen und sie so eng mit Klebeband umwickeln, dass die Umschläge unter dem Band zerknittern würden. Dann würde ich alle meine Bücher nehmen und von jedem die letzten zwei Seiten rausreißen – denn so fühlt es sich an, dass Jenna nicht mehr da ist. Wir können nicht zusammen sehen, wie es weitergeht – Uni, Beruf, Freunde, was auch immer. Nichts davon spielt eine Rolle, denn bei all meinen Vorstellungen von der Zukunft waren es immer wir zwei, Wahlschwestern anstatt Blutsverwandte.

Ich würde die herausgerissenen Seiten auf die zusammengeklebten Bücher fallen lassen und würde das *Die Zeit heilt keine Wunden* nennen. Oder vielleicht würde ich mich auf die zerknitterten Seitenränder fokussieren und es *Amelia, gekürzte Fassung* nennen.

Als ich schließlich einschlafe, die Ohrmuscheln noch immer voller Tränen, jagt mich ein Schattenmonster mit Zähnen durch endlose sumpfige Moore. In meiner Hand halte ich eine Anleitung, wie man es am besten besiegt, aber da ich nicht mehr lesen kann, muss ich rennen und rennen und rennen.

Vier

Zehn Tage sind seit der Beerdigung vergangen und Jenna ist nicht da. Inzwischen ist es wie ein Mantra, mein persönlicher Leitspruch: Ich trage im Juni einen Pullover, denn sogar in der Hitze von Texas kann ich nicht aufhören zu zittern, und Jenna ist nicht da. Ich zähle das Geld aus meinem Sparschwein und bestelle Pizza online, damit ich nicht mit Leuten sprechen muss, die sonnige Stimmen haben, unberührt von Trauer, und Jenna ist nicht da. Ich laufe zu Fuß zu Downtown Books und stehe vor dem Schaufenster, sage mir, dass ich so lange bleiben kann, wie ich will, und Jenna ist nicht da.

Sie ist nicht da.

Das Handy summt in meiner Tasche, als ich in den Buchladen starre, und mein Herz macht einen Satz, weil ich für einen schönen, schrecklichen Moment denke, dass Jenna anruft, um mir zu sagen, dass ich hier nicht so gruselig rumstehen soll.

Aber Jenna ist nicht da. Es ist das Nächstbeste, Nächstschlimmste: ihr Dad.

Ich überlege, ob ich auf Ablehnen drücken soll, obwohl mir

das doppelt schrecklich erscheint, weil es ein Gruppenanruf im Familien-Chat ist, zu dem ich gehöre. Jenna und ich haben ihn vor allem genutzt, um irgendwelche Fotos von Entenküken zu verschicken, und Mrs Williams, um uns an Termine für die College-Zulassung und an Stipendien zu erinnern.

Mein Daumen schwebt zwischen Antworten und Ablehnen, als der Bildschirm wieder aufleuchtet, diesmal mit der Telefonnummer von Downtown Books. Warum um Himmels willen rufen *die* jetzt an? Wissen sie, dass ich wie ein Golden Retriever, der auf seinen Halter wartet, vor ihrem Laden stehe?

Sogar das lässt mich an Jennas Beerdigung denken. Alle waren *so* darauf erpicht, mit mir zu reden und ihr Beileid auszusprechen, ihre Stimmen mischten sich zu einer Kakofonie, von der ich so tat, als könnte ich sie entziffern. Ich klebte an ihrem Sarg, wollte nicht gehen. Ich war ein Wachposten, sagte ich mir, und ich würde Wache halten, solange ich nur konnte.

Ich schüttele die Erinnerung ab. Panisch wische ich Mr Williams weg und nehme den Anruf des Buchladens an, während ich ein Stück den Bürgersteig entlanggehe, damit sie mich nicht durch das Schaufenster sehen können.

»Hallo?« Ich räuspere mich, meine Stimme ist kratzig, weil ich sie seit fast vierundzwanzig Stunden nicht benutzt habe.

»Amelia? Hi, hier ist Becky von Downtown Books. Wir haben heute ein Päckchen für dich bekommen. Das wollte ich dich wissen lassen.«

»Ein Päckchen? Ich habe kein Buch bestellt.«

»Tatsächlich ist das gar nicht von uns. Komische Sache … es ist so eine Art Weiterversand von einem Buchladen in Michigan, Val's heißen die?«

Ich schüttele den Kopf, und als mir klar wird, dass sie mich nicht sehen kann, sage ich: »Was ist das für ein Buch?«

»Keine Ahnung«, sagt Becky. »Es ist in einem Umschlag gekommen und ich wollte es nicht öffnen, weil es nicht wie unsere üblichen Päckchen aussieht. Aber dein Name steht drauf und du bist die einzige Amelia Griffin in unserer Datenbank.«

»Ich habe gar nichts bestellt«, sage ich wieder, aber in Gedanken bastele ich mir die irrsinnige Hoffnung zusammen, dass das ein Geschenk von Jenna ist.

»Seltsam«, sagt Becky. »Wie geheimnisvoll! Soll ich es für dich öffnen und dir sagen, was drin ist?«

»Nein«, sage ich schnell und werfe einen Blick über die Schulter auf den Laden. »Nein, ich komme und hole es ab. Ich bin gleich um die Ecke.«

»Wunderbar! Ich lege es an die Kasse. Bis gleich.«

Ich überprüfe die Uhrzeit auf meinem Handy und warte genau zehn Minuten, bevor ich die zwanzig Meter zurückgehe.

In diesen zehn Minuten ziehe ich alle möglichen wunderbaren Mysterien in Erwägung und entscheide mich schließlich für die verrückte Möglichkeit, dass Jenna eigentlich gar nicht tot ist, sondern von Piraten entführt und gezwungen wurde, ihren eigenen Tod vorzutäuschen, da die Williams das Lösegeld nicht bezahlt haben, weil Mr Williams genauso oft aus Versehen E-Mails löscht, wie er sie liest. Und anstatt sie umzubringen, haben die Piraten sie auf eins ihrer Boote in Michigan verschifft – von so viel Wasser umgeben, ist Michigan praktisch eine Insel und auf all den Seen sind bestimmt eine Menge Piratenschiffe – und sie versucht, mit mir Kontakt aufzunehmen, indem sie mir dieses Buch schickt.

Um das zu widerlegen, taucht in meinem Kopf immer wieder

das Bild von ihr auf, wie sie in ihrem Sarg liegt, ihr dunkles Haar bildet einen harten Kontrast zu der weißen Seideneinlage, ihre silbernen Lieblingsstrumpfhosen sind nicht zu sehen. Die Erinnerung daran überrumpelt mich und ich tue so, als würde ich husten, weil die Trauer mir ein Keuchen entringt.

Ich habe mich fast wieder im Griff, als Becky zur Kasse kommt und einen viereckigen braunen Umschlag vor mich hinlegt.

»Mach es auf«, bittet sie. »Ich bin so neugierig!«

Zum Glück klingelt mein Handy und Mr Williams' Bild leuchtet wieder auf und mir bleibt eine Antwort erspart.

»Da muss ich ran«, sage ich, was auch stimmt. Ich kann ihn nicht zweimal hintereinander ignorieren, sonst wird er panisch und denkt an das Schlimmste. »Ich bin mir sicher, in dem Päckchen ist nichts Besonderes. Danke, Becky.«

Ich renne praktisch aus dem Laden, das Päckchen unterm Arm, das Handy am Ohr.

»Hallo, Mr Wi… Mark«, sage ich. Er hat auf der Beerdigung darauf bestanden, dass ich ein für alle Mal auf das Mr und Mrs verzichte.

»Amelia«, sagt er. Seine Stimme klingt sonnig und rund. »Wie geht es dir?«

Sein Ton bringt mich durcheinander, aber ich versuche es mir nicht anmerken zu lassen. »Ganz okay, glaube ich.«

»Ich rufe nur an, um zu hören, ob es dabei bleibt, dass du heute zum Abendessen kommst. Wir holen diese panierten Hähnchenstreifen, die du so magst.«

»Ja, ich freue mich schon drauf«, sage ich und mühe mich mit dem Päckchen ab, bis ich es in meiner freien Hand halten kann. Die Handschrift ist unordentlich, fast unleserlich, aber da steht ganz eindeutig »c/o Amelia Griffin« über der Adresse von Downtown Books.

»Dann hol ich dich so um fünf Uhr ab, okay?«

»Klingt super«, sage ich, weil ich den Anruf beenden und mir das Päckchen genauer ansehen will. »Danke schön.«

»Und Amelia?« Seine Stimme klingt nicht mehr ganz so sonnig. »Was immer du brauchst, weißt du noch? Lass es uns einfach wissen.«

Ich höre auf, an das Päckchen zu denken, meine Gedanken schalten um zu dem ersten Amelia-und-die-Williams-»Familienessen« letzte Woche, das nun zweimal die Woche stattfinden wird.

Was ich brauche – wen ich brauche –, war am Tisch nicht anwesend und das war vernichtend.

»Danke, Mark«, sage ich wieder.

»Denn es ist … es ist schon schwer genug, Schätzchen. Es ist schon schwer genug, das durchzumachen, was du durchmachst. Sieh zu, dass du was isst, okay? Iss was *Richtiges*, Amelia. Iss auf jeden Fall zu Mittag, okay?«

»Ja, klar«, sage ich. »Bis heute Abend.«

Ich zwinge mich dazu, auf ihn zu hören, obwohl dieses Päckchen das Erste ist, was mich seit Jennas Beerdigung annähernd abgelenkt hat. Ich verspreche mir, dass ich es mir ausführlich angucken kann, nachdem ich beim Supermarkt vorbeigegangen bin und etwas eingekauft habe, das ich Mom und mir zum Mittagessen machen kann.

Ich mache Spaghetti mit Soße aus dem Glas – es ist das Einzige, was ich kann, außer Käsetoast – und streue genug Salz ins Nudelwasser, um das Meer zu füllen. Es muss schneller kochen, ich muss in mein Zimmer gehen und die Tür schließen und über die Hunderte von Möglichkeiten nachdenken, die zu diesem buchförmigen Päckchen geführt haben könnten.

Ich muss wieder flüchten.

Mom sieht nicht auf, als ich ihr eine dampfende Schüssel Spaghetti auf den kleinen Tisch neben ihrem Fernsehsessel stelle. Ich muss einen Aschenbecher und einen leeren Weinkarton wegrücken, weil sonst kein Platz ist. Sie guckt irgendeine Talkshow, wo der Moderator Zuschauer aus dem Livepublikum bittet, bei dämlichen Spielen mitzumachen, um Geschenkgutscheine zu gewinnen.

Sie ist mal wieder arbeitslos. Die Tankstelle, wo sie gearbeitet hat, wurde von einer Kette aufgekauft und sie haben die meisten Angestellten entlassen. Sie war schon zu Hause, bevor Jenna gestorben ist, und ich kann es nicht ertragen. Der Fernseher ist immer, immer an.

»Ich habe Spaghetti gemacht.«

Sie nickt, während das Publikum in kreischendes Gelächter ausbricht.

»Falls du mich brauchst, bin ich in meinem Zimmer«, sage ich ihr.

Ich schlürfe die Spaghetti im Schneidersitz auf meinem Bett, starre das Päckchen vor mir an und sage mir, dass ich es aufreißen kann, sobald ich fertig gegessen habe. Ich gebe mein Bestes, um diesen Moment hinauszuzögern, jede Sekunde, die vergeht, zu genießen, in der etwas anderes als Jennas Tod meine Aufmerksamkeit beansprucht.

Aber dann habe ich Schuldgefühle, weil ich mir Jenna wegwünsche, und öffne das Päckchen, bevor ich die Nudeln aufgegessen habe.

Überwältigt atme ich aus und versuche nicht, es zu unterdrücken.

Es ist eine Luxusausgabe von *Der Wald zwischen Himmel und Meer*, in dunkelgrünes Leder gebunden, das Wappen von Orman ist vorne auf den Umschlag geprägt. Hastig schlage ich das Buch auf, um den Innentitel zu untersuchen. »101 von 100« ist unten eingestempelt. Wegen dieser limitierten Auflage ist das Internet vor Erscheinen wochenlang heiß gelaufen. Darin sind ganzseitige farbige Illustrationen, die Endsley selbst gezeichnet hat, sowie eine neue farbige Landkarte von Orman. Und das Leder ist sogar echt. Ich weiß nicht mehr genau, wie viel die Bücher kosten, aber es waren Hunderte von Dollars.

Und ich habe die 101. Ausgabe.

Jenna. Das muss Jenna gewesen sein. Sie hat das Buch bestimmt als Entschuldigung für das Endsley-Fiasko bestellt, aber ich muss es genau wissen.

Eine kurze Suche im Internet bringt eine Nummer für Val's in Lochbrook, Michigan, zutage. Die Bilder des Ortes, die neben der Kontaktadresse des Ladens auftauchen, sind wunderschön – Seen und Segelboote und Sonnenuntergänge und ein Leuchtturm auf einem Hügel, der mich an Orman erinnert.

Es ist ein Zeichen.

Ich klicke auf die Telefonnummer auf der Seite, um anzurufen, und lege dann sofort wieder auf. Was soll ich auch sagen? *»Hey, hier ist Amelia. Wisst ihr vielleicht, wer mir die 101. Ausgabe von* Der Wald zwischen Himmel und Meer *geschickt hat? Denn wenn es meine tote beste Freundin war, möchte ich das wissen. Außerdem kann ich nicht mehr lesen, seit sie ge-*

storben ist, habt ihr ein Heilmittel für dieses Problem? Und genau genommen dürfte diese Ausgabe eigentlich gar nicht existieren.«

Ich lege mein Handy weg und blättere durch das Buch, der starke Geruch nach Leder kitzelt mir in der Nase. Ich suche nach irgendeiner Notiz oder Markierung, die auf Jenna hinweist. Nachdem ich mir jede Seite zweimal gründlich angeguckt habe, ohne etwas zu finden, blättere ich zu der illustrierten Karte und meine Augen saugen jedes Detail auf.

Da ist Orman, geformt wie eine Acht, mit seinen üppigen, wunderbaren Wäldern – von denen die meiste Magie der Insel herstammt – in der Nordhälfte sowie dem südlichen Teil, wo das Land und seine Einwohner immer in Gefahr schweben, von dem vordringenden wütenden Meer verschlungen zu werden. Am nördlichsten Punkt ist die Burg Siren's Point, Sitz der regierenden Monarchin. Und obwohl sie kleiner sind als der Nagel meines kleinen Fingers, kann ich die Sirenen sehen, die darauf warten, Seemänner in die Untiefen des Ozeans zu locken.

Diesmal lege ich nicht auf, als ich anrufe. Zu jedem Klingeln schlägt mein Herz dreimal.

»Hier ist Val's, Sie sprechen mit Alex.«

Er klingt nett, zu nett, und das bringt mich aus dem Konzept. Ich hätte mir vorher überlegen sollen, was ich sage, aber ich reiße mich zusammen, borge mir etwas von Jennas Autorität, die meiner Stimme trügerische Selbstsicherheit verleiht.

»Hi, Alex. Ich habe heute ein Buch zugeschickt bekommen. Absender war euer Buchladen. Ich würde bitte gerne wissen, wer es mir zugeschickt hat.«

Ich kann hören, wie dieser Alex am anderen Ende tippt, das Klicken einer Maus.

»Na klar«, sagt er. »Wie war der Name?«

»Amelia Griffin.«

Das Klicken verstummt. Ganze zehn Sekunden vergehen, bevor ich sage: »Hallo? Alex?«

Fast kann ich übers Telefon hören, wie er mit einem Ruck wieder die Aufmerksamkeit auf mich richtet. »Ja. Tut mir leid. Ich fürchte, da ist uns ein Fehler unterlaufen. Wir haben keine Amelia Griffin in unserer Datenbank. Kann ich sonst noch was für dich tun?«

Wollte ich ein Stillleben für die Stimme dieses Alex erschaffen, dann würde ich Stacheldraht brauchen. Und zwar eine ganze Menge davon.

»Das ist ja seltsam«, sage ich. »Wirklich sehr seltsam. Ich habe es über meinen Buchladen hier bekommen. Also, da wurde es hingeschickt, damit ich es da abholen kann. Kannst du es vielleicht über die Buchhandlung finden?«

»Wir verschicken nichts an andere Buchhandlungen. Bist du sicher, dass es unsere Adresse war?«

»Hinten ist ein runder Aufkleber drauf, auf dem Val's, Lochbrook, Michigan steht. Ist das euer Buchladen?«

Wieder ist es eine Zeit lang still, dann höre ich ein gemurmeltes Wort, das ich nicht richtig verstehen kann.

»Hallo?«, frage ich. Vielleicht ist die Verbindung schlecht oder vielleicht versteht er auch nicht, *wie* wichtig das für mich ist. »Es ist eine limitierte Ausgabe von *Der Wald zwischen Himmel und Meer*«, sage ich ihm. »Das erste Buch von Orman? Da steht, dass es die 101. Ausgabe von hundert ist, aber das ergibt keinen Sinn, stimmt's? Kannst du mal nach Jenna Williams gucken? Vielleicht ist sie in eurer Datenbank?«

Ich kann hören, dass er nicht tippt. »Weder Jenna Williams

noch Amelia Griffin sind in unserer Datenbank zu finden, tut mir leid.« Jetzt klingt er *fast* so, als würde es ihm leidtun. »Kann ich sonst noch was für dich tun?«

»Nein … ich glaube nicht.«

»Tut mir leid, dass ich nicht weiterhelfen konnte«, sagt Alex, bevor ich weiterreden kann. »Danke für den Anruf.«

Klick.

Ich habe immer schon Geschichten geliebt, in denen die Abenteuerlust einer physischen Kraft zugeschrieben wird – einem beharrlichen kleinen Wind oder etwas Magischem, das einen mitzieht. Mir gefällt die Vorstellung, dass uns das Abenteuer in unserer tagtäglichen Langeweile aufsucht, uns herbeiwinkt und uns auf die Suche nach etwas schickt, das besser ist als das, was wir zurücklassen.

Jenna wusste das.

Und als ein Donnerschlag die Läden meines Schlafzimmerfensters wackeln lässt, komme ich nicht umhin zu denken, dass das mit ihr zu tun hat, dass sie das von dort aus inszeniert, wo Menschen hingehen, wenn sie sterben.

Es wäre so typisch für Jenna, mir eine Schritt-für-Schritt-Traueranleitung zu schicken und sie mir mithilfe von Orman zu überbringen.

Letztes Jahr hat sie zu meinem Geburtstag eine sorgfältig ausgearbeitete Schnitzeljagd organisiert mit Hinweisen aus meinen Lieblingsbüchern – einschließlich Orman –, die mich am Ende zu meinem Lieblingsrestaurant geführt haben. Als ich die Tür geöffnet habe, saßen die Williams an unserem üblichen Tisch und Jennas glückliches Grinsen glänzte im Licht der Geburtstagskerzen auf meiner Torte aus der Bäckerei. Ihr Dad hat gewitzelt, dass, wenn ich noch länger gebraucht hätte, um den Hinweisen zu folgen, von meinem Kuchen mehr Wachs als Zucker übrig geblieben wäre.

»Was hast du dir gewünscht?«, fragte mich Jenna später an dem Abend. Wir saßen auf den Hockern in der Küche, aßen die Reste der Buttercremetorte mit der Gabel und teilten uns ein Glas Milch.

»Das kann ich dir doch nicht sagen«, sagte ich. »Sonst geht mein Wunsch nicht in Erfüllung.«

»Sind wir nicht ein bisschen zu alt für so was?«

Ich schüttelte den Kopf, während ich den letzten Schluck Milch austrank.

»Dann erzähl mir, was du dir nicht gewünscht hast«, forderte sie lächelnd.

Ich setzte das Glas mit einem leisen Klacken auf dem Marmortresen ab. »Ich habe mir nicht gewünscht, nie wieder einen Geburtstag mit dir zu verbringen, so viel ist sicher.«

»Doppelte Verneinung.« Jenna lachte, aber ich wusste, dass sie sich über meine Antwort freute. »Amelia, du musst dir mit Grammatik ein bisschen mehr Mühe geben, wenn …«

»Ich Professorin werden will«, beendete ich den Satz. »Ich weiß.«

Ich starrte über Jennas Schulter in die Ferne, und versuchte, nachdenklich und ernst auszusehen.

»Woran denkst du?«, fragte sie.

»Ach, an nichts.« Ich stieß einen tiefen Seufzer aus. »Nur daran … weißt du … glaubst du, es ist zu spät, meinen Geburtstagswunsch zurückzunehmen? Vielleicht könnte ich dich damit gegen jemanden eintauschen, der nicht ganz so nervig ist.«

Die Erinnerung daran erfüllt mich mit Leere, als wären

meine Ecken und Kanten verwischt, als wäre ich gar nicht mehr real. Also versuche ich, durch diese 101. Ausgabe von hundert, die es eigentlich gar nicht geben sollte, zu blättern, meine Lieblingsstellen zu lesen, aber meine Augen weigern sich, den Wörtern einen Sinn zu geben. Ich gehe ins Internet, scrolle durch Foren und Artikel, finde aber keinen Hinweis auf eine weitere Ausgabe. Ob meine überhaupt legal ist?

Es macht nichts, dass ich sie nicht lesen kann. Ich muss nur herausfinden, warum diese Ausgabe überhaupt existiert und wie es Jenna gelungen ist, sie mir über einen Buchladen in Michigan zukommen zu lassen, der uns beide nicht kennt. Und warum.

Fünf

Als Mark mir eine Nachricht schickt, dass er draußen auf mich wartet, ergänzt er sie mit einem lächelnden Emoji. Dieses blöde gelbe glückliche Gesicht habe ich im Kopf, als ich die 101. Ausgabe in ein sauberes Handtuch frisch aus dem Trockner wickele und es vorsichtig in meine Büchertasche, die ich als Handtasche benutze, lege.

Ein glückliches Gesicht. Selbst mit dem Orman-Buch an meiner Seite, einem Rätsel, das mir flüsternd Ablenkung verspricht, kann ich mir nicht vorstellen, dieses Emoji zu verwenden. Es gibt kein Gesicht, das ausdrücken kann: *Meine beste Freundin ist fort.*

Ich bin irgendwie sauer über Marks und Trishas Versuch, so zu tun, als ob alles normal und fröhlich ist – bis ich an Mom in ihrem Sessel vor dem Fernseher vorbeigehe. Es gibt wohl genauso viele Arten, mit Trauer umzugehen, wie es Emojis gibt.

Sie sind alle absolut beschissen.

Mark muss die Sitzheizung für mich angemacht haben, als er das Büro verlassen hat, denn als ich einsteige, fühlt sich das weiche Leder unter meinem Hintern und an meinem Rücken durch mein Shirt warm an. Mit einem Seufzer lehne ich mich zurück.

»Du weißt schon, dass es draußen über fünfundzwanzig Grad sind?«, sagt er halb lächelnd, während er rückwärts mit hüpfenden Reifen aus der rissigen Einfahrt fährt.

Ich lasse mein neues falsches, trockenes Lachen hören, das humorlose, das mein zu ausgelassenes seit der Beerdigung ersetzt hat.

»Ja, aber wie alle Texaner stellst du die Klimaanlage viel zu hoch«, sage ich. »Danke für die Sitzheizung.«

»Nicht der Rede wert.«

Die Scheibenwischer quietschen wütend gegen den Regen an, als Mark uns aus meiner heruntergekommenen Nachbarschaft nach Downtown Dallas fährt, wo die großen Häuser in ordentlichen Reihen hinter schmiedeeisernen Zäunen nebeneinanderstehen.

Als ich das erste Mal bei ihnen zu Hause war, war alles in jeder Hinsicht vollkommen anders als bei mir. Vor allem aber lebten da zwei Elternteile, die einander fast genauso sehr liebten wie ihre Tochter.

Als es mein zweites Zuhause wurde, habe ich all seine Ecken und Winkel erkundet. Es ist im kroatischen Stil gebaut, das heißt, dass innen fast genauso viele Steinmauern sind wie außen, und Mrs Williams – *Trisha. Nenn sie Trisha* – hat die Wände mit tollen Kunstwerken dekoriert.

Mein Lieblingsbild ist von van Gogh. Es ist natürlich ein Druck – das Original hängt eine Stunde entfernt im Museum von Fort Worth – und zeigt bunt strahlende Häuser, die die Straße eines mediterranen Fischerdorfes säumen. Van Gogh hat ziemlich viel Farbe draufgeklatscht; der Betrachter kann Klumpen und fette Streifen davon auf den leuchtenden Dächern sehen, sogar auf dem Druck. Als wäre das, was er mit den Augen gesehen hat, zu viel für seinen Kopf gewesen und er musste es irgendwie zum Ausdruck bringen. Es ist ein seltsames Bild, melancholisch und hoffnungsvoll in der Art, wie die Farben um Aufmerksamkeit kämpfen, und so viel drängt sich einem auf, in diesem einen Ausschnitt. Obwohl es ein Ölgemälde ist, gibt es mir das Gefühl, dass ich als Fotografin nie so gut sein, nie etwas so lebendig und unverfälscht einfangen werde.

Jetzt sehe ich mir das Gemälde an, weiche Trishas und Marks Blicken aus, während wir panierte Hähnchenstreifen von Porzellantellern essen. Trisha isst mit Messer und Gabel, Mark und ich mit den Fingern.

Gezielt übersehen wir Jennas leeren Platz neben meinem. Niemand kommentiert das unbenutzte Gedeck, das Trisha aus Versehen mit hingestellt haben muss, aber immer wieder fällt mein Blick darauf und ich komme nicht umhin, mich zu erinnern, auch wenn sich mein Inneres anfühlt wie ein leerer Brunnen und meine Haut dabei juckt.

Und dann holt mich die Erinnerung ein. Mein Teller verwandelt sich in ein ganzes Service aus feinem Porzellan, eine gefaltete Stoffserviette ist genau in der Mitte platziert. Das Besteck glänzt auf dem blank polierten Holztisch. Mr und Mrs Williams sollten jede Minute hier sein, aber bis dahin sitzen Jenna und ich allein in diesem sehr schicken Restaurant.

Ich atme ein und in der Luft liegt der würzige Duft von Gemüse und Butter und Wein. Über der Tür zur Küche hängt der große Kopf eines Elchs an der Wand. Er wirkt hier fehl am Platz, wie er mit großen Augen diesem edlen Restaurant mit mediterraner Fusionküche vorsteht, aber in Texas werden ausgestopfte Tier nie als unpassend empfunden, egal, wo man auch ist.

Ich wende meinen Blick erst von ihm ab, als Jenna ihr Handy weglegt und mich kopfschüttelnd ansieht.

»Sie stecken im Stau auf der anderen Seite der Stadt. Sie haben gesagt, wir sollen schon mal loslegen und ohne sie essen.«

»Was? Aber deine Mutter wollte doch unbedingt dieses Restaurant ausprobieren«, sage ich. »Komm, lass uns gehen und dann kommen wir zurück, wenn sie mit dabei sind.«

»Wir sind doch schon hier, Amelia«, sagt sie. »Warum also nicht?«

Es stellt sich als furchtbare Idee heraus.

Das billigste Gericht auf der Karte ist etwas, das wir beide nicht aussprechen können, und kostet fünfzig Dollar. Sogar Jenna, die ziemlich selbstbewusst mit der Kreditkarte ihrer Eltern umgeht, scheut vor so einem Preis zurück.

»Vielleicht sollten wir uns was teilen?«, schlage ich vor.

Jenna stimmt zu und keine von uns denkt sich etwas dabei, als der Kellner uns einen komischen Blick zuwirft, bis er schließlich mit dem kleinsten Teller der Welt zurückkehrt, auf dem dünne, gekochte Fleischscheiben liegen, die nicht näher zu identifizieren sind; und mit einem weiteren, etwas größeren Teller voller … Pommes.

»Zum Glück gibt es Pommes«, sage ich und stecke mir eine in den Mund, bevor ich mir daran die Finger verbrennen kann. »Schmeckt irgendwie komisch, aber lecker!«

»Amelia«, zischt Jenna, ihr Blick huscht zu einem wohlhabenden Pärchen, das uns ansieht, als wären wir ein Paar Mäuse, die gerade über ihre Teller huschen. »Das sind Kochbananen. Benutz Messer und Gabel.«

Ich verdrehe die Augen. »Jenna«, sage ich und ahme ihren Ton nach. »Das hier sind *Pommes*. Man isst sie mit den *Händen.*«

Ich lehne mich nach vorne, nehme mir noch eine, um ihr zu zeigen, wie das geht, aber Jenna stochert mit ihrer Gabel gegen meine Fingerknöchel. Ihre Augen weiten sich ein wenig, sie verzieht das Gesicht, so, wie sie das immer macht, wenn sie versucht, nicht zu lachen.

»Also, Bambi«, sage ich. »Warum kümmerst du dich nicht um … na ja« – mit meiner Gabel berühre ich das Fleisch –, »was immer das hier sein soll, und ich kümmere mich um die Pommes?«

Wir brauchen weniger als fünf Minuten, um dieses armselige Essen aufzuessen. Als wir fertig sind, sehen Jenna und ich uns einige Augenblicke lang an, bis Jennas Magen unüberhörbar knurrt.

»Vielleicht war das nur die Vorspeise?«, frage ich hoffnungsvoll, aber der Kellner, begierig darauf, die Kochbananen-mit-der-Hand-Esserin und ihre Freundin loszuwerden, schießt schon mit der Rechnung auf uns zu.

»Das ist auch eine Antwort«, murmele ich.

Wir haben Mrs Williams sofort draußen vor dem Restaurant angerufen, gleich neben dem Parkdiensthäuschen, und Jenna und ich haben uns gegenseitig das Handy aus der Hand gerissen, weil wir unbedingt erzählen wollten, was passiert war.

»Wir können da echt nie wieder essen, Mom, wirklich

nicht.« Jenna kicherte ins Telefon. »Dad müsste mindestens fünf Hauptgerichte bestellen.«

»Holt uns vorm Buchladen ab«, schrie ich halb. Jenna versuchte, mich wegzuschubsen, aber sie musste zu sehr lachen. »Und bringt Cheeseburger mit«, ergänzte ich noch.

Ihre Eltern haben sich auf unsere Kosten herrlich amüsiert, als wir die kurze Mahlzeit an dem Abend noch mal bei Whataburger nachspielten.

Aber hier sitzen jetzt nur ich und Mark und Trisha, und als ich ausatme, riecht es wieder nach Hähnchen und der Teller wird wieder ein leerer Teller vor einem leeren Stuhl.

Die Show muss weitergehen, diese Farce, bei der wir alle so tun, als würde es uns gut gehen. Wir sprechen über den Regen, darüber, was ich gerade lese – ich lüge und erfinde etwas –, und als Mark Missoula aufs Tapet bringt, versuche ich, nicht zusammenzuzucken.

»Bald bist du Studienanfängerin«, sagt er stolz. Und dann, mit etwas weniger Überschwang: »Ich weiß, dass es nicht genau so sein wird, wie du dir das vorgestellt hast, aber ich hoffe, du ziehst das durch, Liebes. Du ... du musst jetzt für euch beide leben ... für dich und Jenna.«

Er fängt an zu schniefen, Trisha legt ihre Gabel aus der Hand und tupft sich den Mund mit einer weißen Serviette ab. Sie hinterlässt einen grellen lilaroten Lippenstiftfleck auf dem Stoff.

Als Trisha spricht, bleibt mein Blick auf den Fleck geheftet.

»Vergiss nicht den Vorbereitungskurs in ein paar Wochen. Es kann nicht schaden, sich so gut wie möglich auf all diese Veränderungen vorzubereiten.«

Ich kann spüren, wie sich eine Fessel um meinen Fußknöchel legt, jegliche Hoffnung, etwas anderes zu tun als das, was Jenna wollte, schwindet dahin. Ich *kann* ihre Eltern nicht enttäuschen, indem ich etwas anderes mache als das, was Jenna für uns geplant hat. Ich muss ihr Andenken ehren und das kann ich nur tun, indem ich mich an den Plan halte ... Vorbereitungskurs, Missoula, Professorin werden ... selbst wenn ich unsicher wäre – *bin* –, was ich eigentlich machen will, wenn ich allein entscheiden könnte.

Aber ich habe keine Wahl.

Ich habe es hoch und heilig versprochen.

Ich lächele Mark und Trisha an, lagere die Last auf meinen Schultern um und zwinge mich dazu, von Missoula zu schwärmen, von dem Weg, der vor mir liegt. Ich werde ihnen nicht das Herz brechen oder meine Freundschaft mit Jenna entehren. Ich werde das Vernünftige tun und mich an den Weg halten, den Jenna für uns vorgegeben hat, für mich.

Mein Lächeln verrutscht, während mein Gehirn einen letzten Aufstand veranstaltet.

Es ist ein idiotischer Plan. Ich weiß nicht, ob ich es überhaupt schaffe, das durchzuziehen. Aber als Marks selbst gemachter Bananenpudding auf dem Tisch steht, den wir direkt aus der Schüssel essen, räuspere ich mich.

»Also«, fange ich zögernd an. Der Plan erscheint mir jetzt, wo ich ihn aussprechen will, noch absurder. »Ich überlege, nach Michigan zu fahren. Wahrscheinlich werde ich nächste Woche nicht zu unseren Abendessen kommen können.«

Ich sage es meinem Löffel, aber mir entgeht nicht der besorgte Blick, den die beiden austauschen. Ich esse einen Klecks voll Pudding und versuche, Kraft aus Jennas leerem Platz zu schöpfen.

»Es ist keine große Sache oder so«, sage ich schnell, nachdem ich geschluckt habe. »Also, klar, es ist eine lange Fahrt bis Michigan, aber ich habe dieses Buch bekommen und …«

»Michigan?«, unterbricht Trisha. »Was ist denn bitte in Michigan, was eine so lange Reise erfordert?«

»Ich habe ein Buch zugeschickt bekommen, das ich nicht bestellt habe«, sage ich und wünsche mir wieder, ich hätte mir vorher überlegt, was ich sagen soll. Den Eltern meiner toten Freundin zu sagen: *»Hey, ich glaube, eure Tochter versucht, aus dem Jenseits mit mir Kontakt aufzunehmen, indem sie unser Lieblingsbuch zu Hilfe nimmt, und/oder sie wurde von Piraten entführt«*, klingt nicht nur völlig irre, sondern auch unsensibel. »Ich habe den Buchladen gegoogelt, der es verschickt hat, und er ist in so einer coolen, winzigen Stadt im Norden von Michigan. Da gibt es Segelboote und Schokoladenläden und …«

»Und du möchtest einfach weg«, sagt Mark. »Weg von hier.«

Wenn er das so sagt, fühle ich mich schuldig, denn da ist was Wahres dran. Ein Teil von mir möchte so weit weg von hier wie möglich, zu einem Ort, der mit Jenna rein gar nichts zu tun hat, nicht wie sie schmeckt oder riecht und sich auch nicht wie sie anfühlt.

Aber ich will auch herausfinden, ob sie irgendetwas mit dieser geheimnisvollen 101. Ausgabe zu tun hatte, ob das Wissen darum mir Antworten auf Fragen gibt, die ich nicht einmal zu stellen weiß.

Ist es möglich, vor der Erinnerung an jemanden wegzulaufen und gleichzeitig auf sie zuzulaufen?

»Wie willst du da hinkommen?«, fragt Mark.

»Ich habe überlegt, mir ein Auto zu leihen. Das ist am billigsten.«

Keiner schenkt dem Pudding Beachtung und ich kann praktisch hören, wie die Bananen in der drückenden Stille braun werden.

»Du solltest fahren.«

Es ist schwer zu sagen, wer über Trishas plötzlichen Beschluss überraschter ist – Mark oder ich.

»Trish, du meinst doch nicht, dass sie *allein* dort hinfährt?«

»Sie ist achtzehn Jahre alt. Im Herbst geht sie aufs College und früher oder später muss sie allein zurechtkommen. Sie ist eine sehr kompetente junge Frau. Ihr wird es mehr als gut gehen. Wir *müssen* sie fahren lassen.«

Trisha wirft ihm einen Blick zu, den ich nicht ganz deuten kann, aber Mark scheint ihn zu verstehen, denn er seufzt durch die Nase, wie Jenna es getan hat, und wendet sich an mich.

»Nun, so weit kannst du aber nicht alleine fahren. Das erlaube ich nicht. Ich buche dir einen Flug. Und Amelia, um Gottes willen, vergiss nicht, uns eine Nachricht zu schicken.«

In meinem Kopf dreht sich alles, mein halbgarer Aufstand hat sich in eine regelrechte Schlacht verwandelt und Jenna ist nicht da, um den General zu spielen.

»Das musst du wirklich nicht«, sage ich. »Ich kann mir ein Auto mieten.«

Ich sage ihnen nicht, dass es jeden einzelnen Penny meines Geldes vom Geburtstag und vom Babysitten kosten würde, um das Auto und das Benzin zu bezahlen.

»Nein.« So forsch hat Mark noch nie mit mir gesprochen. »Keine langen Strecken. Keine Autos. Auf keinen Fall.«

»Mark«, flüstert Trisha und streichelt seinen Arm. »Es ist okay.«

Wir denken alle an die Fotos von dem zerschmetterten Mietauto. Jenna war auf dem Beifahrersitz sofort tot; die anderen drei Insassen wurden ins nächste Krankenhaus gebracht, wo sie vollständig genesen sind.

Ich wette, Mark denkt, dass mir das Gleiche passieren wird, dass ein weiterer tragischer Unfall mich fortreißen und niemand übrig bleiben wird, den er bemuttern und in langen Mittagspausen anrufen und für den er die Sitzheizung anstellen kann. Ich habe keine Ahnung, was Trisha denkt.

»Ich fliege«, sage ich. »Wenn es dir damit besser geht. Ich werde mir wohl ein Auto mieten müssen, wenn ich da bin, glaube ich, aber wenn du das willst, fliege ich dahin. Ich … ich muss sehen, was dort ist. Ich muss dorthin.«

Ich muss *weg*.

Mark fängt jetzt richtig an zu weinen. »Jenna würde wollen, dass du fährst«, sagt er. »Sie würde wollen, dass du deinen Sommer … dass du deinen Sommer genießt.«

Trisha streicht ihm mit kreisenden Bewegungen beruhigend über den Rücken und sagt zu mir: »Ich wüsste nicht, warum die Reise ein Problem sein sollte, solange du rechtzeitig für den Vorbereitungskurs zurück bist.«

Ich sage ihr nicht, dass es mir lieber wäre, wenn mir jemand erklären würde, wie ich den Rest meines Lebens ohne meine beste Freundin leben soll. Da würde ich sorgfältig mitschreiben.

Bevor Mark mich nach Hause fährt, gehe ich in Jennas Zimmer, um ihr zu sagen, dass ich nach Michigan fahre. Es ist seltsam, ihre leeren Bücherregale zu sehen, die Hälfte ihrer

Kleider hängt nicht mehr im Schrank, sondern ist in Kisten verpackt, auf denen »Spende« in der Handschrift ihrer Mutter steht. Die andere Hälfte – ihre Festkleidung für Schulveranstaltungen und Hochzeiten und Beerdigungen – hängt verlassen auf ihren Bügeln. Ich frage mich, ob Trisha sie behalten will oder es einfach nicht ertragen konnte, ein weiteres Stück von Jenna in Kisten zu packen.

Es fühlt sich an, als wäre es noch zu früh.

Aber da ist das Fenster, wo sie um Moot geweint hat, und dort ist das Bett, wo ich das erste Mal Orman betreten habe. Da ist der Teppich, der einen großen Colafleck verdeckt, der entstand, als wir beide so in unsere Bücher vertieft waren und nicht mitbekommen haben, wie das Glas umgefallen und die Flüssigkeit in den Fußboden gesickert ist.

Vielleicht ist ein Teil von ihr noch hier. Vielleicht bin ich nicht ganz allein.

»Ich mache eine Reise«, flüstere ich. Meine Stimme ist ehrfürchtig und gedämpft. »Ich fahre nach Michigan. Hauptsächlich, weil du mir dieses Buch geschickt hast. Du findest das bestimmt idiotisch, aber … du bist nicht hier, um mir zu sagen, was das für eine blöde Idee ist, deswegen mache ich das, okay? Ich schwöre auf Orman, dass ich zurückkommen werde und alles so mache, wie du es wolltest. Den Vorbereitungskurs, Missoula … alles.«

Ein kleiner Wind rüttelt am Schlafzimmerfenster, die Blätter an einem Ast werfen zitternde Schatten auf den Fußboden. Ich hoffe, dass es ein magischer, kluger kleiner Wind ist, der gekommen ist, um mir in Jennas Abwesenheit zu helfen.

Ich hoffe, dass er bleibt.

Als ich später an diesem Abend zwischen meiner Mutter und dem Fernseher stehe, um ihr zu sagen, dass ich für eine Woche nach Michigan fahre, dass Mark sich um den Flug gekümmert hat, neigt sie den Kopf und sieht mich an, eine Zigarette zwischen den Fingern.

»Weißt du, wo der Koffer ist?«, fragt sie.

Als mein Vater uns verlassen hat, hat er das Reisegepäck mitgenommen, aber ich nicke trotzdem.

»Prima. Dann lass mir alle Infos zu eurem Urlaub da. Kannst du jetzt mal aus dem Weg gehen, Ames? Das ist der beste Teil.«

Ihre Annahme, dass Jennas Eltern mit mir mitkommen, stelle ich nicht richtig. Später, als ich meinen Rucksack mit Pullovern, T-Shirts und der 101. Ausgabe von *Der Wald zwischen Himmel und Meer* packe, höre ich sie im Wohnzimmer lachen.

Nach kurzem Zögern nehme ich auch meine Kamera von der Kommode. Sie hinterlässt einen staubigen Ring. Seit dem Bücherfestival habe ich sie nicht angefasst, wollte sie nicht anfassen, selbst wenn ich nicht aufhören kann, in Gedanken Fotos zu machen.

Ich glaube, ich kann nicht mal besonders gut fotografieren. Meine Art, Fotos im Kopf einzurahmen, ist zu fantastisch, um professionell oder gekonnt zu sein. Ich habe nie einen Wettbewerb gewonnen. Aber es macht mir Spaß. Seit ich letztes Jahr angefangen habe zu fotografieren, habe ich die Regel aufgestellt, dass ich von jeder Situation nur ein Foto machen kann. Eine Menge Videos auf YouTube raten davon ab und schlagen stattdessen vor, am Anfang so viele Fotos wie möglich zu schießen und sie später durchzugehen und sich die besten herauszusuchen.

Aber ich will gar nicht, dass jedes Foto gut ist; ich will, dass jedes Foto *echt* ist. Ich will genau den Moment einfangen, wenn ich irgendwo stehe und um mich herum etwas in der Welt wahrnehme, das es meiner Meinung nach wert ist, dokumentiert zu werden, in all seiner schiefen, unvollkommenen Pracht und Herrlichkeit. Ich will mich selbst überraschen und das kann ich nur zustande bringen, wenn ich meine Kamera auf etwas richte und das, was ich vor mir sehe, knipse.

Ein Mal.

Diese Reise wird eine Fotografie sein. Ein Bild, eine Chance, um herauszufinden, wie und warum Jenna mir dieses Buch geschickt hat; damit ich ihren Verlust so weit wie möglich hinter mir lassen, damit ich weitergehen und alles tun kann, was wir gemeinsam tun wollten, alles, was ihre Eltern von mir erwarten.

Das würde Jenna wollen.

Sechs

»Bitte wenden. Wenn möglich, bitte wenden.«

Ich versuche, das quäkende Navi meines Mietwagens nicht als böses Omen zu betrachten, aber das ist gar nicht so einfach, wenn es mir, egal, wo ich auch hinfahre, immer wieder sagt, dass ich auf dem falschen Weg bin.

Jenna lacht mich bestimmt gerade aus oder beobachtet mich mit ihrem patentierten genervten Blick.

Aus irgendeinem Grund verpasse ich immer wieder die von der Hauptstraße aus schwer zu findende Abzweigung nach Lochbrook. Tatsächlich erinnert mich das ein wenig an die Wälder von Orman – erst wenn Emmeline und Ainsley soundso oft vorbeigegangen sind, tun sich die Bäume auf, um sie vorbeizulassen, wenn sie die erforderlichen Schritte getan haben.

Jetzt muss ich richtig sein – oder das Navi ist kaputt –, denn als ich eine Ausfahrt nehme, in die ich schon vor zehn Minuten einbiegen wollte, zwitschert die Stimme fröhlich: »In 30 Kilometern befindet sich Ihr Ziel auf der linken Seite.«

Vielleicht ist das alles eine Frage des Gleichgewichts, vielleicht muss ich jetzt die Zeche dafür bezahlen, dass ich so problemlos durch den Flughafen und ins Flugzeug gekommen bin. Es wird einem wirklich leicht gemacht – *überall* sind Schilder –, aber so sehr, wie Mark sich vorher gesorgt hat, hätte man meinen können, es sei ein Labyrinth.

Als er und Trisha mich abgesetzt haben, hat er mir mindestens fünf Mal gesagt, dass ich anrufen soll, wenn ich das Gate nicht finde, und Trisha hat gesagt: »Amelia und Jenna sind zusammen allein nach Kalifornien geflogen, Mark«, und er hat gesagt: »Ja, aber Jenna ist nicht da«, und dann standen wir alle da und haben auf unsere Schuhe geguckt, während Mark geweint und Trisha sich in den Nasenrücken gekniffen hat.

Trisha hat mich auf die Wange geküsst, mich viel länger gegen ihren langen Körper gedrückt als sonst, bis sie mich schließlich bei der Sicherheitskontrolle verließen.

»Ich hoffe, du findest, was du suchst«, hat sie mir ins Ohr geflüstert.

Ich hätte sie gern gefragt, was sie denn glaubt, was ich suche, aber ich wette, sie denkt nicht, dass es eine geheime Botschaft ihrer Tochter ist.

In Gedanken versunken, bekomme ich nicht mit, wie die Straße zu einem kleinen, gewundenen Weg zusammenschrumpft, der sich zwischen Gruppen von kleinen Häusern durchschlängelt, vorbei an malerischen Ladenlokalen, die gerade schließen. Der Ort ist mit den gleichen Bäumen gesprenkelt, die auch die Straße gesäumt haben. Der Himmel färbt sich allmählich rosa und jetzt habe ich freie Sicht auf den Lake Michigan, der geduldig darauf gewartet hat, dass ich ihn in all seiner Pracht würdige.

Er ist schmerzlich schön, wie eine Szene von van Gogh.

Ich bin von Staunen erfüllt, angezogen von den Wellen, die direkt unter der abschüssigen Straße an den winzigen Strand schlagen. Wie komisch, dass das nur ein See und kein Meer ist. Seine Untiefen verheißen weder Delfine noch Stachelrochen, doch von hier aus sieht es dennoch aus wie das Meer.

Ich stelle sie mir vor, diese Meerestiere, und verweile bei dem Gedanken, dass egal, was mir auch passiert, es irgendwo auf der Welt Wale gibt, die Hunderte von Kilometern am Tag schwimmen. Ob ich den geheimnisvollen Absender des Buches finde oder auch nicht, ob ich ein weiteres Buch lese oder auch nicht, den Walen ist das egal; sie schwimmen immer weiter.

»Sie haben Ihr Ziel erreicht.«

Der Parkplatz vor dem Buchladen ist klein und rechteckig und ich parke auf dem letzten freien Platz. Ich brauche einen Moment, um die Buchhandlung selbst in dem Wäldchen zu entdecken, weil sie mehr wie eine alte Villa als wie ein einfacher Laden aussieht. Ein graues Steinhaus mit einem roten Dach, aus den Reihen von Fenstern auf allen drei Stockwerken fällt Licht, manche sind von hauchdünnen Gardinen verhüllt, in andere sind bunte Glassteine eingebettet.

Sogar die Tür ist idyllisch, burgunderrot und massiv mit einer Glocke, die klingelt, als ich sie mit dem eisernen Türgriff aufziehe.

Das habe ich nicht erwartet.

Ich bade in gelbem Licht – dabei habe ich immer gedacht, dass gibt es nur in Filmen – und möchte wieder an Geschichten glauben. Ich möchte glauben, dass alles einen Sinn hat, egal, wie schrecklich es auch ist. Dass die Märchen recht hatten, die Geschichten wahr sind und dass es nach all dem Durcheinander und der Verzweiflung hell wird.

Es ist der bezauberndste Buchladen, den ich je gesehen habe. Um mich herum wirbelt Musik und es duftet nach Zimtschnecken; es ist ein chaotischer, ein warmer, ein einladender Buchladen.

Irgendwo da draußen singen die Wale ohrenbetäubend im Chor.

Jede Wand im Erdgeschoss ist mit Bücherregalen gesäumt, vom Holzfußboden bis zur gewölbten Decke, und Leitern gleiten an den Regalen entlang.

Dieser Ort ist mir so vertraut und so neu, dass mir das Blut in den Adern summt, und eine Mischung aus Hunger und Ehrfurcht lässt mir den Hals eng werden. Mir ist es nicht gelungen, ein einziges Buch zu lesen, seit Jenna gestorben ist, aber mein ganzer Körper lehnt sich dieser Entdeckung entgegen, als ein weiterer beharrlicher Wind von hinten kommt, durch die Buchhandlung weht und die Seiten eines Buches zerzaust, das auf einem kleinen Verkaufstisch ausgestellt ist.

Jenna hat mich hierhergebracht. *Ich kann es spüren.*

Mein Blick tanzt eifrig, hektisch durch den Raum. Zu meiner Linken, jenseits einer wild zusammengestellten Auswahl von Fußmatten, ist etwas, was aussieht wie ein gemütliches Wohnzimmer. Überall stehen verschiedene Sofas und Plüschsessel herum. Ein Kamin aus Stein befindet sich bescheiden mitten im Raum. Eine leise, chaotische Unruhe erfüllt die Luft; das Stimmengewirr der Kunden, die es sich auf unterschiedliche Art auf den gemütlichen Sitzmöbeln bequem gemacht haben. Alle halten das gleiche Buch in der Hand, manche gestikulieren mit ihrem Glas Wein, andere blättern geruhsam durch die Seiten. Eine Lesegruppe. Wie die Sirenen von Orman, die sich in der felsigen Meereslandschaft aalen. Während ich sie beobachte, sagt ein alter Mann in einem fragwürdigen karierten Tanktop etwas, das dazu führt, dass die gesamte Gruppe in Gelächter ausbricht. Der Anblick ist wie eine Seite aus einem Bilderbuch und in mir drin fühlt es sich an wie Weihnachten und heißer Tee.

Ich kann meine Kamera hinten im Auto praktisch spüren, wie ein vergessenes Körperteil, und in Gedanken stelle ich mir das Foto so klar vor, als hätte ich bereits einen Abzug. *Buchheimat.* Es wäre ein bisschen kitschig und nostalgisch und perfekt.

Das Ping einer Kasse lenkt meinen Blick auf eine Frau hinter dem langen Tresen zu meiner Rechten. Ihre hellen, kupferroten Haare und ihre weiße Haut leuchten unter dem Licht eines schlichten Kronleuchters und verleihen ihr ein ätherisches Aussehen. Sie ist weder besonders jung noch besonders alt. Angeregt unterhält sie sich mit einem kleinen Jungen, der auf den Zehenspitzen steht, um seinen Stapel Bücher mit einem Marmeladenglas voller Scheine zu bezahlen. Als sie spürt, dass ich sie ansehe, hört sie mitten im Satz auf zu reden und unsere Blicke treffen sich.

»Willst du die Tür den ganzen Abend lang offen stehen lassen? Wir sind nicht dazu da, um ganz Michigan abzukühlen, weißt du?« Ihre Stimme ist gleichermaßen hoheitsvoll und genervt, sie gehört zu den Leuten, die einer völlig Fremden gleich das Gefühl geben, dazuzugehören. So wie Jenna auch.

Verlegen drehe ich mich um, um die Tür hinter mir zu schließen, doch genau in dem Moment stürzt das Geräusch von klickenden Krallen auf mich zu, ein fester, felliger Körper rennt mit voller Wucht gegen meine Knie und lässt mich nach vorne fallen. Ich kann mich gerade noch abstützen, bevor mein Gesicht auf dem Fußboden aufschlägt, aber besonders anmutig ist das nicht und meine Handflächen und meine Würde sind angekratzt. So wie meine Knie auf die Türschwelle geknallt sind, werden sie auf jeden Fall blau anlaufen.

»Wally!«, dröhnt eine männliche Stimme. »Böser Hund! Schäm dich!«

Ein riesiger, bestialischer Hund ragt über mir auf, das drahtige Fell seiner Schnauze kitzelt meinen Nacken, während er mich beschnüffelt und dann mein rechtes Ohr ableckt.

Ich versuche gar nicht erst, mir vorzustellen, wie ich ihn in einem Foto einfangen könnte. Er ist viel zu groß. Allerdings … er sieht fast genauso aus wie diese Hunde aus alten Zeiten, die sich nach einem langen Tag der Jagd mit ihrem fürstlichen Herrn vor einem riesigen Kaminfeuer ausruhen.

Wie eingefroren liege ich da, während er mein anderes Ohr ableckt und ein aufgeregtes *Wuff* ertönen lässt.

»Es tut mir so leid.« Hände ziehen mich vorsichtig an den Ellbogen vom Fußboden hoch, wo ich ausgestreckt liege. »Er ist unmöglich und besonders ungestüm, wenn er Hunger hat. Aber er ist vollkommen harmlos, abgesehen von dem kleinen Problem, dass er meint, nur halb so groß zu sein, als er eigentlich ist. Alles in Ordnung?«

Der Trubel um mich herum flaut so weit ab, dass ich meinem Retter endlich ins Gesicht sehen kann, und ich unterdrücke ein Keuchen. Ich erkenne sofort den Jungen von dem Literaturfestival wieder, in den ich oben auf der Treppe reingerannt bin. Das letzte Mal, als ich ihn gesehen habe, war ich auf dem Weg zu Jenna.

Aber *er* scheint mich ganz offensichtlich nicht zu erkennen, denn er sieht mich mit großen Augen und einem geduldigen Gesichtsausdruck an, also murmele ich: »Alles okay. Danke.«

»Bist du sicher? Er ist ganz schön schwer«, sagt der Junge mit strenger Stimme, während er dem Hund, der mit hechelnder Zunge grinsend zu ihm aufschaut, einen wütenden Blick zuwirft.

Auch irgendetwas an seiner Stimme kommt mir bekannt vor. Als es klick macht, überlege ich, wie der Junge hieß, mit dem ich am Telefon gesprochen habe. »Bist du Alex?«, frage ich.

Sein Lächeln verrutscht etwas, verwirrt neigt er den Kopf. »Ja. Kennen wir uns?«

Ich gucke an ihm vorbei, der Klang von kratzenden Krallen lenkt mich von unserem Gespräch ab. Die Bestie ist am Tresen hochgesprungen, lehnt mit den Vorderpfoten neben der Frau an der Kasse, ein langer Sabberfaden hängt von seiner Zunge und pendelt über einem Stapel Papiere.

»Jetzt nicht, Wally«, sagt sie. Die Frau sieht ihn nicht einmal an, als sie ihn grob am Halsband packt und runterzieht, und seine gespreizten Vorderläufe werfen einen Topf voller Lesezeichen um. Der Hund beschäftigt sich damit, das laminierte Papier vom Fußboden aufzuheben, versucht, in die flache Oberfläche zu beißen.

Das ist der Junge, der gesagt hat, dass Jenna nicht in ihrer Datenbank ist. Es ist, als wäre etwas, das ich geträumt habe, zum Leben erweckt worden.

»Ich bin Amelia«, sage ich und strecke die Hand aus.

Er greift nach ihr, um sie zu schütteln, sieht aber immer noch verwirrt aus.

»Amelia?«

»Ach so, tut mir leid. Amelia Griffin. Ich hatte wegen der limitierten Ausgabe von *Der Wald zwischen Himmel und Meer* angerufen?«

Meine Stimme klingt zu fröhlich, zu verzweifelt. Wir wissen beide, dass ich hoffe, er wird mir nun etwas anderes sagen als vorher. Sein Griff wird fester, als er meine Hand richtig schüttelt, aber als er lächelt, lächeln seine Augen nicht mit.

»Ja, ich erinnere mich.« Er klingt vorsichtig, wie eine Feldmaus, die versucht, nicht die Aufmerksamkeit des Falken auf sich zu ziehen. »Tut mir leid, dass ich dir nicht weiterhelfen konnte. Bist du den ganzen Weg von … wo immer du herkommst gekommen … um dich hier im Laden umzugucken?«

»Dallas«, sage ich. »Ja, so was in der Art. Ich nehme an, du weißt sonst nicht noch irgendwas über die Ausgabe, oder?«

Er zuckt mit den Schultern. »Tut mir leid. Ich wünschte, ich könnte dir helfen.«

Ich seufze. »Ich auch.«

Unbeholfen stehen wir da – er denkt wahrscheinlich, ich bin irgend so eine Stalkerin, und ich frage mich, ob ich den ganzen Weg umsonst gekommen bin. Vielleicht ist der kluge kleine Wind nichts anderes als der Hofnarr magischer Wetterpersonen? Meine Überzeugung, dass es ein verzögerter Willensakt von Jenna ist, dass ich diesen Buchladen besuche, wankt, je länger wir schweigen.

»Nun, da du schon mal hier bist, kannst du dich ja in Ruhe umschauen.« Alex sieht jetzt etwas fröhlicher aus und zeigt auf die Frau an der Kasse. »Das ist Valerie, meine Mutter und die Inhaberin dieses hundevollen Etablissements. Falls du Fragen hast, hilft sie dir gerne weiter.«

»Wir hätten uns eine Katze anschaffen sollen, wie alle anderen vernünftigen Buchhandlungen auch«, ruft Valerie mir zu. Sie steht noch immer hinter dem Tresen und so hat sich unser Gespräch in ein seltsam lang gezogenes Dreieck verwandelt. »Aber in der Angelegenheit hatten wir wohl nicht viel zu sagen.«

Alex wirft ihr einen Blick zu, den ich nicht ganz verstehe, während Wally auf mich zutrottet, zwei angesabberte Plastiklesezeichen zwischen seinen schimmernden Zähnen. Als ich sie ihm nicht abnehme, legt er sie auf meinen Fuß, lässt sich dramatisch auf den Boden fallen und seufzt angesichts meines Desinteresses.

»Nun, ich muss zurück ins Café an die Arbeit.« Alex klingt erleichtert, dass er mit mir fertig ist. »Es war nett, dich kennenzulernen. Genieß deinen Aufenthalt in Lochbrook.«

Ein Teil von mir denkt, ich sollte forscher auftreten, Antworten einfordern, aber ein stillerer Teil – ein Jenna-Teil? – ermahnt mich dazu, abzuwarten.

Ein schlummerndes Stück meiner Seele regt sich bei der Vorstellung, diesen Buchladen zu erkunden, also erschaffe ich meinen eigenen magischen kleinen Wind und er treibt mich vorwärts.

Das Geschäft ist nicht nur eine Buchhandlung, es ist auch ein Gemeinschaftstreffpunkt. Im Erdgeschoss gibt es eine Ecke, die nur für Studierende und Schreibende vorgesehen ist; allerdings kann ich mir nicht vorstellen, wie man hier überhaupt irgendetwas zustande kriegt, bei dem Heidenlärm, aus dem sich der Soundtrack des Buchladens zusammensetzt. Neben einem Klavier unter der Treppe steht ein niedriges Regal voller Lieblingsbücher der Kunden, die aus dem restlichen Laden zusammengesammelt wurden. Farbige Karteikarten und Zettel ragen aus dem Regal hinaus, auf denen steht: »WEHE, DU LIEST DIESES BUCH NICHT«, oder: »Ich habe Sport geschwänzt, um das fertig zu lesen (Tut mir leid, Coach G.)«, oder: »Valerie hat mich gezwungen, das zu lesen, und ich bin so froh darüber.«

Um die Treppe und das nächste Stockwerk zu erreichen, muss ich um das Klavier herumgehen, wo ein weinerlicher Schüler von der strengen Valerie unterrichtet wird, die ihren Posten verlassen hat, um sich über den Tasten aufzubauen.

Ich gehe in das Café im ersten Stock, um mir ein Sandwich zu holen. Es liegt direkt neben einer abgetrennten Küche, die für wöchentliche Kochkurse genutzt wird. Nach Aussage von Alex bezahlt Valerie manchmal Kochbuchautoren dafür, dass sie kommen und »Buchladen-Koch« sind. Alex, der hinter dem Tresen steht und eine dunkelgrüne Schürze trägt, erzählt mir, dass die Köche dann Kochkurse geben oder Berge von Essen machen, das sie dann im Café zusammen mit ihren Büchern verkaufen können.

Solange es nicht um die 101. Ausgabe geht, scheint er gerne über alles zu reden, aber ich habe das Gefühl, dass er mich genau beobachtet, und ich weiß nicht, warum.

Im ersten Stockwerk sind unzählige Bücher, die in sieben sehr unterschiedliche Räume einsortiert sind, die von einem langen Flur abgehen. Jeder Raum ist so eingerichtet, dass er das Genre zum Ausdruck bringt, das er beherbergt. Im Krimi-Zimmer sind lang gestreckte Schatten auf die Wand gemalt. Das Viktorianische Zimmer, voller Liebesgeschichten und historischer Romane, hat einen Kanonenofen. Im Kinderbuch-Zimmer hängt die Decke voller Papiermaschee-Ballons. Der Abenteuer- und Science-Fiction-Raum könnte genauso gut als Arbeitszimmer von Indiana Jones durchgehen, wenn sich das im Weltraum befinden würde. Das Reise-Zimmer ist voller Reiseführer, neben denen auch Regale mit lieb gewonnenen Klassikern der jeweiligen Länder stehen. Im Sachbuch-Zimmer sind die Wände genauso unterschiedlich gestaltet wie die Bücher selbst – hier gibt es alles, von Artikeln über Tiefseefische bis hin zu signierten Fotos von Komödien-Schauspielerinnen, die auf jedes Stück freie Wand getackert sind, die nicht von Regalen besetzt ist. Der letzte Raum, ganz am Ende des Flurs, ist so voller Leute, dass ich mir nicht die Mühe mache, mich durch die Menschenmenge zu drängeln, um reinzukommen.

Trotz der irre hohen Regale im Erdgeschoss sind die meisten Bücher hier in diesen Räumen untergebracht, die nach Gutdünken von Valerie und ihren Angestellten bestückt wurden.

Ich höre zufällig mit, wie ein Mädchen zu ihrer Freundin sagt: »Sie streiten sich die ganze Zeit darüber, ob *Die Brautprinzessin* in das romantische Viktorianische Zimmer oder in das Abenteuer-Zimmer soll.«

»Wie findet man hier überhaupt irgendwas?«, fragt ihre Freundin skeptisch.

»Man geht nicht zu Val's, um etwas Bestimmtes zu finden. Man geht zu Val's in der Hoffnung, dass etwas *dich* findet.«

Ihre Wörter lassen mein Herz etwas schneller schlagen, doch dann macht die Freundin so ein übertriebenes würgendes Geräusch und beide brechen in Gelächter aus. Das erinnert mich an Jenna und mein Herz zieht sich schmerzhaft zusammen, also eile ich weiter.

Es ist fast zu einfach, wieder zu dem zu werden, was ich einmal war: eine begeisterte Leserin, die sich hauptsächlich darum geschert hat, was sie als Nächstes lesen soll. Ein- oder zweimal nehme ich ein Buch in die Hand und kämpfe dagegen an, damit zur Kasse zu gehen. Lesen ist keine Alternative mehr und es macht keinen Sinn, etwas zu kaufen, das ich nicht nutzen werde. Ich erwische mich dabei, wie ich mit den Händen über die Buchrücken fahre, bevor ich mich ermahne, mich abzuwenden, in Erinnerung an die zerstörten Bücher zu Hause.

Jenna und ich hatten die Angewohnheit, Menschen danach zu beurteilen, wie sie in Buchhandlungen stöbern. Die unendlich praktische Jenna hat behauptet, es gäbe nur zwei Typen: die Flaneure und die Direkteinkäufer. Und wenn da nicht die Hybriden gewesen wären, hätte ich mich fast auf ihre Seite geschlagen: die Leute, die weder flanieren noch zielgerichtet in die Buchhandlung gehen, sondern von Regal zu Regal wandern, ab und zu einen flüchtigen Blick auf ihre Bücherliste werfen, sich aber auch erlauben, von einer besonderen Ausgabe oder einem schönen Titel eingenommen zu werden.

»Gut, dann drei«, sagte Jenna, als wir uns das erste Mal über die Kategorisierung unterhielten.

Der Einfachheit halber habe ich zugestimmt, aber eigentlich finde ich, dass es unzählige verschiedene Typen gibt.

Muss es geben, denn ich brauche eine Kategorie für eine Ex-Leserin mit einem Loch von der Größe von Texas in ihrer Brust, die durch eine Buchhandlung schlendert, die nur für Flaneure gemacht zu sein scheint. Umgeben von Kaffee- und Bücherduft, wird mir Jennas Abwesenheit an meiner Seite plötzlich extrem bewusst, ein schwarzes Loch, das allen Sauerstoff aus dem Raum und aus meinen Lungen saugt.

Ich bin im Reise-Zimmer und wegen Sauerstoffmangels kurz vor einer Panikattacke, als das Licht kurz abgeblendet wird, um dann wieder hell zu leuchten, wie im Theater, um das Ende der Pause anzuzeigen.

Mühsam atme ich ein und mache mir klar, wer und was und wo ich bin. Ich bin Amelia Griffin. Ich bin in Michigan auf einer Mission, um herauszufinden, warum mir meine tote beste Freundin ein Buch geschickt hat, das es gar nicht geben sollte. Und ich werde herausfinden, warum sie es mir geschickt hat – mit oder ohne Sauerstoff.

Voller Entschlossenheit und seltsamer Erleichterung – die daher kommt, dass ich eine besonders große Welle der Trauer überstanden habe, ein Gefühl, das mir inzwischen nur allzu unangenehm vertraut ist – verspreche ich mir, dass ich morgen wiederkehren werde, um gründlich nachzuforschen. Angefangen bei Alex.

»Also gut, Leute, Gläser und Becher bitte zurück ins Café, und das ist der letzte Aufruf, um Bücher zu kaufen, wenn es noch heute Abend sein soll«, ruft Valerie vom Erdgeschoss aus. Wally stimmt mit einem Bellkonzert mit ein. »Treib die Nachzügler in den oberen Stockwerken zusammen, ja, Alexander? Und um Himmels willen, Walter, du hast dir heute schon genug Ärger eingehandelt, auch ohne so viel Krach zu machen!«

Ich mache mich auf den Weg nach unten und lasse ein oder zwei Kunden, die mir dicht auf den Fersen sind, an mir vorbeigehen. Als ich unten ankomme, streitet Valerie mit den übrig gebliebenen Mitgliedern der Lesegruppe.

»Aaach, komm schon, Val«, sagt der karierte Mann. »Wir

haben gerade erst mit unserer *Diskussion* angefangen.« Er spricht »Diskussion« französisch aus, wichtigtuerisch, ich glaube, er macht sich über ihre hochherrschaftliche Art lustig.

»John, eure Gruppe liest seit zwei Monaten das gleiche Buch, weil ihr nie über den Wein hinauskommt, um mal über die Handlung zu sprechen. *Raus* mit euch!«

Gutmütig vor sich hin grummelnd, bewegt sich die Gruppe in den hinteren Teil des Ladens. Valerie wendet sich mir zu, öffnet den Mund, um zu sprechen, aber Alex unterbricht sie vom Treppenabsatz.

»Du bist ja immer noch hier.« Er ist unhöflich und noch irgendetwas schwingt in seinem Ton mit, das ich nicht entschlüsseln kann.

»Alexander! Wo sind deine Manieren?«

Da weder der Tresen noch das Klavier sie jetzt verdecken, kann ich sehen, dass Valerie einen langen Rock trägt und ein Rüschenhemd, über das sie mehrere schimmernde Ketten drapiert hat. An ihren Ohren glänzen zwei sehr große Diamanten, die zu dem ansehnlichen Ehering an ihrer linken Hand passen. Sie sieht aus, als wäre sie auf dem Weg zu einer Gala oder einer Filmpremiere. Sie stinkt nach Eleganz und Anmut und sofort fühle ich mich in meinem Shirt und meinen Jeans unterlegen und überfordert.

»Mom, sie …«

»Es ist mir egal, ob sie die Weiße Hexe ist oder Moriarty. So sprechen wir nicht mit unseren Gästen, Alexander, hörst du?«

»A…«

»A ist der erste Buchstabe im Alphabet und ein Kammerton«, schneidet Valerie ihm das Wort ab. »Entschuldige dich.«

Alex verdreht die Augen, bevor er sich mir zuwendet. »Also, es tut mir leid. Aber wenn du noch immer wegen dieser Sache mit dem Buch hier bist, ich habe es dir bereits gesagt: Es ist nicht von uns.«

»Und welche Sache mit dem Buch ist das, Alexander?« Sie dehnt seinen Namen wie ein Lied aus: *A-lex-an-der.*

Dieses Gespräch ist wie ein Kreisel, der jeden Moment umfallen wird, aber mein schwerfälliges Gehirn zählt langsam eins und eins zusammen. Alex weiß eindeutig etwas über die 101. Ausgabe, etwas, was er mir nicht sagt, und er will nicht, dass seine Mutter davon erfährt.

»Es ist nichts«, sagt er zu Valerie und wendet sich dann wieder mir zu. »Es tut mir echt leid mit Wally vorhin … und dass wir das Buch nicht geschickt haben.«

Ich bin müde von der Reise und habe Angst, vor Valerie weiter nachzubohren. Ich schüttele den Kopf, um wieder klar denken zu können.

»Okay, schon kapiert. Du weißt nicht, wo das Buch herkommt. Tut mir leid, dass ich gefragt habe.« Das sage ich mit einem spitzen Unterton, den Alex hoffentlich als *Du verheimlichst etwas, aber ich bin so nett und bringe es vor deiner Mutter nicht aufs Tapet* versteht. »Aber kannst du mir ein Hotel empfehlen? Ich werde ein paar Tage hierbleiben.«

Alex sagt: »Im Ort werden alle ausgebucht sein wegen der Sommergäste«, während Valerie gleichzeitig sagt: »Unsinn. Du kannst hier bei uns bleiben. Im zweiten Stock ist meine Privatwohnung. Das ist das Mindeste, was ich tun kann, nach dem Ärger mit Wally und« – sie wirft Alex einen Blick zu, der Fleisch von den Knochen lösen könnte – »meinem Sohn.«

»Aber Mom …«

»Kein Aber mehr, Alexander, ich meine es ernst. Und wo ist dieser Junge schon wieder? Ich weiß, dass er Wally nicht gefüttert hat, aber ist er überhaupt zum Postamt gegangen, um das Päckchen abzuholen, wie ich ihn gebeten habe?«

Alex wird ganz still. Ich gucke zu, fühle mich fehl am Platz und vergessen bei diesem Gesprächsabstecher, während er langsam die Augen schließt und ganz viel Luft aus seinen gespitzten Lippen lässt, bevor er antwortet. »Nein, das habe ich gemacht.«

Alex wirft mir einen ängstlichen Blick zu, als Valeries aufrechte Haltung erstarrt.

»Ach, er hat sich also geweigert, zum Postamt zu gehen, ja?« Valeries Stimme hat sich in einem Augenblick von der einer huldvollen Königin in die einer Kriegsherrin verwandelt. »Und du hast einfach so das Café geschlossen und bist losgegangen, um seine Aufgabe zu erledigen?«

»Ich war nur ganz kurz weg. Niemand hat es gemerkt …«, fängt Alex an, wird aber gleich unterbrochen.

»Es geht hier nicht um das Päckchen, Alex. Der Junge muss lernen, dass er sich vor der Welt und seinen Büchern und seinen Problemen verstecken kann, aber nicht vor Valerie Stroudsburg.«

Sie hat schon eine Hand auf dem Treppengeländer, als Alex genervt stöhnt: »Deine *Knie*, Mom. Denk dran, dass Dr. Krown gesagt hat, du sollst den Aufzug nehmen.«

Sie dreht sich um und wirft ihm einen Blick zu, der sogar mich den Kopf einziehen lässt, aber Alex schlägt in einer überraschend dramatischen Geste die Hände über dem Kopf zusammen und sagt: »Gut. Aber vergiss nicht, dass ich derjenige bin, der mit ihm leben muss, und nicht du.«

Als sie die halbe Treppe hinaufgegangen und außer Hörweite ist, wendet Alex sich mir mit resignierter Miene zu.

»Mein Mitbewohner. Wir teilen uns ein Haus um die Ecke. Er kann nicht so gut mit Menschen. Meine Mom … nun, sie versucht, das zu ändern.«

»Arbeitet er auch im Buchladen?«

Alex wirft mir einen nachdenklichen Blick zu, so als würde er mich am liebsten aus dem Laden schubsen, aber da er das nicht kann, ist er gegen seinen Willen offen und ehrlich. »Nein. Er ist Schriftsteller.«

»Warum sagst du das so? Schreibt er peinliche Ratgeberseiten für die Zeitung oder so was?

»Nein«, sagt Alex vorsichtig. »Du wirst ihn sofort erkennen. Und nimm's mir nicht übel, aber ich kenne dich nicht, also muss ich das sagen: Ich bitte dich *inständig*, dass du nichts über ihn auf Social Media veröffentlichst oder twitterst oder was immer gerade benutzt wird. Er ist …«

Stampfende Füße und brüllende Stimmen sind über uns zu hören und Alex und ich schauen beide nach oben.

»Endsley«, sagt Alex leise zu mir, während die Stimmen näher rücken. »N.E. Endsley. Nolan. Und frag ihn auch nicht wegen der limitierten Ausgabe. Bitte. Er hat so schon genug am Hals.«

Ich brauche keinen magischen kleinen Wind, keinen Wally, der mich umwirft, um das Gefühl zu haben, ich werde in die Knie gezwungen.

Natürlich.

»N.E. Endsley«, sage ich ungläubig. »Da oben? Hier? Ich dachte, er lebt in New York?«

»Das hat er«, sagt Alex, aber mehr kann er mir nicht erzählen, weil der, über den wir sprechen, die Treppe runterstampft. *Wo war er? Warum habe ich ihn nicht gesehen, als ich durch den ersten Stock gewandert bin?* Valerie und Wally folgen ihm direkt auf dem Fuß.

»Und noch was«, sagt Valerie gerade. »Deinem trotteligen Hund ist es mal wieder gelungen, Chaos und Verwüstung anzurichten, und dabei hat er auch noch ein armes Mädchen umgeworfen.«

Endsley scheint sie nicht zu beachten, sodass ich mich schon frage, ob er taub ist. Ich bin nicht die, die angeschrien wird, und trotzdem möchte ich mich hinter Alex ducken, der aufgeregt zwischen mir und Endsley hin- und herguckt, um zu sehen, wie ich reagiere.

Valerie ist deutlich kleiner als Endsley, aber als sie das Ende der Treppe erreichen und sie sich gegenüberstehen, scheint sie irgendwie über ihm aufzuragen. Endsleys Kopf ist gebeugt, die Hände sind in den Taschen seinen Sweatshirts vergraben und seine Haltung kann man nur als *schmollend* bezeichnen.

Irgendwo da draußen kichert der kleine Wind – nein, schreit vor Lachen. Jennas Anleitung hat mich genau dort abgesetzt, wo ich vor ein paar Kapiteln sein wollte, nur ein paar Meter entfernt vom Schöpfer der Chroniken von Orman. Hier ist er, *der* N.E. Endsley, nicht in New York, sondern in einem winzigen Ort in Michigan, abseits ausgetretener Pfade im Nirgendwo, von dessen Existenz ich nicht einmal mitbekommen hätte, wenn das Päckchen nicht gewesen wäre, von dem ich *weiß*, dass es meine tote beste Freundin geschickt hat.

»Du übernimmst keine Verantwortung«, sagt Valerie gerade,

als ich mich wieder einschalte. »Nimmst auf niemanden Rücksicht. Ich habe so was von die Nase voll von dir, Nolan Endsley. So. Was. Von.«

Mit jedem Wort hebt sie die Hand höher, bis sie gleichauf mit Endsleys Kopf ist, nimmt seine verschlissene rote Basecap von seinen mitternachtsschwarzen Haaren und schlägt ihm damit auf die Schulter. Wally rennt bellend um sie herum und es kommt mir jetzt, mit nur uns fünfen, chaotischer vor als eben, als der Laden voller Menschen war. Neben mir seufzt Alex und geht einen Schritt auf den Zweikampf zu, während ich mich an den Tresen drücke.

»Sosehr ich das hier auch genieße«, sagt Alex, »habe ich doch noch so etwa hundert Sachen, die ich morgen früh erledigen muss, um den Basar vorzubereiten. Kann ich ihn mit nach Hause nehmen, Mom?«

Valerie und Alex tauschen einen bedeutungsvollen Blick aus und dann sieht er mich kurz an. *Nicht vor ihr*, soll das heißen.

Sie überlegt, nachdem sie Endsley, der auf seine Füße schaut, noch einmal wütend angestarrt hat, und nickt dann zustimmend.

»Gut. Aber vorher: Irgendwelche Fortschritte heute, Nolan?«

N.E. Endsley ist mutiger als ich. Er zieht ein paar zusammengefaltete Seiten aus seiner Tasche, schiebt sie in Valeries ausgestreckte Hand, ohne sie anzusehen. Sie beschließt wohl, sein rüdes Verhalten nicht zu beachten.

»Morgen erwarte ich mehr« ist alles, was sie sagt.

Damit ist er entlassen. Endsley macht sofort auf dem Absatz kehrt und stolziert an mir und Alex vorbei, auf die große

Holztür zu, entriegelt sie und reißt sie mit solchem Schwung auf, dass ich Angst habe, sie könnte aus den Angeln fliegen. Ohne sich umzudrehen, sagt er: »Alex. Walter.«

Die *New York Times* hat ihn als »rätselhaft« beschrieben. Die *Washington Post* als »vielschichtig«. Und das war, bevor er aufgehört hat, Interviews zu geben und öffentlich aufzutreten, was ziemlich kurz nach Erscheinen seines ersten Buches passiert ist.

Wenn meine Gedanken nur auf die erstaunliche Tatsache gerichtet wären, dass ich N.E. Endsley treffe, berühmt für seine zurückgezogene Lebensweise, dann würde ich ihn im besten Fall als launisch bezeichnen und im schlechtesten als distanziert. Wahrscheinlich hätte ich etwas gesagt, erklärt, dass Jenna meine Freundin war und dass uns seine Bücher, seine Worte zusammengebracht haben.

Nur, dass, egal, wie weit ich fahre, egal, wen ich treffe, alles immer zurück zu Jenna führt.

Jenna ist nicht da.

Wally ist der Einzige, der auf das Kommando gehört hat und jetzt glücklich hechelnd neben Endsleys offensichtlich teuren Jeans in der Türöffnung sitzt. Alex sieht aus, als wäre er hin- und hergerissen, ob er nun Endsley folgen oder mit der aufgebrachten Valerie diskutieren soll.

»Komm schon, Alex.« Endsleys Ton ist fordernd. Schließlich dreht er sich frustriert um. Sein Blick trifft meinen, er bemerkt mich zum ersten Mal. Ich zwinge mich, seinem Blick standzuhalten, Blau trifft auf Blau und seine Augen weiten sich ein wenig.

Er ist nicht hübsch, so wie Alex; niemand würde sie für Brüder halten, auch wenn ihre Haare fast genau die gleiche

Farbe haben. Endsleys sind etwas lockiger, besonders um die Ohren herum und im Nacken, aber alles andere an ihm ist mittelmäßig – seine Haut, seine Augen, seine Lippen. Ich habe dieses Gesicht in so vielen stilisierten Porträts gesehen, meist auf dem kleinen Autorenfoto auf den Umschlägen seiner Bücher, doch die Realität ist ernüchternd.

Seine Nase ist ein wenig schief, sie neigt sich etwas zur rechten Seite seines Gesichts. Seine Wangenknochen – scharf und schattig auf seinen professionellen Fotos – sehen nicht so aus, als könnten sie ohne fachmännische Beleuchtung durch Glas schneiden. Seine Schultern sind nicht im Geringsten stolz und standhaft, so wie sie am Ende der Chroniken von Orman erscheinen. Stattdessen sind sie leicht gebeugt und lassen sich dazu herab, den großen N.E. Endsley zu einem Normalsterblichen zu machen.

Er starrt mich an und so viel Augenkontakt wie in diesem Moment habe ich schon seit Wochen nicht hingekriegt. Mein Gesicht wird warm, während gleichzeitig etwas in mir stärker wird und zerbricht. Der Ärger, den ich nach dem Festival verspürt habe, wird weggeschwemmt und in mir bleibt nur ein einfaches Bedürfnis zurück: zu wissen, ob er sich auch an Jenna erinnert.

»Sie hat dich kennengelernt«, platze ich heraus und gehe einen zitternden Schritt nach vorne. Als mir klar wird, dass das außer mir niemand verstehen wird, ergänze ich: »Jenna. Meine Freundin. Sie hat dich beim Literaturfestival getroffen. Sie hat gesagt, du warst …« Ich halte inne, suche nach einem taktvollen Wort. »Beunruhigt.«

N.E. Endsley bricht noch immer nicht unsere seltsam aufgeladene Pattsituation auf. Es fühlt sich an, als würden wir uns gegenseitig erkennen, was gar nicht sein kann, weil er mich noch nie gesehen hat.

Er öffnet den Mund und geht einen klitzekleinen Schritt auf mich zu und ich warte darauf, dass er etwas sagt. Stattdessen starrt er mich einen weiteren unangenehmen Augenblick lang an, mit halb geöffnetem Mund, bevor er sich an Alex wendet und sagt: »Ich warte im Auto.« Und dann verschwindet er in die tiefschwarze Dunkelheit.

Wenn ich Menschen kennenlerne, stelle ich mir immer vor, welche Welten wohl in ihnen verborgen sind. Die meisten Menschen gleichen sich: Ein emsiger Arbeitsplatz reiht sich an den nächsten, mit Fotos ihrer Kinder an den Wänden und einem Haufen von Papierkram, der *irgendwohin* muss. Mir sind die anderen lieber. Das sind die Menschen, die ich gerne fotografiere, der Grund, warum ich mir solche Mühe gebe, ganze Welten in einem Bild einzufangen.

Hinter Jennas Augen war ein Einkaufszentrum, in dem alles wie am Schnürchen lief. Im Gastronomiebereich lag kein Müll auf dem Boden, weinende Kleinkinder kreischten nicht in ihren Buggys. Absichtsvoll gingen die Menschen von Geschäft zu Geschäft, mit einer Aufgabe, die erledigt werden musste. Manchmal aber entstand plötzlich irgendwo ein Spielplatz und alle, egal wie alt, stürzten sich ins Vergnügen. Erwachsene ließen ihre Proteinriegel und Vitamine liegen und schaukelten zusammen. Kleine Kinder warfen ihre neuen Schulkleider ab, tobten auf dem Klettergerüst und rutschten die Rutsche runter. Alte Frauen warfen ihren Gehstock zur Seite und drehten sich abwechselnd auf dem Karussell. Und genauso schnell, wie der Spielplatz aufgetaucht war, verschwand er wieder und die Menschen widmeten sich weiter ihren Einkäufen.

Das war Jenna.

Endsley ist wie sie, *anders.* Ich habe nur einen Blick darauf erhascht, wie auf ein flackerndes Foto, das man nicht scharf gestellt kriegt, aber es hat gereicht. Ich sehe dunkle Wälder, die weder bedrohlich noch willkommen heißend sind. Heiße, drückende Nächte gefangen unter Bäumen und Ästen, Wölfe, die freundlich sein mögen oder auch nicht, und Ströme von schwarzem Wasser, die gar nichts versprechen. Es sieht aus wie das perfekte Versteck und das furchterregendste, das man sich erschaffen kann.

So lerne ich schließlich N.E. Endsley kennen – den Bestsellerautor, den Einsiedler, das Rätsel. Nicht auf dem Festival, aber hier. Wo immer *hier* auch ist.

Kluger kleiner Wind.

Sieben

Nachdem sich Alex etwa drei Mal bei seiner Mom für Endsleys Verhalten entschuldigt hat – »Ich rede mit ihm, ich rede mit ihm«, sagt er zu Valerie –, und nach einem flehenden Blick in meine Richtung folgen er und Wally Endsley den Kiesweg hinunter in die Dunkelheit.

Valerie besteht weiterhin darauf, dass ich in ihrem Gästezimmer übernachte. Ich habe viel zu große Angst, ihr Missfallen zu erregen, und bin viel zu müde, um zu diskutieren, also nehme ich ihr Angebot an. Obwohl ich sie gerade erst kennengelernt habe und sie das Buchladen-Pendant der Hexe im Lebkuchenhaus sein könnte, die unschuldigen Leseratten unendliche Geschichten und Tee verspricht, bevor sie sie in ihrem Ofen brät.

Ich tröste mich damit, dass ich ganz sicher nicht in einen durchschnittlichen Ofen reinpassen würde.

Sie schließt die große Holztür vorne wieder ab, murmelt etwas über Alex, der den Computer nicht runtergefahren hat – »Ich bin kein Technikgenie, um Himmels willen« –, und drückt ein paar Knöpfe an der Wand, die alle Lichter im Laden dämpfen.

Was würde Jenna wohl jetzt tun, frage ich mich. Ich grabe durch meine Erinnerungen, die sich nach dem Sauerstoffmangel im Reise-Zimmer anfühlen, als würde ich barfuß auf Kies laufen. Als ich nichts finde, was im Entferntesten mit einer Nacht im Buchladen einer Fremden vergleichbar ist, um mir einen Weg aufzuzeigen, wende ich mich an meine Vorstellungskraft. Mit aller Macht versuche ich, das schwarze Loch neben mir in ein Jenna-förmiges Ding zu verwandeln. Das funktioniert auch nicht, also lasse ich los und zähle stattdessen Wale, die durch den Seetang der dunklen Regale schwimmen, während Valerie den Laden dichtmacht.

»Nun«, sagt sie und kommt hinter dem Tresen hervor und die Wale entschwinden meinem Blick. »Ich schätze mal, wir können uns einander genauso gut jetzt ordentlich vorstellen. Ich bin Valerie Stroudsburg. Ich leite diesen Laden, ich unterrichte Klavier und ich kann Idioten nicht ertragen, meine Liebe, also versuch das auf ein Minimum zu beschränken. Du neigst hoffentlich nicht zur Idiotie, oder?«

An dieser Stelle kommen ein schiefes Lächeln und eine hochgezogene Augenbraue von Valerie. Ein dünnes Lächeln und ein Kopfschütteln von mir, während ich gegen den Impuls ankämpfe, eine ganze Reihe von Fragen über N.E. Endsley, das Buch und Alex zu stellen.

»Gut«, sagt Valerie. »Das ist jetzt der Teil, wo du dich vorstellst und deine Absichten erklärst, Schätzchen.«

Was ich an Büchern liebe – geliebt habe –, ist, dass, egal, wie schrecklich die Lage der Charaktere oder wie unüberwindbar der Konflikt auch sein mag, sich am Ende alles zum Besten kehrt. Vielleicht nicht unbedingt zu einem glücklich-bis-ans-Ende-aller-Tage und vielleicht auch gar nicht zu glücklich, aber zu notwendig und richtig. Gibt es Schmerz, dann, um persönlich zu wachsen. Gibt es Verlust, dann, um etwas Besseres und Wesentlicheres einzuführen.

Als ich hier im Erdgeschoss einer Buchhandlung stehe, die allmählich in den Schlaf gleitet, mit einer Frau, die aussieht, als wäre sie einem Bilderbuch entstiegen, mit ihren durchscheinenden Gewändern und ihrem juwelengeschmückten Allem – ganz zu schweigen davon, dass der Schöpfer der Chroniken von Orman in nächster Nähe ist –, kann ich den Hauch einer Geschichte spüren, die aus der Asche der letzten paar Wochen lugt, und ich frage mich, ob es vielleicht wirklich so etwas gibt wie einen gütigen kleinen Wind. Aber dann frage ich mich, warum der Wind nicht da war, um Jenna zu retten, und der Zauber schwindet.

»Amelia«, sage ich. »Mein Name ist Amelia Griffin.«

»Ein schöner Name«, sagt Valerie. »Und was bringt dich nach Lochbrook, Amelia?«

Das alles sagt sie auf diese hochherrschaftliche Art, die bei jedem anderen künstlich wirken würde, aber bei Valerie ganz natürlich und passend ist.

»Ich musste schnell weg«, sage ich schließlich. »Um meine Gedanken zu sortieren.«

»Du musst ja eine Menge Gedanken haben, wenn sie dich den ganzen Weg von … Texas, nicht wahr, hierhergeführt haben. Na, egal. Du wirst feststellen, dass Lochbrook ein bezaubernder Ort ist, allerdings bin ich die Erste, die zugeben muss, dass das Empfangskomitee heute Abend einiges zu wünschen übrig ließ. Möchtest du etwas zum Lesen mitnehmen?«

Mein Blick ist nach oben ins nächste Stockwerk gewandert und zu dem fernen Raum, den ich nicht erkunden konnte. Als ich wieder in ihr Gesicht schaue, lächelt Valerie.

»Deine Augen sind hungrig«, sagt sie.

»Früher«, sage ich. »Habe ich gelesen, meine ich. Jetzt … im Moment nicht mehr so richtig.«

Das ist keine Lüge, aber nicht die ganze Wahrheit.

Valerie wirft mir einen langen, langsamen Blick zu; nicht viel anders als der, den mir meine Mutter früher zugeworfen hat, damals, als in unserer Welt noch alles in Ordnung war, lange vor der Scheidung. Mom konnte mir in die Augen sehen und wusste sofort, was mit mir los war.

Heute spiegelt sich in den Augen meiner Mutter nur noch das Flimmern des Fernsehers wider.

Ich habe Angst, dass Valerie auch diese Fähigkeit hat, dass sie meine Verwirrung wegen Jenna, dem geheimnisvollen Buch und meiner Zukunft offen- und mir zu Füßen legen wird und ich mir das alles viel zu genau anschauen muss, aber stattdessen sagt sie: »Wie du willst. Zeit, schlafen zu gehen, glaube ich.«

Ein Teil von mir beschließt, Valerie für diese kleine Gnade für den Rest meiner Tage zu lieben.

Sie fragt mich, ob ich noch mein Gepäck holen will, aber ich antworte, dass ich zu müde bin, um noch mal zum Auto zu gehen. Ich bin so erschöpft, dass mir sogar davor graut, die große Treppe hochzugehen, aber Valerie geht daran vorbei in die hinterste linke Ecke des Buchladens. Dort ist ein Aufzug, der mir vorhin gar nicht aufgefallen ist. Er duftet nach Blumen und es strömt Klaviermusik, die kein bisschen kratzig klingt, aus den versteckten Lautsprechern. Neben dem Knopf für den zweiten Stock ist ein Schildchen mit der Aufschrift »Privat« angebracht und daneben ein handgeschriebener Notizzettel, auf dem steht: »Betreten auf eigene Gefahr. Dementoren im Dienst.«

Die Fahrt zum zweiten Stock ist zwar kurz, aber doch lang genug, um mir die Flyer an der Wand anzusehen. Autorenlesungen, Kochbuch-Signierstunden, ein Klavier-Zweikampf und ein Sommerbasar, dessen Erlöse an die Bibliothek einer Grundschule gehen. Alle werden auf buntem, leuchtendem Kopierpapier beworben, alle behaupten, an einem Ort namens *Das Maß aller Prosa* stattzufinden, ausgenommen der Basar, wo einfach steht: »Bei Valerie«.

»Das Maß aller Prosa?«, frage ich.

Valerie, die gerade ihre Brille mit einem Spitzentaschentuch, das sie unbemerkt rausgeholt hat, putzt, nickt gedankenverloren.

»Der offizielle Name des Ladens, Liebes. Aber alle nennen ihn Val's.«

Ein weiteres Stückchen Kies bleibt an meiner Fußsohle kleben. Jenna liebte Orte mit skurrilen Eigennamen oder mehreren Bezeichnungen. Das war eines der wenigen Male, wo unsere Rollen vertauscht waren; ich fand das ineffizient, sie hingegen bezaubernd. Ist das vielleicht ein weiterer Grund, warum sie mich hierhergeschickt hat, zu einer Buchhandlung, die ihren inoffiziellen Namen für ihre offiziellen Adressaufkleber verwendet?

Der Aufzug klingelt zur Begrüßung des neuen Stockwerks und öffnet sich in einen kleinen Eingangsbereich, wo sich eine künstliche spiralförmige Pflanze in einem blauen Topf befindet, eine Fußmatte mit Hühnern, die auf den Worten

»Eigener Herd ist Goldes wert« rumpicken, und ein winziges gerahmtes Bild einer Schubkarre. Valerie zieht eine lange Kette aus dem Ausschnitt ihres Hemds und benutzt den Schlüssel, der daran hängt, um die Tür aufzuschließen.

Sofort stehen wir in einer kleinen Sitzecke mit zusammenpassenden Möbeln und einem Couchtisch, die weit weniger gemütlich aussieht als das einladende Wohnzimmer unten im Laden. Es ist eher wie in einem Hotel, außer dass die Wohnungsdecke spitz zuläuft und ich noch nie ein Hotelzimmer mit Privat-Aufzug gesehen habe.

Valerie zieht sich alle Ringe von ihren Fingern, hebt sich, mit der Anmut einer Primaballerina, die Ketten über den Kopf und legt sie auf eine Reihe von bunten Tabletts auf einem hohen Tisch, bevor sie mir mein Zimmer zeigt. Da ist ein großes Himmelbett mit dicken mitternachtsblauen Vorhängen, ein Kleiderschrank und ein kleines Waschbecken in der Ecke, aber kein Badezimmer. Das Waschbecken ist geradezu ein beleidigender Anblick, wie es da neben dem Nachttisch aus der Wand ragt.

»Einfach unerklärlich«, sagt Valerie und folgt meinem Blick. »Doch es ist so seltsam, dass ich es fast wieder charmant finde. Du kannst dir also die Zähne putzen, ohne dein Zimmer zu verlassen, aber sonst nichts, fürchte ich. Es gibt keinen Fernseher und das obere Stockwerk hat nur ein Badezimmer, aber länger als ein bis drei Stunden brauche ich morgens nicht, versprochen.«

Ein bis *drei* Stunden? Hoffentlich kann ich so lange einhalten.

»Das war ein Witz, Liebes«, sagt sie und lacht über meinen Gesichtsausdruck. »Es ist die Tür genau gegenüber deinem

Quartier, damit du dich nicht verläufst. Ich stehe meistens früh auf, also bist du mich wahrscheinlich schon los, bevor du überhaupt aufstehst.«

Sie wiederholt noch einmal, dass das Café ein Stockwerk tiefer ist, sollte ich einen Mitternachtssnack oder etwas zu trinken brauchen, und dass der Laden dann aufmacht, wenn ihr danach ist – und dass ihr meistens so um acht Uhr herum danach ist. Ich bedanke mich bei ihr, was sie mit einer Handbewegung wegwischt, mit der Hand, an der noch ein Ring ist – ihr Ehering –, bevor sie geht und die Tür hinter sich schließt.

Nachdem ich den Williams schnell eine Nachricht geschrieben habe, dass ich in einem Hotel bin – eine Notlüge, wegen der ich keine Schuldgefühle haben muss –, falle ich in einen unruhigen Schlaf, überschwemmt von Gedanken an Jenna, N.E. Endsley und die 101. Ausgabe von Büchern.

Mir gelingt es, ein paar Stunden zu schlafen, bis Angst und Verzweiflung mit ihren dunklen, fettigen Fingern unter den Holzdielen hervorkriechen, um mit meinem Haar zu spielen. Trauer wird oft mit den Gezeiten verglichen, aber Ebbe und Flut sind vorhersehbar. Diese Gefühle sind es nicht. Ich versuche, an schwimmende Wale zu denken, mir vorzustellen, ich würde in einem kleinen Boot sitzen und sie dabei beobachten, wie sie um mich herumgleiten. Aber ich kann spüren, wie sich mein Herz zusammenkrampft, wie sich ein enger Schmerz in meiner Brust ausbreitet, und so kämpfe ich mich aus dem Laken, das um meine Beine herumgewickelt ist, und gehe in den dunklen Flur von Valeries Wohnung. Ich bin schon im Aufzug und habe den leuchtenden Knopf für das erste Stockwerk gedrückt, bevor mir richtig klar ist, was ich da tue.

Falls Valerie aufwacht und fragt, was ich mache, werde ich sagen, dass ich Durst hatte. Sie wird so tun, als glaubte sie mir, aber wir würden beide wissen, dass ich bluffe. Selbst dann würde sie mich nicht fragen, was mit mir los ist, oder mich bitten, meine Geschichte zu erzählen, und ich danke dem Gott der Wale, dass es Erwachsene gibt, die ihre Nase nicht in alles reinstecken.

Die Flyer verschwimmen vor meinen Augen, als mir klar wird, dass ich genau genommen eine bin. Eine Erwachsene. Ich sollte dazu in der Lage sein, mein Leben selbst in die Hand zu nehmen, eigenständig zu sein und überhaupt *irgendetwas* darzustellen. Reife vielleicht, aber ich kenne genug unreife Erwachsene.

Ich fühle mich alt, wie ein zerschlissenes Segel auf einem Boot, das gerade so durch den Sturm gekommen ist. Und Jenna zu verlieren oder zu verstehen, dass die Menschen, die ich liebe, eines Tages sterben werden, gibt mir das Gefühl, abgetrennt zu sein. Beerdigungen sind eigentlich für richtig alte Verwandte, nicht für Freundinnen in der Blüte ihres Lebens. Nicht für Freundinnen, deren Leben gerade erst angefangen hat.

Doch gleichzeitig fühle ich mich viel zu jung, um mit der Schule abgeschlossen zu haben, viel zu wenig vorbereitet auf das, was auf mich zukommt. Habe ich Angst vor dem College, weil Jenna nicht länger an meiner Seite ist oder weil ich sowieso nie Englisch studieren wollte?

Eine Erinnerung: Jenna murmelte irgendetwas vor sich hin, während sie Notizen auf einer ihrer vielen Tabellen zusammentrug. *Dieses* College hatte keine Kurse mit Schwerpunkt auf Pharmakognosie, Jennas auserkorener eng gefasster

Studiengang darüber, wie man aus Pflanzen Medizin herstellt. *Dieses* College kümmerte sich nicht gut um Doktoranden, die gerne an der Uni lehren würden.

»Nein, nein, nein, *nein.*«

Ich sah nicht von meinen Mathehausaufgaben hoch, um ihren immer verzweifelteren Protest zur Kenntnis zu nehmen.

»Was ist denn?«, fragte ich mit ausdrucksloser Stimme. Geometrische Beweise machten mir das Leben schwer und ihr Geschrei war nicht gerade hilfreich.

»Nicht in diesem Ton«, sagte Jenna. »Das alles wird dir genauso helfen, wie es mir helfen wird.«

»Und was ist *das alles*?«, fragte ich.

»Unsere *Zukunft*, Amelia. Unsere Zukunft. Oder willst du nicht, dass wir auf dasselbe College gehen?«

Ich legte meinen Bleistift weg, streckte meine Beine aus und rückte so weit heran, dass ich Schulter an Schulter mit Jenna saß. Sie drehte mir den Laptop zu und warf sich mit einer dramatischen Geste den Arm über die Augen, während ich mir den Bildschirm anguckte.

»A & M, University of Washington, University of Alaska … Was ist das?«

»Kandidaten«, sagte Jenna, ihre Augen noch immer von ihrem Arm bedeckt. »Colleges. Für uns.« *Was denn sonst?*, sagte ihr Ton.

Ich fuhr mit dem Finger über das Touchpad. Neben jedem College war ein Kriterienkatalog, alle wurden auf einer Skala von eins bis zehn bewertet. Wie stark war der Fachbereich Pharmakognosie, der Fachbereich Englisch, wie stand es um die Diversität, das Campusleben, das Angebot außerhalb der Universität, wie nah war der nächste Flughafen, wie viele

Studierende kamen auf einen Lehrenden, wie viele Leistungspunkte wurden mit angerechnet.

Die Liste ging immer weiter. Für mindestens zwölf Colleges hatte sie schon die Daten eingetragen und ihre »Noten« standen fett oben über jeder Spalte.

»Jenna, das ist absurd. So kannst du nicht entscheiden, wo wir aufs College gehen.«

Sie nahm ihren Arm aus dem Gesicht und kniff die Augen zusammen. »Warum denn nicht?«

»*Warum denn nicht?* Weil, Frau Etepetete, es nicht möglich ist« – ich warf einen Blick auf den Bildschirm –, »die Gesamtqualität des Kaffees aus lokalen Quellen auf einer Skala zu bewerten, ohne dass du ihn probiert hast.«

»Doch, das ist es«, behauptete Jenna. »Das nennt man Bewertungen im Internet. Die sind sehr beliebt.«

»Okay, aber warum sollte das eine Rolle spielen, wo wir aufs College gehen?«

Sie legte den Arm wieder über ihre Augen und knurrte hinten in der Kehle. »Wir werden da *vier Jahre* verbringen, Amelia, mindestens. Willst du nicht sichergehen, dass wir da glücklich sein werden?«

Ich lachte. »Das kann nicht dein Ernst sein. Du glaubst doch nicht wirklich, dass diese Tabelle uns garantiert, dass wir glücklich sein werden, oder?«

Doch das glaubte sie wirklich. Eine Woche später – nach vielen weiteren frustrierten Neins und Gegrummel ihrerseits – bestellte Jenna Informationsmaterial von den Top-drei-Kandidaten auf ihrer College-Wettkampf-Tabelle, wie ich sie dann nannte. Als es ankam, setzten wir uns an ihren Esstisch und studierten alles eingehend. Glänzende Fotos von Universitätsgeländen, perfekt beleuchtet, Lesezeichen mit den Telefonnummern der Zulassungsstellen und abtrennbare Seiten mit den Studiengängen übersäten den Tisch.

»Jetzt weiß nicht mal mehr ich weiter«, sagte Jenna, was sich wie Stunden später anfühlte. »Was meinst du?«

»Der Campus von dem hier hat irgendwie was«, sagte ich und schob ihr das Infomaterial der University of Montana zu. »Der Schnee und der Hügel hinter dem Verwaltungsgebäude, und hast du das Foto von dieser Professorin gesehen? Auf ihrem Foto sieht man, wie sie Hundeschlitten fährt.«

Jenna starrte den Flyer an und schürzte die Lippen. »Das gefällt dir, weil die Bäume dich an Orman erinnern, stimmt's?«

Das war mir gar nicht durch den Kopf gegangen, aber als ich wieder auf das Foto guckte, nickte ich.

»Mich auch«, flüsterte sie.

»Dann lass uns da hingehen.« Ich lächelte. »Auf welchem Rang der College-Wettkampf-Tabelle steht das?«

»Auf dem zweiten«, sagte sie. »Aber nur um drei Zehntel eines Punktes.«

»Komm, wir bewerben uns«, sagte ich. »Kann ja nicht schaden. Und vielleicht ist das die einzige Uni, wo wir beide zu unserem Studiengang zugelassen werden.«

So war es dann auch. Ich nannte es ein Zeichen und Jenna nannte es eine statistische Wahrscheinlichkeit aufgrund ihrer Recherche, aber ich verstand es so, dass wir auf dem richtigen Weg waren. Jenna und ich sollten zusammen sein, für immer.

Aber sie ist nicht da. Was soll ich mit einem Zeichen anfangen, das für zwei gedacht war?

Wie Fliegen schwärmen meine Gedanken um mich herum und ich wedle sie weg, als die Aufzugtür aufgleitet. Ich werde am Café vorbeigelockt, durch das Labyrinth der gespenstisch leeren Tische und Sofas, die das Wohnzimmer unten nachahmen, bis in den hinteren Flur, wo die Bücherzimmer sind. Drei gedämpfte elektrische Kandelaber leuchten mir schwach den Weg durch die Dunkelheit, während es in den Bücherzimmern selbst stockdunkel ist. Durch das große Fenster am Ende des Flurs kann ich das Wäldchen sehen und ich stelle mir vor, ich wäre eine Schlossherrin, die durch die stillen Korridore ihres Anwesens wandelt. Ein Gefühl von Ehrfurcht klopft auf die dreckigen Finger der Verzweiflung und lässt mich halb zum Fenster stürzen, um einen Blick auf das Einhorn zu werfen, das sanft aus dem Schutz der Bäume ins Mondlicht tritt. Oder auf den geheimnisvollen Reiter in der Nacht, in einen Mantel gehüllt, der auf einem edlen Ross über die Lichtung reitet, bis er wieder in der Dunkelheit des Waldes verschwindet. Mir zuckt der Gedanke durch den Kopf, dass mein Gehirn, weil es keinen Lesestoff mehr bekommt, nun seine eigenen Geschichten erfindet.

Ich frage mich, ob der Vorbereitungskurs wohl davon abrät, seinen Tagträumen nachzuhängen. Ich kann mich nicht dazu überwinden, eine einzige Seite zu lesen, aber die Vorstellung, nichts als ein Roboter in der akademischen Welt zu sein, bereitet mir geradezu körperlich Schmerzen. Ich befreie mich von dem Gedanken. Es ist ja nicht so, als könnte ich einen Rückzieher machen. Ich habe es hoch und heilig versprochen und daran werde ich mich halten, auch wenn Jenna nicht hier ist, um mich zu motivieren.

Meine Fantasien scheinen alles andere auszublenden, weil ich das gedämpfte Licht zu meiner Rechten, aus dem Raum, den ich vorhin nicht erkunden konnte, erst jetzt wahrnehme.

Meine Schritte werden langsamer, mein Körper spannt sich an, als wüsste er etwas, was ich nicht weiß.

Leuchtende Lampen mit flackernden Glühbirnen sind oben auf jedem gewölbten Bücherregal angebracht und ab und zu auch an der Wand. Es ist der größte Raum von allen, fast vollkommen rund mit einem großen Teppich direkt am Eingang, der wie ein Kompass gestaltet ist. In der schwachen Beleuchtung kann ich ein Wandgemälde ausmachen, so realistisch und unerwartet, dass meine Sinne sofort geschärft sind und Verzweiflung und Geheimnisse gleichermaßen schnell von mir abfallen, dass ich fast meine, es scheppern zu hören, als sie zu Boden fallen.

Es ist eine Darstellung der ersten großen Szene in den Chroniken von Orman, als Emmeline und Ainsley mit ihrem Kanu zufällig in ein anderes Reich rudern. Ihnen ist erst gar nicht klar, dass sie ihre Welt verlassen haben, bis die Klippen vor ihnen aufragen, mit einer Leuchtturmanlage oben auf dem Gipfel, und sich das sanfte Kräuseln des Flusses unter ihrem gestohlenen Kanu plötzlich in riesige Wellen eines großen Meeres verwandelt.

Dieser Raum muss aus meiner Fantasie gefallen sein, als hätte mich jemand beschattet, als ich jede Ecke von jeder Seite dieser Bücher erforscht und mir Notizen über die Details gemacht habe, die mir am besten gefallen. Mein ganzer Körper wird zu dem Gemälde hingezogen und es fällt mir schwer zu glauben, dass das nur ein Bild ist und nicht ein geheimer Zugang zu einer Welt, nach der ich mich so schmerzlich sehne.

Nach der ich mich so schmerzlich gesehnt habe.

Ich frage mich, ob Endsley bei der Entstehung mitgewirkt

hat. Oder vielleicht kennt er den Raum, aber ist damit nicht einverstanden. Ganz offensichtlich ist er ja kein Freund von Aufmerksamkeit.

Ich gehe auf den Leuchtturm zu, kann ihn aber nicht erreichen, auch nicht auf Zehenspitzen. Doch ich spüre den Drang, es zu versuchen. Jenna war viel größer als ich. Wenn sie hier wäre, würde ich sie bitten, den Leuchtturm für uns beide zu berühren, und sie würde mir sagen, dass das idiotisch ist, oder fragen, warum, aber ich würde sie dazu überreden. Sie würde die Augen verdrehen und mit der Handfläche nach oben reichen, aber ihre Hand würde eine Sekunde länger liegen bleiben als nötig, weil auch sie ihn von Anfang an berühren wollte.

Mit ausgestrecktem Arm stehe ich vor der Wand, meine Handfläche an die gemalte Felswand gedrückt, als er hustet.

N.E. Endsley sitzt in einem Sessel zwischen zwei Bücherregalen. Ich zucke zusammen, als er aufsteht, und die Lampen auf den Regalen schwingen hin und her, als würde ein leichter Wind wehen.

Als ich klein war, hat mir mein Vater jeden Abend vor dem Einschlafen dasselbe Buch vorgelesen. Es hieß *Das Waldmädchen.* Viel Text hatte es nicht, aber die Illustrationen waren in wunderschönen Blau- und Grau- und Grüntönen gehalten, alle zusammengemischt, um stattliche Schlösser und große gespenstische Bäume, die hoch über der kleinen goldhaarigen Prinzessin aufragten, abzubilden. Ich habe dieses Buch geliebt, aber es ging verloren, als wir wieder mal umgezogen sind und uns der Beruf meines Vaters von Washington nach Kansas nach Texas brachte.

Jahre später, als ich mit Jenna durch ein Antiquariat stöberte – sie wusste, wie sehr ich das liebte –, bin ich aus einer Laune heraus in die Bilderbuchabteilung gegangen. Alte Freunde ließen ihre Seiten flattern und streckten mir ihren Einband entgegen und liebevoll streichelte ich ihnen den Rücken. Mein Blick fiel auf ein Bilderbuch, das zwischen illustrierten Kinderbibeln steckte, vergessen und abgenutzt, und mein ganzer Körper erwachte zum Leben, als ich die Geschichte entdeckte, die mich einst in den Schlaf gewiegt hatte. Ganz bescheiden stand *Das Waldmädchen* dort im Regal, wartete darauf, dass ich es wieder an mich nahm, und die bunten Bilder waren voller Nostalgie und Liebe und Bedauern, weil wir so lange getrennt gewesen waren.

Besser kann ich nicht beschreiben, wie es sich anfühlt, weit weg von allen wohldurchdachten Plänen zu sein, weit weg von Jenna und gesundem Menschenverstand, und stattdessen ganz allein vor N.E. Endsley zu stehen.

Was aus meinem Mund kommt, ist nicht geplant und freimütiger, als ich beabsichtigt habe.

»Jenna hat deine Bücher geliebt«, sage ich und lege den Kopf zurück, um seinem Blick zu begegnen. »Hat sie dir das gesagt, als ihr miteinander gesprochen habt?«

Er starrt mich so lange an, dass ich mich frage, ob er sich gleich umdreht und wortlos davongeht, ein Phantomprinz, der in sein stilles Schloss zurückkehrt.

Oder vielleicht bin ich einfach töricht und er kann sich gar nicht an Jenna erinnern und hat nichts dazu zu sagen.

»Ich weiß nicht, wovon du sprichst«, sagt er.

Sein Ton ist hochmütig und herrisch, als wäre er allwissend. Er ist ganz anders als der warme Tonfall von Valeries Stimme, wenngleich sie mit einem einzigen Wort mehr erreichen würde als die meisten Monarchen mit einem Satz.

Nein, N.E. Endsley nutzt seine Stimme, um mich herabzusetzen, und der Teil von mir, der meinen Kopf noch über Wasser hält, lässt sich nicht kleinmachen.

»Du weißt genau, wovon ich spreche«, sage ich. »Sie hat dich auf dem Festival getroffen, von dem du abgehauen bist. Sie hat dir *geholfen.*«

Selbst im schwachen Licht sehe ich, wie er zusammenzuckt.

»Siehst du!« Ich zeige mit dem Finger auf ihn, berühre fast seine Brust. »Siehst du! Du erinnerst dich.«

»Tue ich nicht«, beharrt er, mit einem hektischen Unterton in der Stimme. »Ich weiß nicht, wovon du sprichst oder *wer du bist.*«

Während seine Stimme immer lauter wird, wird meine immer leiser, nicht aus Angst, sondern aus Verzweiflung. Mein ganzer Körper braucht die Bestätigung von N.E. Endsley, dass Jenna existiert hat; mehr, als ich je zuvor in meinem Leben etwas gebraucht habe.

»Warum kannst du es mir nicht sagen?« Meine Stimme ist kaum noch zu hören, zersplittert. Ich hasse mich dafür, dass ich die Fassung verliere, aber ich kann nichts tun, um den auf mich zurollenden Zug der Trauer aufzuhalten.

Aufgeregt geht er einen Schritt auf mich zu, als könnte er sich auf dieses Gespräch stürzen und es so verschwinden lassen. »Warum musst du das wissen?«

»Weil sie tot ist«, sage ich. Bei dem letzten Wort entfährt mir ein kleiner Schluchzer, Tränen laufen mir übers Gesicht. »Sie ist tot und ich will wissen, was sie gesagt hat und was du zu ihr gesagt hast, denn sie ist eine Woche nach dem Festival gestorben und wir haben beide deine Bücher geliebt und ich … ich will es einfach wissen.«

Ich habe keine Kraft mehr übrig, mich darüber aufzuregen, wie verzweifelt ich klinge, wie kaputt. Ich habe keine Kraft mehr übrig, meinen Traum darüber, wie es ist, N.E. Endsley zu treffen, mit der Realität abzugleichen, hier allein in einem Buchladen, ohne Jenna.

Ich bin nicht überrascht, als er plötzlich den Raum verlässt. Es ist einfach zu viel, das weiß ich. Wie betäubt stehe ich mitten auf dem Kompassteppich, Orman im Rücken, und denke an schwimmende Wale. Ich stelle mir ihre geschmeidigen Körper vor, wie sie immer wieder aus den Wellen auftauchen, wie sie sich gegenseitig ihre Lieder in der Dämmerung vorsingen, wie verspielt die jungen Kälber sind und wie froh darüber, am Leben zu sein.

Ich *bin* überrascht, als Endsley plötzlich zurückkehrt, mit einer Packung Taschentücher in der Hand.

»Hier.« Er hält mir die Taschentücher mit ausgestrecktem Arm entgegen, als hätte er Angst, mir in diesem Zustand zu nahe zu kommen, aber auch wenn wir beide die Arme ausstrecken, kann ich sie nicht erreichen. Sanft wirft er mir die Packung zu und sie fällt zwischen uns auf den Boden, ein Laut in der Stille.

Ich hole sie mit meinem Fuß näher heran und bücke mich, um mir ein Taschentuch rauszuziehen, bevor mein Blick seinen trifft. In diesem Licht ist er wie ein Gewitter, derart, dass kein Fotograf ihn je wirklich einfangen könnte.

»Du kannst gehen«, sage ich mit belegter Stimme. Ich kann spüren, wie mich mit jeder verräterischen Träne der Kampfgeist verlässt. Ich will wütend sein, rachedurstig, aber ich bin einfach nur am Boden zerstört. »Ich weiß, dass du Menschen hasst. Ich habe deine Interviews gelesen.«

Vielleicht bin ich so erbärmlich, dass sogar dieser zurückgezogen lebende Autor, der die ganze Welt hasst, mich bemitleidet, oder ich halluziniere, aber ich könnte schwören, dass sich irgendetwas an Endsleys Gesichtsausdruck verändert. Sein Blick weicht kurz von mir, richtet sich auf den Leuchtturm über meinem Kopf, sein Kiefer ist zusammengepresst, seine Augen zusammengekniffen und als er mich wieder ansieht, wirkt er resigniert. Nach einem Seufzer kommt er mit zwei großen Schritten auf mich zu und zieht nicht sehr sanft an meinem Arm.

»Setz dich«, sagt er. Der weitere Befehl eines Königs, der es gewohnt ist, seinen Willen zu bekommen.

»Was?«, frage ich verwundert. »Warum?«

»Weil vor nicht allzu langer Zeit jemand das Gleiche für mich getan hat, was ich jetzt für dich tue. Setz dich.«

Neugierig und verwirrt lasse ich mich neben ihn auf den Fußboden hinuntergleiten, sodass wir beide im Schneidersitz auf dem Kompassteppich sitzen. Er wendet sich mir ein Stückchen zu und streckt die Hand aus.

»Ich bin Endsley«, sagt er.

Es ist, als würde sich Taylor Swift bei einem Konzert vorstellen. Es ist lächerlich, einem Kichern angemessen, aber ich lache nicht.

»Ich weiß«, sage ich und schüttele seine Hand und erst danach wird mir klar, dass das die Hand ist, mit der ich mir gerade den Rotz abgewischt habe. »Amelia.«

»Gut«, sagt er. »Gut.« Er wühlt in seiner Tasche und zieht ein Klapphandy raus, ein klobiges Ding, das völlig fehl am Platz wirkt in einer Welt voller schmaler, tastenloser Touchscreens.

»Ich mag Smartphones nicht«, sagt er.

Ich nicke und stelle mir Wale vor, die an einem Tag Hunderte von Kilometern umherschwimmen können, von Sonnenuntergang zu Sonnenuntergang.

Er tippt einen vierstelligen Code ein und benutzt die altmodische Tastatur, um auf ein großes Icon mit der Bezeichnung »Digitale Fotos« zu kommen. Ein unscharfes Bild von einem ausgemergelten grauen Hund erscheint auf dem winzigen Bildschirm.

»Wally«, sagt Endsley einfach und streckt den Arm aus, damit ich das Handy vor mir habe. »Für ein paar Wochen war er so eine Art Legende in New York. Er hat im Central Park gelebt, ist aber immer wieder auf die Straße gelaufen, um die Imbissbuden auf der anderen Seite zu erreichen. Dem Tierschutz ist er mehrmals entkommen. Das Auto, in dem ich saß, war schließlich das, das ihn angefahren hat. Ich habe ihn zum Tierarzt gebracht – frag mich nicht, warum – und seitdem ist er bei mir. Valerie glaubt, dass er sich deswegen immer irgendwo ranschmeißt, wenn er Hunger hat. Sein erbsengroßes Hirn verbindet wohl körperliches Unwohlsein mit einem positiven Ausgang.«

Das hier ist jenseits von bizarr. Der mächtige N.E. Endsley zeigt mir Fotos auf seinem Handy? Das muss ein fiebriger Traum sein. Ich sterbe und das ist wohl alles, was mein Gehirn in diesen letzten Augenblicken aufbringen kann.

Jenna, denke ich. *Ich will stattdessen Jenna.* Aber Endsley nimmt das Handy und klickt ein paarmal drauf. Dann zeigt er mir ein weiteres Foto, das Bild von einem knorrigen Baum.

»Das ist ein Baum aus dem Garten, wo ich aufgewachsen

bin. Ich bin immer in dieses kleine V geklettert, siehst du? Dort habe ich mit einem Schreibblock gesessen und eine Geschichte nach der anderen geschrieben. Sich wiederholende, klischeehafte Sachen, aber ich mochte sie. Ich hasste es, drinnen zu sein. Manchmal hat mir mein Vater ein Sandwich gebracht, damit ich im Baum picknicken konnte, aber nicht sehr oft.«

Klick, klick.

»Dazu gibt es nicht wirklich eine Geschichte, aber ich mochte diesen Hocker. Das war in einem Antiquitätenladen und ich habe mich gefragt, wer ihn geschnitzt und ihn oben angemalt hat und wie er in diesem vergessenen Laden gelandet ist. Es ist Blödsinn.«

Die Wale lösen sich auf, werden durch eine seltsame Wende des Schicksals ersetzt. Die Fotos übernehmen meinen Denkvorgang und der große N.E. Endsley schrumpft zu einem normalen menschlichen Jungen zusammen, der nur ein Jahr älter ist als ich, ein paar Zentimeter größer, der auf dem Fußboden eines Zimmers sitzt, das nach seiner Fiktion gestaltet wurde. Die Fragen in meinem Kopf werden zu einem gedämpften, leisen Rauschen und ich versuche einfach, jeden Augenblick dieser Begegnung in mir aufzunehmen. Ich bin mir sicher, es wird meine letzte sein, wegen meines unmittelbar bevorstehenden halluzinatorischen Todes.

Ich rutsche ein kleines Stück näher an ihn ran, bin aber nicht mutig genug, meinen Arm seinen berühren zu lassen, obwohl ich den Verdacht habe, dass einer von uns körperlos ist, vielleicht sogar wir beide.

Er wirft mir einen Blick zu, sagt aber nichts, bis ein weiteres Foto auf dem Bildschirm auftaucht.

»Das ist Alex am Times Square. Er hat mich besucht … als ich da gelebt habe, in New York.«

Alex strahlt uns an, eingepackt in Schal und Mütze, mit einer komischen Hipster-Brille, die auf seinem runden Gesicht fehl am Platz aussieht. Fast will ich etwas über die Brille sagen – heute Abend hatte er keine auf –, aber ich habe meine Stimme noch nicht wiedergefunden. Endsley wirft einen Blick auf mein Gesicht und lächelt fast.

»Die hat er sich irgendwo an der Straße gekauft«, sagt er. »Hauptsächlich, um mich zu ärgern. Er hat sie die ganze Zeit aufbehalten, während er da war.«

Er nimmt das Handy wieder an sich und klickt weiter, sucht vermutlich weitere Fotos, die er mir zeigen kann. Ich habe aufgehört zu weinen.

Eigentlich will ich ihm danken, aber stattdessen stelle ich hastig Fakten über diesen seltsamen Autor zusammen: das Klapphandy; die teuren Jeans, an den Knien und am Saum leicht matschig; der Katalog von Fotos, die es seiner Ansicht nach wert sind, aufgehoben zu werden.

Ein Teil von mir fragt sich, ob er nur von Jenna ablenken will. Warum möchte er nicht über sie sprechen?

Ich spüre, wie ich mich verliere, also sage ich schnell: »Danke, dass du mir die Fotos gezeigt hast.«

Er sieht nicht von seinem Handy auf. »Alles gut.«

Ein unausgesprochenes *Gern geschehen* hängt in der Luft, aber er greift nicht danach und zieht es an sich, also sitzen wir schweigend da.

Ich lasse meinen Kopf zurückfallen, um das gesamte Gemälde aufzunehmen, aber ich kann nur die Spitze des Leuchtturms, ein Stückchen Lampe auf einem Regal sehen.

Wenn Jenna hier wäre, dann hätte sie ganz bestimmt gewusst, was zu tun ist, um sich selbst und Endsley die Befangenheit zu nehmen.

»Kann ich dich morgen sehen?«, frage ich den Leuchtturm, weil ich zu feige bin, sein Gesicht anzugucken, wenn er ablehnt. »Wenn wir beide richtig wach sind?«

Mein Blick bleibt an den gemalten Wellen hängen, die verdrießlich gegen die zerklüftete Anhöhe schlagen, auf der der Leuchtturm steht. Irgendwo da draußen werden ganze Walschulen geboren und sterben wieder, bis N.E. Endsley – Autor von beliebten Büchern und möglicher Jenna-Kenner – wieder seufzt und sagt: »Vielleicht.«

Überrascht setze ich mich gerade hin und wir sehen uns lange Zeit an, seine Augen sind zusammengekniffen und vorsichtig. Wenn dieses Sichangucken leibhaftig werden würde, dann wäre sein Blau das bewegte Graublau eines schrecklichen Sturms und meines wäre das hellere Blau des Ozeans, das aufsteigt, um ihm zu begegnen.

Ich möchte konkrete Pläne machen, mir Zeit und Ort und die Realität auswählen, wenn wir uns morgen treffen, aber N.E. Endsley auf einen Plan festlegen zu wollen, wäre verhängnisvoll. Niemand bestimmt über Stürme.

Sein Blick ist unnachgiebig. Ich frage mich, welche Welten er hinter meinen Augen sieht.

Ich frage mich, ob er weiß, dass ich mir manchmal, in der Stille meiner Gedanken, vorstelle, ich wäre in den Wäldern von Orman. Dass ich den Fußspuren der Mädchen im Gras folge, meine Fußstapfen die ihren vollkommen bedecken, bis ihre Geschichte zu meiner eigenen wird. Wenn er das weiß, obwohl die Bücher nicht mehr zu mir sprechen, dann sieht die

Welt hinter meinen Augen noch immer sehr wie eine lebende, atmende Bibliothek aus.

Ohne ein Wort steht er auf, sein Ellbogen schlägt aus Versehen gegen mein Knie. Er ist schon halb den Flur runtergegangen, seine gedämpften Schritte sind in der Stille kaum zu hören, als ich meine Stimme wiederfinde.

»Also, dann redest du?«, frage ich und komme auch auf die Beine. »Über Jenna? Und«, ich kann es mir nicht verkneifen, »über Orman?«

Ich habe den Raum noch nicht verlassen, aber ich kann hören, wie er an der Treppe anhält.

Keine Antwort. Ich kann spüren, wie der Sturm an Kraft gewinnt, also ergänze ich.

»Okay«, sage ich. »Nicht über Orman. Aber … erzählst du mir, was Jenna gesagt hat?«

Jetzt bin ich auch im Flur und kann gerade noch seine Umrisse auf der Treppe ausmachen – sein Rücken ist gerade, sein Kopf gebeugt, als würde er den Fußboden nach etwas absuchen, das er hat fallen lassen, seine linke Hand liegt auf dem Geländer, seine Finger klopfen einen Takt. Wie ein menschlicher Computer, der Risiko und Belohnung abwägt. Er hat nichts gesagt, aber er hat auch nicht Nein gesagt.

»Also, dann sehe ich dich morgen?«, dränge ich.

Ich bin zu weit gegangen. Er antwortet nicht, sieht nicht in meine Richtung, während er die Treppe mit vertrauter Leichtigkeit hinuntergleitet.

Ich sehe zu, wie er die Ladentür öffnet, um zu gehen, und komme nicht umhin, mich mit der Vorstellung zu quälen, dass dies wohl das letzte Mal sein wird, dass ich N.E. Endsley zu Gesicht bekomme. Ich lasse meine Gedanken im Kreis laufen, um sein Treffen mit Jenna, seine Bücher, die Fotos auf seinem Handy. Ich bin so gedankenverloren, dass ich seine Stimme, die sich mit den klingelnden Glocken der Tür vermischt, fast nicht höre.

»Vielleicht.«

Acht

Der Morgen begrüßt mich mit dem Duft von Kaffee, der durch die Holzdielen des Gästezimmers vom Café unter mir nach oben zieht. Das Sandwich von gestern ist zu lange her und so zwingt mich mein Magen dazu, von meinem Nest aus Kissen und Lakengewirr aufzustehen, auf der Suche nach Nahrung. Ich habe in meinen Kleidern geschlafen, in den Jeans und meinem Bücher-Shirt, also bin ich noch zerknitterter und ungepflegter als sowieso schon, aber jemand hat meine Reisetasche aus dem Auto geholt, die Schlüssel liegen ordentlich obenauf. Ich stürze hin, um zu überprüfen, ob meine kostbare 101. Ausgabe noch darin ist, in ein Geschirrtuch eingewickelt und in eine riesige schützende Tüte eingehüllt. Mir entfährt ein Seufzer der Erleichterung, als ich sie sehe, und ich behalte sie im Auge, während ich mir frische Jeans und ein sauberes T-Shirt anziehe.

Als ich das Café erreiche, sitzt an einem Tisch eine Gruppe Frauen, Kinderwagen an ihre Seite geschmiegt, und ein einzelner Mann liest in einer Ecke die Zeitung, aber nirgendwo sehe ich ein bekanntes Gesicht. Ich hatte die vage Hoffnung, dass Endsley auf mich warten würde, Kaffee und einen Frühstücksburrito in der Hand, bereit, über Jenna zu reden.

»Amelia?«

Ein Kopf taucht über dem Marmortresen auf, neben einer Vitrine, randvoll mit Frühstücksgebäck. Es ist ein älterer Mann, barsch und unrasiert, mit einem faltigen, sonnenverwitterten Gesicht. Er legt den Kopf schief.

»Val hat gesagt, du würdest runterkommen«, sagt er, als ich näher komme. Seine Stimme klingt wie ein altes Auto auf einer Schotterstraße, rau und mäandernd. »Sie hat auch gesagt, dass ich dir sagen soll, dass sie in dein Zimmer gegangen ist, als du geschlafen hast, um deine Autoschlüssel zu nehmen und deine Tasche zu holen. Na, vielleicht hat sie mir auch gesagt, dass ich weglassen soll, dass sie reingekommen ist, während du schliefst, aber ich denke mal, danach hättest du sonst ohnehin nachgefragt.«

»Das macht nichts«, sage ich, viel zu hungrig, um an etwas anderes als mein Frühstück zu denken. »Was kosten die Plunderstücke?«

»Ich bin Larson«, redet er weiter, als hätte ich nichts gesagt. »Die jungen Leute nennen mich meistens Mr Larson, aber du kannst mich nennen, wie du willst, solange du dich nicht beschwerst, dass der Kaffee zu stark ist. Deine Generation weiß einfach nicht, wie ordentlicher Kaffee schmecken soll, mit all dem Zucker und der Milch und diesen künstlichen Süßstoffen, die ihr da reinwerft.«

Ich bin eindeutig nicht wach genug, um diesem Gespräch zu folgen. Wenn Jenna hier wäre, würde sie schon ihre Kreditkarte über den Tresen schieben und auf grenzwertig unfreundliche Art darum bitten, jetzt bedient und später vollgelabert zu werden.

»Mr Larson, könnte ich einfach ein Plunderteilchen und ein Glas Wasser haben?«

»Seit wann soll Kaffee wie Eiscreme schmecken? Und wer um alles in dieser großen weiten Welt ist auf die Idee gekommen, dass Kürbis, ausgerechnet *Kürbis*, eine Geschmacksrichtung für Kaffee sein soll?« Er findet einfach kein Ende, aber zum Glück bewegt er sich mit einer Greifzange auf die Vitrine zu und rangelt mit den Plunderteilchen.

»Das liegt an diesen Frühstückscerealien, weißt du«, fährt er fort. »All dieser Zucker und diese Marshmallows. Das hat euch verdorben. Eure ganze Generation meint, Frühstück und Kaffee – und das Leben übrigens auch – soll so süß sein, dass es dir die Zähne raushaut. Aber manchmal ist das Leben bitter und da könnt ihr euch ebenso gut gleich dran gewöhnen.« Mit einem *Bääääh* lässt er die Zange fallen und schiebt das rebellische Teilchen grob auf einen weißen Keramikteller.

»Die Regierung macht das. Mit all dem Zucker. Wenn sie dafür sorgen, dass du fett und faul bleibst und abhängig vom Gesundheitssystem, dann bist du leicht zu beeinflussen. Das ist wie mit Religion. Oder Netflix.«

Jetzt gießt er mir einen Becher Kaffee ein und es wird keinen Sinn machen, überhaupt zu versuchen, ihm zu sagen, dass ich den nicht bestellt habe.

Er knallt den Becher neben das Plunderteilchen und wirft mir über die Vitrine einen strengen Blick zu.

»Du bist ganz schön klein«, sagt er entschieden. »Das ist der Zucker. Das kostet nix, Missy, hat Val so angeordnet. Sie hat gesagt, solange du hier bist, geht alles aufs Haus.«

»Danke«, sage ich und greife nach dem Geld in meiner Jeanstasche. »Aber ich kann bezahlen.«

»Hast du nicht gehört, was ich gesagt habe, Missy? Das hat Val so angeordnet, nicht ich. Kennst du Val?«

»Ja, Sir«, sage ich. »Ich habe sie gestern Abend kennengelernt.«

Na ja, ganz offensichtlich habe ich das. Ich habe in ihrem Gästezimmer geschlafen.

»Nun, wenn du meinst, dass es sinnvoll ist, mit ihr zu diskutieren, dann ist die Zuckerepidemie noch schlimmer, als ich dachte.« Damit verschwindet er grummelnd in dem kleinen Hinterzimmer hinter dem Tresen.

Ich setze mich ein Stück entfernt von den Kinderwagen hin und beäuge den Kaffee. Ein einziger Schluck lässt die Haare auf meinen Armen zu Berge stehen und treibt mir die Tränen in die Augen. Ich stopfe mir ein Stück des Plunderteilchens in den Mund, in der Hoffnung, so nicht aus der Haut zu fahren. Trotzdem muss ich husten, kurz und verzweifelt, um die säurehaltige Kaffeelawine aus meiner Kehle loszuwerden, und bekomme ein leises *Wuff* von der Treppe als Antwort.

»Nein«, sage ich. »Auf keinen Fall.« Wally wedelt schon mit dem Schwanz und hüpft vor Aufregung auf der Stelle. »Nein«, wiederhole ich nachdrücklich. »Wag es nicht, Wally.«

Seine langen Beine rasen über den Teppich auf meinen Ecktisch zu, legen sich sofort auf meine Schultern, feuchte Pfoten kratzen an meinem sauberen Shirt und seine Zunge gestaltet voller Freude meine Augenbrauen um.

»Wally, hör auf. *Hör auf! Runter* mit dir.«

Die Kinderwagen-Brigade hat aufgehört, sich zu unterhalten, ihre Mitglieder starren mich und Wally mit geöffneten

Mündern an, während sie ihre Kaffeebecher hübsch ordentlich mit beiden Händen halten.

Nachdem es mir schließlich gelungen ist, Wally mit einem Stück Plunderteilchen dazu zu bewegen, sich zu meinen Füßen niederzulassen, und sein Schwanz glücklich gegen mein Stuhlbein schlägt, kommt Mr Larson mit einem weiteren Becher Kaffee an meinen Tisch.

»Danke, Mr Larson, aber ich habe genug Kaffee.« *Und ich will nicht wie verbrannter Teer riechen.*

»Der ist nicht für dich. Das ist Wallys Morgengebräu. Bitte schön, Junge.« Er stellt den Becher vor Wally ab, der aufhört, mein Hosenbein abzulecken, um seine riesige Zunge in den Becher zu tauchen.

»Ich dachte, Hunde vertragen kein Koffein«, sage ich.

»Mein Kaffee tut allen und jedem gut«, sagt Mr Larson und ich weiß nicht so recht, ob sein Ton stolz oder abwehrend ist. »Walter trinkt diesen Kaffee jeden Morgen und hat nie Nebenwirkungen gezeigt, außer dass er vielleicht etwas schwungvoller durchs Leben geht.«

Als wollte er das beweisen, stellt Wally die Ohren auf, die zotteligen Spitzen ragen aus dem fast leeren Kaffeebecher nach oben, als würde er auf einen unsichtbaren Ruf antworten. Etwa eine Sekunde lang ist er völlig still und stürzt dann Richtung Treppe davon, wie ein schmutzig grauer Blitz, und kein Fotograf der Welt hätte die geringste Chance, das einzufangen.

Einen Augenblick später ist unten ganz schön viel Gebell und Rufen zu hören. Ich erkenne Valeries Stimme sofort, die sich missbilligend über das Tohuwabohu erhebt, und Alex' auch, der genervt klingt, aber lacht. Schnell stopfe ich mir den

Rest des Plunderteilchens in den Mund und gehe nach unten, begierig darauf, Endsley zu sehen.

»Amelia, Liebes, du bist ja schon auf. Ich hoffe, du hast gut geschlafen.«

»Danke«, sage ich. Ich lasse meinen Blick durch den Laden schweifen, aber er ist nicht da.

Alex' gezwungenes Lächeln verrutscht, als er meinen suchenden Blick sieht.

»Unter der Woche hat er meistens viel zu tun«, sagt er. Allen ist klar, wer mit *er* gemeint ist. »Er hat auch nicht so gern Gesellschaft, ehrlich gesagt. Sein Verhalten gestern Abend tut mir aber *wirklich* leid.«

Tja. Dann hat Endsley es also nicht für nötig befunden, Alex von unserem Gespräch im Orman-Zimmer zu erzählen.

»Aber als ich gestern Nacht noch mal mit ihm gesprochen habe, hat er gesagt …«

»Noch mal?«, unterbricht Valerie. »Du meinst, ihr habt gestern miteinander gesprochen? Nachdem ihr euch kennengelernt habt und er so unglaublich unhöflich war?«

»Ja«, sage ich. »Ich wollte mir was zu trinken holen und bin vielleicht ein bisschen umhergewandert. Er hat gesagt, dass wir uns heute treffen …«

Vielleicht, unterbricht mich mein Gehirn. Er hat *vielleicht* gesagt.

Erstaunt wendet sich Valerie an Alex. »Alexander, wusstest du davon?«

Alex sieht zweifelnd zwischen uns hin und her, während er sich eine schwere Kuriertasche um die Schulter hängt.

»Ich wusste nicht, dass sie gestern Nacht miteinander gesprochen haben, wenn du das meinst.«

»Nun, natürlich meine ich das. Wo ist er denn heute?«

Alex schließt die Augen und fährt sich mit der Hand durch die Locken. »Ich weiß es nicht.« Es klingt fast wie ein Winseln. »Ich habe kaum noch Zeit, alles für den Sommerbasar vorzubereiten, weil …«

»Alexander, es ist wichtig, dass wir den Jungen in jeder Hinsicht ermutigen, was soziale Kontakte angeht. Also, wo ist er?«

Wieder tauschen sie einen seltsamen Blick aus und wieder bin ich ein lebendes Versatzstück, etwas, das sich beteiligt, wenn es nötig ist, aber ansonsten ignoriert wird.

Ich sehe zu, wie sich das stumme Gespräch entwickelt. Valerie neigt den Kopf ein kleines bisschen zur Seite und dreht ihre Handfläche nach außen. *Das ist ungewöhnlich.* Alex zuckt kaum wahrnehmbar mit den Schultern und blinzelt zweimal. *Ja, aber du sagst doch, wir sollen ihn ermutigen.* Nicht ganz so subtil zeigt er mit dem Kopf in meine Richtung. *Meinst du denn, wir können ihr vertrauen?*

»Es ist Mittwoch. Fort-Tag, stimmt's?«, sagt Valerie, zu mir, glaube ich, obwohl sie noch immer Alex anguckt. »Alexander bringt dich hin.«

»Basarpflichten«, wendet Alex ein. Sein Ton legt nahe, dass er seine eigene Antwort auf die Frage nach meiner Integrität hat und die nicht gut ausfällt.

»Du wolltest heute die Anmietung der Stände bei Mr Sampson bestätigen, richtig?«, fragt Valerie.

»Nein, Mom. Ich muss …«, fängt Alex an, aber ihm wird sofort das Wort abgeschnitten. Ich frage mich langsam, ob hier irgendjemand einen ganzen Satz zu Ende sprechen kann.

»Ich rufe Mr Sampson an und kläre das«, sagt Valerie.

»Und dann will ich darüber nichts mehr hören. Zwing mich nicht, dich auf meine Liste unter unartig neben Mr Endsley zu setzen.«

»Aber da hast du mich doch gerade erst runtergenommen«, murmelt Alex und ich beobachte, wie sich sein Gesicht von dem eines gut aussehenden Studenten in das eines verärgerten Fünfjährigen verwandelt.

Gegen meinen Willen bin ich unglaublich amüsiert.

»Na los«, sagt Alex. »Ich bring dich zu Nolan. Wally! Auf geht's!«

Wally ist gerade damit beschäftigt, verstohlen eine Holzkiste voller Streichhölzer vor dem Kamin abzulecken.

»Walter«, ruft Alex. »Na los!«

Und das ist die Geschichte, wie ich in einem verrosteten braunen Pick-up gelandet bin, mit dem besten Freund von N.E. Endsley und dem dummen, nichtsnutzigen, ganz bösen Hund von N.E. Endsley.

Während der Fahrt sagen wir nicht viel. Der Dieselmotor ist so laut, dass auch das kürzeste Gespräch einem die Stimmbänder reizen würde. Wally sollte eigentlich hinten auf der Ladefläche sitzen, aber nachdem er seinen riesigen Kopf durch das offene Rückfenster gedrückt hat, um mir ein-, zweimal übers Haar zu lecken, beschließt er, dass er dann auch gleich richtig zu uns kommen und es sich gemütlich machen kann. Er sitzt zwischen mir und Alex auf der Bank, hechelnd vor Begeisterung, seine Vorderpfoten liegen auf meinen Knien.

»Nolan ist schuld«, brüllt Alex über den Motor. »Er hat sich nie die Mühe gemacht, ihn zu erziehen.«

Er klingt gleichzeitig streng und nachsichtig in Bezug auf

Endsley und mit einem stechenden Schmerz muss ich an Jenna denken.

Sie ist nicht da. Es ist wie ein schleichender Nebel, diese plötzliche schreckliche Erkenntnis, die mich noch vor ein paar Tagen gleich beim Aufwachen erwischt hätte. Aber heute ist es anders. Heute bin ich in einem Buchladen aufgewacht, nachdem ich N.E. Endsley kennengelernt habe, und habe im selben Buchladen gefrühstückt und werde zu ihm gebracht, von niemand anderem als seinem besten Freund und Beschützer, und mir ist gerade jetzt erst eingefallen, warum ich überhaupt von zu Hause abgehauen bin.

Habe ich sie wirklich so einfach vergessen? Den Rest der Fahrt starre ich aus dem Fenster und versuche, das viele Grün um uns herum zu verstehen. Ich stelle mir vor, wie Wale zwischen den Bäumen herumschwimmen, wie die Wälder von Orman mit ihren dunklen Ästen aufsteigen und sich mit der Landschaft von Michigan vermischen. Ich tue so, als wäre ich nicht real; als wären Wally und Alex nicht real. Die Welt ist eine große Geschichte und ich bin nichts als das Hirngespinst irgendeines Autors, ein verworfener Charakter, der es nie auf eine Seite geschafft hat. Komischerweise geht es mir damit etwas besser.

Alex manövriert den Pick-up durch ein offenes Eisentor, das auf beiden Seiten von Steinen aufgehalten wird. Auf einem Schild steht, dass das ein Privatstrand ist, aber die Steine sind fest in der Erde verankert und ich habe das Gefühl, dass das Tor nie geschlossen wird.

Der Lake Michigan ist wieder in all seiner Pracht zu sehen, erstreckt sich in blauen, gemächlichen Strichen bis zum Horizont. Alex hält neben einem schmalen Pfad, der zum plätschernden Ufer führt. Als er den Motor abstellt, quetscht sich Wally wieder zum Fenster raus, hüpft von der Ladefläche und rennt nicht viel langsamer, als wenn er mit Kaffee vollgetankt ist, um eine Baumgruppe herum und verschwindet aus unserem Blickfeld.

Meine Ohren gewöhnen sich noch an die Stille, als Alex seufzt. Ich glaube, dass er mir jetzt sagen wird, wo ich Endsley finden kann, aber stattdessen schließt er die Augen, lehnt seinen Kopf zurück und atmet hörbar aus: »Er ist mein bester Freund.«

Ich weiß nicht, was ich sagen soll, also sage ich nichts.

»Er ist mein bester Freund und ich möchte nicht, dass er verletzt wird.«

Ich sehe zu, während die Welt von Alex ins Blickfeld rückt. Alex ist alles, was gütig und gut und naiv ist, ohne dumm zu sein. Sein Inneres ist eine Kirmes voller Möglichkeiten und Wunder und intelligenter Maschinen, die nicht die Schrulligkeit seiner altmodischen Verschrobenheit beeinträchtigen. Jeder ist hier willkommen, jeder bekommt eine erste, zweite, dritte Chance, um die Fülle von Zuckerwatte zu genießen. Niemand ist zu arm oder zu seltsam oder zu irgendetwas, um ausgeschlossen zu werden. Um die Kirmes herum sind hohe Mauern, die mit Bildern von lächelnden Kindern und Heißluftballons bemalt sind – hell und fröhlich, aber dennoch Mauern. Sie sollen alles Schlechte fernhalten.

Er fragt sich, ob ich zu den Schlechten gehöre.

Das kann ich ihm nicht verübeln.

Ich will ihm sagen, dass das Schlechte einen Weg nach drinnen finden wird, egal, was er auch tut. Ich will sagen, dass auch ich dachte, ich sei sicher, weil ich Freunde und Geschichten und das Leben mehr liebte, als ich materiellen Besitz mochte, aber wie sich herausgestellt hat, können dir auch die sichersten Sachen zwischen einem Herzschlag und dem nächsten entrissen werden.

»Ich will niemandem wehtun«, sage ich stattdessen und Alex starrt mich einen langen Moment an.

»Fast glaube ich dir«, sagt er und klingt überrascht. »Ich weiß nicht, was gestern Nacht passiert ist, aber es sagt schon was aus, dass er überhaupt mit dir gesprochen hat.« Er hält inne. »Du solltest wissen, dass er nie spricht. Mit niemandem.«

»Habe ich mir gedacht«, sage ich.

»Nein, wirklich.« Seine Stimme ist streng, fast tadelnd. »Mit niemandem. Ich kann die Ausnahmen alle an einer Hand abzählen.«

»Ich habe verstanden, Alex. Ich will niemanden verletzen.«

Alex' Blick bohrt sich in meinen. »Er braucht Freunde. Keine *Fans.*«

Und das ist sie, die grundlegende Sorge, die Angst, ich könnte eine hirnlose Fan-Drohne sein, die N.E. Endsley bei der nächstbesten Gelegenheit den Pullover runterreißen wird, um ihn auf eBay zu verkaufen. Oder vielleicht haben er und Valerie Angst, ich könnte eine verdeckte Journalistin sein, die sich dafür rüstet, alles zu enthüllen. Ich werfe einen Blick auf mein völlig unprofessionelles, zerknittertes Shirt und denke, es ist wohl Ersteres.

»Ich werde ihm nicht wehtun«, sage ich. »Das schwöre ich.«

Alex macht keine Anstalten, aus dem Auto zu steigen, also bewege ich mich auch nicht. Ich höre ein scharfes Bellen von Wally in der Ferne.

»Du erinnerst mich an meine Freundin Jenna«, sage ich.

Ich starre geradeaus auf die Windschutzscheibe, weil ich Angst habe, dass ich Sauerstoff verliere, wenn ich Alex angucke, während ich ihren Namen sage. »Sie hat … auf mich aufgepasst. Musste sie, denn als sie mich gefunden hat, hatte ich niemanden, der mich beschützt. Jenna war …« Ich halte inne und hole tief Luft, bevor ich weiterspreche. »Jenna war meine Schwester und meine liebste, beste Freundin. Ich schwöre auf ihr Grab, dass ich ihm nicht wehtun will.«

Ich bin stolz darauf, dass ich nicht weine, als ich Alex' besonnenem Blick begegne.

»Es tut mir leid wegen deiner Freundin«, sagt er. Nach einer Pause: »Du musst ein ganzes Stück Weg den Strand runterlaufen. Ich würde dich fahren, aber zu Fuß ist es schneller. Die Seitenstraßen hier sind seltsam. Es dauert etwa zehn Minuten bis zum Fort. Wahrscheinlich findet er dich vorher. Ich habe ihm eine Nachricht geschrieben, um sicherzugehen, dass er wollte, dass du kommst.«

Ich bin froh, dass ich angekündigt wurde, jetzt bin ich nicht mehr ganz so hibbelig. Ich habe es auf Mr Larsons Kaffee geschoben, dabei weiß ich ganz genau, dass es an der Aussicht liegt, Endsley gleich wiederzusehen.

»Danke, Alex«, sage ich.

»Nein, ich danke *dir*, Amelia. Es ist ungewöhnlich für ihn, überhaupt Gesellschaft zu haben. Nur …« Er sieht mehr als ein bisschen verloren aus, während er versucht, seine Gedanken in Worte zu fassen. »Denk nur daran, dass du meinen unbesuchbaren Freund besuchst, und es wäre mir sehr daran gelegen, dass er unversehrt ist, wenn du wieder gehst. Okay?«

Heute ist ein Tag des Vergessens. Ich habe vergessen, dass ich nur vorübergehend an diesem Ort bin, mir sechs Tage von

Texas und meiner Zukunft borge und von all den Verpflichtungen, die sich wie eine Decke vor mir ausrollen, die mich eigentlich trösten sollte, aber sich nun anfühlt, als würde sie mich langsam ersticken.

Ich gucke aus dem Fenster und versuche, Wallys entferntes aufgeregtes Bellen zu ignorieren. Es ist ein forderndes Geräusch, ein hartnäckiges Komm-spiel-mit-mir, aber ich habe das Gefühl, dass mein Gespräch mit Alex noch nicht zu Ende ist.

Gerade will ich aus dem Auto aussteigen und den Moment ziehen lassen, als Alex sagt: »Amelia?«

»Ja?«

Wieder starrt er mich an, als wäre ich ein Puzzle, und wenn er nur den richtigen Schalter betätigen würde, wäre ich vollständig und ganz.

»Was denn?«, frage ich, als er nicht weiterspricht.

»Nichts«, sagt Alex, lehnt sich in seinem Sitz zurück und startet den Motor. »Nichts. Ich muss mich wieder um den Basar kümmern. Wir sehen uns später.«

Als ich aus dem Auto steige, versteckt sich ein Lächeln in seinen Augen. Ich winke ihm halbherzig zu und gehe den felsigen Abhang zum Sand runter. Der Pick-up nimmt brüllend Fahrt auf, sobald ich außer Sichtweite bin.

Wallys Gebell schwebt zwischen den Bäumen und mein Blick wandert nach oben, wo der Wind die Äste mit aller Macht vom Wasser zurückdrückt. Die dunklen Wolken in der Ferne versprechen kübelweise Wasser, sollten sie den Weg über den See nach Lochbrook finden. Wie seltsam, dass ich gerade noch in Dallas war, fein säuberlich in meiner unordentlichen Welt verstaut, und auf einmal bin ich an einem völlig anderen

Ort. Hier gibt es keine Hochhäuser, keine Sirenen, keinen Geruch von Asphalt, der in der texanischen Sonne dahinschmilzt, und keinen physischen Hinweis auf Jennas Anwesenheit, wie ihr Haus oder Downtown Books.

Die Wale treiben dahin, ihre Unterbäuche gleiten über die Baumkronen, bevor sie in Richtung der Stürme davonschwimmen mit einer Zuversicht, die daher rührt, dass ihnen weder das Wetter noch die Zeit, noch die Probleme eines Mädchens etwas anhaben können.

»Amelia?«

Ich zucke zusammen, meine Hand fliegt dramatisch auf mein Herz, wie bei einer albernen Südstaatenschönheit aus dem Kino.

»Nolan.« Sein plötzliches Auftauchen schreckt seinen Vornamen aus mir heraus. Alex und Valerie nennen ihn so, wenn Valerie ihn nicht gerade »dieser Junge« nennt, und ich stelle fest, dass es sich richtig anfühlt.

Er korrigiert mich nicht.

Sich an mich ranzuschleichen, ist ihm gelungen, indem er aus dem Gebüsch, das den Strand säumt, aufgetaucht ist; wie eine der Baumritterinnen aus den Chroniken von Orman, aus einem seiner *eigenen Bücher.* Er steht neben mir, folgt meinem Blick zu den Bäumen und sieht verwirrt aus.

»Beobachtest du Vögel?«

Es hilft nichts, wenn ich so tue, als wäre ich die quirlige, buchliebende Person, die ich einmal war. In ein paar Tagen werde ich in dem winzigen Haus meiner Mutter aufwachen, so allein, wie ein Mensch nur sein kann, ohne wirklich allein zu sein. Ich werde mir die Pizza im Kühlschrank ansehen und entscheiden, dass sie wohl zu alt für mich ist, und eine neue bestellen. Ich werde Jennas Bücher, die ich zerstört habe, weglegen, den Aschenbecher meiner Mutter leeren und mich darauf vorbereiten, den Rest meines Lebens zu beginnen.

Ich werde Jennas Vorbereitungskurs für die Uni besuchen. Ich werde treu den Weg gehen, der mir vorgegeben wurde, und werde dankbar sein für dieses Privileg, und es wird mir nicht so wichtig sein, *was* ich studiere. Ich werde dem Schlachtruf meines Herzens lauschen: *Ich bin ich bin ich bin.*

Doch bis dahin werde ich mein wahrhaftigstes, reinstes neues Selbst sein. Ich bin Jenna-los und zerstört, aber ich habe noch meinen Verstand und eine gesunde Portion Neugier, was Nolan Endsley angeht, und beides werde ich einsetzen, um ungeniert herauszufinden, ob er sich noch an Jenna erinnert oder ob er irgendetwas über die 101. Ausgabe weiß, die ich unter meinem Kissen in Valeries Gästezimmer gelassen habe. Ich werde jedes bisschen Charme, das ich aufbringen kann, einsetzen, um dieses Stück von Jenna einzusammeln und in dem Mausoleum meines Herzens aufzubewahren.

Was habe ich auch zu verlieren?

Anstatt also mit einer gesellschaftsfähigen Antwort daherzukommen, wie *Ich habe die Bäume beobachtet* oder *Ich war in Gedanken*, sage ich ihm die Wahrheit.

»Wale. Ich beobachte Wale.«

Ohne zu zögern, blinzelt Nolan Endsley mich an und schaut wieder in den Himmel. »In den Bäumen? Sind das fliegende Wale?«

»Manchmal«, sage ich. Ich bin überrascht, aber froh, dass er mitmacht. »Die meiste Zeit stelle ich mir vor, wie sie mitten im Ozean schwimmen.«

Der Wind spielt eine weitere Symphonie raschelnder

Blätter, die durch das abgehackte Schnauben von Wallys schwerem Atem untermalt wird. Er ist um die Bäume herumgelaufen, um zwischen Nolan und mir zu stehen.

Nolan und mir.

»Ich komme hier einmal die Woche hin und habe mir noch nie vorgestellt, dass Wale durch die Bäume fliegen«, sagt er. Sein Blick ist nach oben gerichtet. »Was für Wale?«

Ich runzle die Stirn. »Meistens sind es Orcas, aber heute sind es ganz eindeutig Blauwale.«

»Wusstest du, dass Orcas streng genommen gar keine richtigen Wale sind? Sie gehören zur Familie der Delfine.« Er späht noch immer nach oben, als könnte er wirklich sehen, was ich sehe. Er lächelt nicht, ist von meiner Marotte nicht vollkommen eingenommen, aber er tut sie auch nicht ab.

»Das wusste ich tatsächlich«, sage ich. »Du wiederum hast noch nie zuvor fliegende Wale gesehen.«

»Und jetzt habe ich das«, sagt Nolan einfach.

»Und jetzt hast du das«, wiederhole ich.

Ich werfe ihm einen kurzen Blick zu, will ihn nicht unverhohlen anstarren. Außerhalb des Buchladens ist er ruhiger, nicht so berechnend und hart. Er ist noch immer ein Sturm, aber ein abgeflauter, der nur schweren Regen verspricht anstatt Sturzfluten und Zerstörung. Es fühlt sich an, als wären die letzte Nacht und die Fotos von Wally, Alex und Nolans Schreibbaum mit den Walen davongeschwebt und hätten uns neu und unsicher zurückgelassen.

Aber das hier ist vielleicht alles, was ich bekomme. Wer weiß, ob er mich nach dem heutigen Tag überhaupt noch sehen will. Also zwinge ich mich, das Schweigen zu brechen. »Alex hat gesagt, du hast ein Fort?«

Nolan schnaubt. »*Fort.*«

»Ist es kein Fort?«

Nolan Endsley lässt sich nicht zu einer Antwort herab. Er fängt an, den Strand hochzulaufen, die Hände in den Taschen seiner Jeans, sein brauner Pullover lässt ihn breiter aussehen, als er ist. Wally trottet brav hinter ihm her und rennt dann voraus, seine beeindruckend langen Beine schlagen vollen Galopp an.

Halb erwarte ich, dass ich den ganzen Weg hinter Nolan herlaufen werde, aber plötzlich bleibt er stehen, damit ich aufholen kann. Danach gehen wir Seite an Seite, unsere Füße knirschen eine schludrige Melodie.

Mir fehlt es, mit Jenna so zu gehen, zum Unterricht oder durch Reihen von Büchern auf einem Festival oder in Bibliotheken oder Buchläden. Sie hat immer gesagt, dass sie lieber allein stöbert, und tat so, als wäre sie genervt, wenn ich mich bei ihr eingehakt habe. Aber sie hat sich nie beschwert und wurde sehr effizient im einhändigen Stöbern und Bücheraufschlagen. So wie ich auch.

Für einen Moment vergesse ich, dass ich neben N.E. Endsley gehe, und er verwandelt sich wieder in den Jungen auf dem Kompassteppich mit dem uralten Handy. Ich scheuche die Stimme weg, die darauf beharrt, dass ich zu zerstört, zu armselig bin, um jemandes Freundin zu sein, und schiebe kühn meine Hand durch seine Armbeuge.

Er bleibt stehen und mein Herz auch. Ich habe alles ruiniert, bevor es überhaupt eine Chance hatte zu beginnen. Es war zu schnell und zu viel, er will nicht berührt werden, jedenfalls nicht von mir.

Aber er sagt nur »Amelia« und es klingt weniger wie eine Warnung als einfach wie eine Bestätigung.

»Nolan?«

Er sieht auf unsere verschränkten Arme runter. »Du bist klein«, sagt er.

»Das ist relativ«, sage ich. Noch gehen wir nicht weiter, aber er hat auch meinen Arm nicht fallen gelassen, also tue ich so, als wäre ich mutig genug, ihm, ohne rot zu werden, in die Augen zu gucken. Mein Gesicht gehorcht nicht – ich kann spüren, wie meine Wangen unvorteilhaft erröten –, aber meine Augen bleiben standhaft. Wieder kann ich den dunklen Wald hinter seinen Augen sehen, aber da ist ein Funke, ein geborgtes Stück Magie aus Orman, das in der Tiefe glitzert. Es schenkt mir Hoffnung.

»Sie hat mich davor gewarnt, dass du hartnäckig bist«, sagt er.

Er sagt das nebenbei, als wäre es ihm rausgerutscht, aber ich erkenne, was es wirklich bedeutet. Er erinnert sich *doch* daran, dass er mit Jenna gesprochen hat, und obendrein haben sie über *mich* geredet.

Ein Schauer durchläuft mich, weil ihr Gespräch so lange gedauert hat, dass sie ihm sagen konnte, wie stur ich bin. Das gibt mir Auftrieb, als würde Jenna aus der Vergangenheit nach mir greifen, um meinen Arm in Nolans Armbeuge zu halten. Und darauf bestehen, dass ich lange genug an seiner Seite bleibe, um herauszufinden, was gesagt wurde, um zu ergründen, wie sie mir das Buch unbemerkt schicken konnte. Die Wale im See singen ihre Lieder, während sie voller Freude die Wasseroberfläche durchstoßen.

»Das bin ich«, sage ich schließlich. »Hartnäckig, meine ich.«

Nolan nickt so, als würde er mir glauben oder als hätte er

eine Entscheidung getroffen. Ich hoffe, es ist nicht die Entscheidung, mich zu hassen.

»Okay«, sagt er.

»Okay«, sage ich.

Es stört mich noch nicht einmal, dass ich Kieselsteine in den Schuhen habe, als wir weiterlaufen.

Neun

Das »Fort« ist letztendlich ein renoviertes Bootshaus, das hügelabwärts von einem ziemlich großen blauen Backsteinhaus steht. »Und da haben wir das traute Heim.«

»Das ist dein *Haus*?«

Er lässt meinen Arm fallen, als hätte mein Erstaunen ihn irgendwie gekränkt, und seufzt. Er seufzt ziemlich oft.

»Das ist das Haus meiner *Familie.*«

»Aber du lebst hier?«

»Ja.«

»Mit Alex?«

»Ja.«

»Lebt deine Familie auch hier?«

»Nein«, sagt er. Es ist ein hartes, scharfes Wort, das mich bis zum Rand mit Neugier und Verlegenheit erfüllt, aber ich habe keine Zeit, weiter nachzufragen, weil Wally bellt und zwischen uns und dem Bootshaus hin- und herrennt, als sei Weihnachten und er könne es kaum erwarten, seine Quietschspielzeuge und Kauknochen auszupacken.

Vom Kies und Sand aus arbeiten wir uns die Treppe zum Bootshaus hoch, das von außen in etwa so groß aussieht wie mein Wohnzimmer. Ich habe Sorge, dass es innen schmutzig und feucht riechen wird, wie altes Meerwasser – *Kein Meer, kein Meer*, erinnere ich mich –, aber dann schließt Nolan die Tür auf, sie knarrt und offenbart ein gemütliches Zimmer, das vor modernem Luxus wie Elektrizität und Klimaanlage nur so brummt.

Trotz des nichtssagenden Äußeren wirkt das Innere des Forts so, als würde es in eine dieser hochwertigen Kinderzimmer-Wohnkultur-Zeitschriften gehören. In der hinteren Ecke ist ein Kinderzelt, Decken und Kissen ergießen sich aus der Öffnung, ein riesiger Plüschbär mit einem dümmlichen Lächeln bewacht den Eingang. Eines seiner Ohren sieht feucht und verfilzt aus und ich habe Wally in Verdacht. Die andere Ecke ist voller Sitzsäcke, die ganz großen, die im Einkaufszentrum genauso viel kosten wie richtige Möbel. Früher wollte ich unbedingt einen davon haben. Ich habe sogar versucht, Jenna zu überzeugen, dass wir einen für unsere WG kaufen, aber sie hat gesagt, sie wären »unhygienisch und lächerlich«. Allerdings hat sie mir kaum zwei Stunden später einen viel kleineren, weniger teuren bei Target gekauft.

Jenna ist immer noch nicht da, aber meine Neugier auf Nolan und mein Widerwillen, über die Welt nachzudenken, die auf meine Rückkehr wartet, sind wie ein Anker und ausnahmsweise fühle ich mich wirklich im Hier und Jetzt.

Ich kann den See riechen und die Bäume und Wallys riesige feuchte Pfoten. Ich kann den Kieselstein in meinem Schuh spüren, wie er gegen die Seite meines Fußes reibt. Ich kann hören, wie die Wellen gegen die langen Pfähle des renovierten

Bootshauses schlagen. Ich bin hier, in diesem Raum, mit *dem* N.E. Endsley, und ich merke, dass er sich zumindest nicht *keine* Mühe gibt, und damit kann ich was anfangen.

Der eben erwähnte weltberühmte Autor zerrt zwei Sitzsäcke aus der Ecke in die Mitte des Fußbodens, auf dem ein riesiger Teppich liegt, der aussieht und sich anfühlt wie das weichste Gras der Welt. Ich kann nicht anders, als Endsley zu beobachten, will wissen, wie er sich bewegt und atmet und existiert. Er hat den dicken Pullover ausgezogen und ich sehe, wie sich seine Muskeln unter seinem Hemd abzeichnen. Ich gucke weg, es ist mir peinlich, dass mir das aufgefallen ist. Schriftsteller sollten doch eigentlich bleich und gequält sein, nicht erhitzt und schlank und muskulös.

Nolan bedeutet mir mit einer Geste, dass ich mich hinsetzen soll, es ist eine Einladung. Mit dem Gefühl, dass ich mein Glück ebenso gut weiter herausfordern kann – *Sechs Tage, nur sechs Tage,* geht mir durch den Kopf –, zerre ich meinen Sitzsack ein klitzekleines bisschen näher an seinen heran, bevor ich mich hinsetze.

»Also, das ist dein Fort?«

»Das ist das Fort«, sagt Nolan. Er schaut sich im Zimmer um, als würde er versuchen, es mit fremden Augen zu betrachten. Ich kann geradezu sehen, wie er scheitert, wie sein Blick vage durch den Raum wandert, über das Zelt, den Teppich, zu Wally, der schon in seinem Hundebett neben dem Schreibtisch schnarcht, zur Pinnwand darüber, die voller Briefe und Karten ist.

»Fanpost?«, frage ich.

Ein grimmiges Kopfschütteln. »So in etwa, denke ich. Es sind Dankesbriefe. Von meinem Verlag.«

»Wirklich? So viele?« Es sind mindestens ein Dutzend.

»Der Verkauf meines zweiten Buches hat dafür gesorgt, dass manche der Angestellten, die mit dem Projekt zu tun hatten, eine Weihnachtszulage erhalten haben. Vielen war es das wert, eine Dankeskarte zu schreiben.«

»Das ist ja toll«, sage ich und lehne mich nach vorne. Ich will aufstehen und mir die Briefe ansehen, aber bevor ich das tun kann, bevor ich den Gedanken überhaupt zu Ende gedacht habe, schießt Nolans Arm hervor und zieht mich wieder runter.

»Nein«, sagt er. »Nicht.«

Ich höre, was er nicht sagt: Er will nicht über seine Bücher reden.

»Okay«, sage ich und tue so, als würde ich mich ergeben, indem ich die Hände hochhalte. Ich werfe einen demonstrativen Blick auf seine Hand, die noch immer meinen Arm festhält.

»Tut mir leid«, sagt er und lässt sie schnell fallen. »Ich bin es nicht gewohnt, mit …«

»Mädchen zusammen zu sein?«

»Menschen.«

Das hätte ich wissen sollen, aber es gibt noch genug, was ich *nicht* weiß. Und Alex hat mich im Auto daran erinnert, dass ich nicht viel Zeit habe. Ich versuche, mit einer einfachen Frage anzufangen.

»Du hast in New York gelebt, stimmt's?«

»Habe ich«, sagt er.

»Und jetzt lebst du hier?«

Er sieht mich ausdruckslos an, seine Augen haben allen Glanz verloren, der sie am Strand hat funkeln lassen. Vielleicht denkt er genauso wie Alex, dass ich nur ein verrücktes

Fangirl bin, das darauf aus ist, Ausschnitte aus dem letzten Orman-Band zu klauen.

Vielleicht wird das hier nie was werden.

»Ich lebe jetzt hier, ja«, sagt er, aber er hat zu lange gewartet. Meine Stimmung fängt an zu sinken.

»Okay, andere Frage«, versuche ich es. »Gibt es wirklich eine Stiftesammlung? Alle sagen, du würdest Stifte und Notizbücher sammeln, aber in keinem der Interviews, die ich gelesen habe, hast du das erwähnt.«

Mein Gott, das klingt *viel* zu fangirlmäßig. Aber ich habe das Gefühl, die Stille füllen zu müssen, also korrigiere ich mich schnell.

»Tut mir leid, das war gruselig«, gebe ich zu. »Manchmal bin ich so. Du kannst nicht gut mit Leuten und ich bin wohl nicht gut darin, Unterhaltungen zu führen.« Ich lache verlegen und stapfe weiter durch den Sumpf dieses einseitigen Gesprächs. »Vermisst du New York?«

Wieder bekommt er einen ausdruckslosen Blick und ich allmählich schlechte Laune. Vorhin war er noch so verspielt, als wir über die Wale geredet haben. Was ist passiert? Habe ich es schon geschafft, etwas Falsches oder Beleidigendes zu sagen? Und selbst wenn, bekomme ich nur eine einzige Chance und dann macht er dicht, wie eine Muschel, die die erlesenste Perle der Welt in sich birgt?

Orman ist wundervoll und erfolgreich und all das, aber er hat nicht das Recht, sich wie ein Idiot aufzuführen oder mir Informationen über *meine* beste Freundin vorzuenthalten.

Eine letzte Chance.

»Nolan, sprichst du mit mir? Über Jenna?«

Nolan fummelt so ewig am Teppich rum und braucht so

lange, um schließlich aufzuschauen und zu antworten, dass inzwischen die Wale ausgestorben sein müssten: »Ich dachte, wir reden schon.«

Unruhig stehe ich auf.

»Wird das den ganzen Tag so weitergehen?« Meine Stimme wird lauter, die Verzweiflung von gestern Nacht schleicht sich wieder ein und Nolans Maske zeigt Risse, ich kann sehen, dass er ein wenig beunruhigt ist. »Denn das bringt gar nichts«, fahre ich fort. »Das wird weder dir noch mir, noch irgendjemandem helfen.«

»Helfen?«

»Ja, helfen«, sage ich. »Ich bin wegen Jenna gekommen … wegen dir, eigentlich. Das heißt …« Ungläubig und verächtlich zeige ich auf uns beide. »Du hast *sie* getroffen und jetzt bin *ich* hier und du willst noch nicht einmal mit mir reden. Was hat sie zu dir gesagt? Was hast du zu ihr gesagt? Ich weiß, dass ihr euch unterhalten habt, denn wer sonst hätte dir erzählt, dass ich hartnäckig bin? Hat sie irgendetwas davon gesagt, dass sie mir eine Ausgabe von deinem Buch schicken wollte? Sag einfach *irgendwas.*«

Ich stehe vor Nolan Endsley, meine Haare hängen mir ins Gesicht und mein Shirt steht komisch ab, weil es vom Sitzen verrutscht ist. Ich sehe mitgenommen aus und wahrscheinlich völlig irrational, wie ich da vor der Person stehe, die ich früher einmal so unbedingt treffen wollte, aber das ist mir egal. Unerklärlicherweise bin ich plötzlich unglaublich wütend auf alles. Auf die Welt, weil sie mir Jenna genommen hat und mir so einen seltsamen, unpassenden und armseligen Ersatz anbietet, den Autor meiner Lieblingsbücher. Ich bin wütend auf mich selbst, weil ich mich nie um andere Freundschaften gekümmert habe; Freunde, die in den Startlöchern gewartet haben, um Jennas Platz einzunehmen, sollte sie – am wahrscheinlichsten – genervt von mir sein oder – am wenigsten wahrscheinlich – in Irland sterben.

Ich bin gleichermaßen irritiert und erleichtert, dass N.E.Endsley einfach Nolan Endsley ist und nicht irgendwelche Portale nach Orman öffnet, aber ich bin darüber enttäuscht, dass er nicht in der Lage zu sein scheint, ein simples Gespräch zu führen. Noch dazu ist er griesgrämig und ich bin unglaublich traurig, dass er keiner meiner Vorstellungen von ihm entspricht, und noch trauriger, dass er sich keine Mühe gibt, wie er das bei den Walen getan hat. Und ich bin *stinkwütend*, dass er seine Erinnerungen an Jenna nicht mit mir teilen will.

Ich bin wütend auf Jenna, auf Nolan, auf die verlogenen Bücher und sogar auf die blöden Wale.

»So, jetzt werde ich mal ehrlich sein«, sage ich ihm. Ich spüre, wie ich mich dazu bereit mache, ihn in Grund und Boden zu schreien. Wally schnaubt sich bei meinem Tonfall wach und schlurft zu uns rüber, um sich neben Nolan zu setzen. »Ich bin sauer. Du bist unhöflich und ungesellig und launisch. Nur weil du ein paar von den besten Büchern geschrieben hast, die die Welt je gekannt hat, macht dich das längst nicht zu etwas Besonderem.«

An der Stelle hebt Nolan eine Augenbraue.

»Tut es nicht«, sage ich. »Dich zu etwas Besonderem machen, meine ich. Schließlich ist jeder besonders und du bist nicht besonderer. Und wag es nicht, noch mal die Augenbraue zu heben, denn ich weiß, dass das kein Wort ist. Und als ich heute darum gebeten habe, dich zu sehen, dachte ich, ich könnte dich besser kennenlernen und hören, wie es mit Jenna war – mit meiner besten Freundin, die tot ist, aber das ist dir scheißegal. Dein bester Freund lebt und ihm geht's gut und deine größte Sorge ist, dass du dein kostbares drittes Buch nicht fertig kriegst wegen deiner blöden Schreibblockade.«

Seelenruhig streichelt Nolan Wally. Sie haben beide den Kopf zur Seite gelegt, als würden sie mich einer Untersuchung unterziehen: ein unberechenbares Mädchen auf Wanderschaft, die außer sich ist vor Trauer und Verwirrung und sich am Zufluchtsort der beiden in Rage redet.

»Sonst noch was?«, fragt Nolan schelmisch.

»Ich bin sauer«, sage ich.

»Das ist mehr als deutlich geworden«, sagt Nolan.

Ich starre ihn einen weiteren Moment lang an und glaube meinen eigenen Worten nicht, während sie aus meinem Mund kommen.

»Weißt du was? Ich habe keine Zeit für so was. Ich gehe.«

Er zuckt mit den Schultern. »Irgendwie bezweifle ich das.«

Dass er meine Gedanken widerspiegelt, macht mich noch wütender und ich bleibe stehen, die Hand am überraschenderweise nicht sehr stabilen Türgriff. Angesichts von Nolan Endsleys Persönlichkeit spricht alles dafür, dass er hier nicht weniger als eine Festung errichten würde, um seinen kostbaren Zufluchtsort am See zu bewachen.

»Und warum, bitte schön?«

»Wegen Orman.« Er sagt das so, als wäre es ein Fluch, und ich möchte am liebsten die Augen verdrehen, also tue ich das. »Weil du genau wie alle anderen bist.«

Ich wünschte, ich wäre wie alle anderen, denke ich. *Alle anderen in unserem Alter schmuggeln Mikrowellen ins Studenten-*

wohnheim, während ich hier mit einem asozialen Autor und seinem bekloppten Hund streite.

»Denk, was du willst«, sage ich. »Ich gehe.«

Halb erwarte ich, dass er mir nachkommt, sich wie ein Mensch verhält und Bedauern zeigt und dass ich hinter mir die Tür hören werde, sobald ich den Sand erreicht habe. Als das nicht passiert, lenke ich meine Schritte zu einem Baum, der ein paar Meter entfernt steht.

Nolan kommt nicht.

Als ich fast an dem Tor bin, an dem Alex mich abgesetzt hat, begreife ich, dass Nolan mir wirklich nicht hinterherkommen wird, dass er diesen kleinen Test nicht bestanden hat, und wieder bin ich wütend.

Ich sollte es nicht sein. Es ist ja nicht so, als wären wir Freunde. Wahrscheinlich hat ihm das gar nichts bedeutet, die Fotos gestern Nacht oder die Wale heute Morgen. Doch er hat mir versprochen, mir von Jenna zu erzählen. *Vielleicht.*

Ich stampfe den Strand hinunter, zurück zu seinem Fort, denn wo *kann* ich auch sonst hin? Die dunklen Sturmwolken, die sich über dem See zusammenbrauen, bringen meine Stimmung zum Ausdruck. Wie schön, dass das Wetter mal mit den Ereignissen des Tages zusammenwirkt.

Während ich darauf achte, im Sand und zwischen den Steinen nicht den Halt zu verlieren, stelle ich mir vor, ich wäre eine mächtige Zauberin, die die Fähigkeit hat, das Wetter nach Lust und Laune zu beeinflussen. Ich sehe auf meine Füße runter und lasse meine Kleider flattern und sich verändern, bis ich einen smaragdgrünen Mantel mit goldener Borte trage. *Zu fröhlich*, denke ich. Er wird schwarz und mit zusammengekniffenen Augen lasse ich einen Blitz in das kleine Bootshaus einschlagen und befehle dem Sturm, eine aufgetürmte Welle gegen die Treppe schlagen zu lassen.

Während ich auf die Tür zugehe, überlege ich, einen Wirbelsturm damit zu beauftragen, Nolan und seinen kleinen Hund zu holen, lasse es aber, als ich höre, wie Nolan leise telefoniert.

»Ich weiß«, sagt er gedämpft. »Alex, ich weiß.«

Ich gebe mir keine Zeit, zu überdenken, ob das richtig oder falsch ist, sondern schleiche die Holztreppe hoch und drücke mein Ohr so nah an die dünne Tür, wie ich kann.

Er scheint sich von Alex ganz schön was anhören zu müssen, denn es dauert fast eine ganze Minute, bis Nolan sagt: »Aber ich hab's vermasselt. Sie hat *so* viele Fragen gestellt und ich wusste nicht, was ich machen soll, denn ich kann ihr ja nicht sagen, was auf dem Festival passiert ist, ohne ihr zu erzählen, was ... du weißt schon.« Eine weitere lange Pause und ein Seufzer. »Ich weiß. Ich versuch's ... Alex, ich habe gesagt, dass ich es versuche. Was willst du denn noch? Sie fährt eh bald, stimmt's? Sie ist nicht mein Problem.«

Ich will nichts mehr hören. Geschieht mir recht, wenn ich heimlich lausche. Ich hätte gar nicht erst zum Fort zurückgehen sollen.

Auf dem langen, unvermeidlichen Weg zurück zum Buchladen zaubere ich Schnee herbei, die trostlose, nasse Sorte, mit der man keine guten Schneemänner oder Schneebälle machen kann und die nur den Verkehr und glückliche Pläne durcheinanderbringt. Dazu brauche ich alle Kräfte meiner Vorstellung und für die Wale habe ich keine Energie mehr übrig. Sie schwinden dahin, einer nach dem anderen.

Eine Erinnerung: Ein Besuch meines Vaters, ein Jahr nachdem er uns verlassen hat.

Ich sitze neben ihm in seinem neuen Gebrauchtwagen. (Ich weiß, dass er neu ist, weil er nicht aufhören kann, darüber zu reden, aber der Tachostand zeigt 63 075 gefahrene Kilometer und die Sitze sind abgenutzt.)

Entweder bekommt er mein Schweigen gar nicht mit oder es ist ihm egal, während er labert und labert, wie *toll* sein Leben jetzt ist und wie *toll* seine Freundin Bianca ist und wie sehr ich sie mögen werde, wenn ich sie an Weihnachten kennenlerne.

Als mein Handy klingelt, hole ich es dankbar aus meiner Tasche und es ist Jenna. Das haben wir gestern geplant, als mein Vater einfach so bei uns zu Hause auftauchte, um mir zu sagen, dass er hier ist und mich am nächsten Tag zum Mittagessen einladen wollte.

Es ist ein kurzer Anruf. Jenna spricht so laut, dass er sie auch ohne Lautsprecher hören kann. Sie sagt, dass wir einen Teil unseres Projekts für Naturwissenschaften noch mal überarbeiten müssen und sie dazu meine Hilfe braucht.

»Wir müssen es morgen abgeben«, sagt sie. »Du musst sofort zu mir kommen, kapiert?«

»Aber ich bin verabredet«, protestiere ich und hoffe, meine Enttäuschung klingt glaubwürdig.

»Hier geht es um deine Zukunft, Amelia«, betont Jenna und ich muss fast lachen, weil sie so sehr wie ihre Mom klingt.

»Gut«, seufze ich. »Ich komme, so schnell ich kann.«

Als ich den Anruf beende, scheint es meinen Vater weniger zu bekümmern, dass ich nicht mit ihm mittagesse, als ihn meine Handyhülle fasziniert.

Jenna hatte sie mir im Monat zuvor gemacht, als sie beschlossen hatte, dass meine Hülle »altersschwach« sei. Es ist eine Collage von dem ersten Jahr unserer Freundschaft: wir auf Jetskis am See, Krapfen essend in New Orleans, Moot, der sich auf meinem Kopf zusammengerollt hat, während ich schlafe, die Williams und ich in einem schlecht ausgerichteten Selfie vor dem riesigen Weihnachtsbaum beim Einkaufszentrum.

»Ist das deine Freundin?«

Ich nicke. »Jup.«

Er sieht zu mir rüber, eklige alte Flecken von Bräunungscreme verlieren sich in den Falten seines Halses. Wir stehen an einer roten Ampel, also lehnt er sich nach vorne, um sich die Handyhülle genau anzusehen.

»Jetski? Reisen?«

Ich weiß genau, wonach er fragt, und mein Herz und mein Kopf versuchen, schnell eine Mauer zu errichten, damit er draußen bleibt, damit ich seine schmierige Person von den Williams fernhalten kann.

»War ein Geschenk.« Wie Handgranaten werfe ich die Wörter über die Mauer und hoffe ein wenig, dass sie ihn mitten auf dem Kopf treffen.

Tun sie nicht. Er schnaubt, poliert das Lenkrad mit dem unteren Teil seines Polohemdes und bemerkt meinen abgehackten Ton gar nicht.

»Tolle Freundin«, sagt er. »Nimm von ihnen, was du kriegen kannst, solange es währt, hörst du? Wenn du nicht zur Familie gehörst, werden sie dich nicht immer so gut behandeln. Du bist nicht ihr Problem.«

Nach allem, was er getan hat, ist es albern, dass mich gerade das noch so ärgert. Ich möchte ihn anbrüllen und seinen

Schlüsselbund mit dem schrecklichen rechteckigen Du-bist-mein-Lieblingsarschloch-<3-B-Anhänger aus der Zündung ziehen, um damit den Lack von seinem blöden Auto zu kratzen.

Wessen Problem bin ich dann?, möchte ich schreien. *Wo soll ich denn hin?*

Er fährt mich nach Hause, weil ich nicht will, dass er sieht, wo Jenna wohnt, nicht will, dass sein Blick meinen sicheren Hafen beschmutzt. Kaum fünf Minuten später sind Jenna und Mrs Williams da, um mich abzuholen, und laden mich zum Mittagessen ein, wo ich mich – nachdem ich den halben Salat gegessen habe – entschuldige, um auf die Toilette zu gehen, weil ich die Flut der Tränen nicht aufhalten kann.

Ich weigere mich, Jenna in die Klokabine zu lassen, als sie mir nachkommt. Ich sage ihr, dass mir ein bisschen schlecht ist und ich gleich rauskomme, aber Jenna ignoriert mich. Sie legt sich flach auf den Boden und rutscht unter der Tür durch. Ihr hellblaues Kleid ist jetzt mit weiß Gott was beschmiert, aber daran denke ich nicht, als sie mich fest in die Arme nimmt und sich meine Nase mit dem Duft ihres Parfums füllt.

Ich erzähle ihr alles, was Dad gesagt hat, wie schrecklich es war zu hören, dass Bianca schon schwanger ist, wie ich ja hätte wissen müssen, dass das zwischen ihm und Mom nicht funktionieren konnte.

Eine ganze Weile lang lässt mich Jenna ihr Kleid nass weinen, bis sie sich zurücklehnt und sagt: »Das war noch nicht alles.«

Ich schüttle den Kopf und noch mehr Tränen fallen, als ich ihr erzähle, wie mein Vater gesagt hat, dass ich Jenna und ihre Eltern ausnutzen soll, bevor sie mich loswerden. Ein hässlicher

Schluchzer dringt aus meiner Kehle und prallt seltsam auf ihren genervten Seufzer in dem hallenden Raum der Klokabine.

»Um Gottes willen, Amelia. Geht es darum? Deswegen bin ich auf dem dreckigen Boden rumgerutscht?«

Sie reißt ein Stück Klopapier von der Rolle ab und wischt mir damit grob über Augen und Nase. Während sie mein Gesicht abwischt, murmelt sie Wörter wie *lächerlich* und *absurd* und *melodramatisch*.

Als sie fertig ist, sieht Jenna mir in die Augen und sagt laut und deutlich: »Amelia Griffin: Hiermit verkünde ich, dass du immer und ewig mein schlimmstes und beständigstes Problem sein wirst. Können wir jetzt weiter mittagessen? Bitte?«

»Aber wie ... wie kannst du das wissen?«, frage ich und blau und wässrig tropfen die Wörter von meiner dicken Zunge.

»Ich verspreche es hoch und heilig, okay? Gut? Gut. Hör jetzt auf zu weinen. Ausgerechnet über so was zu weinen. Ich dachte, er hätte vielleicht gesagt, dass du zu ihm nach Florida ziehen musst, um dort mit ihm und seiner schrecklichen Frisur zu leben. Also, das wäre etwas, über das man weinen muss.«

Für den Rest des Tages fiel es mir leichter zu lachen, unbeschwert in dem Wissen, dass, wenn ich schon ein Problem war, ich wenigstens irgendwo hingehörte.

Valerie unterrichtet einen Erwachsenen am Klavier, als ich in die Buchhandlung komme. Ich will schnell nach oben rennen und mich in meinem geborgten Bett verstecken, nicht gesehen werden, aber sie tritt hinter dem Klavier hervor und winkt mich zu sich.

»Amelia, schon wieder zurück? Wo ist dieser Junge?«

»Noch im Fort«, sage ich und versuche, meinen Ton neutral zu halten.

Sie starrt mich über den Rand ihrer Brille an, ihr Mund zuckt nachdenklich.

»War er unhöflich?«

»Nein«, lüge ich. Ich werde ihn nicht bei Valerie verpetzen. »Nein, er musste noch arbeiten, also bin ich zurückgelaufen.«

Valerie kneift die Augen zusammen. »Ich bin mir sicher, dass du das erfindest. Egal, ich kümmere mich um ihn, wenn ich mit der Stunde fertig bin. Du solltest für den Rest des Nachmittags im Laden bleiben, Liebes. Ein großer Sturm zieht auf und ich möchte nicht, dass du davon überrascht wirst. Fühl dich aber bitte wie zu Hause.«

Ich bin emotional zu ausgelaugt, um den aufziehenden Regen mit meiner Vorstellungskraft abzuwenden, zu müde, weil ich nicht weiß, wo ich jetzt eigentlich hingehöre. Langsam gehe ich die Treppe rauf und verschaffe mir ein Mittagessen aus Tomatensuppe und Käsesandwich von Mr Larson. Ich sitze auf einem abgenutzten Sofa und beobachte, wie der Himmel über dem Wäldchen, der den Laden umgibt, bedrohlich dunkel wird, und habe – idiotischerweise – ein wenig ein schlechtes Gewissen, dass ich den Sturm heraufbeschworen habe.

Bei meinem ersten Löffel Suppe lässt ein Donnerschlag die Wände erzittern. Beim letzten Bissen von meinem Sandwich ist der Strom ausgefallen und die Buchhandlung ist unheimlich still, weil der Großteil der Kundschaft in die Sicherheit seines Zuhauses geflohen ist.

Gerade will ich nach oben gehen und mich vom Rauschen des Regens auf dem Dach in den Schlaf wiegen lassen, als ich – ich schwöre es auf Jennas Grab – jemanden schreien höre.

Hilfe!

»Valerie?«, rufe ich unsicher. »Mr Larson? Habt ihr das gehört?«

Im Café höre ich es klappern und ein »Was denn?« von Mr Larson. Valerie erschreckt mich mit ihrem Seufzer aus nächster Nähe, als sie nach oben kommt.

»Ich habe nichts gehört«, sagt sie.

»Ich dachte, jemand hätte um Hilfe gerufen.«

»Das ist nur der Sturm, Mädchen. Hier oben spielt der Wind einem einen Streich. Hilfst du mir, die Taschenlampen einzusammeln?«

»Klar«, sage ich, bin aber hin- und hergerissen.

Ich weiß, dass ich etwas gehört habe, einen Ruf nach Hilfe auf dem Rücken eines klugen kleinen Windes. Unschlüssig stehe ich zwischen Valeries davonziehender Gestalt und der Treppe, zwischen der Realität und einem anderen Reich, wo Fantasie und Wirklichkeit kaum zu unterscheiden sind.

IST DA JEMAND?

Die Stimme ist jetzt lauter. Als wäre sie direkt neben meinem Ohr.

Als Jenna starb, wusste ich das nicht. Ich habe in dem Moment nichts gespürt, hatte keinerlei Vorahnung und ich hasse mich dafür.

HILFE!

»Kommst du, Amelia?«, ruft Valerie.

Ich antworte nicht, ich renne einfach los.

Es ergibt überhaupt keinen Sinn, aber ich hechte die Treppe hinunter und aus der Tür hinaus, verliere meine Ballerinas in dem schmatzenden Matsch und es ist mir egal. Was ist, wenn ich recht habe? Was ist, wenn jemand meine Hilfe braucht?

Ich war nie sportlich, aber meine Beine sind sicher und stark, als ich über die zwei Fahrspuren der verlassenen Straße rase, auf der sich das Wasser sammelt. Ich laufe den Hügel runter bis zum Strand, wo heute Morgen noch Kinder im seichten Teil des Sees geplanscht haben. In mir spüre ich einen Sog, etwas ergreift mich, das sich anfühlt wie eine Mischung aus Intuition und dem Wissen, wie eine Geschichte enden soll, viele Kapitel vor dem Schluss. Der Sog sagt mir, wo ich hinmuss. In der Ferne blinzelt das Licht eines Leuchtturms zwischen der Regenflut und den hohen, so hohen spritzenden Wellen.

Ich komme! Das spreche ich nicht laut aus, aber irgendwie wird es der Wind dorthin tragen, wo es hinmuss. *Halt durch. Ich komme.*

Es gießt in Strömen, und als ich das Ufer des Sees erreiche, bin ich völlig durchnässt. Emsig beharren die Wellen darauf, dass sie sich auch im wildesten Ozean behaupten können. Ich kann ihre Gischt sogar durch den Regen spüren. Sie klatschen mit solcher Wucht gegen das Fundament des Leuchtturms, dass ich davon überzeugt bin, dass er gleich ins Wasser kippt. Sogar ich, als leidenschaftliche Walbeobachterin, kann keine Rückenflosse aus der bewegten See herbeizaubern.

Doch ich sehe Nolan, ein paar Meter entfernt auf der schmalen, felsigen Halbinsel, die zum Leuchtturm hinausragt.

Er ist nach vorn gebeugt, als würde er schreien oder sich übergeben, fast lecken die Wellen an seinen Schuhspitzen. Er hält sich die Ohren mit geballten Fäusten zu und in dem unheimlichen Licht des Sturms sieht er aus, als würde er an Land ertrinken.

»Nolan!«, rufe ich. »Nolan, was machst du?«

Ruckartig wendet er mir den Kopf zu, seine Augen sind unruhig.

»Wally.« Er zeigt auf den Leuchtturm. Ich sehe die Wörter mehr, als dass ich sie höre. »Ich … ich kann nicht. Ich kann es nicht.«

Ich kneife die Augen zusammen und im Strahl des Blitzes zwischen einer Welle und der nächsten kann ich Wally ausmachen, zusammengekauert neben dem Leuchtturm, sein großer Körper ist eng an die verriegelte Tür gepresst.

»Kann nicht, kann nicht, kann nicht«, klingt die Litanei von Nolans Lippen und ich frage mich, ob er überhaupt weiß, was er da sagt.

Meine Gedanken springen zu Jenna, zu ihrer Erklärung, die ich nicht hören wollte, über ihr zufälliges Treffen mit Endsley auf dem Festival. Eine Panikattacke hat sie es genannt und ich habe ihr nicht geglaubt; habe darauf beharrt, dass sie mich hätte holen sollen.

Aber nun, da ich Nolan sehe, das Weiße in seinen Augen, seine Not, weiß ich, dass ich ihn hier nicht zurücklassen könnte, selbst wenn das bedeuten würde, Jenna wiederzusehen. Es ist ein erstaunlicher Gedanke, aber derselbe Wind, der den Klang von Nolans schrecklicher Angst durch den Sturm getragen hat, lässt mich auch Jennas Schnauben hören und für einen strahlenden Augenblick auch ihre selbstbewusste Stimme.

Sei nicht blöd, Amelia. Er ist jetzt dein Problem.

»Wally«, rufe ich. »Wally, komm!«

Es wird sehr schnell sehr klar, dass Wally lieber sterben und im Leuchtturm rumspuken würde, als uns die Chance zu nehmen, seinen armen Hintern samt eingekniffenem Schwanz selber zurückzuholen. Ich stöhne.

»Wir können ihn erreichen«, rufe ich Nolan zu, greife nach seiner Hand und ziehe ihn Richtung Leuchtturm. »Lass nicht los.«

Nolan zuckt zurück, als ich uns den holprigen Pfad entlangziehen will, bleibt buchstäblich stecken, indem er seine Füße in den Sand eingräbt.

»Ich kann nicht«, wiederholt er. »Ich kann nicht.«

Ich zeige auf meine Füße. »Ich habe meine Schuhe verloren. Ich kann nicht alleine gehen, es ist zu glitschig. Ich kann uns dahinführen, aber du musst unser Anker sein. Ich gehe zuerst und nehme ihn beim Halsband, aber du darfst nicht loslassen.«

Nolans Blick huscht von mir zum Leuchtturm, wie ein Tier, das in einer Ecke gefangen ist, ohne eine Fluchtmöglichkeit.

»Ich … ich kann nicht.« Seine Stimme klingt ganz weit weg. »Es tut mir leid. Es tut mir leid. Gott, es tut mir so *leid.* So leid.«

Seine Stimme zerspringt in eine Million scharfe Splitter und er sieht auf die Wellen, als würden sie ihn gleich in die Tiefe ziehen und umbringen … als hätten sie das schon einmal getan und er müsste nun ein weiteres Mal ertrinken. Seine Augen sind nass vor Tränen und Regen, aber da ist auch etwas anderes. Wut. Die Sorte, bei der man sich vernichtet fühlt. So wie nach langen Nächten voller Verzweiflung und Verwirrung und voller Fragen, was man denn hätte anderes tun können, um sie zu retten.

Es trifft mich mit einem Schlag: Nolan Endsley hat auch jemanden verloren. Und ich wette, es hat etwas mit Wasser zu tun.

Ich drücke einmal seine Hand, versuche, seinen Blick aufzufangen, aber er ist regungslos, starrt auf den See und wir haben keine Zeit mehr. Ich habe Angst, dass Wally alleine weitergeht und dann mitgerissen wird, außer Reichweite für uns.

Ich muss es alleine machen.

In allen Geschichten, die ich über tapfere Frauen gelesen habe, die tapfere Taten vollbringen, war nicht eine von ihnen je klein, schwach und ohne jegliche magische Fähigkeiten. Wenn ich es mir recht überlege, hat auch nicht eine davon Leib und Leben riskiert, um einen Straßenhund aus einem nassen Grab zu retten. Dafür waren sie alle zu schlau.

Aber ich mache das nicht für Wally. Und auch nicht für N.E. Endsley.

Ich mache es für den Jungen, der wieder vornübergebeugt dasteht, für den Jungen, der – als ich dachte, dass meine Trauer mich entzweireißt – mir Foto für Foto gezeigt hat, bis der Schmerz so weit nachgelassen hat, dass er zu verkraften war.

Ich mache es für Jenna. Denn sie hat Nolan zuerst gerettet und ich muss zu Ende bringen, was sie begonnen hat.

Der Wind pfeift, während ein weiterer Donnerschlag durch meinen Körper fährt. Ich sage nichts zu Nolan, als ich mich Zentimeter für Zentimeter auf den Leuchtturm zubewege, doch ich kann den tiefen, kehligen Laut, den ich von mir gebe, als eine Welle über mich hinwegfegt, auch nicht unterdrücken. Es gibt nichts, an dem ich mich festhalten, an dem ich mich abstützen kann, also denke ich schwere Gedanken und warte darauf, dass es vorbei ist.

Wally bellt, offensichtlich froh, dass jemand ihm zu Hilfe kommt. Mit meinen Zehen versuche ich mich auf dem felsigen Pfad zu halten. Als die nächste Welle kommt, stehe ich wie eingefroren da.

Irgendetwas trifft mich an der Schulter und mich durchzuckt die Angst, umgeworfen zu werden, aber dann greift es nach meiner Hand.

Nolans Augen sind zu Schlitzen verengt, so als würde der Sturm ihn nicht sehen, wenn er ihn nicht richtig sieht.

»Sprich nicht über das, was wir hier gerade tun«, sagt er mit zusammengebissenen Zähnen. »Bloß nicht.«

Der Pfad ist gerade mal breit genug für eine Person, also gehen wir seitwärts, um möglichst verwurzelt zu bleiben. Jedes Mal, wenn uns eine Welle trifft, zittert Nolan, aber er lässt meine Hand nicht los. Seinen stabilen Körper als Gegengewicht zu meinem Schwanken zu haben, macht es sofort viel einfacher.

Es ist keine besonders lange Halbinsel, aber es fühlt sich an wie eine Ewigkeit, als wir uns den Pfad entlangkämpfen. Scharfe Steine schneiden durch meine schwieligen Fußsohlen, trotzdem führe ich unseren langsamen Krabbengang weiter an.

»Fast geschafft«, rufe ich Nolan zu. Ich traue mich, zu ihm zurückzublicken, und er sieht noch viel ertrunkener aus als eben. Seine Augen sind fast ganz geschlossen.

Endlich erreichen wir den zitternden Wally, der zum ersten Mal, seit ich ihn kennengelernt habe, nicht begeistert von seiner Umgebung ist. Er bellt und wedelt mit halb eingezogenem Schwanz.

»Na komm, du Dummerchen.« Ich spucke Seewasser aus, als es mir in den Mund spritzt, und greife nach Wallys Halsband. »Es wird alles gut. Wenn wir es hierhin geschafft haben, schaffen wir es auch zurück.« Letzteres sage ich etwas lauter, damit es Herr und Hund hören können, aber Nolan schaut ans Ufer zurück.

»Wir können es schaffen«, sage ich wieder und drücke seine Hand. »Aber du musst uns zurückführen.«

Sein Atem geht zu schnell, seine Nasenflügel blähen sich in stetigen Pulsschlägen und seine Brust rast auf und ab. Er hat das nicht zu Ende gedacht.

»Es gibt so ein Foto«, sage ich und bete zu Gott, dass das funktioniert, dass er mich hören kann, »von Jenna und mir im Aquarienhaus, als wir sechzehn waren. Wir stehen lächelnd vor einem Becken. Sie hatten gerade die Haie gefüttert und einer ist direkt hinter ihrem Kopf, ein toter Fisch hängt aus seinem Maul. Neben ihr steht ein kleines Mädchen, das auf den Hai zeigt und heult, aber durch die Perspektive sieht es so aus, als würde es auf Jenna zeigen. Eins meiner Lieblingsfotos.«

Er atmet noch immer zu schnell, aber er scheint sich jetzt auf mich zu konzentrieren anstatt auf die Wellen.

»Du musstest ein Foto aussuchen, wo *Wasser* vorkommt?«, fragt er.

Wäre er irgendjemand anders, wären wir irgendwo anders, dann müsste ich jetzt lachen.

»Du kannst mich dafür hassen, wenn wir wieder im Laden sind«, sage ich.

Er nickt, strafft die Schultern und drückt entschlossen meine Hand. Ich halte Wallys Halsband noch etwas fester und Nolan fängt an, uns langsam, langsam zum Strand zurückzuführen.

Als uns auf halbem Weg zurück eine zerstörerische Welle trifft, verliert Nolan kurz den Halt, kommt aber sofort wieder auf die Füße. Ich werde panisch. Wenn er jetzt erstarrt, dann komme ich nicht um ihn herum, um uns zum Ufer zu ziehen.

Wir könnten hier stecken bleiben. Schnell rufe ich über den Wind und den Regen, beschreibe das erste Foto, das mir einfällt.

»Die Stadt hat ein paar Bäume in unserem Park gefällt, um einen Spielplatz zu bauen. In einem der Bäume wohnte eine Eichhörnchenfamilie, die dabei starb, und ein kleiner Junge hat ihre Leichen gefunden. Er hat fünf seiner Freunde zusammengerufen und sie haben gegen den Bau des Spielplatzes demonstriert. Das hat keinen interessiert, keiner hat sie beachtet, außer so einem Typen, der einen kleinen Grabstein für die Eichhörnchen gemacht hat, um den Kindern das Gefühl zu geben, dass jemand sie hört. Ich bin eines Tages mit meiner Kamera daran vorbeigelaufen und jemand hatte dort Erdnüsse hingestreut. So etwa zehn Eichhörnchen hatten sich um den Grabstein versammelt. Auf dem Foto sieht es aus wie eine Eichhörnchenbeerdigung.«

Nolan ruft etwas über den Wind, ohne seinen Blick vom Ufer abzuwenden.

»Was? Ich kann dich nicht hören«, sage ich so laut ich kann.

Er wendet mir den Kopf zu: »Noch eins.«

Als ich zögere, überlege, was ich noch erwähnenswert finde, ergänzt er: »Bitte.«

Es fühlt sich so an, als ob ich kleine Stückchen von mir selbst eintausche, um das sichere Ufer zu erreichen. Und weil das nicht gerade eine entspannte Situation ist, in der wir uns befinden, habe ich das Gefühl, als müssten meine Beschreibungen besonders ergreifend sein, damit sie uns weiterbringen.

»Mein Dad hat mir eine Kamera zum Geburtstag geschenkt. Ich war überrascht, weil er meinen Geburtstag manchmal ganz vergisst, aber es ist eine wirklich gute Kamera und ich wollte sie sofort benutzen. Ich habe ein Foto von meiner Mom gemacht. Sie hat mich nicht bemerkt und so guckt sie mit ausdruckslosem Blick in das Spülbecken. Aber irgendetwas an ihrem gebeugten Rücken entspricht der Linie einer Hängepflanze in der Küche. Es sieht so aus, als wäre sie dort gewachsen. Als würde sie für immer in der Küche leben.«

Ich bin mir nicht sicher, wie viel davon er über den Sturm gehört hat, und ich komme nicht dazu, ihn zu fragen. Fast haben wir festen Boden unter den Füßen, als ich nun selbst den Halt verliere, aber anders als Nolan komme ich nicht wieder auf die Füße. Meine Beine stolpern ins Wasser, mein Knöchel schlägt mit einem schmerzhaften Schlag gegen den Felsvorsprung. Ich lasse Wallys Halsband und Nolans Hand los, damit ich sie nicht zu mir runterziehe, zuversichtlich, dass ich die letzten Meter bis zum Ufer auch allein schaffe.

Obwohl meine Füße auf dem Seegrund aufkommen, schlagen Wellen über mir zusammen, verschleiern meinen Blick und machen mich bewegungsunfähig. Ich strecke die Arme aus, um nach den Felsen der Halbinsel zu greifen, mich von ihnen leiten zu lassen, aber meine Finger greifen in die Luft. Ich würge, als Wasserspritzer in meine Lunge gelangen.

Als ich zwischen zwei Wellen wieder klar gucken kann, sehe ich auf und erwarte, Nolan erstarrt auf dem Pfad stehen zu sehen, aber er ist weg. Er ist auch reingefallen, ich weiß es. Ich trete gegen den Grund des Sees und mein Fuß trifft auf etwas Großes, das sich bewegt.

Nolan greift nach meinem Arm, zieht mich durch die wütenden Wellen an seine Brust, Entschlossenheit ist über die schreckliche Angst in seinem Gesicht gepflastert.

»Nolan! Alles gut«, rufe ich und bin mir nicht sicher, ob ich lüge. Alles von der Taille abwärts tut mir weh.

Nolan antwortet nicht und er lässt nicht los, was sich auch als notwendig herausstellt. Mein Knöchel fleht mich an, stehen zu bleiben, mit jedem weiteren Prügel der Wellen. Als wir kurz vor dem Ufer sind, knallt ein loser Stein gegen meinen verletzten Fuß und ich kann einen Schrei in meiner Kehle spüren, doch ich kann ihn nicht hören. Nolan bückt sich, versucht, mich unter den Knien zu greifen und mich hochzuziehen, aber eine weitere Welle wirft uns beide in das seichte Wasser.

Vielleicht wollen Jenna und der kluge kleine Wind, dass ich hier draußen sterbe, meinen letzten Atemzug Nolan und Wally schenke und meinen Körper dorthin treiben lasse, vorbei an dem Chor der Wale, wo immer Jenna ist. Vielleicht war ich deswegen so zwiespältig, was meine Zukunft angeht. Ich schließe die Augen und stelle mir vor, sie nie wieder zu öffnen, um auszuprobieren, wie sich das anfühlt.

Aber dann fällt mir Nolan ein und ich reiße die Augen auf, versuche, im Wasser Halt zu finden. Noch hält er mich, völlig benommen.

»Alles okay?«, frage ich und ziehe an seinem Hemd, als er sich nicht bewegt. »Nolan, sag was!«

Er bleibt still, seine eine Hand schützt meinen Kopf, die andere umschließt ungeschickt meinen Ellbogen. Dann sieht er zu mir runter und sagt in einem Atemzug: »Wenn sie überlebt hätten, wenn ich sie gerettet hätte, dann gäbe es …« Er wird von einer Welle abgeschnitten, und sobald wir das Wasser wieder ausgespuckt haben, fährt er fort: »Dann gäbe es kein Orman.«

Es ist dunkel, uns steht das Wasser bis zum Hals – buchstäblich und bildlich gesprochen – und wir müssen uns aus dem See kämpfen, aber inmitten des Sturms blicke ich ihm in die Augen. Ich weiß nicht, wer *sie* sind und ob Nolan sie wirklich hätte retten können, aber ich weiß, dass Orman unzählige Menschen gerettet hat, so, wie das nur starke Geschichten können, und das kann nie schlecht sein.

»Nur weil es aus etwas Schrecklichem entwachsen ist, macht es Orman nicht weniger schön«, sage ich. »Es war nicht falsch, die Geschichte zu schreiben, Nolan, egal, wo sie auch herkommt.«

Das ist weder die Zeit noch der Ort für das Aufeinandertreffen zweier Seelen. Weitere Wellen branden gegen uns, so schnell und so riesig, dass unsere Blicke sich trennen, aber ich muss irgendetwas richtig gemacht haben, denn Nolan findet die Kraft, uns ans Ufer zu ziehen, und unsere Körper sind unglaublich schwer, als wir aus dem Wasser auftauchen.

Wir kriechen nebeneinander an Land, unsere Ellbogen schlagen aneinander und Wally, der die letzten Meter allein geschafft haben muss, rennt bellend wie ein Irrer um uns herum. Nolan wirft einen Blick über die Schulter auf die Wellen und schaudert. Er wird bleich und ich frage mich, ob er gleich in Ohnmacht fällt. Stattdessen tastet er in der hinteren Tasche seiner Jeans, zieht sein Handy raus und klappt es auf.

»Das ist bestimmt kaputt«, sage ich, aber der Bildschirm leuchtet in der Dunkelheit wie ein winziges Fanal, strahlt sein Gesicht an, während er Alex' Nummer wählt. Gott segne Backstein-Handys.

Nolan sagt Alex, dass er uns abholen soll, legt auf und lehnt sich dann über mich; ich liege flach auf dem Bauch.

»Alles okay?«, fragt er. Seine Hände zittern. Ich ergreife die Hand, die auf seinem Knie liegt, und halte sie fest. Sie ist kalt vom Wasser, aber ich glaube nicht, dass er deswegen so zittert.

»Alles okay«, sage ich. »Und was ist mit dir?«

Er sieht auf das Wasser hinaus, bevor er antwortet, doch er zieht seine Hand unter meiner nicht weg.

»Du musstest das nicht tun«, sagt er.

»Ich weiß«, sage ich.

»Aber du hast es trotzdem getan.«

»Ich weiß.«

Er zögert. »Woher …«

Als er zu mir runterschaut, stelle ich fest, dass er keine Supernova wie Jenna ist, kein alter Stern, der sich seinen Weg aus einer Galaxie in die nächste brennt. Er ist funkelnagelneu, eine Seele, die noch lernen muss, wie sie in dieser seltsamen Welt voller Wale und kluger kleiner Winde zurechtkommen soll. So wie ich.

Also sage ich ihm die Wahrheit, so verrückt sie auch klingt. »Ich habe dich gehört.«

Als die Scheinwerfer von Alex' Auto durch den strömenden Regen aufleuchten, Nolans Umrisse hervorheben und mich blenden, will keiner von uns die Augen abwenden, wir ergründen einander mit Blicken.

Alex schlägt die Autotür zu. »Was macht ihr da? Kommt raus aus dem Regen! Na los!«

Nolan und ich bewegen uns nicht.

»Das ist unmöglich«, sagt Nolan zu mir. »Das kann nicht sein.«

Ich lache kurz in mich hinein und schaue weg, als Alex

näher kommt. »Ich weiß. Wenn du so was in Orman reingeschrieben hättest, dann würden alle denken, das ist Magie.«

Seine Antwort kommt zu schnell. »Es gibt keine Magie.«

Ich werfe dem Jungen, der am Seeufer gestanden und fliegenden Walen hinterhergeschaut hat, dem gleichen Jungen, der unaussprechliches Grauen ertragen musste, es genommen und daraus Orman erschaffen hat, einen durchdringenden Blick zu. Er hat seine Verzweiflung in etwas verwandelt, das die Welt in die Hand nehmen und bewundern kann, etwas, das Trost spenden kann, und *er* glaubt nicht an Magie?

Das ist absurd.

»Wenn dir eine andere Erklärung einfällt, lass es mich wissen«, sage ich und dann zieht mich Alex auf die Füße und führt mich zum Auto.

»Na los, Leute. Was macht ihr hier draußen?«

Auf dem Weg zurück zu Val's erzählt Nolan Alex, was passiert ist, während wir drei und Wally in dem kleinen Auto unbequem hin und her geschüttelt werden. Nolan und ich sagen kein weiteres Wort über Magie oder irgendetwas anderes zueinander.

Wir müssen nicht sprechen, um zu spüren, dass sich etwas verändert hat. Wir können nicht zurück, nicht mehr die Menschen sein, die wir noch vor ein paar Stunden im Bootshaus waren, ehe ich seinen unausgesprochenen Hilfeschrei gehört habe, ehe er die Angst besiegt hat, die ihm verwehrt hat, ins Wasser zu gehen, um mir zu helfen. Ehe er gestanden hat, dass es auch bei ihm ein *Vorher* und ein *Danach* gibt und dass es etwas mit Orman zu tun hat und damit, dass er jemanden nicht retten konnte.

Es fühlt sich so an, als hätten wir gerade einen riesigen Troll im Badezimmer außer Gefecht gesetzt und uns bis Mordor durchgekämpft, Seite an Seite. Es ist wahr: Wenn man bestimmte Dinge gemeinsam durchsteht, ist man schließlich zwangsläufig miteinander befreundet.

Zehn

Nolan will, dass Alex mit seinem Pick-up um die Bäume herumfährt und über die kleine durchweichte Wiese, die die Buchhandlung umgibt. Er möchte gar nicht erst auf dem Parkplatz halten, sondern direkt vor die Tür gefahren werden.

»Sie kann nicht so weit laufen, Alex«, sagt er über meinen Kopf hinweg. »Ihr Knöchel ist bestimmt gezerrt oder gebrochen oder …«

»Ich werde nicht drei Tage vor dem Basar den Rasen ruinieren«, sagt Alex und legt den Rückwärtsgang ein. Seine Stimme ist leiser als Nolans und wird fast vom Regen übertönt, der die Fensterscheiben überzieht.

Das Problem hat Nolan nicht. Er schreit fast. Sein Blick ist nicht so wild wie am See, aber dennoch ein wenig ungestüm.

»Dein Basar ist mir gerade so was von egal. Sie ist verletzt. Es ist meine Schuld. Wir fahren bis vor die Tür.«

Alex öffnet den Mund, um zu antworten, aber eine Bewegung von mir lässt ihn innehalten.

Ich wende Nolan meinen ganzen Körper zu und – genauso langsam, wie wir zum Leuchtturm gekrochen sind – hebe ich meine Hand und lege sie an seine Wange. Ich werde ein wenig rot, denn ich weiß, dass Alex jede unserer Bewegungen beobachtet, aber ich weiß nicht, warum sich das so unglaublich selbstverständlich anfühlt.

Obwohl sie noch feucht vom Regen ist, liegt Nolans Wange warm in meiner Hand. Ich beobachte sein Gesicht genau, während meine Fingerspitzen, meine Handfläche, mein Handgelenk an seinem Kopf ruht. Seine Augen werden weich, die ungezähmte Energie rinnt aus seinem Körper, als sich sein Gesicht in meiner Hand entspannt.

»Ich kann laufen«, sage ich ihm mit ruhiger Stimme. »Wirklich.«

Es wird eine Zeit geben, in der wir darüber sprechen können, was beim Leuchtturm passiert ist, aber die ist nicht jetzt.

»Ich möchte nicht … ich möchte nicht, dass du verletzt bist«, sagt Nolan, und als würde er meine Geste übertreffen wollen, umfasst er mit beiden Händen mein Gesicht. »Du bist schon genug verletzt worden.«

Alex gibt ein komisches hustendes Geräusch von sich. Ich merke, wie er versucht, so offenkundig wie möglich aus dem Fenster zu gucken, aber es hilft auch, als er sagt: »Ich gucke aus dem Fenster.«

Nolans halbes Lächeln drückt seine Wange noch fester gegen meine Hand und ich lächle zurück.

»Ich hole dir den Golfwagen«, sagt Nolan. »Ich will nicht, dass du mit diesem Knöchel auftrittst.«

»Versuch, auf dem Weg zu bleiben. Alex bringt uns beide um, wenn du den Rasen ruinierst.«

»Danke«, brummelt Alex. »Gucke noch immer aus dem Fenster.«

»Ich geh schon, ich geh schon«, sagt Nolan, aber er wartet noch sechs Herzschläge ab, bevor er seine Hände von meinem Gesicht nimmt.

Ich versuche, ihm hinterherzuschauen, als er über das matschige Gras rennt, aber der Regen fällt zu dicht, als dass man jenseits der Motorhaube viel erkennen könnte. Wally dreht durch, als Nolan weg ist, und Alex öffnet rasch die Tür, um ihn rauszulassen.

»Ich gehe mal davon aus, dass ich jetzt nicht mehr aus dem Fenster gucken muss?«

»Nein«, sage ich. Und als wir uns einander zuwenden, sind seine Augen genauso erstaunt, wie ich mich fühle.

Alex verschränkt die Arme. »Erzählst du mir, was wirklich passiert ist, oder muss ich es Nolan aus der Nase ziehen?«

Ich schaue auf meine Füße, tue so, als würde ich meinen Knöchel betrachten. »Wovon redest du? Nolan hat dir doch gesagt, was passiert ist. Wally ist zum Leuchtturm gelaufen und wir mussten ihn zurückholen.«

Ich werfe ihm einen Blick zu. Seine Arme sind angespannt.

»Nolan springt nicht einfach so im Wasser herum. Raus damit.«

Ich zwinge mich, Alex direkt anzugucken, während ich ihm erzähle, wie Nolan und ich uns auf dem Weg zum Leuchtturm an den Händen gehalten haben. Seine Miene ist ganz gefasst, aber als ich sage, dass wir fast stecken geblieben sind, als Nolan uns zum Ufer zurückführen musste, lässt er die Arme fallen.

»Wie?«, fragt Alex. »Wie hast du es geschafft, dass er weitergegangen ist?«

Ich zucke mit den Schultern und gucke wieder aus dem Fenster, weil ich nicht in der Lage bin, seinem Blick zu begegnen. »Ich … ich habe ihn abgelenkt.«

»*Wie* denn?«

Lauter Lügen kommen mir in den Sinn, aber keine davon ist glaubwürdig genug, um funktionieren zu können. Alex wird wissen, wie verzweifelt Nolan gewesen sein muss. Er wird auch wissen, *warum*, aber ich frage nicht nach.

Vielleicht ist es, weil ich vollkommen durchnässt bin und die Heizung im Auto nicht gerade wärmend ist, oder vielleicht, weil Alex' Schweigen jetzt irgendwie tröstlich und nicht wertend ist, aber ich sage ihm die Wahrheit.

Angucken kann ich ihn nicht, deshalb erzähle ich es dem Fenster. Ich erzähle den Regentropfen von den Fotos von Jenna, meiner Mom und den Eichhörnchen. Ich erzähle davon, wie ich kleine Brotkrumen meines Selbst auf dem Weg hin und zurück zum Leuchtturm gestreut habe, um Nolan, Wally und mich in Sicherheit zu bringen.

»So habe ich es geschafft«, schließe ich ab.

Meine Stimme klingt schwach und Alex kann das wohl hören, denn als ich mich ihm zuwende, findet er einen Weg, um in dem kleinen Raum ungeschickt seine Arme um mich zu wickeln.

»Oh«, sage ich, unbeholfen liegt mein Kopf auf seiner Schulter. »Oh, wir umarmen uns jetzt also?«

»Ja.« Alex' Stimme ist fest, lässt keine Diskussion zu. »Wir umarmen uns jetzt.«

»Warum?«

Ich bin mir sicher, dass er mich jetzt loslässt, tut er aber nicht.

»Du weißt, warum«, sagt er.

»Weil ich deinen Rasen davor gerettet habe, von einem Golfwagen zermatscht zu werden?«

Er rückt ein Stück von mir ab und sieht zum Autodach, als ob der Gott der Wale ihm vielleicht irgendwie zu Hilfe kommen könnte.

»Weil du *ihn* gerettet hast.«

Mein Herz hämmert in meiner Brust und das wühlt mich wieder auf.

»Nein, habe ich nicht«, antworte ich zu schnell. »Ich habe *Wally* gerettet.«

»Sei nicht blöd, denn das bist du nicht«, sagt Alex. »Nolan würde jemand Blöden nie mögen.«

Meinem Puls tut dieses Gespräch nicht gut, zum Glück kann ich hören, wie Nolan mit dem Golfwagen zurückkommt.

»Wieso glaubst du, dass er mich mag?«

Alex wirft mir einen Blick zu, der mich so sehr an Jenna erinnert, dass es wehtut. Aber anstatt zu weinen, muss ich lachen und gebe ihm einen kleinen Schubs.

»Guck mich nicht so an!«

»Dann sei nicht blöd«, sagt er und schubst zurück. Er muss auch lachen.

Nolan öffnet die Tür auf meiner Seite, während Alex und ich uns gegenseitig schubsen. Er steht da und sieht uns irritiert zu, was uns beruhigen sollte, aber stattdessen lachen wir noch mehr, bis Nolan stöhnt.

»Ja, cool. Amüsiert euch nur, während ich hier im Regen stehe.«

Als er mir vom Sitz des Pick-ups hilft, auf den Boden, in den Golfwagen, sind seine Hände überall. Er berührt meine

Taille, meinen Arm, meinen Rücken, und obwohl er das nur macht, damit ich mir nicht wehtue, werde ich rot.

Nachdem Valerie meinen Knöchel untersucht hat – schwer geprellt, aber nicht gezerrt oder gebrochen – und uns drei mit genug heißem Kakao abgefüllt hat, um ein gieriges Kind in einer Schokoladenfabrik zu ertränken, werde ich auf mein Zimmer geschickt, um zu schlafen und um mir »nicht noch den Tod zu holen«. Valerie hört nicht auf meinen Einwand, dass es mir gut geht und ich nicht um drei Uhr nachmittags schlafen will. Sie weist Alex an, mich in den zweiten Stock zu bringen, und als Nolan mitgehen will, ruft sie ihn mit einem scharfen »Du nicht, Junge. Das Mädchen muss sich ausruhen« zurück.

Nolan und ich schauen uns in die Augen, bis die wieder mit Strom versorgten Aufzugtüren zugehen und unseren Blickkontakt auseinanderreißen. Doch unsere neue, zarte Verbindung ist noch intakt, ein ununterbrochener Bindfaden, der sich von seinem Körper zu meinem zieht.

Trotz meines Einspruchs schlafe ich sofort ein, als mein Kopf das Kissen berührt, mein Gedankenkarussell steht still und die Wale wabern davon. Stunden später werde ich wach, weil Valerie neben meinem Bett steht, eine Schüssel voller Nudeln in den Händen.

»Hungrig?«

Ich sterbe vor Hunger. Mir dröhnt der Kopf, weil ich zu lange geschlafen habe und erschöpft bin von dem stürmischen Nachmittag. Das Stückchen Himmel, das ich zwischen den Vorhängen sehen kann, ist grau durchzogen von Rosa. Der Sturm ist vorbei und die Sonne geht unter.

»Und wie.« Ich schiebe mich nach oben gegen die Kissen

und schaufele mir die Nudeln in den Mund und merke erst nach drei Bissen, dass sie voller Pilze sind. Ich hasse Pilze. Aber ich esse sie trotzdem.

Valerie steht derweil neben meinem Bett und sieht mich erwartungsvoll an.

»Ich habe den Laden früher dichtgemacht«, sagt sie. »Wegen dem Sturm.«

»Wie schade«, sage ich und verstehe nicht, warum sie mir das erzählt.

Sie neigt den Kopf. »Finde ich nicht. Wie geht es deinem Knöchel?«

Langsam lasse ich ihn unter der Decke kreisen. »Alles gut.«

»Hmmm«, macht sie. Wenn ich nicht so damit beschäftigt wäre, mir Essen in den Mund zu schieben, würde ich mich fragen, warum sie sich so komisch verhält.

Die Schüssel ist fast leer und ich überlege kurz, ob Schnellfresswettbewerbe auch Teil meiner Zukunftsplanung sein sollten. Ich kratze die Soße mit meiner Gabel aus der Schüssel, als Valerie sagt: »Du solltest dich ein bisschen bewegen, damit er über Nacht nicht steif wird.«

»Du hast wahrscheinlich recht«, sage ich, schwinge meine Beine vom Bett, während mein Knöchel mit einem dumpfen Schrei protestiert. »Ich muss sowieso aufs Klo.«

»Das wirst du brauchen.«

Die leere Schüssel in meinen Händen wird plötzlich von einer Knöchelorthese und einem zusammengefalteten blauen Kleid ersetzt.

»Wofür ist das denn?«, frage ich misstrauisch.

»Oh, die Orthese hatte ich noch. Alex brauchte sie mal für eine Sportverletzung.«

Sie hat eindeutig irgendetwas im Sinn. »Valerie, ich meine nicht die Orthese. Ich meine, wofür ich ein Kleid brauche, wenn der Laden geschlossen ist? Und übrigens auch, wenn er geöffnet ist?«

»Du solltest duschen und dir den See aus den Haaren und von der Haut waschen. Dann fühlst du dich besser. Und probier einfach mal mein altes Kleid an. Es hängt seit Jahren einsam im Schrank.«

Läuft das so zwischen Mutter und Tochter, wenn man in dem Alter ist, in dem man sich für Kleider interessiert?

Aber ich möchte nicht, dass mich meine traurigen Gedanken runterziehen, zu dem Verlust von Jenna, zu meiner Mutter, also sage ich: »Gut. Aber es ist albern, weil ich beides gleich wieder ausziehen werde, um schlafen zu gehen.«

»Alles ist albern, meine Liebe. Das Leben ist zu kurz, um etwas anderes zu sein.«

Das heiße Wasser fühlt sich übernatürlich gut an. Ich massiere mir Shampoo in die Kopfhaut, bis meine Haare so geschmeidig sind, dass sie unter meinen Fingern quietschen. Auf einem kupferfarbenen Gestell in der Ecke stehen etwa zehn verschiedene Flaschen Duschgel in allen Edelsteinfarben und ich entscheide mich für eins, das nach Vanille und Zucker duftet. Es riecht ein bisschen wie Jennas Parfum, aber das macht mir nichts aus.

Jenna wollte mich immer dazu kriegen, mich etwas schicker anzuziehen. Unter dem Vorwand, wir würden in die große Buchhandelskette gehen, lockte sie mich ins Einkaufszentrum, um mich dann in die Kleiderläden zu bugsieren.

»Probier nur *eine einzige Sache* an«, hat sie dann gesagt, bevor sie mich in eine Umkleidekabine schubste. »Nur eine, versprochen.«

Aber sie hat es nie *hoch und heilig* versprochen. Es wäre eine Lüge gewesen. Sobald ich in der Umkleide festsaß, bildeten all die Bügel voller hauchdünner Blusen, Leinenhosen und spitzenbesetzter Jumpsuits eine schicke Barrikade, die mich da drin gefangen hielt. Meistens endete das Ganze damit, dass ich einen Anfall bekam und sie einlenkte.

»Warum hasst du das so?«, fragte sie mich einmal. »Die Sache mit den Kleidern?«

Sie versuchte mich nach einem Anfall zu beschwichtigen, indem sie mich im Elektronikladen umherwandern ließ, bei den technischen Spielereien, die alle ausprobieren, aber keiner kauft. Langsam stellte ich den bluetoothkompatiblen Rennwagen zurück ins Regal, um Zeit zu gewinnen, bevor ich antwortete.

Das war eine vielseitige Kreatur, mein Hass auf Kleider. Es hatte in der Grundschule angefangen, als die anderen Mädchen neue rosafarbene Jacken zu Beginn jedes Schuljahrs anhatten, während ich mich mit dem zufriedengeben musste, was Mom im Ausverkauf ergattert hatte. Wir gehörten schon immer zu den Einkommensschwachen. Ich hasste es, dass man das an meinen Kleidern erkennen konnte.

Wie konnte ich meiner wunderschönen, furchtlosen Fashionista Jenna erklären, dass ihre Anmut und Eleganz mich manchmal wahnsinnig einschüchterten? Man hätte uns in dasselbe Outfit stecken können, bis hin zu den Socken, und sie würde so aussehen, als gehörte das so, und ich, als wäre ich ein Kind, das die Garderobe seiner reichen Cousine ausprobiert. Die Williams sahen *immer* aus wie eine Familie aus der Modezeitschrift, selbst bei den seltenen Gelegenheiten, wenn man sie im Schlafanzug erwischte, Seidenhosen und geknöpfte Oberteile, wo man auch hinsah. Sie waren bereit, mich in ihre Zeitschrift mitaufzunehmen, sie wollten mich dabeihaben, aber es fühlte sich an wie eine weitere Linie, die ich nicht überschreiten wollte.

Und als ich mir in diesem Elektronikladen Jennas Outfit des Tages ansah – ein gerüschter roter Minirock und ein blauweiß gestreiftes schulterfreies Top mit Riemchensandalen –, wollte ich weinen.

»Das bin nicht ich«, sagte ich schließlich. »Vielleicht bin ich das irgendwann mal, aber im Moment fühlt sich das einfach … falsch an.«

»Na und?«, kam Jennas prompte Antwort. »Dann tu einfach so.«

»Nein«, sagte ich. »Nein, das … das fühlt sich verlogen an. Als würde ich die Leute reinlegen, so tun, als wäre ich jemand, der ich nicht bin.«

Doch als ich aus der Dusche komme und mir Valeries blaues Kleid über den Kopf ziehe, die Haare nass und hinter die Ohren zurückgestrichen, fühle ich mich seit Wochen zum ersten Mal wieder wie ich selbst. Es fühlt sich nicht falsch an, als ich das hauchzarte Band um meine Taille zu einer Schleife binde, obwohl es oben etwas zu weit ist und die Länge komisch zwischen Knöchelorthese und Knie endet.

Ich fühle mich sauber und gesund, obgleich der Stress des Tages noch in mir summt, wie ein Rauchmelder mit schwachen Batterien. Mit jeder neuen Information, die ich hier zu verarbeiten habe, lässt der Schmerz um Jenna nach, und mit jedem weiteren Rückzug lockert der Kummer seinen Griff um mein Herz, meinen Kopf und ich kann ein bisschen freier atmen.

Ich kann leichter atmen, bis mir Nolans Hände auf meinem Gesicht einfallen.

Mit einem bewussten, tiefen Atemzug schüttele ich die Spuren, die der Gedanke auf meiner Haut hinterlässt, ab. Als ich wieder zurück ins Gästezimmer gehe, meinen wimmernden Knöchel ignoriere, um mich einmal vor Valerie dankbar um die eigene Achse zu drehen, stelle ich fest …

Sie ist nicht da.

Ich dachte, sie würde auf mich warten, um mich in meinem Kleid zu begutachten und weiter viel Aufhebens um meine Gesundheit zu machen. *Das soll meine gute Fee sein?* Ich sehe, dass sie das Bett gemacht und die Schüssel wieder mitgenommen hat. Vielleicht ist sie runter in den Laden gegangen.

Aber sie ist nicht im Café, jedenfalls nicht in dem Teil, den ich vom Aufzug aus sehen kann. Ich gehe hinter den Tresen und werfe einen Blick in die angrenzende Küche. Nichts.

Ich lehne mich über das Geländer und sehe nach unten. Der Laden ist verlassen, die Glocke über der Tür reglos und der Kamin kalt und kahl. Sie ist nirgendwo zu sehen.

Mein Knöchel pocht dumpf nach meinem kurzen Weg, doch als hätte mich jemand herbeigerufen, bewege ich mich zum Ende des Flurs. Im letzten Raum brennen die Lichter und ich verstehe augenblicklich, warum ich in dieses Kleid gesteckt und der Laden früher geschlossen wurde.

Die Verbindung zwischen uns ist jetzt so dick wie ein Seil; kurz gelockert durch meinen Schlaf, strafft sie sich wieder, als ich mich Nolan und dem Orman-Zimmer nähere.

Als ich in das gedämpfte Licht der Lampen trete, tue ich

so, als würde ich in das echte Orman hineingehen. Ich bin Emmeline. Meine Hände werden zu ihren, kleiner und rundlicher, am rechten Daumen trage ich einen Ring, der gänzlich aus dem Saft des heiligen Eschenbaums von Orman gemacht ist. Aber anstatt nach einer magischen Schneekugel zu greifen oder nach einem mit Juwelen geschmückten Schwert, strecke ich meine Hand nach dem schlafenden Prinzen aus, um ihn aus seinem Schlummer aufzuwecken.

Ich sehe auf N.E. Endsley und auf Nolan Endsley runter, beide schlafend im selben Körper. Halb eingekringelt liegt er auf dem bestickten Kompass, benutzt sein Sweatshirt als Kissen, seine Kappe ist verrutscht und entblößt sein Haar, das von der Dusche noch nass ist. Ein kleines bisschen Spucke hat sich in seinem Mundwinkel angesammelt. Ich frage mich, wer sich gleich präsentieren wird, wenn er so plötzlich geweckt wird – N.E. oder Nolan. Ich lehne mich zu ihm runter und schubse ihn sanft an der Schulter.

Zuerst ist er niemand, so wie alle niemand sind, wenn sie gerade wach werden. Es gibt einen Moment zwischen Schlafen und Wachen, in dem alles möglich ist und es sich so anfühlt, als wäre alles weggewischt, das Leben eines Menschen versehentlich neu geschrieben worden. Der Junge blinzelt einmal, zweimal und ist dann sofort N.E. Endsley, als sein Blick auf mich als Person und nicht auf mein Gesicht trifft. Seine Arme spannen sich an, als er sich mit einem Ruck aufrecht hinsetzt, die Beine ausgestreckt. Aber als er erkennt, dass ich es bin, lugt Nolan hinter dem verwundbaren Autor in seinem aggressiven Panzer hervor und der Schriftsteller, der zwischen seinen Händen Welten erschaffen hat, verschwimmt zu dem Jungen, der sich vor Wasser fürchtet.

»Hi«, sage ich leise.

»Hallo, Amelia.«

Mein Name auf seinen Lippen zieht das Band zwischen uns ruckartig an, und anstatt mich zu widersetzen, lasse ich mich neben ihm auf dem Boden nieder.

»Wie geht es …« Er verstummt und wedelt mit der Hand in Richtung meines Knöchels.

»Ziemlich gut«, sage ich. »Meine Pläne, dieses Wochenende klettern zu gehen, werde ich wohl verschieben müssen, aber das macht nichts. Das kann ich ein anderes Mal machen.«

»*Wolltest* du dieses Wochenende klettern gehen?«

»Nein«, sage ich lachend. Er lächelt nicht, aber sein Mund zuckt, als würde er es in Betracht ziehen.

»Nun …« Er fährt sich mit der Hand durchs Haar, und als er merkt, dass es noch nass ist, trocknet er sich die Hand am Teppich ab.

»Ist Wally hier?«, frage ich, um ihm zu helfen. »Vorhin schien es ihm ja ganz gut zu gehen.«

»Er ist zu Hause bei Alex, der Schwachkopf. Ihm geht es bestens.«

»Gut«, sage ich. »Dass es ihm gut geht, meine ich.«

»Ja.«

Würde ich uns mit der Kamera einfangen, dann würde ich einen von uns komplett rausschneiden, um dem Betrachter zu ersparen, dass er sich fremdschämen muss.

»War sonst noch was?«, frage ich schließlich. »Warum schläfst du *hier*?«

Wir sehen beide zu, wie seine Hand über den Teppich gleitet.

»In Orman«, sagt er, ohne aufzuschauen, »bestimmen die Alten Gesetze, dass, wenn jemand dich rettet, du ihm verpflichtet bist, bis du die Schuld beglichen hast.«

Ich blinzele. »Ich weiß. Ich habe sie gelesen.«

Er hält kurz inne. »Und?«

»Und?«

Seine Hand hört auf, sich zu bewegen und suchend sehen wir einander an.

»Wie soll ich meine Schuld begleichen?«

Ich denke als Erstes an Jenna – daran, ihn zu fragen, was bei ihrer kurzen Begegnung gesagt wurde, was es mit der 101. Ausgabe auf sich hat, wie sie ihn getröstet hat, alles.

Aber ihn zu fragen käme einem Vertrauensbruch gleich, wie wenn man einem Ritter, der vor seiner Königin kniet und auf ihr Geheiß wartet, den Kopf abschlagen würde. Nolan Endsley zu bitten, so einen verräterisch menschlichen Moment in Worte zu fassen, so kurz nach dem Vorfall am See, hieße, ihn auszunutzen. Und ich will, dass er es mir erzählen *möchte.*

Ihn nach Jenna zu fragen, würde diese neue Verbindung zwischen uns trennen und allein bei dem Gedanken tut mir das Herz weh.

Ich lache sein Angebot weg, biete ihm einen Ausweg. »Ich habe nicht dein Leben gerettet. Sondern Wallys.«

Nolan will keinen Ausweg.

»Er ist nicht dazu in der Lage, so eine Schuld zu begleichen, als sein Halter handele ich also in seinem Namen.«

Ich gucke zuerst weg, löse mich von Nolans intensivem Blick, um nach unten zu greifen und an den Teppichfransen zu zupfen, die gefährlich nah an seiner Hand liegen. Sein kleiner Finger streckt sich meinen Fingern ein wenig entgegen, als würde er versuchen, der Anziehungskraft eines Magneten zu widerstehen, und dabei scheitern.

»Ich dachte, du glaubst nicht an Magie«, sage ich.

»Tue ich nicht.«

»Warum musst du dann die Alten Gesetze einhalten?«

»Die Alten Gesetze sind eher als Ehrenkodex zu verstehen denn als magisches System. Jede Welt – ob fiktional oder auch nicht – braucht Moralvorstellungen.«

»Wie edel«, murmele ich.

Da er das Thema nicht fallen lassen will, muss er irgendetwas im Sinn haben … etwas, das er anbieten will.

»Was schlägst du vor?«, frage ich geradeheraus.

Wieder werde ich von seinem Blick gefangen gehalten. »Val sagt, du hast noch kein einziges Buch in die Hand genommen, seit du hier bist. Warum nicht?«

Ich bin überrascht – dass ihr das aufgefallen ist, dass sie es Nolan erzählt hat, dass ihn das kümmert –, aber ich versuche es zu verbergen. »Ich bin gerade mal seit einem Tag da. Außerdem kannst du eine Frage nicht mit einer Frage beantworten.«

»Habe ich aber.« Seine Lippen zucken, doch er presst sie schnell zu einer ernsten Linie zusammen. Er manipuliert das Seil zwischen uns, zieht daran, um seine Festigkeit zu prüfen. »Ich kann für dich antworten, wenn du willst.«

Ich schnaube. »Na dann. Möge das Glück stets mit dir sein.«

»Es ist Jenna«, sagt er. »Ihr Tod. Du fühlst dich schuldig, so als dürftest du nichts genießen, was ihr beide geteilt habt, weil es ihr Andenken entehren würde.«

»Woher willst *du* wissen, was wir geteilt haben?«

»Ihr wart zusammen bei dem Literaturfestival, nicht wahr?«

Nolans Gesicht ist ausdruckslos, während er mich bloßlegt, damit wir mich gemeinsam einer Prüfung unterziehen können.

Alles, was ich wollte, vor weniger als einem Monat, war, im selben Raum wie N.E. Endsley zu sein. In einem alternativen Universum würde ich das bekommen. Er würde bei dem Festival auftauchen, aber Jenna nie kennenlernen. Er würde mein Buch signieren (vielleicht), höflich nicken (zweifelhaft), während ich versuchen würde, jeden meiner Gedanken zu Orman innerhalb einer Minute zum Ausdruck zu bringen (ganz sicher), und dann wäre es vorbei.

Mir fällt es schwer, mich mit diesem Universum ohne Jenna abzufinden, und noch schwerer, anzuerkennen, dass das wohl das einzige Universum ist, in dem Nolan die Hand ausstreckt und nach meiner greift. In allen Universen, in denen ich Nolan Endsley kennenlerne, ist Jenna nicht da und ich weiß nicht, wie ich das finden soll.

»Mir ist etwas Ähnliches passiert«, sagt Nolan vorsichtig, ohne meine Gedanken mitzubekommen. »Aber mit Musik und nicht mit Büchern.«

Ich schlucke. »Und war es irgendwann vorbei?«

»Irgendwann schon«, sagt Nolan. »Oder sagen wir mal, ich musste da durch. Eines Tages habe ich beschlossen, wieder Musik zu hören, selbst wenn es mich umbringen würde, aber das hat es nicht. Ich habe es hinbekommen.«

Über uns schaltet sich die Klimaanlage ein, die Luft rauscht durch die Lüftungsfilter und erfüllt den Raum mit einem geradezu runden Geräusch, eine weitere Schicht des Kokons, den wir zwischen uns weben.

»Es ist allerdings anders«, sagt Nolan. »Die Musik ist nicht mehr, wie sie vorher war.«

»Inwiefern?«

Nolan dreht meine Hand um, fährt die Linien auf meiner Handfläche nach, als würde er meine Zukunft entschlüsseln.

»Es ist schwerer, die Melancholie außer Acht zu lassen.« Fast flüstert er. »Und die glücklichen Stellen, die Stellen, wo sich das ganze Orchester zum Crescendo aufschwingt, die ich immer so geliebt habe, machen mich jetzt mehr traurig als glücklich. Ich glaube, das hat etwas mit der Bandbreite der Gefühle zu tun. Alle sagen dir, dass man mehr fühlt, wenn man älter wird, mehr Lebenserfahrung hat oder was weiß ich, aber ich glaube, man fühlt eigentlich *weniger*, weißt du? Als würden wir hier anfangen« – er lässt meine Hand fallen und hält seine Hände so weit auseinander, wie seine Schultern breit sind –, »aber je mehr uns geschieht, desto mehr verstehen wir, dass all unsere Gefühle miteinander verbunden sind. Sie nähren sich gegenseitig.« Er führt seine Handflächen näher zusammen. »Sogar die guten Dinge, die großen Dinge, die dafür sorgen, dass du dich lebendig fühlst, lassen dich nur so fühlen, *weil* du die schlechten Dinge erlebt hast. Weil du weißt, dass du nicht immer auf diesem Planeten sein wirst. Es ist kein vollkommen trauriger Gedanke, weil du nichts anderes tun willst, aber kein glücklicher, weil du dich am liebsten immer so fühlen würdest.«

Seine Handflächen treffen aufeinander, während er mich erwartungsvoll ansieht.

Ich unterdrücke ein Lächeln. »All das, um zu sagen, dass in der Musik jetzt mehr traurige Stellen sind? Du bist wirklich ein Schriftsteller, wenn du so lange brauchst, um etwas so Einfaches zu erklären.«

Nolan lacht zum ersten Mal, seit ich ihn kennengelernt

habe, ein überraschtes Bellen, das in diesem runden Raum von Regal zu Regal hüpft.

Die gedrückte Stimmung ist aufgehoben. Ich bewege die Beine, um meinen Knöchel auszurichten. In trauter Stille sitzen wir beieinander. Es ist Nolan, der das Schweigen bricht.

»Amelia?«

»Ja?«

»Darf ich dir vorlesen?«

Noch vor einem Monat wäre damit ein Traum in Erfüllung gegangen. Noch vor einem Monat hätte ich dafür eine Niere verkauft: neben N.E. Endsley zu sitzen, während er mir in einem magischen Buchladen vorliest – ein Buchladen, der sich anfühlt, als wäre für jede Leserin und jeden Leser ein Traum wahr geworden.

Aber vielleicht hat er recht damit, dass Gefühle zusammengequetscht werden, weil ich daran denke, dass Jenna trotzdem noch tot ist. Und mir bleibt nichts von ihr außer ihrem penibel genauen Zehnjahresplan, der nicht beinhaltet, dass Nolan Endsley neben mir sitzt und nach Seife und Pinienbäumen duftet. Und ich frage mich, ob das Leben nicht noch mehr zu bieten hat, etwas, das man nicht planen kann. Nicht mal Jenna.

»Ich kann selber lesen, vielen Dank«, sage ich, die Wörter kratzen mir im Hals. Ich versuche, das Ganze als Witz abzutun. »Ich mache das, seit ich fünf bin.«

Er lehnt sich nach vorne, schiebt seine Beine näher an mich ran, bis wir uns fast berühren.

»Bitte?« Sein Atem weht ein paar feine Härchen in meine Augen und ich blinzele sie weg.

»Warum?«

»Um meine Schuld zu begleichen.«

Will er, dass unsere Lippen so nah beieinander sind?

»Du schuldest mir gar nichts«, flüstere ich. »Wirklich.«

»Dann betrachte es als Geschenk.«

Nolan wartet nicht auf meine Antwort. Er steht auf und schüttelt seine Beine aus, während er sich den Regalen zuwendet. Weil die Dunkelheit uns einhüllt, weil die Welt da draußen genauso weit weg ist wie die Linie, wo die Wasser des Lake Michigan auf den Himmel treffen, fühle ich mich unendlich und sicher und unbekümmert, alles gleichzeitig, und so zucke ich nicht zusammen, als Nolan fragt: »Irgendwelche Wünsche?«

Alex' Warnung *Freunde. Keine Fans* zuckt mir durch den Kopf und ich schlucke meine Antwort runter, aber was ich will, steht mir wohl ins Gesicht geschrieben, denn Nolan zieht eines seiner eigenen Bücher von seinem behaglichen Platz auf dem Regal.

»Dieses hier«, fragt er mit einem vorsichtigen Blick. Und bevor ich antworten kann, ergänzt er: »Wenn du das willst, ist das völlig okay.«

»Ja, das will ich«, sage ich.

Er leckt sich die Finger – eine Angewohnheit, die ich verabscheue, die aber zu ihm passt – und blättert durch das Buch, während er sich wieder auf den Boden sinken lässt.

Er atmet ein, um loszulegen, aber anstatt zu lesen, sagt er: »Auf die Gefahr hin, dass das kitschig klingt, finde ich es angemessen, wenn wir in der Mitte anfangen, wenn das für dich in Ordnung ist. Da das ja genau das ist, was *wir* tun.«

»Das ist in Ordnung«, sage ich. Meine Stimme klingt klein und ängstlich in meinen Ohren. Ich frage mich, ob Nolan hören kann, wie nervös ich bin. Was ist, wenn sich die Welt nicht um mich herum ausbreitet? Was ist, wenn Lesen für mich für immer gestorben ist?

Die Wale tauchen auf und ich lasse sie kommen. Wenn es nicht funktioniert, bringen sie mich hinaus aufs Meer, wo mich nichts – nicht einmal das Fehlen von Büchern – berühren kann.

Ich höre, wie Nolan zielstrebig die Seiten umblättert, es ist der Klang eines Lesers – eines Schriftstellers –, der, auf der Suche nach einem verirrten Schaf, in ein Gebirge von Wörtern eintaucht. Er hat etwas Bestimmtes im Sinn und meine Neugier brennt meine Angst weg.

»Das ist meine Lieblingsstelle«, flüstert er, so leise, dass ich mich frage, ob er es laut aussprechen wollte. Dann fängt er an zu lesen.

Genau genommen hatten sie sich verlaufen. Emmeline fand das furchterregend. Ainsley war in ihrem ganzen Leben noch nie so aufgeregt gewesen.

»Na, komm schon«, stöhnte Ainsley. »Das ist ein Abenteuer.«

»Es ist Selbstmord und nichts anderes«, sagte Emmeline und zog ihren Fuß aus dem besonders klebrigen Morast.

»Und wenn schon? Wir wissen noch nicht einmal, ob uns hier etwas zustoßen kann. Wir schlafen wahrscheinlich, hast du daran schon gedacht?«

Emmeline streckte ihre Hand aus und kniff ihre Schwester, und zwar fest.

»Aua! Was ist los mit dir?« Ainsley, wie immer theatralisch, rieb sich wie wild den Arm, als könnte sie den Schmerz so wegreiben.

»Wir träumen nicht«, sagte Emmeline und mit einer Bewegung, die ihre Schwester bis an ihr Lebensende in Bestürzung versetzen würde, nahm Emmeline – das Mädchen, das sich weigerte, Filme mit Prinzessinnen zu gucken, weil Prinzessinnen immer vor Drachen gerettet werden und Drachen Blut bedeuten – sich einen scharfen Stein und ritzte damit langsam und voller Absicht ihre Handfläche auf. Drei vollkommene Blutstropfen fielen auf die Erde. »Und sicher ist es hier auch nicht. Wir könnten sterben, Ainsley.«

Nolans Stimme hat sich zu einem rauen Flüstern gesenkt. Meine Augen haben sich langsam geschlossen, die Geschichte läuft hinter meinen Lidern ab, während mein Herz schneller schlägt, jeder Knochen in meinem Körper sich auf den Waldboden von Orman werfen will und ich danach verlange, das Blut zu sehen, mit dem alles begonnen hat.

Kurz öffne ich die Augen, um einen Blick auf ihn zu werfen. Er liest weiter, und wenn ich nur seine Mundwinkel beobachte und meine Augen nicht scharf ausrichte, könnte ich glauben, dass er um uns herum eine magische Beschwörung webt.

Nolan merkt, dass ich abgelenkt bin, und fragt: »Willst du, dass ich aufhöre?«

»Nein, will ich nicht.«

Und dann fluten all die Wörter zu mir zurück, reißen mich mit, stärker als jeder Strudel. Die Charaktere, die ich so vermisst habe, rennen voran, mit ausgestreckten Armen, während ich auf einem behaglichen Strom von Wörtern und Geschichten und Gefühlen treibe, in Bewegung gesetzt von Nolans sanfter und tiefer Stimme. Ich stecke zwischen Leben und Traum. Ich könnte jede sein.

Die Mädchen waren viel zu beschäftigt, um die Ritterinnen zu bemerken, doch selbst wenn sie aufgepasst hätten, wäre es ihnen schwergefallen, Worte zu finden, um sie zu beschreiben.

Nolans Stimme flimmert durch mein Bewusstsein, während ich ausgestreckt auf dem Boden liege und die Welt zerbricht und sich neu um mich herum gestaltet.

Es waren Baumritterinnen, weitestgehend menschlich, doch in ihren Adern floss auch ein Tropfen Baumzauber. Sie hatten die Fähigkeit, sich so zu verstecken, dass das menschliche Auge sie nicht vom Blattwerk unterscheiden konnte. Groß und stoisch, waren sie fast ohne Ausnahme alles Frauen und sie besaßen weder Geist noch Witz. Sie waren die Wächterinnen des Waldes, die Hüterinnen der äußeren Reiche und sie waren, in einem Wort, fürchterlich.

Ainsley war die Erste, die eine entdeckte. Sie keuchte, wirbelte ihre Schwester aufgeregt herum und zeigte mit zitterndem Finger auf die Ritterin.

»Em, sieh mal! Siehst du das? Ja?«

Der seltsame Augenblick, als sie sich in die Handfläche geschnitten hatte, war vergessen und Emmeline zitterte nicht mehr vor Aufregung, sondern aus einem ganz anderen Grund.

»Was … wer sind die?«

Als sie sprach, war es, als ob der Wald zum Leben erweckt worden wäre. Dutzende von Frauen traten aus den Bäumen hervor, groß und stolz umringten sie Ainsley und Emmeline. Die größte der Ritterinnen lehnte sich nach vorne und verbeugte sich vor Emmeline.

»Eure Hoheit.« Ihre Stimme war der Klang von tausend Stürmen, die über Tausende von Wäldern herfallen, barsch und bezaubernd. »Wir haben auf Euch gewartet.«

Ainsley ließ Emmeline los und trat mit geschwellter Brust nach vorne. »Meine Schwester und ich fühlen uns geehrt, eure Bekanntschaft zu machen.«

Die Ritterin hielt kurz inne, bevor sie sagte: »Es ist Eure Schwester, meine Dame, von der wir sprechen. Eure Anwesenheit ist nicht vorausgesagt worden …«

Und einfach so sind die Geschichten zu mir zurückgekehrt. Sie sitzen in meinem Hals, arbeiten sich in meine Knochen vor, mein Blut, meine Haarspitzen. Sie haben sich verändert, so wie ich mich auch. Stellen, die ich früher überflogen habe, scheinen jetzt ungeheuer wichtig zu sein, und Stellen, die ich als wichtig erachtet habe, sind es jetzt nicht mehr so.

Ich habe mich verändert, aber so, wie die Geschichten, werde ich weitere Lesungen aushalten, selbst wenn diese Lesungen in meinem *Danach* drastisch anders sind.

Ich berühre Nolan am Arm.

»Danke schön«, flüstere ich.

Er hält inne. Ich beobachte, wie ein unentschiedener Ausdruck über sein Gesicht huscht, bis er seine Hand auf mein Haar fallen lässt und es mit einer so zärtlichen Bewegung sanft von meinem Gesicht zurückstreicht, dass ich das Gefühl habe, alles in mir könnte zerbrechen. Seine Hand zittert, als er eine Haarsträhne hinter mein Ohr schiebt, und ich greife danach und halte sie gegen mein Gesicht, damit sie ruhig wird.

Hier mit Nolan zu sein, ist so, als ob man sich gleichzeitig glückliche und traurige Musik anhört, als ob man sich die glücklichsten Ausgänge einverleibt, zusammen mit allem Zermürbendem, was dazwischen liegt.

Er liest weiter und ich verliere mich in seiner Stimme.

Elf

Als ich aufwache, bevor ich mich erinnere, wer ich bin und was ich hoch und heilig versprochen habe, bin ich eine Fotografin. Ich kann das Gewicht der Kamera in meinen Händen spüren, das Bild sehen, das meine Linse einfängt, ohne durch den Sucher zu gucken. Es spielt keine Rolle, *was* ich fotografiere. Nur *dass* ich fotografiere.

Doch ich kehre zu mir selbst zurück. Mein Herz schlägt langsam in den Wachzustand, zählt die Minuten, bis ich wieder im Flugzeug sitze, auf dem Weg zurück nach Texas bin, zurück in den offenen Armen der Williams und ihren Plänen.

Ich wache mit dem Kopf in Nolans Schoß auf, seine Hand ruht unbequem auf meinen Augen. Das erste Buch von Orman ist zwischen uns eingezwängt, stößt gegen meinen Hals und der untere Teil von Valeries Kleid knubbelt sich unter meinem Knie zu einem blauen Klumpen. Nolan stöhnt und dehnt seinen Nacken, genauso unzufrieden mit unserer Schlafposition wie ich. Er hat die Nacht gegen ein Bücherregal gelehnt verbracht.

»Sind wir eingeschlafen?«, frage ich, eine blöde Frage.

»Sind wir wohl«, sagt Nolan, eine blöde Antwort.

»Ihr beide seid einfach genial«, ergänzt eine tiefe Stimme. Ich schrecke hoch, stehe schnell auf und stoße dabei heftig gegen Nolans Nase. Der Raum ist plötzlich auf die Größe meines Mietautos zusammengeschrumpft und wir sind alle dicht gedrängt auf zu wenig Sitzen.

»Walter bei Fuß. Wally, halt. Wally! Das reicht!« Hilflos versucht Nolan den übereifrigen Hund wegzuschieben, während ich an seinem Halsband ziehe, aber Fehlanzeige.

Mr Larson, scheinbar völlig unbeeindruckt von dem Tumult, den auch er mitverursacht hat, macht einen großen Schritt über das riesige Fellknäuel und unsere verhedderten Körperteile hinweg und stellt ein Tablett mit dampfenden Kaffeebechern auf den kleinen Lesetisch.

»Val hat gesagt, das soll ich euch bringen. Seht zu, dass ihr vorzeigbar seid, und dann will sie euch beide in ihrem Büro sehen. Einer der Becher ist für Walter, also nicht gierig sein, verstanden?«

Nolan wirft Mr Larson einen ziemlich bösen Blick über seine Hände zu, die er gegen seine Nase drückt, um das Blut, das daraus läuft, aufzufangen. Ich nehme mir eine Serviette vom Tablett und schiebe sie ihm panisch zu.

»Bekommen wir Ärger?«, frage ich.

»Das will ich doch hoffen«, sagt Alex und taucht hinter Mr Larsons Schultern auf, ein fieses Grinsen im Gesicht. Das Zimmer schrumpft weiter zusammen, als sein Lächeln den Raum erfüllt. »Wenn man bedenkt, dass ihr zwei die Nacht unter Moms Dach zusammen verbracht habt und so.«

»Guten Morgen, Alexander«, sagt Nolan trocken. »Du scheinst gut geschlafen zu haben.«

Alex' Grinsen wird noch breiter. »Das habe ich tatsächlich. Aber eindeutig nicht so gut wie du.«

»Musst du dich nicht um den Basar kümmern oder so?«, fragt Nolan und tauscht die blutgetränkte Serviette gegen ein Taschentuch, das Alex ihm reicht. Kann man an Nasenbluten sterben?

»Nö, nur ein Treffen heute. Mann, das ist aber viel Blut. Amelia, wenn du ihn umbringen willst, hättest du mich nur um Hilfe bitten müssen. Wir hätten was in seine Frühstücksflocken tun können oder so.«

»Das behalte ich im Hinterkopf«, sage ich. »Weißt du, wo Valerie ist?«

Und weil ich mir ziemlich sicher bin, dass diese Buchhandlung verzaubert ist, verwandelt sich meine Frage in einen Ruf. Valerie steht an der Tür, die Arme in die Hüften gestemmt.

»Mr Larson. Alexander. Lasst ihr uns kurz allein?«

Sie zerstreuen sich, Mr Larson nimmt sein Tablett mit, Alex sagt schnell was von letzten Vorbereitungen und dass er später zurück sein wird. Dabei gelingt es ihm noch, anzüglich mit den Augenbrauen zu wackeln, während Ich-habe-alle-drei-Tassen-Kaffee-intus-Wally von dannen zappelt, als wäre er von einem bösen Kaffee-Dämon besessen.

Sobald es nur noch wir drei sind, wirft Nolan mir einen Blick über die zusammengeknüllten Taschentücher zu und zuckt mit den Schultern, aber ich bin viel zu nervös, um so lässig sein zu können.

»Es war ein Versehen«, sage ich zu Valeries strenger Miene. »Zusammen zu schlafen, meine ich.« Ich spüre, wie ich rot werde, und berichtige schnell: »Zusammen im selben Raum zu schlafen, nicht zusammen zusammen. Wir haben nicht, äh …«

»Nolan Endsley.« Valerie verschont mich. »Was hast du bloß wieder angestellt?«

Nolan nimmt sich das Taschentuch lang genug von der Nase, um zu sagen: »Ich denke mal, du weißt ganz genau, was ich angestellt habe, da du diejenige bist, die sie im Sonntagsstaat zu mir runtergeschickt hat, um mich bei der Arbeit zu stören.«

»Arbeit?« Mit offenem Mund starre ich ihn an und wende mich dann an Valerie. »Er hat geschlafen, als ich runtergekommen bin!«

»Verräterin«, sagt Nolan leise.

»Ich weiß genau, was du getan hast«, unterbricht Valerie. »Und ihr habt eindeutig zu viel Zeit zusammen allein in dieser Buchhandlung verbracht und jetzt reicht es mir.«

Ein irrationaler Teil von mir fragt sich, ob sie Marks und Trishas Telefonnummer kennt und sie anrufen wird, damit sie mir Hausarrest erteilen.

»Los, ab mit euch, verbringt draußen alleine Zeit miteinander.« Sie zeigt mit langem Finger aus dem Fenster. »Möglichst nicht beim Leuchtturm, obwohl der See heute deutlich ruhiger ist. Auf geht's. Viel Spaß. Vielleicht könnt ihr euch das Rennen der Fernsteuerungsboote beim Pier angucken.«

Nolan überrascht uns beide, als er sagt: »Ich zeige ihr heute Orman.«

Valerie sieht Nolan an, als hätte er gerade offenbart, dass er sieben extra Zehen hat und sie sich alle hinter seinem rechten Ohr befinden.

Das Seil zwischen Nolan und mir pocht, leuchtet.

Angesichts von Valeries offenem Mund zuckt er mit den

Schultern und sieht mich nicht an, als er sagt: »Sie muss es wissen.«

Acht Zehen. Zwanzig Zehen. Ein vollständiger zusätzlicher Kopf. Valerie sieht aus, als wäre sie zwischen Erstaunen und Unsicherheit hin- und hergerissen.

»Bist du dir sicher?«, fragt Valerie.

Nolan nickt einmal entschieden und sieht mich mit einem halben Lächeln an.

»Wenn sie zu irgendjemandem etwas sagt, dann hetze ich Wally auf sie.«

»Ein Schicksal schlimmer als der Tod«, sage ich todernst.

Ich spüre, wie eine zufriedene Blase an dem unsichtbaren Seil zwischen uns entlangwandert. Heute ist es mehr wie ein Tau. Biegsam, aber stark. Ich streife mit den Fingerspitzen Nolans Knie und bei der schüchternen Berührung wird mein ganzer Körper warm.

Valerie sieht zwischen uns hin und her und ihre Miene wird mütterlich.

»Na, dann ab mit euch«, sagt sie. »Und um Gottes willen, kämmt euch die Haare, ihr beiden. Ihr seht aus, als hättet ihr auf dem Fußboden einer Buchhandlung geschlafen.«

Zuerst gehen wir zum Fort. Nolan muss mir drei Mal sagen, dass Orman nicht im Bootshaus ist, bevor ich ihm glaube. Wally folgt uns brav auf dem Fuß, als wir uns auf den Weg durch das regennasse Lochbrook machen, zu dem Tor, das von Steinen aufgehalten wird.

Nolan hält den Kopf gesenkt, die Hände in den Taschen seines Sweatshirts vergraben, als ob er sich kleiner und kleiner machen will, bis er ganz unsichtbar ist.

Lochbrooker und Touristen wandern in und um die kleinen Läden herum, bunte Einkaufstüten und Strandtaschen unterm Arm. Kinder in Badeanzügen und Flipflops sitzen auf dem Bordstein vor einer altmodischen Eisdiele und lecken rosa Tröpfchen Eis von ihrer Waffel. Vom Gipfel des Hügels aus kann ich eine Gruppe Jungs auf der Halbinsel sehen, die zum Leuchtturm führt; sie schubsen sich gegenseitig und ringen miteinander wie Welpen. Abenteuerlustige Erwachsene bewegen sich zwischen den rauen Wellen auf und ab, die noch vom gestrigen Sturm übrig geblieben sind.

»Alles in Ordnung?«, frage ich, als Nolan mir ruckartig den Kopf zuwendet. Eine Gruppe Mädchen in unserem Alter geht auf dem schmalen Gehweg an uns vorbei.

»Alles gut«, murmelt er.

Ich bedränge ihn nicht.

Als wir den Privatstrand erreichen, auf dem das Fort steht, gibt Nolan einen Laut von sich, halb Stöhnen, halb Schrei, und wischt sich mit der Hand übers Gesicht.

»Ich hasse es«, gibt er zu.

»Was hasst du?«

»Durch den Ort zu gehen. Ich habe immer Angst, dass mich ein Tourist erkennt und übers Internet ein Bat-Signal verschickt und das wäre dann das Ende meiner Privatsphäre.«

»War es in New York nicht schlimmer?«

»Viel schlimmer. Deswegen habe ich beschlossen, hierher zurückzukommen.« Er zeigt auf das Fort.

Seine Schlüssel klimpern, als er die Tür aufschließt und mit den Füßen aufstampft, um den Sand loszuwerden.

Unsere Sitzsäcke stehen noch genau da, wo wir sie zurückgelassen haben.

Ich setze mich in der Erwartung, dass Nolan mir folgen wird, aber er geht an den Schreibtisch. Wally springt glücklich zu mir hin und setzt sich auf meinen Schoß, sein gewaltiger Körper nimmt mir die Sicht auf alles andere. Ich kann hören, wie Nolan eine Schublade öffnet, das Rascheln von Papier, das Klappern von Stiften.

Als Nolan sich in seinen Sitzsack setzt, ist Wally nur zu gerne bereit, meinen Schoß zu verlassen. Nolan ist so auf die Spiralnotizblöcke konzentriert, die er mitgenommen hat, dass er gar nicht merkt, wie Wally ihm die Kappe vom Kopf haut. Er blättert durch eins und gibt mir einen gewöhnlichen linierten Notizblock und einfache schwarze Stifte. Das beantwortet wohl die Frage nach den teuren Notizbüchern und der Stiftkollektion.

»Kannst du malen?«, fragt Nolan.

»Nein«, sage ich. »Na ja, Strichmännchen und so.«

»Das reicht«, unterbricht er mich, ganz geschäftsmäßig. Er zeigt auf mein Notizbuch. »Mal Strichmännchen von dir und mir, als wir dreizehn waren.«

»Was? Aber du bist ein Jahr älter als ich.«

Nolan verdreht die Augen. »Okay. Dann mal dich mit zwölf Jahren und mich mit dreizehn.«

»Aber warum?«

»Das ist ein Projekt. Freunde arbeiten zusammen an Projekten, stimmt's?«

Noch zu verwirrt, um zu verarbeiten, dass er *Freunde* gesagt hat, frage ich: »Und was wirst du malen?«

»Ich …«, sagt Nolan und macht eine dramatische Pause. »Ich werde schreiben.«

»Was schreibst du denn?«

Nolan nimmt seine Kappe vom Boden und setzt sie sich, ein wenig selbstzufrieden, wieder auf den Kopf.

»Wir beide werden die gemeinsam erfundene Geschichte von Nolan und Amelia erschaffen. Wir haben in der Mitte angefangen, weißt du noch? Jetzt müssen wir den Anfang ergänzen.«

Und einfach so ist der absurde Junge aus dem Orman-Zimmer wieder da, der mit dem Klapphandy; der, der verzweifelten Mädchen vorliest, bis sie einschlafen; und hat den ängstlichen berühmten Autor, der nicht gesehen werden will, in einen Kofferraum gestopft. In seinen leuchtenden Augen kann ich fast sogar den Jungen sehen, der aus der Dunkelheit zu trauriger und zu glücklicher Musik Orman erschaffen hat.

Während ich Strichfiguren kritzele, die auf einer schlecht gezeichneten Blumenwiese herumtollen und in einem schlampigen Viereck schwimmen, an dem »Schwimmbad« steht, stellt Nolan mir Fragen und schreibt die Antworten in sein Notizbuch.

»Lieblingsfilm, den wir zusammen gesehen haben?«, fragt er.

»Keine Ahnung. Welche Filme mochtest du als Kind?«

»Es muss ein erfundener Film sein, Amelia. Das ist alles erfunden. Wir müssen uns den Film ausdenken.« Er sagt das so, als wäre es das Offensichtlichste auf der Welt, gefälschte Fiktion, die mit unserer gefälschten Geschichte einhergeht.

»Einhörner regieren, während Werwölfe alles mit Spucke beschmieren?«, schlage ich vor und komme mir albern vor.

Nolan hält inne. »Gut. Aber wie geht die Handlung?«

»Einhörner beherrschen die Welt und die Werwölfe versuchen sie mit ihrer giftigen Spucke zu zerstören.« Ich versuche es genauso natürlich klingen zu lassen wie seine Gedankengänge und es scheint mir zu gelingen, denn er schreibt es auf.

»Animiert?«, fragt er.

Ich starre ihn über den oberen Rand meines Notizblocks an und wünschte mir so sehr, ich könnte, wie er, auch eine Augenbraue heben. »Nein, Nolan. Das ist eine Realverfilmung mit echten Einhörnern und echten Werwölfen«, sage ich trocken.

Er wirft mit einem Kugelschreiber nach mir, der erfolglos von meiner Schulter abprallt. »Es hätte einer von diesen billigen B-Movies sein können mit echten Schauspielern und computeranimierten Tieren«, wendet er ein. »Kaufst du dir Süßkram im Kino?«

»Ich nehme heimlich was in meiner Tasche mit«, sage ich. »Und du?«

»Popcorn mit so viel Butter, dass es matschig wird.«

»Das ist ja eklig«, sage ich und bewerfe ihn obendrein noch mit einem Buntstift.

Nolan sieht mich traurig an und schreibt etwas, während er mit dem Kopf schüttelt.

»Was schreibst du da?«

»Dass du eindeutig keine Vorliebe für kulinarische Köstlichkeiten hast und Anzeichen von Gewaltbereitschaft zeigst. Sehr bedauerlich.«

»Wenn du mit Gewaltbereitschaft *Vergeltungsmaßnahmen* meinst, dann finde ich das okay«, sage ich und lache.

So verbringen wir den Nachmittag, erschaffen eine goldene Kindheit für zwei erfundene Wesen, die zufällig unsere Namen tragen. Nolan gelingt es, mir richtige Tatsachen aus der Nase zu ziehen, die er auf meinen erfundenen Charakter anwendet – die Namen meiner Eltern, in was für einem Haus ich aufgewachsen bin, Kindheitserinnerung der schönen und der nicht so schönen Sorte –, aber über ihn erfahre ich kaum etwas. Er isst gerne Popcorn im Kino, hört gerne klassische Musik, wenn er schreibt, und geht am liebsten spazieren.

»Hörst du Musik, wenn du spazieren gehst?«, frage ich.

»Nö. Ich gehe einfach. Es hilft mir beim Denken, wenn ich denken will, und beim Nichtdenken, wenn ich nicht denken will.«

»Das ist schön«, sage ich versonnen. Ich habe aufgehört, Karikaturen unserer erfundenen Freundschaft zu zeichnen, und lungere seitlich im Sitzsack und in dieser unvorteilhaften Position ist es seltsam bequem. Nolan kritzelt vor sich hin.

»Erzähl mir noch etwas«, sage ich zur Decke. »Etwas über dich.«

Das Kritzeln hört auf und ich mache den Hals lang, um ihn zu beobachten, während er denkt.

Ich ziehe an dem Seil zwischen uns.

»Na, komm schon«, necke ich ihn. »Es muss ja nichts Wichtiges sein.«

Er ist eine lange Zeit still.

»Wie endet diese Geschichte?«, fragt Nolan.

»Was?«

»Das hier.« Er hebt sein Notizbuch hoch und zeigt auf meine Zeichnungen. »Wie geht das Ganze zwischen uns aus?«

Das Band zwischen uns ist so stramm, dass man damit Gitarre spielen könnte. Ich weiß nicht, ob es halten oder reißen wird.

»Wie möchtest du denn, dass es ausgeht?«, frage ich und weiche aus.

Ein langsames Lächeln. »Du kannst eine Frage nicht mit einer Frage beantworten.«

Und obwohl ein Hauch von Anspannung in der Luft liegt, Ungewissheit zwischen den Staubkörnern schwebt, lächele ich zurück.

»Habe ich aber.«

Mir fällt alles Mögliche ein, was er sagen könnte. Er könnte (unwahrscheinlich) mir seine unsterbliche Liebe beichten oder er könnte (am wahrscheinlichsten) mir sagen, dass er an mehr als einer Fünf-Tage-Freundschaft mit erfundener Vorgeschichte nicht interessiert ist. Sie wird ohnehin enden, sobald ich meinen Fuß in das Flugzeug gesetzt habe, das mich von hier wegbringen wird.

Er sagt nichts davon.

»Nachdem sie gegangen ist, wollte ich, dass Jenna bleibt«, sagt er stattdessen langsam. »Ihr war egal, *wer* ich war, aber nicht, *wie* es mir ging, und das war von Bedeutung. Sie war von Bedeutung. Sie war nur ein paar Minuten da und sie hat mir etwas bedeutet. Was wird also passieren, wenn du abreist, nachdem du mir so viele Tage lang von Bedeutung warst?«

Lieber. Gott.

Es erscheint ungerecht, dass die Welt es meist kritisch betrachtet, wenn man in einem anderen Menschen Sinn findet. Wir dürfen uns in Orten verlieren, in Büchern, in Musik, in der Natur – all das darf uns Sinn stiften, aber nicht ein anderer Mensch. Wir dürfen nicht zu lange trauern, wenn wir einen Teil von uns selbst verlieren – besonders wenn wir jung sind –, weil wir lernen müssen, auf eigenen Beinen zu stehen.

Aber wenn die Welt schon aus Autounfällen und nichtsprechenden Büchern besteht, dann sollte wenigstens Freundschaft nicht schuldbeladen sein, egal, wie kurz sie ist. Um Valerie zu zitieren, alles ist albern, weil *alles* vorübergehend ist.

Ich weiß genau, was ich tun will, während ich Nolan all meine Gefühle vom Gesicht ablesen kann, ein unvertrauter Spiegel. Mein Bedürfnis ist so stark, dass ich noch nicht einmal die Wale herbeirufen muss, um den Mut aufzubringen.

»Im Sinne unserer langjährigen Freundschaft und der Aufrechterhaltung dessen, was bedeutsam ist, werde ich dich jetzt umarmen«, verkünde ich und lehne mich in meinem Sitzsack zu ihm rüber. Es ist ein ungelenkes zweiarmiges Zusammentreffen, bei dem meine Nase gegen sein spitzes Schlüsselbein stößt.

Zunächst ist er steif wie ein Brett und so unnachgiebig wie der gestrige Sturm, der auf unseren kleinen Fleck von Bedeutsamkeit getroffen ist. Aber dann legt er seinen rechten Arm um mich herum und drückt meinen Kopf zärtlich an seine Schulter, quetscht seinen linken Arm in den Sitzsack, um ihn um meinen Rücken zu legen, und wir halten uns so fest umfasst, dass mir vor Erleichterung ganz warm wird. In seinen Armen kann ich fühlen, was er nicht sagt, die Schuld, dass er *sie nicht retten konnte.* Er ist ein Mit-Leidender, ein Mit-Gedenkender.

Als wir loslassen, sieht mich Nolan an, als wäre ich die Sonne, die alle Pfützen seiner Trauer verschwinden lassen kann.

»Ich erzähle es dir«, sagt er. »Ich erzähle dir, was Jenna gesagt hat … wenn du es noch wissen willst.«

Dafür bin ich hergekommen. Das war der Grund, warum ich nach Michigan geflogen bin und alles, was ich kenne, zurückgelassen habe. Und jetzt wird es mir angeboten … von keinem Geringeren als Nolan Endsley.

Ich bekomme kein Wort heraus, aber Nolan muss die Antwort in meinen Augen lesen, weil er nickt und alle Luft im Raum einatmet.

»Ich stand vor der Autoren-Oase«, sagt er beim Ausatmen. »Sie war nur ein paar Besprechungsräume vom Publikum entfernt, aber da gab es was zu essen und es war meistens still und da bin ich geblieben, während die anderen Autoren im Forum waren. Alex überprüfte gerade die Tonanlage für meine ›große Ankündigung‹.«

»Warum warst du bei keinem der Autoren-Foren eingeplant?«, frage ich, als er innehält, um Atem zu holen. Ich schlucke ein seltsames Déjà-vu hinunter, als ich mich das fragen höre, weil ich genau das damals Jenna gefragt habe, als ich das Programm zum ersten Mal gesehen habe.

»Alex hat mich einmal gezwungen, bei einem Autoren-Forum mitzumachen, bei einer anderen Veranstaltung«, sagt Nolan. »Und am Ende wurden nur mir alle Fragen gestellt, alle zu Orman.«

»Und?«

»Du sagst ›und?‹, bis dir einfällt, dass auch noch fünf andere sehr erfolgreiche Autoren anwesend waren – alle viel älter als ich –, die da sitzen und so tun mussten, als wäre es ihnen egal.«

Wir sind still, während ich mir Nolans Unbehagen vorstelle, weil er die gefragteste Person im Raum war. Als ich auf seinen gebeugten Kopf, seine nachdenklichen Augen blicke, kann ich mir nicht vorstellen, wie er vor einer Menschengruppe spricht.

»Und … Jenna?« Es ist eine Frage, eine Bitte, das Gespräch zu seinem unvermeidlichen Ende zu bringen, und obwohl meine Stimme nicht zittert, fürchte ich, dass die Grube in meinem Bauch sich auftun und mich verschlingen wird.

Vielleicht kann Nolan das spüren und vielleicht ist es auch die Kälte, die durch die Risse des Bootshauses dringt, aber er rutscht näher an mich ran, sodass sich unsere gebeugten Knie berühren.

»Alex hat mich also allein gelassen und ich bekam Panik. Wegen des öffentlichen Auftritts, wegen der ›großen Ankündigung‹ über den Erscheinungstermin des letzten Orman-Bandes, wegen … wegen vieler Dinge.«

»Aber du bist nicht zur Veranstaltung erschienen«, sage ich.

Nolan seufzt. Ich glaube, er hat heute mehr Luft zum Seufzen als zum Atmen verbraucht.

»Nein, bin ich nicht«, sagt er. »Vor allem dank Jenna. Sie hat mich gefunden, als ich, wie du es ausgedrückt hast, *beunruhigt* war.«

Er stockt, wartet darauf, ob ich ihn bedrängen werde, mir den Grund für seine Notlage zu erzählen. Jeder Teil meines Körpers brennt vor Neugierde, aber Nolan zu fragen, was dazu geführt hat, dass er durchgedreht ist, wäre Verrat an unserer so frischen Verbindung und würde alles Weitere sofort im Keim ersticken. Ich werfe ihm heimlich einen kurzen Blick aus den Augenwinkeln zu; sein Gesicht ist unschön zerknautscht, als würde er darauf warten, geschlagen zu werden, was ja irgendwie auch stimmt.

»Du warst beunruhigt, Jenna hat dich gefunden und …«, ermuntere ich ihn, versuche, ungezwungen zu klingen, während ich die Frage, die zwischen uns hängt, ignoriere.

Nolan wendet seinen Blick vom Wasser ab und sieht mich an, die Augen groß vor Erleichterung und etwas anderem, das ich nicht identifizieren kann.

»Ja«, wiederholt er. »Jenna hat mich gefunden.«

Blitzartig streckt Nolan den Arm aus und ergreift meine Hand. Zuerst ist sein Griff viel zu kräftig, unerfahren, aber er lockert ihn, als er unsere verschlungenen Hände auf seinem Knie ablegt.

»Ist das in Ordnung?«, fragt er. Er starrt die Wand hinter mir an, aber wirft mir immer wieder heimliche Blicke zu.

»Das ist in Ordnung«, sage ich, was gar nicht stimmt. *In Ordnung* ist ein viel zu blasierter Ausdruck für die Mischung aus Euphorie und Schuld, die mir durch die Adern sickert. Ich habe Nolans Frage nicht beantwortet. Ich weiß nicht, wie das hier enden wird, aber ich kann die tickende Zeitbombe meiner Abreise spüren und das zusätzliche Schrapnell, das Nolan verletzen wird.

Ich lausche angestrengt, ob Jennas Stimme über die Rücken der Wale zu mir rüberschwebt, aus einem fernen Land, wo der Tod nur eine Erinnerung und die Vergangenheit nichts als fehlgeleitete Geschichte ist, aber sie ist still.

»Sie kam aus dem Nichts«, sagt Nolan. Sein Daumen streicht über meinen Handrücken. »Ich habe sie nicht kommen sehen; sie stand einfach plötzlich neben mir, ihre Hand lag auf meinem Arm. Sie hat mich zur Fensterbank gezogen, mir ihren Namen gesagt und angefangen, mir Fotos auf ihrem Handy zu zeigen. Zuerst fand ich das idiotisch, aber sie hat zu jedem Foto etwas erzählt und ich hatte keine andere Wahl, als mich zu beruhigen und zuzuhören.«

Jenna und ihre verdammten Pläne – der Kreis schließt sich und ihre spitze, besserwisserische Stimme treibt irgendwo zwischen uns.

Siehst du?

Mein Kopf schwindelt von Nolans Worten in dieser Nacht.

»Weil vor nicht allzu langer Zeit jemand das Gleiche für mich getan hat, was ich jetzt für dich tue.«

Es ist zu viel, zu viel, zu viel.

Nolans Daumen wird schneller, reibt besorgte Kreise auf mein Handgelenk.

»Sie hat mir Fotos ihrer Familie gezeigt, von Tanzveranstaltungen auf der Highschool, von Buchhandlungen, die sie besucht hat«, fährt er fort. »Sie hat mir viele Fotos gezeigt, Amelia, aber das, an das ich mich am meisten erinnere, war eines von dir.«

Ich weine, stille Tränen, die mich nicht nach Luft ringen lassen oder Bücher auseinanderreißen, sondern die fast süß schmecken in ihrer Salzigkeit. Wann haben Gefühle angefangen, selber Gefühle zu haben, und wie sorge ich dafür, dass es aufhört?

»Von mir?«, frage ich, um mich von dem ganzen Zuviel abzulenken.

Nolan ist wieder still, so lange diesmal, dass ich ihn angucke, um zu sehen, ob er mich überhaupt gehört hat. Er starrt mich direkt an, nicht aus dem Augenwinkel oder mit schüchternem Blick.

Mir wird plötzlich klar, dass er mich am ersten Abend in der Buchhandlung so angestarrt hat, weil es tatsächlich kein einseitiges Erkennen war. Er kannte mich, zumindest von diesem Foto, und war wahrscheinlich genauso schockiert, mich zu sehen, wie ich ihn.

Oh, Jenna. Was hast du vor?

»Du hast mein erstes Buch gelesen«, sagt Nolan, unsere Blicke noch immer ineinander verfangen. Seine Stimme senkt sich ehrfurchtsvoll und ich lehne mich näher ran, um ihn über den Klang meines Herzens, der in meinen Ohren schlägt, zu hören. »Du hast dich in der Bibliothek in einen Sessel gezwängt und trugst Kopfhörer. Du sahst so aus, als würdest du nichts und niemanden wahrnehmen.«

»Habe ich wohl nicht«, sage ich. Meine Stimme kommt von weit her, wie das Echo in einer Höhle, das nie richtig bei einem ankommt. »Ich habe das Foto noch nie gesehen. Ich wusste gar nicht, dass sie es gemacht hat.«

Eine Lawine von Worten stürzt aus Nolan heraus, als könnte er nicht aufhören. Als würde auch er lernen, dass Gefühle facettenreich sind und seltsam und dass alles auszukotzen manchmal die einzig mögliche Katharsis ist. »Sie hat das Bild auf ihrem Handy aufgerufen und ich habe sie gebeten, anzuhalten. Dein Gesicht war … ich weiß nicht. Dein Gesicht war so friedlich, aber auch …« Er hält inne, sein Blick löst sich schließlich von meinem, um den Teppich nach Worten abzusuchen. »Du warst so lebendig, ohne dich zu bewegen. Es hat mich stolz auf Orman gemacht. Ich wollte noch etwas schreiben, das dich so aussehen lässt.«

Mein Herz stottert noch immer vor sich hin und versucht, gleichzeitig Jenna und N.E. Endsley und Orman und Nolans Hand zu halten.

»Aber was hat sie gesagt?«, frage ich, und als das nicht ganz richtig klingt, versuche ich es noch mal. »Wie hat sie dir so gut helfen können?«

Nolan sieht mich an und seine Augen sind glasig, als würde er in jedem anderen Universum außer diesem weinen.

»Sie hat mir gesagt, dass ich, egal ob richtig oder falsch, meine eigenen Entscheidungen treffen darf. Dass ich über, was immer mich auch stört, vielleicht nicht die Kontrolle haben mag, aber über meine Reaktion darauf schon. Sie wollte auch keine Einzelheiten haben. Sie wollte einfach … helfen.«

Nolan atmet aus, und was da rauskommt, ist so viel mehr als Luft.

»Ich habe seitdem viel darüber nachgedacht«, sagt er. »Und es war mehr das, was sie mir gezeigt, als das, was sie mir gesagt hat. Mit all diesen Bildern hat sie mir vor Augen geführt, dass die Welt sich weiterdreht, mit oder ohne mich. Dass andere Menschen auch ein Leben haben und unabhängig von den Menschen in meinem Leben existieren. Und dass das, was ich geschrieben habe, für einen echten Menschen in einer Bibliothek in Texas von Bedeutung war. Was ich geschrieben habe, hat diesen Menschen im Innern aufleuchten lassen, hat ihn stark und kämpferisch und tapfer aussehen lassen, ohne dass er sich überhaupt bewegt hat.«

Nolan ist still, atemlos von seiner hektischen Erklärung. Ich bleibe stumm, gebe Nolan Raum, um die Stille zu füllen.

»Sie hat mir gesagt, ich muss mich erst um mich selbst kümmern«, sagt er. »Dass ich der Welt mein Bestes schulde und die Welt warten kann – gespannt, ungeduldig –, aber dass meine Leser, du mit inbegriffen, darauf warten würden, dass ich das zu Ende bringe, was ich mit Orman begonnen habe. Sie hat gesagt, die Welt wird darauf warten, dass ich bereit bin.«

»Wow«, flüstere ich. »Das alles innerhalb von ein paar Minuten?«

Er lacht und sagt: »Ja. Sie ist dann sehr plötzlich gegangen. Sie hat mir gesagt, dass sie gehen muss, weil das Mädchen vom Foto bald zurück sein und erwarten wird, dass sie da ist. Sie sagte: ›Wenn ich jetzt nicht gehe, wird Amelia uns finden.‹ Ich habe sie gefragt, ob Amelia das Mädchen auf dem Foto ist, und Jenna hat Ja gesagt. Sie hat mir deinen Namen gesagt, sie hat mir erzählt, dass du meine Bücher liebst und dass du der hartnäckigste Mensch bist, dem sie je begegnet ist, und dass einen das zur Verzweiflung bringen kann. Jenna hat mir gesagt, dass sie gehen muss, weil du, wenn du Jenna bei mir angetroffen hättest, darauf bestehen würdest, mit mir Freundschaft zu schließen, und sie meinte: ›Bei allem Respekt, Nolan, du hast wichtigere Entscheidungen zu treffen.‹«

»Sie hatte wahrscheinlich recht«, sage ich und wische mir die Tränen von den Wangen. »Du hättest mich gehasst.«

»Wahrscheinlich«, sagt Nolan. Ich werfe ihm einen wütenden Blick zu, aber er lächelt betrübt und wieder staune ich, dass dieser strenge, nüchterne Autor im gleichen Körper ist wie der Junge mit dem Schreib-Fort und den Sitzsäcken.

Gerade denke ich darüber nach, was das alles bedeutet; füge alles zusammen, was seit Jennas Tod passiert ist; stelle einen neuen Fahrplan zusammen, der mir zeigen wird, wo ich hinsoll, als das Handy in meiner Tasche klingelt.

Ohne draufzugucken, weiß ich, dass es Mark ist, der sich in seiner Mittagspause meldet. Abgesehen von vereinzelten Nachrichten – *Ich lebe noch. Mir ist nichts passiert. Ich lebe noch.* – habe ich weder mit ihm noch mit Trisha gesprochen, seit ich hier angekommen bin.

»Da muss ich rangehen«, sage ich zu Nolan, als ich aufstehe. Nachdem ich so lange im Sitzsack gesessen habe, klebt mir meine Hose an den Beinen. »Tut mir leid. Ich gehe mal an die frische Luft.«

»Ich bin hier«, sagt Nolan. Seine Miene ist neutral, als ich ihm einen Blick zuwerfe, aber sein Ton legt nahe, dass er mehr meint als nur *hier* im Bootshaus.

Ich schließe die Tür hinter mir und gehe ans Handy.

»Hallo, Mark. Tut mir leid, dass ich nicht angerufen habe.«

»Schön, deine Stimme zu hören, Kind. Wie ist es dir in Michigan bisher ergangen?«

»Oh …« Während ich auf den See zugehe, werfe ich einen Blick über die Schulter zurück auf das Bootshaus und schleudere mir im Sand die Schuhe von den Füßen. »Es ist eigentlich ziemlich cool. Viel zu tun … viel zu sehen.«

»Das freut mich zu hören. Hast du rausgefunden, wo dieses Buch herkam?«

Das Wasser wirbelt um meine Knöchel, als ich in den See laufe, der Saum meiner Jeans wird nass. Nach dem, was mir Nolan über sein Treffen mit Jenna erzählt hat, hatte ich die 101. Ausgabe fast vergessen.

»Ich glaube schon«, sage ich. »Vielleicht.«

»Wie schön. Hör mal, Schatz. Ich habe dich angerufen, weil ich dir etwas sagen wollte.«

Die Wörter stürzen aus mir hervor und fast rutsche ich auf den glitschigen Steinen auf dem Boden des Sees aus. »Ist alles in Ordnung? Geht es Mrs Willi… Trisha gut?«

»Oh, nein, nein, nein. Nichts in der Art. Ich habe gute Nachrichten! Trisha hat gesagt, ich soll es dir noch nicht sagen, aber jetzt habe ich hier den ganzen Papierkram auf dem Schreibtisch und kann nicht widerstehen. Trisha und ich finanzieren ein College-Stipendium in Jennas Namen.«

Ich stolpere über einen der größeren Steine und falle fast ins Wasser. Wie ein Meteorit, dem man meine Koordinaten gegeben hat, stürzt seine Bemerkung übers College vom Himmel auf mich herab, um mich außer Gefecht zu setzen.

Ist das Jennas Art, mir zu sagen, dass ich mich an unseren ursprünglichen Plan halten soll?

»Das ist eine tolle Idee«, sagt mein Mund. Ich drehe den Kopf, als ich höre, wie die Tür vom Bootshaus aufgeht. Nolan hebt den Arm ein wenig, um mir ungeschickt zuzuwinken, und ich muss lächeln. Ich zeige auf mein Handy und hebe den Zeigefinger, das allgemeingültige Zeichen für *Noch eine Minute* – und auch das allgemeingültige Zeichen für *Ich hoffe, dass es gleich vorbei ist, aber es könnte noch Ewigkeiten dauern.*

»Was meinst du dazu, Amelia?«, fragt Mr Williams.

Ich war einen Moment zu lang abgelenkt. Ich wende mich wieder dem See zu und hoffe, ich kann genug Informationen zusammensammeln, damit nicht überdeutlich wird, dass ich nicht zugehört habe. »Ich bin mir nicht sicher«, sage ich. »Was meinst du denn?«

Es entsteht eine längere Pause, bevor er sagt: »Vergisst du auch manchmal zu denken?«

Metallische Schuldgefühle sickern in meinen Mund und füllen meine Nase mit ihrem bestialischen Geruch. Ich weiß genau, wovon Mark spricht – kenne diesen Schleier aus Schmerz, der weder den Klang der Wale noch Wut, noch alles, was dazwischenliegt, durchlässt –, doch gerade, in diesem Moment, bin ich nicht besessen von Jennas Abwesenheit. Mark schon und ich sollte wenigstens zuhören.

»Es tut mir leid«, sage ich. »Kannst du den letzten Teil wiederholen?«

»Das Stipendium in Jennas Namen? Wir würden gerne, dass du offiziell die Erste bist, die es bekommt. Wir …« Er stockt und ich höre, wie er sich die Nase putzt. »Das ist, was

Jenna wollen würde, dass du deinem Traum von einem Leben in der akademischen Welt nachgehen kannst.«

Was Jenna wollen würde.

Ich suche nach dem klugen kleinen Wind, aber er ist nirgendwo zu finden.

Es fühlt sich so an, als würde alles auf der Welt Druck auf mich ausüben. Die Luft ist schwer und unbeweglich, Kieselsteine und Wasser tun sich zusammen, um meine Füße zu erwürgen, während Nolans Blick Löcher in meinen Rücken brennt.

»Danke«, antworte ich. »Ich weiß nicht, was ich sagen soll.«

Eine Einwilligung. Ich habe gerade stillschweigend sein Angebot angenommen. Eine weitere Fessel legt sich um meinen Knöchel. Ich sage mir, dass das gut ist. Ich kann mich glücklich schätzen, dass die Williams alles in Jennas Namen finanzieren werden.

»Du musst noch nichts dazu sagen«, sagt Mark. »Wir besprechen das, wenn du dieses Wochenende nach Hause kommst. Bist du bereit, zurückzukommen? Ich möchte nicht, dass du je finanziell unter Druck bist. Wir werden uns darum kümmern. Wir freuen uns nur so, dass du bald anfängst zu studieren.«

Wieder schlägt mir das Herz bis zum Hals, jeder Herzschlag bringt mich näher und näher an Jahre voller zwangsläufiger Erwartungen, die ich nicht ganz und gar hassen kann, weil die Stimme am Telefon mir nur Gutes will.

Und diese Stimme ist alles, was mir auf dieser Welt noch von Jenna bleibt.

»Fast bereit, zurückzukommen«, sage ich. Und um wenigstens noch etwas Wahres zu sagen, ergänze ich: »Aber ich genieße die Zeit hier auch.«

»Na, dann noch viel Spaß, Amelia. Trish und ich können es kaum erwarten, deine Fotos zu sehen!«

Seit ich hier bin, habe ich meine Kamera nicht ein Mal angefasst, aber das sage ich Mark nicht.

Als er auflegt, erscheint auf meinem Bildschirm mein übliches Hintergrundbild. Ich habe es mir schon eine Weile nicht mehr richtig angeguckt. Es ist ein Foto von einem Baum, der sich über sich selbst beugt, seine Äste kratzen auf dem Boden neben dem Stamm und bilden einen Torbogen. Ich habe das einmal schön gefunden, ein Portal zu einer anderen Welt. Doch jetzt frage ich mich, ob man es noch einen Baum nennen kann, wenn er entzweigebeugt dasteht, anstatt sich Richtung Himmel zu strecken. Ich schiebe das Handy zurück in meine Tasche.

»Ich will. Einfach. Nur. Sein«, sage ich der Luft.

»Ich verstehe«, sagt Nolan und ich zucke zusammen, als ich seine Stimme so nah an meinem Ohr höre.

»Tut mir leid«, sagt er. »Ich habe gesehen, wie du aufgehört hast zu telefonieren.«

Ich nicke, aber ich denke daran, wie die Wale immer weiter und weiter schwimmen, durch Eis und Blau und Himmel, egal, was mit mir geschieht; aber bedeutet das, dass ich leben soll, wie ich das will? Oder bedeutet das, dass es egal ist, was ich will, und ich allen Erwartungen gerecht werden und das Beste daraus machen soll?

»Ist alles in Ordnung?«, fragt Nolan. »Ich weiß, dass das eigentlich eine idiotische Frage ist, aber ich meine es auf diesen Moment bezogen, auf den Anruf.«

»Ja«, sage ich und starre immer noch auf den See hinaus und flehe die Wale an, Entscheidungen für mich zu treffen. »Ich meine, ja, ich weiß, was du meinst, und ich bin mir nicht sicher, ob alles in Ordnung oder schrecklich ist. Das war Jennas Dad. Er wollte mir sagen, dass er und Jennas Mom das College für mich bezahlen werden. Mit einem Stipendium. In ihrem Namen.«

»Wow«, sagt Nolan. Mehr sagt er nicht.

»Wow?«, frage ich.

»So ein Angebot abzulehnen, ist keine Kleinigkeit.« Sanfte, kleine Wellen plätschern gegen die Stille an. »Du klingst nicht gerade glücklich darüber.«

Ich stöhne und beuge mich runter, um einen Stein aus dem seichten Wasser aufzuheben. Aus der Nähe kann ich sehen, dass auf einer Seite eine seltsame kleine, strahlende Sonne eingeprägt ist.

»Versteinerte Korallen«, sagt Nolan gedankenverloren. »Man nennt sie Petoskey-Steine.«

Wir starren beide den Stein in meiner Handfläche an, bis mir das Herz auf der Zunge liegt.

»Jenna … Sie hatte alles für uns geplant und ihre Eltern tun so, als wäre es ihre Aufgabe, dafür zu sorgen, dass die Übriggebliebene sich daran hält. Und es ist auch nicht so, als könnte ich Nein sagen. Es gibt keine Entschuldigung dafür, Nein zu sagen.«

Nolan sieht auf den Horizont, als er fragt: »Warum kannst du nicht Nein sagen? Wegen dem Geld?«

»Ich denke, ja, teilweise schon«, sage ich. »Ich … meine Mom … wir können uns das College nicht leisten. Aber … ich weiß nicht. Ich wusste noch nie so genau, was ich eigentlich mal machen will, also kann ich auch genauso gut das machen, stimmt's?«

»Nein. Sag ihnen danke, aber nein, danke, und finde heraus, was *du* willst«, sagt Nolan. Als wäre das offensichtlich. Als wäre das nicht dasselbe, wie wenn man einfach so, zum Vergnügen, den Williams das Herz aus der Brust reißen und zerquetschen würde.

»Oh, okay«, sage ich und Spott und Bitterkeit sickern in meine Stimme. »Und du kannst deinen Verlag anrufen und ihnen sagen, du bist bereit, den dritten Band von Orman zu verlegen.«

Nolan tritt einen Schritt zurück, als hätte ich ihn geschlagen.

»Das ist was anderes«, sagt er. »So einfach ist das nicht.«

»Warum nicht?« Ich drehe den Stein wieder und wieder in meiner Hand um, und während er trocknet, verschwindet die kleine Sonne.

»Du *weißt*, dass es was anderes ist.«

»Ich *weiß*, dass es schwer für dich ist, weil du noch nicht weißt, wie es weitergehen soll. Es ist offensichtlich, dass du nicht bereit bist, dich weiterzubewegen, was Orman angeht. Nun, für mich ist es genauso, Nolan. Es ist genau dasselbe.«

»Ist es aber nicht«, sagt er. »Du lässt Jenna bestimmen, wo es langgeht, obwohl du diejenige sein solltest, die entscheidet.«

»Jenna ist tot«, sage ich. Das letzte Wort sage ich mit harter Stimme. Jetzt bin ich es, die verletzt ist. »Sie kann mir nicht mehr sagen, was ich tun soll.«

»Das ist nicht die ganze Wahrheit und das weißt du«, sagt Nolan. »Die Toten können mehr Macht über einen haben als die Lebenden.«

Ich zucke zusammen, antworte aber nicht. Aufgewühlt wendet er sich ab und platscht durch das Wasser zum Ufer und seinen abgelegten Turnschuhen zurück. Ich folge ihm nicht, nicht mal, als er stehen bleibt und seinen Arm beugt, darauf wartet, dass ich mich einhake.

Als ich mich nicht bewege, wendet er den Kopf.

»Na komm, Amelia.«

»Ich bin nicht Wally«, protestiere ich. »Ich komme nicht, wenn man mich ruft.«

Er verdreht die Augen, lächelt sanft, entschuldigend. Das Band zwischen uns, das schlaff im Wasser gehangen hat, spannt sich an.

»Amelia, komm mit mir mit. Ich will dir etwas zeigen. Lass mich …« Er geht einen Schritt auf mich zu, streckt die Hand aus. »Lass mich dich mit nach Orman nehmen.«

Ich möchte seine Hand nehmen und ihm zu dem magischen Ort folgen, der meine Lieblingsbücher inspiriert hat, aber was ist, wenn mich das zerstört? Was ist, wenn sich die Fesseln dann noch enger anfühlen, als sie das jetzt schon tun? Ich habe das bekommen, was ich wollte, seine Erinnerung an Jenna. Vielleicht sollte das genug sein. Ich sollte ihn nicht wegen Orman oder der 101. Ausgabe fragen. Vielleicht waren das nur Hilfsmittel, um mich hierherzulocken, vielleicht war das Jenna, die die Fäden zieht von … wo immer sie auch ist. Ich sollte aufhören, mich schützen, bevor ich noch mehr an einer Person hänge, die ich verlieren werde.

»Ich reise bald ab«, sage ich ihm und hasse mich für jedes Wort. »Ich muss zurück nach Texas. Im Herbst gehe ich nach Montana. Danach auf die Universität. In ihrem Plan ist kein Platz für dich, Nolan. So wird das *hier*« – ich zeige auf ihn und auf mich – »enden. Es ist egal, welche Filme wir gesehen haben, auf welcher erfundenen Schule wir waren, welche blöden Bilder wir gezeichnet haben. Am Ende dieser Woche fahre ich weg und du bleibst hier und wir sollten aufhören, bevor wir verletzt werden.«

Nolan beobachtet mich, sein Blick fällt auf meine Brust, die sich fahrig hebt und senkt, auf meine geballten Fäuste. In drei lockeren Schritten kommt er zu mir und wartet darauf, dass ich ihm in die bemerkenswert gelassenen Augen blicke, bevor er spricht.

»Wir sind schon verletzt«, murmelt er und greift langsam nach meiner Hand, um mich vom See wegzuführen. »Was ist schon eine weitere Narbe?«

Erst als wir auf halbem Weg in den Ort sind, fällt mir auf, dass seine Angst vor dem Wasser verschwunden gewesen zu sein scheint, als er bei mir war.

Zwölf

Die Nachmittagssonne, die hoch am Himmel steht, lässt den Ort fast zum Stillstand kommen. Wir gehen an Ladenbesitzern vorbei, die *Bald zurück*-Schilder ins Fenster stellen, ihre Türen abschließen; an Kindern, bereit für ein Schläfchen, die von ihren Eltern weitergezogen werden; an anderen Teenagern, die in stille Cafés schlendern mit Livemusik aus kratzigen Lautsprechern.

Als ich mich schließlich bei Nolan einhake, legt er seine Hand über meine. Obwohl unsere Arme miteinander verbunden sind, fällt es mir schwer, mit ihm mitzuhalten, als wir uns auf die andere Seite des Ortes bewegen, an Val's vorbei, weiter, als ich bisher in Lochbrook gekommen bin. Als wir einen kleinen Hügel erreichen, auf dem die Bäume dicht gedrängt wachsen, sind wir gezwungen, unsere Arme voneinander zu lösen, um uns durchzuschlängeln.

Schließlich gelangen wir zu einem niedrigen Eisenzaun. Als würden die Toten und ihre Erinnerungen rausspazieren, wenn es kein Hindernis gäbe, um sie aufzuhalten.

Orman ist ein Friedhof?

Früher mochte ich Friedhöfe. Ich mochte den unberührten Rasen, seine Gleichmäßigkeit, fast unnatürlich in seiner Vollkommenheit. Ich mochte die Feierlichkeit gepaart mit Ruhe, genau das Richtige, um nachzudenken oder zu grübeln, oder einfach, um daran zu denken, dass das Leben eine endgültige Grenze hat.

Inzwischen hasse ich sie. Sie lassen mich an Kälte denken, an Verlust und irgendwie ist jeder Grabstein nicht mehr einer von vielen, sondern eine eigene Geschichte mit einer eigenen Trauergemeinde.

Deswegen bleibe ich stehen. Nolan muss mich sanft am Arm ziehen, um meine Füße wieder in Bewegung zu bringen.

»Es ist okay«, sagt er. Ich bin mir nicht sicher, wen von uns beiden er damit beruhigen will. »Bitte.«

Es ist sein Bitte, das mich durch das offene niedrige Tor schubst, und ausnahmsweise mal bin ich froh, dass Jenna – oder das, was von ihrer äußeren Hülle geblieben ist – nicht hier ist.

Aber wer dann?

Wir knirschen durch feuchte Blätter, noch nass vom gestrigen Regen, und an einer Mischung von schrecklich alten und bitterlich neuen Grabsteinen vorbei. Ich lese die Namen, während wir vorbeigehen, und kann mich nicht davon abhalten, ein stilles Gebet für die zu sprechen, die zurückgelassen wurden, selbst wenn der Todestag ein Jahrhundert vor meinem Geburtstag liegt. Mein inneres Gedankengebäude ist voller Gänge, die sich winden und auseinandergehen und nirgendwo hinführen. Kann man Trauer genauso erben wie die

Augenfarbe? Ich frage mich, wie viele Leute zu diesen Beerdigungen gekommen sind. Ich frage mich, ob von dem Sarg oder dem Menschen, der da drin lag, noch etwas übrig ist. Ich frage mich, ob noch jemand übrig ist, der sich an Jane Smith oder Daniel Folks erinnert.

Irgendwo in der Nähe höre ich den Chor hoher, klingelnder Windspiele. Der Klang wird lauter, als Nolan vor einem weiteren Eisentor anhält. Es teilt das hintere linke Viertel des Friedhofs ab. Dahinter ist ein kleines Wäldchen, das nicht gefällt wurde, um Raum für noch mehr Leichen zu schaffen. Dieses Tor ist abgeschlossen und viel höher als das, durch das wir reingekommen sind. Unter seinem Hemd zieht Nolan einen Schlüssel an einer langen Silberkette hervor und schließt auf. Mit einem fröhlichen, fast willkommen heißenden Winseln geht das Tor langsam auf.

Wir stehen am Eingang und ich bin verwirrt und voller Angst, wessen Grab ich gleich zu sehen bekomme, während ich gleichzeitig versuche, nicht an Jenna und ihr Grab und ihre Leblosigkeit zu denken. Nolan legt die silberne Kette wieder unter sein Hemd, greift nach meiner Hand und verschränkt seine Finger mit meinen.

»Okay?«, fragt er.

Ich sehe auf unsere verbundenen Hände runter, wende sie mit der Bewegung meines Handgelenks hin und her.

»Alles okay«, sage ich.

Und irgendwie ist es das auch.

Seite an Seite gehen wir ein paar Schritte zwischen den großen grünen Bäumen, die Äste streifen kaum unsere Arme, bis wir eine kleine Lichtung erreichen. Von hier aus kann man sich fast vorstellen, wie sich ein großer Wald um uns herum ausbreitet, unendlich und dunkel und zauberhaft. Die Windspiele spielen ihre verwunschenen Melodien, lächeln über unsere verbundenen Hände.

Es raubt mir den Atem, als ich die zwei geglätteten Brocken aus versteinertem Holz sehe, eingebettet zwischen zwei Zedern. Jeder der beiden naturbelassenen Grabsteine trägt eine Metallplatte. Sie fühlen sich an wie Orman, unverkennbar alt und herrlich neu. Ihr Anblick reicht aus, sodass sich in mir drin alles zusammenkrümmt, aber auf Nolans Drängen hin lasse ich seine Hand los und falle auf die Knie, um die Wörter laut vorzulesen.

»Emily Jane Endsley und Avery Juniper Endsley. Zusammen im Leben wie im Tod.«

Die Geburtsdaten liegen ein paar Jahre auseinander, aber das Datum nach jedem Gedankenstrich ist gleich.

Schwestern. Nolan Endsley hatte zwei jüngere Schwestern. Und sie sind am selben Tag gestorben. »Alle denken, ich habe mir Orman in der Highschool ausgedacht, was zum Teil auch stimmt«, fängt Nolan an. »Aber das meiste ist noch von vorher, als meine Schwestern und ich noch klein waren. Ich habe Geschichten für sie erfunden, Welten. Orman mochten sie am liebsten.«

Ich zermartere mir weiter das Hirn, ob ich in Interviews oder im Internet irgendetwas über Geschwister mitbekommen habe, kann mich aber an nichts erinnern. Nolan schüttelt den Kopf, als er meinen Gesichtsausdruck sieht.

»Sie werden nirgendwo erwähnt«, sagt er. »Nirgendwo. Dafür hat Dad gesorgt.«

»Aber warum?«, frage ich. Ich suche krampfhaft nach einer Erklärung. Vielleicht gibt es böses Blut in seiner Familie, da er die Geschichten, die er für seine toten Schwestern erfunden hat, zu Gold gemacht hat.

Nolan seufzt und in dem leisen Zittern seines Atems erkenne ich den herzzerreißenden, besiegten Klang der Trauer.

»Sie sind tot.« Es ist fast ein Flüstern. Und dann, kaum hörbar: »Ich bin schuld.«

Tot bedeutet etwas Neues, wenn du mit dem Tod in Berührung gekommen bist. Bevor Jenna gestorben ist, erschien mir der Tod anderer Leute wie eine traurige Geschichte, die nie wirklich mein Herz berührt hat. Der Tod war unvermeidlich, natürlich in seiner Unnatürlichkeit.

Der Tod war etwas für andere Leute.

Aber als ich das erste Anzeichen einer Träne in Nolans Augenwinkel sehe, spüre ich, wie wir den Boden unter den Füßen verlieren, und die Welle meiner Trauer steigt auf, um seiner zu begegnen.

Ich fühle mich plötzlich unglaublich alt. Aber ich zwinge mich, mir die Grabsteine weiter anzusehen und Nolan und die Hinweise auf unsere künstliche Vergangenheit, die wir erschaffen haben, um eine Beziehung zu rechtfertigen, die sich viel älter anfühlt als ein paar Tage; und so bleibe ich aufrecht, inmitten der Wellen.

»Meine Familie hat hier immer den Sommer verbracht«, sagt Nolan und starrt auf die Grabsteine. Sein Blick ist verschleiert, leer. »Das blaue Haus war unser Ferienhaus – ich habe es meiner Mom mit dem Geld von meinem ersten Buch abgekauft. Jedes Jahr sind meine Mom, Dad, ich, Emily und Avery hierhergekommen. Dad ist zwischendurch immer zu Besprechungen nach New York geflogen und Mom war im Ort unterwegs, also wurden wir drei ziemlich oft allein gelassen.«

Er hält inne, sein Blick richtet sich wieder auf mich. »Hier kann ja auch nichts passieren.« Er schnaubt ein kleines Lachen in die Luft, völlig ohne Frohsinn. »Ich meine, die Kriminalitätsrate hier liegt um die null Prozent. Ich möchte nicht, dass es so klingt, als hätten sie uns in Gefahr gebracht. Außerdem haben wir es geliebt.

Nur, ich sollte auf sie aufpassen«, sagt er. »Jeden Sommer haben wir hier Urlaub gemacht. Jeden Sommer sollte ich ein Auge auf sie haben. Aber ich war dreizehn und stur und picklig und mochte das Mädchen, das im Eisladen gearbeitet hat, also habe ich Emily und Avery gesagt, sie wären alt genug, um allein an den Strand zu gehen. Ich habe ihnen gesagt, sie sollen gehen und sich später bei mir zurückmelden. Sie haben mich angebettelt mitzukommen, vor allem Emily, die immer vor allem Angst hatte. Sie sind nie zurückgekommen.«

Er bewegt sich, um sich neben mich auf die Erde zu setzen; durch den Nebel unserer Gedanken und die unheilvolle Anwesenheit von Jenna und seinen Schwestern finden sich unsere Hände. Er erschauert und schließt die Augen ganz fest.

»Ich habe überall nach ihnen gesucht«, sagt er. »Ich bin zum Strand gegangen und zum Haus. Zusammen mit Alex bin ich durch den Ort gerannt, zu all unseren Lieblingsstellen. Nachdem ich weinend in den Laden gestürzt bin, ist er mitgekommen, um mir zu helfen. Als wir sie nicht finden konnten, hat Alex Val geholt und wir sind mit ihrem Auto durch die Gegend gefahren und haben gesucht und gesucht. Val hat mich zur Polizei gebracht. Sie haben mich gefragt, ob ich wüsste, wo die Mädchen als Letztes hinwollten. Ich wusste es nicht, aber habe mir gedacht, dass sie, weil es ihnen keiner verboten hat, zu der kleinen Bucht gegangen sind, um dort zu schwimmen. Weil die heftige Strömung einen mitreißen konnte, durften wir das nicht. Und das ist genau, was passiert ist.«

Es folgt eine lange Pause. Die Windspiele kreischen durch die Bäume und die Blätter bringen raschelnd ihr Unbehagen zum Ausdruck. Hinter Nolans Augen stürzt sich ein Wolfsrudel auf ein verlorenes Eichhörnchen. Das Eichhörnchen wehrt sich nicht, als es in Stücke gerissen wird. Es denkt, dass das der Lauf der Dinge ist. Es denkt, dass es das verdient hat.

»Danach war Dads einzige Sorge, dass nichts darüber an die Presse gelangt. Keine Artikel in der Zeitung, nichts in den Abendnachrichten. Dafür habe ich ihn gehasst – wie er in seinem zerknautschten Anzug hin- und hergewandert ist und in sein Handy gebrüllt hat –, aber ich glaube, so hatte er etwas zu tun. Ich glaube, so macht er das immer noch, weißt du? Deswegen hört er nie auf zu arbeiten, damit er nicht an die Mädchen oder an mich denken muss.« Er hält kurz inne. »Es ist meine Schuld«, wiederholt Nolan.

Ich will sagen, dass es nicht seine Schuld ist, dass der Tod unvermeidlich ist und kommt, wann es ihm gefällt, aber ich widerspreche ihm nicht. Egal, wie falsch sie damit liegen, manchmal ist es am besten, die Schuldigen die Schwere ihrer Schuld spüren zu lassen, um sie freizusprechen.

»Als Jenna gestorben ist«, sage ich mit zitternder Stimme, »dachte ich auch, dass es meine Schuld ist. Sie wollte mich mitnehmen. Die Williams wollten mir die Reise nach Irland bezahlen, damit wir zusammen im Ausland studieren können. Sie sind so großzügig, aber ich wollte nicht noch mehr, als ich sowieso schon von ihnen angenommen hatte. Es war zu viel, zu perfekt und nicht für mich bestimmt. Ich habe Nein und Nein und wieder Nein gesagt, bis sie aufgehört haben zu fragen. Aber ich komme nicht umhin zu denken, dass ich etwas hätte ändern können, wenn ich dabei gewesen wäre, ich hätte mich über sie werfen können, dann hätten wir beide den Unfall überlebt. Oder ich hätte sie gleich davon abhalten können, ins Auto zu steigen, indem ich sie dazu überredet hätte, überall verschiedene Snacks zu probieren oder so. Ich hätte den Ausgang verändern können.«

»Das ist lächerlich«, sagt Nolan. »Du warst nicht einmal im selben Land. Wie konnte es dann deine Schuld sein?«

»Nolan, du bist keine Strömung«, sage ich. »Eine schmollende, entschlossene Naturgewalt, das schon, aber du bist nicht die Strömung, die deine Schwestern getötet hat.«

»Doch, das bin ich«, sagt er. »Ich hätte es verhindern können.«

»Das weißt du nicht«, wende ich ein.

»Natürlich weiß ich das! Ich sollte auf sie aufpassen, aber ich hatte Besseres zu tun, also sind sie gestorben.« Seine Stimme schwankt zwischen Empörung und Angst, Traurigkeit und Verzweiflung.

»Wir können nicht an ihrer statt sterben«, sage ich mit tränenverwirrter Stimme. Ich bin auf Händen und Knien, ihm gegenüber, flehe ihn, mich selbst an. »Das *können* wir nicht. Egal, wie sehr wir das auch wollen oder wie viel einfacher das wäre, wir können nicht ihren Platz einnehmen. Wir müssen lernen, damit zu leben, Nolan. Ihnen zuliebe. Und uns zuliebe.«

Wir atmen beide schwer, unsere anschwellenden Stimmen verschmelzen mit dem Klang der Windspiele, ein gequältes, schepperndes Geräusch, das dazu führt, dass die Wale vergessen aufzutauchen, um Luft zu holen.

Tut mir leid hilft nicht. Und es gibt nichts, was man jemandem unter Schmerzen sagen kann, damit er sich besser fühlt. Jenna ist nicht da und auch Emily und Avery sind nicht da und kein Wort – egal wie eloquent oder inständig – wird sie zurückbringen.

Stattdessen sage ich: »Du hast sie nach Orman geschickt, nicht wahr?«

So leicht wie ein Kinderpuzzle setzt es sich zusammen, für jede klare Form ist eine passende Leerstelle ins Holzbrett reingeschnitten. Emily und Avery wurden in Emmeline und Ainsley verwandelt und in einem magischen Boot nach Orman gebracht.

»Das habe ich«, sagt Nolan, so leise, dass ich ihn über dem Klang der Windspiele kaum hören kann.

»Als Jenna dich also gefunden hat …« Ich verstumme. Ich muss den Satz nicht zu Ende sprechen.

»Es war das Wasser«, sagt er. »Es ist immer das Wasser. Ich habe zum Fenster hinausgesehen, auf den Pazifik, und konnte sie in den Wellen spielen sehen. Es …« Er hält inne und holt tief Luft. »Es war nicht das erste Mal, dass ich zugesehen habe, wie sie ertrunken sind, aber der Teil wird nie leichter. Ich habe gesehen, wie sie runtergezogen wurden und verschwunden sind. Und so, wie es mir mein Therapeut gesagt hat, habe ich mir vorgestellt, wie sie zusammen wieder auftauchen, in dem magischen Kanu von Orman, das die Wellen teilt und aufs Meer hinauszieht. Aber dieses Mal ist das Kanu unter ihnen auseinandergefallen und sie sind ein weiteres Mal ertrunken. Zweimal in weniger als fünf Minuten.«

Ich streiche mit dem Daumen über sein Handgelenk. Es gibt nichts, was ich sagen kann.

»Das Einzige, an das ich denken konnte, als ich an dem Fenster stand, war, dass ich nun den letzten Teil, den ich von ihnen habe, hergeben würde, die letzte Geschichte, das letzte Alles. Ich würde mich von Orman verabschieden müssen, aber auch von ihnen. Ich könnte sie nicht mehr im Wald besuchen, im Schloss, könnte nicht mehr vorbeikommen, wenn ich einsam war oder traurig oder … oder …« Er schnaubt ein weiteres Mal wütend. »Gott, sollte man als Autor nicht die richtigen Worte finden?« Er versucht ein Lachen, aber es klingt mehr wie ein Schluchzen.

»Zerstört?«, biete ich an. »Du könntest nicht mehr zu ihnen, wenn du dich zerstört fühltest.«

Er nickt, kurz und entschieden. »Ja, Amelia. Zerstört.«

Zerstört sitzen wir eine Weile beieinander. Die Windspiele zerren an meinen Stimmbändern, bitten mich zu sprechen und wie vor all den Jahren, als Jenna mich vor Downtown Books gefunden hat, sage ich das Erste, was mir in den Sinn kommt.

»Jenna wollte, dass ich Englisch-Professorin werde«, sage ich. »Sie hatte alles durchgeplant. Auf einer Pinnwand und all so was. Wir wollten aufs selbe College gehen, dieselben Wahlfächer und Grundkurse besuchen … Sie hat das den Masterplan genannt, ihn in ihrem Zimmer aufgehängt, wo alle ihn sehen konnten.«

Nolan lehnt sich nach vorne, fährt mit der Hand über Emilys Grabstein. »Und du willst nicht Professorin werden?«

Ich ziehe die Knie bis an meine Brust und schlage leicht mit der Stirn dagegen. »Ich weiß es nicht«, nuschele ich. »Ich habe keine Ahnung.«

»Dann mach es nicht«, sagt er. »Mach etwas anderes. Mach, was immer du willst.«

»Aber woher soll ich wissen, was das ist? Alle anderen scheinen das schon zu wissen. Sie wollen Medizin studieren oder Ingenieurwissenschaft oder Meeresbiologie oder etwas, wo man einen richtigen Titel bekommt. Ich will nur Bücher lesen oder Fotos machen oder das weltbeste Schinkensandwich finden … Wie soll ich daraus einen Beruf machen?«

Nolan ist still, seine freie Hand streichelt jetzt Averys Grabstein. »Es gibt hunderttausend Arten, eine Geschichte zu erzählen«, fängt er an. »Mediziner helfen Menschen, länger zu leben und ihre eigenen Geschichten fortzusetzen. Ingenieure erzählen eine Geschichte über Technologie, die bis zu den Höhlenmenschen mit Stöcken und Steinen zurückreicht. Meeresbiologen setzen Bruchstücke der Handlung zusammen, bis sie wissen, wo Wale nachts schlafen und wo die Fische im Korallenriff leben. Alles ist eine Geschichte, nicht nur die Literatur. Du musst die Geschichte finden, die dir etwas bedeutet, die Geschichte, die du gern erzählen willst.«

Wieder wird er still, der Wind und das Spiel verursachen eine melancholische Symphonie, die klingt, als würde ein Herz brechen. Ich versuche, meine Hand zurückzunehmen, um mir das vom Wind zerzauste Haar aus den Augen zu schieben, aber Nolan hält sie noch fester, bevor er schnell den Griff lockert, nur ein bisschen, als wollte er sie nicht loslassen.

»Tut mir leid«, sagt er. »Ich wollte dich nicht erschrecken.«

Ich lasse meine Hand in seiner und nehme die andere, um mir die Haare aus der Stirn zu schieben.

Ich weine. Ich glaube, ich habe im letzten Monat mehr geweint als in meinem ganzen Leben zuvor. Wenn Jenna hier wäre, würde sie ihre Meinung vielleicht ändern. Wenn sie wüsste, dass ich allein sein würde, würde sie mir vielleicht sagen, dass ich meinen eigenen Weg gehen soll.

Ich versuche, das alles zu begreifen, als Nolan sagt: »Du bist der einzige Mensch außerhalb von Lochbrook, der von den beiden weiß. Wir haben es geschafft, es vor der Presse geheim zu halten, sogar nachdem die Bücher so beliebt geworden und Reporter gekommen sind, um herumzuschnüffeln, aber nur, weil alle eine Scheißangst vor Valerie haben.«

In seiner Aussage ist eine Frage enthalten, ebenso in der Art, wie er meine Hand drückt. Er will wissen, dass ich nichts sagen werde, dass, wenn die Sterne vom Himmel fallen und unsere gefälschte und echte Freundschaft sich in nichts auflösen sollte, ich trotzdem mit dieser Geschichte nicht zur Presse gehen und sie an den Meistbietenden verkaufen würde.

Er will wissen, ob er in Sicherheit ist.

Und obwohl es unglaublich unangemessen ist, weil ich vor den Gräbern seiner Schwestern sitze und sich der augenscheinliche Nebel meiner toten Freundin um uns herumschlängelt, küsse ich Nolan Endsley auf die Wange.

Er erstarrt und ich frage mich, ob ich einen Fehler gemacht, ob ich das Händchenhalten und Zusammen-auf-dem-Boden-des-Buchladens-Schlafen falsch gedeutet habe. Mein Gesicht errötet vor Scham und ich versuche mich zurückzuziehen.

»Tut mir leid«, murmele ich.

Aber er wendet mir blitzschnell den Kopf zu und seine Hand legt sich auf meinen Nacken. Für eine unfassbare lange Zeit blicken wir uns an, mit der Art von Blick, bei dem keiner blinzelt und du die Zehen in den Schuhen einziehst, je länger du guckst. Etwas, das ich nicht benennen kann, hat die Luft zwischen uns derart aufgeladen, dass sie summt, und das Band zwischen uns ist zum Zerreißen gespannt.

Hinter seinen Augen werden die Bäume in dem einstmals dunklen Wald orange im zunehmenden Licht. Die Wölfe jagen davon und zeigen der aufgehenden Sonne die Zähne und alle möglichen bedrohlichen, unheimlichen Schatten lösen sich auf, während ich zusehe, wie die Welt, die Nolan ist, aus dem Schlaf erwacht.

Als das Licht seine Augen erreicht und hervorbricht, neigt er den Kopf ein wenig zur Seite. Ich halte die Luft an, als er mich an sich zieht und sich gleichzeitig in mich reinlehnt, mit einem Seufzer, der klingt wie eine aufbrandende Welle.

»Amelia«, flüstert er und dann sind seine Lippen auf meinen.

Es ist nicht mein erster Kuss. Es gab Jungs, mit denen ich ausgegangen bin. Aber ihre Namen und Gesichter sind in diesem Moment vergessen, als ich mich nach vorne dränge, um den Raum zwischen Nolan und mir in nichts zu verwandeln.

Nolan und mir.

Er küsst so, wie er redet, wenn er von etwas begeistert ist – gründlich, ganz und gar und mit solcher Bestimmtheit, dass ich mich frage, ob da jemals jemand anders wird mithalten können.

Wir finden unseren Rhythmus, schnell, langsam, schnell, langsam, aber schließlich holt mich die Atemlosigkeit ein und sanft schiebe ich ihn weg.

»Muss Luft holen«, atme ich aus.

Er legt seine Lippen wieder auf meine, aber drückt sie nicht aufeinander.

»Atme so«, sagt er gegen meinen Mund, »aber geh nicht.«

Es ist grausam, daran erinnert zu werden.

Ich hole tief Luft. »Es tut mir leid, dass ich nach Texas zurückmuss.«

Er lehnt sich ein wenig zurück, spreizt seine Hand gegen meinen Hals und streichelt mit seinem Daumen meinen Wangenknochen auf und ab. »Es tut mir leid, dass du das Gefühl hast, gefangen zu sein«, flüstert er.

Ich lächle, aber wenn sein Kuss das Meer war, so ist dieses Lächeln bloß eine Pfütze. »Tut mir leid, dass es dir leidtut.«

Er neigt den Kopf nach vorne und hält inne, bevor sich unsere Lippen wieder berühren können.

»Können wir so tun«, sagt er mit leiser Stimme, »als wäre das der Teil, wo du dich entscheidest, in Lochbrook zu bleiben?«

Mein Herz schlägt gleichmäßig in meiner Brust, die Schmetterlinge halten sich fern. Die Universen überlagern sich, es ist ein Bruch im Raum-Zeit-Kontinuum. Für eine Sekunde lang bin ich Amelia, dazu bestimmt, bei Nolan und seinem komischen Hund in Michigan zu bleiben, zuversichtlich trotz ihrer fehlenden Zukunftspläne lacht sie die Welt an. Eine Amelia, die Jennas sorgfältige, ordentliche Pläne ignoriert und stattdessen ihre eigene Blaupause anfertigt. Sie sammelt einmalige Fotos, geht aufs Nachbarschafts-College, probiert jeden Kurs im Fächerkanon aus und der kluge kleine Wind ist glücklich mit ihrer Wahl.

»Ich kann nicht bleiben«, sage ich und ergänze etwas leiser: »Ich habe es hoch und heilig versprochen.« Als Nolan ein langes Gesicht macht, rede ich weiter: »Aber ich bin sehr, sehr gut darin, so zu tun, als ob.«

»Nun.« Sein Lächeln ist schief, ein wenig traurig, aber leuchtend. »Wenn das der Fall ist …«

Als sich unsere Lippen wieder treffen, spüre ich, wie sich

das Feuer von seinem Körper zu meinem ausbreitet und meinen Protest zu Asche verbrennt. Seine Hand verheddert sich in meinem Haar und ich denke nicht an Orman oder an Jenna. Ich denke nicht an geheimnisvolle Päckchen, hoch und heilige Versprechen und dass wir uns vor den Gräbern seiner Schwestern küssen.

Stattdessen versuche ich zu verhindern, dass mein Herz entzweireißt, während wir etwas aufbauen, von dem wir wissen, es wird auseinanderbrechen.

Als wir zur Buchhandlung zurückkehren, ist die kleine Wiese um Val's herum voller emsiger Geschäftigkeit. Holzplatten halten provisorische Buden aufrecht, die olivgrün angemalt sind, und Leute, die ich so halb aus dem Laden wiedererkenne, bringen Schilder an der Vorderseite leerer Verkaufsstände an. Der Buchclub-Mann mit dem karierten Tanktop trägt darüber ein weiteres kariertes Hemd mit kurzen Ärmeln und lacht, während ein viel jüngerer Mann versucht, ein Schild gerade zu rücken, das Hotdogs verspricht.

Mittendrin ist Alex, er hat sich die Kuriertasche so um den Hals gehängt, dass es wehtun muss, und hält sein Handy in der Hand, während er von Bude zu Bude joggt. Er sieht aus, als wäre er mit den Nerven völlig am Ende, wie das weiße Kaninchen, das zu spät zum Tee kommt.

»Was um alles in der Welt …«, fange ich an. Vor ein paar Stunden noch war nichts davon hier.

Nolan lacht über meinen Gesichtsausdruck. »Der Basar. Val macht das jedes Jahr. Und jedes Jahr sucht sie sich eine andere wohltätige Sache aus, der sie die Hälfte der Einnahmen spendet.«

Der Flyer aus dem Aufzug schwirrt mir durch den Kopf.

»Dieses Jahr ist es für eine Grundschule, stimmt's?«, frage ich, als wir auf den Eingang der Buchhandlung zugehen. Aus der Ferne höre ich den schwerfälligen Klang eines Schülers am Klavier.

»Ja, für die Schulbücherei, glaube ich.«

»Wann ist der Basar noch mal?«

»Samstag.«

»Samstag? So wie in Übermorgen-Samstag? Sollten wir nicht mithelfen?«

Nolan wirft mir einen flehenden Blick zu. *»Nein.«*

»Doch«, sagt Alex, der hinter uns auftaucht und seine Arme über unsere Schultern wirft. Ein seltsam fügsamer Wally sitzt zu seinen Füßen. »*Du* solltest schon mithelfen, Nolan. Als unser Gast ist Amelia zu nichts verpflichtet, aber es wäre das Mindeste, was sie tun könnte, wenn sie weiter umsonst im Café essen will.«

»Hey, ich habe versucht zu bezahlen. Deine Mom lässt mich nicht.«

Alex nimmt die Hand von meiner Schulter und wedelt mit den Fingern umher. »Auslegungssache. Wollt ihr zwei mir helfen, die Lichterketten in die Bäume zu hängen, oder nicht?«

Nolans Antwort ist eine ordinäre Geste, während ich mit offenem Mund auf die Bäume um die Lichtung herum starre.

»Welche Bäume?«, frage ich. »Du meinst doch wohl nicht *alle*?«

»Nur die mit Blättern.«

»Alex, sie haben alle Blätter.«

Er scheint das als Bestätigung zu verstehen, dass wir mithelfen, denn schon ist er weg, wohl um endlose Lichterketten zu holen, die wir brauchen werden, um den Wald um uns herum leuchten zu lassen.

Nolan sagt nichts, aber er versucht mich anscheinend mit seinen Blicken zu töten.

»Was denn?«

»Das weißt du sehr wohl«, sagt er. »Wir könnten drinnen sein und essen oder lesen oder …« Er verstummt, seine Wangen sind rot.

Ich grinse. »Küssen?«

Er wirft mir noch einen bösen Blick zu, während sein Gesicht noch röter wird, aber seine Stimme ist ruhig. »Ja, wenn du magst.«

Mein Herz stolpert ein wenig, weil er mich ansieht, als wollte er mich mit den Augen verschlingen, doch ich versuche, genauso ruhig zu klingen wie er, als ich sage: »Wenn wir Alex heute helfen, haben wir morgen den ganzen Tag für uns.«

»Oder …« Nolans Blick huscht über die Lichtung, bevor er die Hand hebt und sie an meine noch immer errötete Wange legt. »Wir könnten sagen, *scheiß drauf*, und beide Tagen für uns haben.«

Gerade will ich zustimmen, das Bedürfnis unterdrücken, Alex zufriedenzustellen und ihm zu beweisen, dass ich Freundin und nicht Fan bin, als eine quietschende Sackkarre seine Rückkehr ankündigt. Nolan nimmt seine Hand aus meinem Gesicht, aber nicht schnell genug.

Alex reißt die Augen lächerlich weit auf. »Hier wird auf dem Basargelände geturtelt, wie ich sehe?«

Nolan verdreht die Augen. »Mücke«, sagt er, und wie um das zu beweisen, schlägt er mit den Fingerspitzen leicht gegen meine Wange. »Sie hatte eine Mücke im Gesicht. Hier wird nicht geturtelt.«

Jetzt ist es an mir, etwas Witziges und Geistreiches zu sagen, aber mir fällt nichts ein. Mir schwirren noch Nolans Schwestern durch den Kopf und Jenna und der ferne Nebel meiner hoch und heilig versprochenen Zukunft. Also wickele ich stattdessen meinen Arm durch Nolans und stelle mich an seine Seite.

»Es ist nur vorübergehend«, sage ich Alex. »Ich muss trotzdem zurück nach Texas.«

»Vorübergehend.« Alex stößt einen Laut aus, als würde er mir das nicht abnehmen, doch dann landet sein besorgter Blick auf Nolans Gesicht.

»Sie hat es hoch und heilig versprochen«, sagt Nolan und ich bin stolz darauf, dass seine Stimme so ruhig ist. Er verschränkt seine Finger mit meinen.

Ich sehe zu Nolan auf, er sieht zu mir runter und für einen weiteren Sekundenbruchteil stelle ich mir vor, ich würde bleiben. Ich lasse die Wale enge Kreise um uns ziehen, während ich so tue, als ob.

Diese alternative Zukunft spult sich vor mir ab wie ein breites Band und ich staune angesichts der unzähligen Fotos, der schieren Menge an Büchern, die darauf warten, gelesen zu werden, der unbekannten Landschaften, die darauf warten, hinter Nolans Augen entdeckt zu werden.

Die Konsequenzen, wenn ich bleiben würde, lasse ich außer Acht – die Enttäuschung der Williams, die Last von Jennas Erwartungen, die nie nachlassen würde, der absolute Horror, vom vorgegebenen Pfad abzuweichen – und stelle mir stattdessen die langen Abende vor, an denen Nolan mich in den Schlaf liest, Nachmittage mit einmaligen Fotos, die ich schießen könnte, und Morgenstunden, an denen ich von einer unerzogenen Promenadenmischung geweckt werde.

»Und ist das für dich so in Ordnung?«

Zuerst denke ich, dass Alex mich fragt, ob das in Ordnung ist, ob ich bereit bin, den Preis dafür zu bezahlen, dass meine Tagträume zur Realität gesponnen werden. Aber die Wale schwimmen davon, als er auf diese typische Jungs-Art Nolans Schulter umschließt, während sie einander in die Augen sehen.

Freundschaft. Echte, funkelnde Freundschaft leuchtet zwischen ihnen und ich staune angesichts der Dicke des Fadens, der sie durch die Jahre und Tragödien verbunden hat.

Jenna kribbelt in meinen Gedanken und ich frage mich ein wenig, ob das Band, das *uns* verbindet, durch ihren Tod stärker oder schwächer geworden ist. Oder vielleicht wurde es auch in dem Moment durchtrennt, als sie gestorben ist, und nun bin ich losgelöst und versuche verzweifelt, alles zu tun, um uns wieder zu verbinden.

Nolans Hand schließt sich enger um meine und erdet mich. »Für mich ist das in Ordnung«, sagt er zu Alex. »Das ist ihre Entscheidung. Was immer sie will.«

Wir legen unsere blutenden Herzen beiseite, um die Bäume zum Leuchten zu bringen. Alex wirft mir immer wieder heimliche Blicke zu, wenn er denkt, dass ich zu beschäftigt bin, die Lichterketten aufzuwickeln, aber anstatt wegzugucken, wenn sich unsere Blicke treffen, lächelt er einfach von den niedrigen Ästen, auf denen Nolan und er im selben Baum hocken, auf mich runter.

Es geht schnell. Alex ist überraschend schludrig beim

Anbringen und sagt Nolan sogar, dass er nicht »so viel Aufhebens« machen soll.

»Es wird auch cool aussehen, wenn du sie nicht um jeden Ast wickelst.«

Nolan sieht nicht auf, während er den kleinsten Zweig der Welt umwickelt. »Ich will, dass es perfekt ist«, sagt er.

»Ich gebe dir die Schuld, weißt du.« Alex funkelt mich an. »Was hast du mit meinem nachlässigen Freund gemacht?«

Ich grinse. »Ich habe ihn beturtelt«, sage ich einfach.

Selbst wenn wir genug Lichterketten aufhängen würden, um alle Wälder in Michigan zu bedecken, wären sie dennoch nicht so hell wie Alex' und Nolans Gelächter.

In dieser Nacht, als ich mein Bett verlasse, um zum Orman-Zimmer zu gehen, renne ich die letzten Schritte, weil ich es kaum erwarten kann, Nolan zu sehen. Wir haben den ganzen Abend mit Alex vor dem Kamin verbracht und uns stundenlang Geschichten über Jenna und Emily und Avery erzählt.

Je mehr Nolan über die altkluge Avery und die liebenswerte Emily gesprochen, je mehr Geschichten Alex über »diese Endsley-Kinder« erzählt hat, über ihre Dummheiten im Leuchtturm-Zimmer, desto weniger tot schienen sie zu sein. Das habe ich auch zu Nolan gesagt, nachdem ich ihnen erzählt habe, wie Jenna und ich uns kennengelernt haben, wie sie mich aus meiner Dunkelheit gerettet und mir ein richtiges Familienleben gezeigt hat.

»Über sie zu reden, gibt mir das Gefühl, sie nicht verloren zu haben.«

»Hast du auch nicht«, hat Nolan gesagt. »Wir haben sie nicht verloren. Sie sind nicht weg, sie sind nur woanders.«

»Aber irgendwo, wo wir nicht sind.«

»Ja«, hat Alex uns unterbrochen. »Und der Teil ist total scheiße.«

Ich hätte gedacht, dass es mich schmerzen würde, so lange über Jenna zu reden, aber ich fühlte mich leichter als die Luft, wie ein Heliumballon, den Nolan an dem Faden, der uns verbindet, in der Hand hält.

Wir haben Gute Nacht gesagt, als die Buchhandlung längst geschlossen war, aber ich lag nur eine Stunde im Bett, bevor ich einen Ruck an dem Faden gespürt habe, wie ein leichtes Schwingen.

Komm mit, komm mit.

Er ist im Orman-Zimmer und weder Alex noch Wally sind irgendwo zu sehen. Und obwohl wir dieses Mal nicht auf dem Fußboden einschlafen, lesen wir uns abwechselnd aus *Der Wald zwischen Himmel und Meer* vor, bis unsere Stimmen vor Müdigkeit lallen und alle Sterne – alte und neue – am dämmernden Morgenhimmel verblasst sind.

Dreizehn

Als ich am frühen Freitagmorgen in die Buchhandlung komme, wartet Nolan schon auf mich. Zwischen uns ist eine neu entdeckte Freiheit, eine Art stürmische Hingabe, zu der man nur jenseits von geteilten dunklen Wahrheiten und schmerzhaften Geschichten findet. Und geteilter Spucke.

Es lässt mich fast vergessen, dass ich in zwei Tagen abreise.

Fast.

»Lass uns einen Haufen Bücher kaufen und dann lesen wir sie am Strand«, sagt er zur Begrüßung.

Selbstporträt: eine Sanduhr, aber anstatt mit Sand ist sie mit winzigen Büchern gefüllt und mithilfe von Trickfotografie sieht es so aus, als ob das Motiv, das sie ergeben – ich –, darin gefangen ist.

Ich fühle mich von der Aussicht auf die vielen Bücher gleichzeitig abgestoßen und angezogen, mein Leib zuckt zurück, während sich meine Seele, in einem verzweifelten Versuch, sich aus meinem Körper zu lösen, nach vorne wirft und um eine Geschichte schlingen will. Ich bin Geschichten mit all ihren Verwicklungen aus dem Weg gegangen, aber nun, da ich bereit bin, zu ihnen zurückzukehren, habe ich Angst, dass es nicht mehr dasselbe sein wird, nicht einmal, nachdem Nolan mir zwei Nächte hintereinander vorgelesen hat.

Ich bin ein einziges Durcheinander.

Das sage ich auch Nolan, während er als Erstes das Viktorianische Zimmer ansteuert. Eine Schaufensterpuppe, im Regency-Stil gekleidet und ohne Kopf, begrüßt uns und an der Wand hängen Abdrucke von bedeutenden historischen Dokumenten.

»Sind wir nicht alle durcheinander?«, sagt er. »Ist das nicht Sinn und Zweck des Ganzen?«

»Beschissener Sinn«, sage ich. »Und Zweck.«

»Beschissene Welt«, antwortet er.

Das scheint mir zu hart und das sage ich ihm auch.

»Dann nenn mir etwas, das nicht beschissen ist«, fordert er, den Kopf über ein Buch gebeugt, das er aufgeschlagen in einer Handfläche hält, den letzten Rest eines Apfels in der anderen.

»Sonnenuntergänge«, sage ich.

»Die nur wegen der Umweltverschmutzung so schön aussehen, die langsam unseren Planeten zerstört.«

»Welpen«, sage ich.

»Welche davon? Die, die in einigen Ländern als Fleisch auf dem Teller landen, oder die, die wir vernichten, weil es zu viele von ihnen auf der Welt gibt?«

Es ist ein idiotisches Spiel, deprimierend, und ich liebe es.

»Das Meer«, sage ich.

»Zu sandig.« Er lässt das Buch zuklappen, stellt es zurück ins Regal, bevor er zielgerichtet zum nächsten gleitet. »Menschen sterben im Meer.«

»Menschen sterben überall«, gebe ich zurück und ignoriere den leichten Stich in meinem Herzen.

»Eben«, sagt Nolan. Er wendet sich mir zu. »Weil alles beschissen ist.«

Wir starren einander an. Nolan – nicht zu fassen! Zum Glück! – verliert als Erster die Beherrschung über seine Gesichtszüge. Sein Mund verzieht sich und auch seine Augen stecken sich schließlich mit Heiterkeit an.

Ich lache. »Alles hat wohl das Potenzial, beschissen zu sein. Es kommt auf den Zusammenhang an.«

»Dann sollten wir wohl versuchen, zusammenhangslos zu leben, oder?« Das ist ein Witz, der für alle anderen, nun, ohne Zusammenhang wäre. Ein trauriges Lächeln, eines von denen, die ein Autor als blass oder sehnsüchtig beschreiben würde, erscheint auf meinen Lippen. Denn manchmal fühlt es sich so an, als würde man einen nostalgischen Moment erleben, während er passiert, als wäre er zu künstlich oder vollkommen oder fern, um wirklich erlebt zu werden, und dieser hier gehört dazu.

Wir stöbern weiter durchs Viktorianische Zimmer mit seinen spitzenbesetzten Lesesesseln, Fransenlampen und verschnörkelten zartrosa Bücherschränken. Der Kronleuchter, der den Raum beleuchtet, trieft nur so vor Perlen und aus den Lautsprechern strömt leise Musik, die gut zu dem Monolog einer Heldin aus einem Jane-Austen-Roman passen würde. Nolan überfliegt die Regale, sein Finger fährt die Buchrücken entlang, bis er gefunden hat, was er sucht.

»Hast du das gelesen?«

Ich kann den Titel nicht erkennen, aber auf dem Umschlag ist eine Frau in einem langen Kleid auf einem Pferd und das Buch ist fast so dick wie ein Wörterbuch.

»Nein?«, sage ich unsicher. Nolan lässt es bestimmt in den Einkaufskorb zu seinen Füßen fallen, in dem schon zwei Bücher liegen.

Er ist wie eine Biene, die von Blume zu Blume summt, saust durch den Raum, in dem die Bücher lose nach den Gefühlen, die sie hervorrufen, sortiert sind. Gerade will er in den nächsten Raum gehen, als ich einen vertrauten königsblauen Umschlag mit einem schottischen Wort als Titel entdecke. In meinem Inneren entsteht ein Gefühl der Leere, als mir Jennas Versprechen, mir einen Highlander im Kilt mitzubringen, einfällt.

»Hast du das gelesen?«, frage ich und schiebe mich durch den Schmerz.

Nolan hebt eine Augenbraue. »Nein. Sollte ich?«

Gerade will ich erklären, dass die Handlung kompliziert ist und großartig und mit Zeitreisen zu tun hat und mit schottischer Rebellion und Folklore, aber ich verkneife es mir. Ich würde wie ein irrer Fan klingen, wenn ich der Geschichte gerecht werden wollte, außerdem möchte ich nicht wieder wegen Jenna weinen.

»Solltest du«, sage ich. »Ich glaube, es wird dir gefallen.«

Nolan wirft es in den Korb. »Willst du dir noch was aussuchen? Nimm dir, was immer du magst; wir nehmen alles mit zum See runter.«

Ich äußere mich nicht dazu, dass er unser beider Schmerz – Wasser und Bücher – nimmt und sie zu einem goldenen Nachmittag verbinden will.

Es ist verschwenderisch und extravagant und ich sollte Marks Kreditkarte nicht für so leichtfertige Einkäufe benutzen, aber es ist einfach zu verführerisch und er hätte nichts dagegen. Wahrscheinlich wäre er begeistert. Ich suche mir ein paar Bücher aus dem Krimi-Raum und eins aus dem Abenteuer-Zimmer aus und lege sie zu den anderen.

Als wir nach unten gehen, um zu bezahlen, macht Nolan sich nicht die Mühe, Valerie hinterm Klavier hervorzuholen. Er geht selbst hinter den Tresen und scannt jedes Buch ein, stapelt sie ordentlich an der Seite auf und zahlt mit seiner Karte.

»Ich kann meine selbst bezahlen«, protestiere ich.

»Natürlich kannst du das«, sagt er und legt die Bücher in einen Stoffbeutel, den er unter dem Tresen hervorholt. »Aber ich kann das auch. Kein Problem.«

»Ich sollte meine selbst bezahlen«, sage ich und frage mich, warum ich so darauf beharre.

»Lass mich das für dich tun«, sagt Nolan. »Bitte.« Und mit einer Bewegung, die mir sehr gewagt scheint, angesichts der Ansammlung von Kunden um uns herum, streckt er die Hand aus und berührt meine Wange. »Lass mich dir Geschichten schenken.«

Das ist mit Abstand so ziemlich das Verführerischste, was je jemand zu mir gesagt hat, und plötzlich bekommt das Wort Verlangen eine ganz andere Dimension.

Wir schleichen uns zur Hintertür raus – damit Alex uns in seinem Vorbereitungschaos für den Basar nicht dazu rekrutiert, die Zuckerwattemaschinen zu säubern – und fahren in Nolans Auto zu seinem Haus, sodass wir die Bücher nur den Hügel hinunter und nicht durch den Ort tragen müssen. Es ist das erste Mal, dass ich in seinem Auto sitze, die Lederausstattung ist noch neu und so anders als der alte Pick-up von Alex, aber es fühlt sich schon an, als würde ich dahingehören.

Ich habe keine Zeit, darüber nachzudenken, ob das komisch ist oder nicht.

Alles fühlt sich seltsam an – ausgestreckt am Strand neben dem Fort zu liegen, die nackten Zehen im Sand zu vergraben, während Nolan aus dem schottischen Liebesroman vorliest, den ich für ihn ausgesucht habe, und ich aus dem High-Fantasy-Roman, den er gewählt hat. Unsere anderen Bücher ergießen sich aus dem Stoffbeutel, ein warmes Bild, das verspricht, dass wir uns zusammen Stunde um Stunde in verschiedenen Geschichten verlieren werden, als wäre das etwas, was wir schon immer tun und jeden weiteren Tag tun werden.

Es ist traumhaft unwirklich, dieses Gefühl. Brandneu und prickelnd und zart, aber es fühlt sich auch so an, als würde ich es erinnern, anstatt es zu erleben, als hätte ich einst, in einem längst vergangenen Leben, schon mit Nolan Endsley an diesem Stück Strand gesessen.

Sein dunkles Haar zeichnet sich als Silhouette gegen das Meer ab. Meine innere Kameralinse ist heute im Dauereinsatz. Sie weist mich darauf hin, dass es ein perfektes Foto abgeben würde – Nolan und ich am Wasser als gespenstische Schattenspielfiguren.

In den Chroniken von Orman, nachdem die Mädchen dahinterkommen, dass Emmeline die neue Königin ist, stoßen sie auf ein Zimmer voller Schneekugeln, die winzige, begrenzte Welten enthalten und echte Bewohner. Emmeline empfindet den Gedanken an ein Leben in dieser Kugel als tröstlich, Ainsley als einengend.

»Es sieht so schön aus«, sagte Emmeline. »Man hat seine Bücher und seine Familie um sich herum und wen immer man sonst noch dabeihaben will und man hat seine Ruhe.«

»Das ist doch Blödsinn«, sagte Ainsley. »Wozu ist man denn am Leben, wenn dich keiner aus der Ruhe zu etwas Besserem bringt?«

»Wozu ist man am Leben, wenn man keine Ruhe hat, sein Leben zu leben?«, antwortete Emmeline.

Die meisten Leute sehen es wie Ainsley. Es ist ihre Aussage, die auf Arme tätowiert wird, neben Wörtern wie *Wanderlust* und *Reisender*, in Schönschrift. Jenna war eine Ainsley, hat immer nach dem nächsten Ast gegriffen, dem nächsten Erfolg. Ich habe mich immer mit Emmeline identifiziert, war gerne spontan, wenn diese Spontaneität auf einen kleinen Raum begrenzt war.

Aber nun hat jemand meine Schneekugel durchgeschüttelt und ich bin verunsichert.

Doch falls ich mein Leben eingrenzen müsste, wünschte ich mir, dass das für immer meine Schneekugel sein könnte: dieser Augenblick mit Nolan Endsley. Diese Möglichkeit steckt mir wie ein kleiner, hoffnungsvoller Kloß im Hals.

Ich lege mein Buch weg und starre auf den See hinaus. Ein Rennboot rast über den Horizont und ab und zu erreicht das ferne Kreischen eines Wasserskiläufers meine Ohren. Über uns kreisen Möwen, ihre gierigen Schreie lösen sich im Klang der plätschernden Wellen auf. Ich lege den Kopf zurück und stelle mir vor, ich würde eine fliegende Möwe von unten aufnehmen, gegen den leuchtend blauen Himmel. *Die Vogelbauch-Perspektive.* Es wäre so idiotisch und kitschig, dass selbst Jenna hätte lachen müssen. Sie hätte es sich sogar an die Wand gehängt.

Ich versuche, zu meinem Buch zurückzukehren, aber

nachdem ich denselben Absatz zweimal gelesen habe, werfe ich es mit einem Stöhnen hinter mich.

»So schlecht?«, fragt Nolan, ohne von seinem Buch aufzusehen. Er ist ganz versunken, erfüllt von der Geschichte. »Ist eine Figur gestorben?«

»Nein«, sage ich. »Ich … ich habe mich verloren.«

Ich bekomme einen kräftigen Stoß in das Fett meiner rechten Hüfte und als ich mich danach umdrehe, sehe ich, wie Nolans piksender Finger sich zurückzieht, um eine Seite umzublättern.

»Ich habe dich gefunden«, sagt er. »Du kannst nicht verloren gehen, wenn jemand direkt neben dir sitzt … findet man je heraus, ob der Geist in diesem Buch wirklich ein Geist ist? Und funktioniert das mit dem Steinkreis bei jedem oder nur bei ihr?«

Die Zynikerin in mir möchte behaupten, dass Zusammensein Verlorenheit nicht ausschließt. Stattdessen kommen die Wale zurück, obwohl ich mir ständig schwöre, dass ich sie nicht mehr brauche, und ich lasse mich zusammen mit Nolan in die Schneekugel zurücksinken.

Zwei Stunden vergehen, bevor Nolans Handy anfängt zu klingeln, eine primitive, roboterhafte Melodie, die nicht die geringste Ähnlichkeit mit modernen Klingeltönen hat.

»1995 ruft an«, witzle ich.

»Wir waren 1995 nicht mal am Leben«, sagt Nolan, bevor er das Handy stumm schaltet und zu seinem Buch zurückkehrt.

»Irgendjemand Wichtiges?«, frage ich.

Nolan schenkt mir über das Buch hinweg ein halbes Lächeln und legt sich mit dem Bauch in den warmen Sand. »Nicht besonders.«

Das erweist sich als falsch, denn fünfzehn Minuten später braust ein brauner Pick-up auf dem Hügel über uns in die Einfahrt des blauen Hauses.

Nolan und ich setzen uns auf, wischen uns Sand von den Armen und strecken uns die sonnige Faulheit und unsere jeweilige Handlung weg, während Alex den Hügel runtergestampft kommt, mit grollendem Gesichtsausdruck.

»Hi, Alex«, sage ich, als seine Füße in den Sand sinken, aber er beachtet mich nicht, sondern steuert direkt auf Nolan zu, der so aussieht, als würde er lieber im See schwimmen, anstatt seinem Freund zu begegnen.

»Alex«, fängt er an. »Mann, was ist …«

»Mein Problem?« Alex ist stehen geblieben, einen halben Meter entfernt von Nolan, eine seiner Hände umklammert sein Handy, die andere zerrt am Kragen seines Hemdes. »Mein Problem ist, Nolan, dass *irgendjemand* vergessen hat, letzten Monat die aufblasbare Wasserrutsche zu bestätigen, obwohl er es versprochen hatte, und die Firma sie stattdessen an ein Sommerfest in *Wisconsin* verliehen hat! Und jetzt, weniger als vierundzwanzig Stunden vor dem Basar, und nachdem ich Mom endlich, endlich davon überzeugt habe, dass ich ihn alleine organisieren kann, ist unsere beste Chance auf Spendeneinnahmen am Arsch. Und der Gipfel ist, ich wusste noch nicht einmal was davon, weil mein bester Freund ein Trottel ist, der sich nicht mal die Mühe gemacht hat, es mir zu sagen.«

»Ich habe es vergessen.« Nolan rappelt sich hoch. »Ich habe es vergessen, und als es mir wieder einfiel, dachte ich, dass du bestimmt sowieso längst angerufen hast, denn so funktioniert das zwischen uns: Du gibst mir einen Auftrag, ich ignoriere den Auftrag und du machst es selbst. Ich bin ein Idiot und du bringst es in Ordnung.«

In Nolans Ton schwingt ein Hauch von verzweifeltem Humor mit und ich glaube, Alex hört es auch, denn er lehnt sich nach vorne, als wollte er Nolan tatsächlich erwürgen.

»Warum ist das so schlimm? Was ist mit den Buden und all dem Zeug?«, frage ich.

Alex' Blick ist schneidend. »Amelia, ich mag dich. *Nolan* mag dich. Es würde mich schmerzen, dich in den See befördern zu müssen. Halt dich raus.«

»Lass sie in Ruhe, Alex«, sagt Nolan. »Außerdem hat sie recht. Du hast mehr als genug Buden. Das wird schon alles klappen.«

Hätte Alex magische Kräfte, die Stürme heraufbeschwören könnten, würden wir alle von einem feurigen Sharknado getötet werden.

»Die Wasserrutsche *sollte* mit einem drastischen Preisnachlass vermietet werden«, sagt er mit zusammengebissenen Zähnen. »Und wir wollten einen Dollar pro Fahrt verlangen, was bedeutet, wir hätten *eine Menge Geld* machen können. Das wären unsere größten Einnahmen gewesen. *Jetzt* können wir nur hoffen, dass sich Mr Larsons selbst gestrickte Schals verkaufen.«

»DIY und handgemachte Sachen sind in«, meldet sich Nolan hoffnungsvoll zu Wort.

Alex unterbricht seinen Ärger lang genug, um Nolans Outfit aus Jeans und altem T-Shirt einen vernichtenden Blick zuzuwerfen.

»Ja, Nolan, weil du ja *so* genau Bescheid weißt, was gerade hip und cool ist.«

»Hört mal«, unterbreche ich. »Es muss doch noch irgendetwas anderes geben, das billig ist und mit dem wir Geld machen können.«

»So kurzfristig nicht. Ich habe schon überlegt und es gibt nichts«, sagt Alex.

Nolan schnaubt. »Das bezweifle ich.«

»Gut, Nolan, dann denk *du* dir was aus. Und wenn dir nichts einfällt, dann werde ich noch schnell eine Tortenwurfbude machen, und rat mal, wer dann beworfen wird?«

Lose Ranken an Möglichkeiten sammeln sich zu einem kleinen Ball, den ich mir wieder und wieder durch den Kopf rollen lasse. Es ist eine hervorragende Idee – todsicher –, aber Nolan bringt mich vielleicht um, wenn ich sie vorschlage.

»Raus damit«, sagt Nolan, als er meinen Gesichtsausdruck sieht. »Was immer es ist, es hat hoffentlich nichts mit Torten zu tun.«

»Also …«, fange ich an. »Da es ja deine Schuld *ist*, Nolan …«

»Weiter?«, fragt Alex.

Ich sehe Nolan an, beobachte seine Reaktion, während ich murmele: »Du könntest Bücher signieren.«

Nolan schüttelt schon mit dem Kopf und Alex kräht vor Lachen. »Bücher signieren. Du meinst, mit Leuten? Amelia, reden wir über dieselbe Person? Da hast du bessere Chancen mit dem Tortenwurf.«

Ich wende den Blick von Nolan ab und schaue auf meine Füße. »Wir könnten Tickets verkaufen und das würde uns überhaupt nichts kosten. Jeder Cent würde an die Bücherei gehen.«

»Und dann laden wir die Feen ein«, sagt Alex ausdruckslos.

»Gleich nachdem der Weihnachtsmann vorbeigekommen ist und der Osterhase ein paar Eier versteckt hat.«

Vor Verlegenheit wird mir ganz heiß, als Nolan sagt: »Alex, *lass sie in Ruhe.* Sie will nur helfen.«

»Tja, nun, aber ich brauche Hilfe, nicht hirnrissige Ideen.«

»Das ist nicht hirnrissig«, sagt Nolan. »Ich werde es machen.«

»Es ist hirnrissig. Du wirst nie …« Alex verstummt und reißt die Augen auf. »Warte mal. Was hast du gerade gesagt?«

»Es ist keine schlechte Idee«, wiederholt Nolan nonchalant. »Sie hat recht. Damit machen wir wahrscheinlich mehr Geld als mit der Wasserrutsche.«

Alex' Arme hängen locker runter, das Handy rutscht ihm fast aus der Hand. Er sieht zwischen Nolan und mir hin und her, als würde er ein Pingpong-Spiel beobachten. Sein offener Mund lässt ihn wie einen Depp aussehen.

»Wo sollen wir in so kurzer Zeit genug Orman-Bücher herkriegen?«

Nolan schaut mich an und ich zucke mit den Schultern. »Die Leute können sie von zu Hause mitbringen. Sie zahlen für das Autogramm.«

»Können wir dir sonst noch irgendwie helfen, Alex?«, sagt Nolan mit gelangweilter Stimme. »Ich für meinen Teil würde gerne zu meinem Buch zurückkehren, wenn das für dich in Ordnung ist.«

Alex schüttelt den Kopf, noch völlig fassungslos. »Du wirst es echt machen?«

Nolan hebt einen Mundwinkel, bevor er antwortet. »Es ist sowieso alles beschissen. Wenn ich schon unglücklich bin, dann kann ich mich dabei wenigstens nützlich machen.« Als

Alex immer noch stehen bleibt und ihn anstarrt, hebt Nolan die Augenbrauen. »War das alles?«

»Ähm …« Alex klingt benommen. »Unser, äh … wir mussten unseren Fotografen abziehen, damit er uns mit der Anlage hilft. Er ist der Einzige, der weiß, wie man mit den tragbaren Boxen umgeht. Dafür hast du nicht zufällig auch eine Lösung, oder?«

Wenn ich noch irgendwelche Zweifel gehabt hätte, dass das Jennas Werk ist, würden sie von dem jähen Windstoß weggeblasen werden, der über uns drei hinwegfegt.

Ein langsames Grinsen lässt Nolans Gesicht weich werden. Ich schüttele den Kopf.

»Nein«, sage ich. »Nein, ich bin nicht gut. Ich bin nicht mal Hobbyfotografin. Ich *habe* eine Kamera; aber das bedeutet nicht, dass ich …«

»Du hast eine Kamera?« Alex atmet erleichtert aus. »Großartig! Du bist eingestellt. Ich fürchte, du wirst nur in Zuckerwatte und Hotdogs bezahlt, aber das ist perfekt. Betrachte es als deine Miete für die Woche bei Mom.«

Ich will das nicht tun. Das heißt, ich will, aber ich will nicht. Das stand nicht im Plan. Und was noch schlimmer ist: Das ist ein weiterer Backstein in der Mauer, die ich irgendwann werde einreißen müssen.

Bei dieser Reise sollte es darum gehen, das Geheimnis um die 101. Ausgabe zu lüften, um dann nach Hause zu fahren, bereit, meiner Zukunft entgegenzutreten. Aber stattdessen versinke ich im Treibsand meiner Liebe zur Fotografie und meine Hände sehnen sich nach der Kamera.

»Okay?«, fragt Nolan.

Mir wird klar, dass er keinen Druck machen wird. Wenn

ich wirklich nicht will, werden sie sich etwas anderes überlegen. Aber irgendwo da draußen schwimmen die Wale und ihnen ist egal, was ich einen Abend lang mache. Bevor ich also wieder anfange zu zweifeln, antworte ich Alex: »Ja. Ich mache Fotos für dich.«

Ich bin überrascht, als Alex mich fest in den Arm nimmt.

»Danke schön«, flüstert er.

Und irgendwie weiß ich, dass er sich nicht für die Fotos bedankt.

Vierzehn

Als sich die Lochbrook-Schneekugel am nächsten Abend von einem Zufluchtsort am See zu einem leuchtenden Fest voller Farben und Klänge verwandelt, bin ich wie verzaubert.

Alex hatte recht, was die Bäume anbelangt. Obwohl wir die Ketten nicht eng um die Äste gewickelt haben, lässt die schiere Fülle an Licht die Luft vor Freude und guter Laune nur so knistern. Wenn Val's ein verwunschenes Schloss ist, umringt von einem Zauberwald, dann ist dieser Basar der geschäftige magische Marktplatz der Geschichte, wo die Heldin hingeht, um ihre Waren zu verkaufen, damit sie die Familie durchbringen kann.

In den Orman-Büchern gibt es eine gefährliche Verfolgungsjagd auf einem nächtlichen Marktplatz. Emmeline und Ainsley rennen so schnell sie können, werden aber ständig von Leuten bedrängt, die ihre Ware verkaufen wollen – Zaubertränke; Blumen, die wie frisch gebackenes Brot duften; Steppdecken, die mit schwarzem Faden genäht sind und versprechen, einen immer warm zu halten, egal, wie bitterkalt es auch ist.

Ich fange an zu verstehen, wie Nolan auf die Idee gekommen ist. Von da, wo ich stehe, zähle ich mindestens zwei Dutzend Buden. Die meisten bieten Handarbeit und Essen an, aber die Bude neben mir verkauft Sukkulenten und Pflanzen im Glas. Die hängenden Flaschengärten fangen das Licht von den Bäumen ein.

Es ist so, als wäre ich in eine andere Zeit gefallen.

Zwei kleine Jungen flitzen an mir vorbei, rennen mich in ihrer Aufregung fast um, als sie auf die Frau zustürmen, die Zuckerwatte und Popcorn verkauft. Ich schieße ein Bild von ihnen, als sie in Bewegung sind, ihre Körper verschwimmen vor dem klaren Hintergrund aus olivgrünen Holzbuden und den viel längeren Beinen der Erwachsenen, die hinter ihnen stehen. Ich weiß noch nicht, wie ich es nennen werde, aber es erinnert mich an Windspiele. Ich denke an Emily und Avery. Sie sind bestimmt auch über diesen Basar gerannt. Ich denke an Jenna. Die Wale schweben glücklich zwischen den Buden wie große blaue Sturmwolken.

In der frischen Luft liegt der Trageriemen der Kamera wie ein warmer Schal um meinen Hals und ich frage mich, wie lange meine Haare wohl nach Karamell-Popcorn und Fettgebackenem riechen werden.

»Gefällt es dir?«

Zuerst denke ich, es ist Nolan, aber es ist Alex, der mich anlächelt. Seine Augenwinkel sind angespannt, sein Blick erwartungsvoll, als wäre es wirklich wichtig, was ich von dem Basar halte.

»Alex, es ist wunderschön«, sage ich. »Einfach irre gut.«

Er nickt, als wäre das das Mindeste. »Also nicht schlecht, ja?«

»Ich bin mir sicher, deine Mom ist stolz auf dich«, versuche ich es wieder.

»Du bist nicht dein ganzes Leben lang jedes Jahr hier gewesen«, sagt Alex. »Es ist … nur ganz okay im Vergleich.«

»Es ist der beste, den ich erlebt habe«, sagt Nolan. Er taucht zwischen mir und Alex auf und stößt seine Schulter gegen die von Alex. »Du hast die Buden anders aufgestellt.«

Alex zuckt mit den Achseln. »Ich dachte, wenn die Buden, die Essen verkaufen, verteilt sind, statt an einer Stelle zu stehen, dann gehen die Leute vielleicht mehr rum und probieren vielleicht mehr aus und …«

»Alex«, unterbricht Nolan. »Es ist großartig. Wirklich.«

Was für eine seltsame Wendung des Schicksals, dass es nun Nolan ist, der Alex so selbstbewusst und freundlich unterstützt. Das scheint auch Alex klar zu sein, obwohl er gerade nichts anderes als die Perfektion des Basars im Kopf hat. Der Blick, den er Nolan zuwirft, ist eine Mischung aus Stolz und Überraschung.

Ich hebe die Kamera und schieße ein Foto.

»Bromance«, sage ich und lege meine Hand schützend um den Bildschirm, um mir die Miniaturansicht anzugucken. »Oooh, das ist aber süß geworden.«

»Süß«, sagt Alex, gerade als Nolan sagt: »Lösch das sofort.«

Nolan geht auf die Kamera los, aber ich ziehe sie außer Reichweite. Meine Haare verfangen sich dabei im Trageriemen und ich zucke zusammen.

»Auf keinen Fall. Ihr wolltet, dass ich die Fotografin spiele, und jetzt wollt ihr mir meine Kreativität vermasseln? Nichts da.«

Nolan wirft Alex einen sardonischen Blick zu.

»Ist es zu spät, eine nicht ganz so manipulative Fotografin zu finden?«

»Ich rufe Dr. Faustus an«, sagt Alex trocken. »Vielleicht hat er ja eine Idee.«

Ich bin so angefüllt mit Albernheit, dass es mich selbst überrascht. Ich winke ihnen frech über die Schulter zu, während ich davongehe, um die Buden zu fotografieren.

Es scheint, als wären alle aus dem Ort und noch viel mehr gekommen, um zu shoppen und sich den Bauch vollzuschlagen. Eine ungezähmte Energie fließt von Bude zu Bude, reißt Pärchen mit, die Hand in Hand gehen, und Kinder, die lächelnde Eltern anbetteln, *Guck mal* oder *Können wir das mit nach Hause nehmen?*.

Ich sage mir, dass ich nur fotografiere, weil es Alex und Nolan hilft und einer unterfinanzierten Grundschulbibliothek, aber meine Kamera und ich wissen, dass ich lüge. Wie besessen überprüfe ich immer wieder meine Fotos und unerwarteter Stolz erfüllt mich, wenn ich sehe, wie es mir gelungen ist, ein offenherziges Lächeln mit meiner Linse einzufangen oder einen Hauch von dem Geist dieses Ortes.

Ich möchte, dass die Fotos *für mich* gut und echt sind.

Durch meine Linse beobachte ich, wie Mr Larson Kinder von der örtlichen Grundschule als Models mit seinen Strickwaren einkleidet und sie in einer Reihe vor seiner Bude aufstellt, mit unförmigen Handschuhen über ihren kleinen Fingern und schiefen Schals eng um den Hals gewickelt. Wally sitzt brav neben einem Mädchen mit Rattenschwänzchen und trägt ein blaues, gestricktes Halsband und einen Kauknochen zur Schau.

Auf einer niedrigen Holzbühne in der Mitte des Basars

spielen Valeries Schüler Klavier. Liebevoll sieht sie ihnen zu, fummelt gedankenverloren an ihren Halsketten herum und lächelt ein stilles Lächeln. Ich mache ein Foto und nenne es *Der Zauberlehrling.*

Der Wind weht mir mein Haar ins Gesicht und für den Fall, dass er klein und klug ist, flüstere ich: »Es ist nur ein Abend. Mehr nicht.«

Der Wind muss jedoch andere Sorgen haben, denn ich spüre ein leichtes Ziehen an dem Band, das mich mit dem Jungen verbindet, der seine Nächte damit verbringt, auf dem Boden des Orman-Zimmers vorzulesen.

Hilfe.

Als ich ihn finde, sitzt Nolan allein an einem Tisch vor einer riesigen Schlange und versucht, die Bücher von drei quietschenden Tweens zu signieren, die ständig um den Tisch herumwuseln, um Selfies mit seinem gebeugten Kopf zu machen.

»Das wird *So. Viele. Likes* bekommen«, sagt eines der Mädchen.

»Glaubst du, Justine wird neidisch? Ich glaube, sie wird *so* neidisch sein«, antwortet ihre Freundin.

Ich bahne mir einen Weg durch das Gedränge an Nolans Seite. Auf seinem Gesicht klebt das künstlichste Lächeln der Welt und seine Augen blicken wild.

»Wo ist Alex?«, frage ich. »Ich dachte, er wollte bei dir bleiben, um die Menge in Schach zu halten?«

»Popcorn-Notfall«, murmelt Nolan. »Er wollte vor zehn Minuten wieder hier sein.«

Als ihre Bücher signiert sind und jede von ihnen ein paar Dollar in das Glas mit der Aufschrift »Spenden für die Bücherei« geworfen hat, gehen die drei Mädchen davon. Neben dem

Glas für die freiwilligen Spenden steht noch ein weiteres mit dem Hinweis: »3 Wertmarken pro Autogramm.« Es ist bereits bis zur Hälfte mit den kleinen, blauen Marken gefüllt. In weniger als einer halben Stunde hat Nolan also schon Leute im Wert von einem halben Glas gesehen.

Ich muss ihm helfen.

Bevor der nächste Fan an den Tisch tritt, mache ich lächelnd eine ausladende Geste.

»Hallo miteinander! Vielen Dank, dass ihr so geduldig wartet. Heute Abend wird hier nur signiert, aber ich mache Fotos von euch am Tisch und poste sie auf Val's Website, wo ihr sie ansehen und runterladen könnt.«

Nolan und ich arbeiten wie ein Uhrwerk, ich übernehme gleichzeitig die Rolle der Ordnungskraft, der persönlichen Fotografin und der Namensbuchstabiererin, alles auf einmal. Niemand scheint ein Problem mit der Vorgabe zu haben, keine eigenen Fotos zu machen, doch ein paar wollen wissen, warum sie nicht zu Nolan hinter den Tisch gehen dürfen. Ich sage ihnen die Wahrheit.

»Es ist überwältigend«, erkläre ich einer verdrossenen Frau im mittleren Alter. »Und wenn er all diese Bücher signieren soll, dann müssen wir zusehen, dass es hier weitergeht.«

Nolan bekommt das mit und schenkt mir ein dankbares Lächeln.

»Hältst du durch?«, frage ich ihn, während die Frau ihre *sechs* Bücher einsammelt.

»So gerade«, sagt er.

Die altmodischen Laternen, die Alex zu beiden Seiten des Signiertisches aufgestellt hat, werfen einen Schatten auf Nolans Gesicht und ich unterdrücke das Verlangen, meinen

Daumen auf die Furche zwischen seinen Augenbrauen zu drücken. Ich möchte ihn wegbringen, ihm sagen, dass er nie wieder hinter einem Tisch sitzen und von Leuten angestarrt werden muss.

Stattdessen drücke ich kurz seine Hand unter dem Tisch und frage: »Hilft es dir, zu wissen, dass all diese Leute eine Version von Avery und Emily mit sich rumtragen, oder tut es weh?«

Als wären sie durch meine Frage herbeigezaubert worden, treten zwei kleine Mädchen erwartungsvoll an den Tisch heran. Sie sind offensichtlich Schwestern, die jüngere eine kleinere Version der älteren. Das kleine Mädchen kommt nicht an das Glas mit den Wertmarken ran und es gibt ein komisches Bild ab, wie sie versucht, es auf Zehenspitzen zu erreichen. Ihre Schwester pflückt ihr die Marken aus der Hand und legt sie zusammen mit ihren eigenen hinein. Als das erledigt ist, saust das kleine Mädchen um den Tisch herum und quetscht sich zwischen Nolan und mich.

»Kann ich mich da hinsetzen?« Sie zeigt auf den Schoß des erstarrten Nolan. »Von da kann ich nichts sehen.« Ihre Stimme ist ein wenig zu laut und viel zu frech, so wie das nur kleine Kinder sein können. Der Ausdruck in ihren Augen lässt mich an das Funkeln in Ainsleys denken, als sie das erste Mal Orman gesehen hat.

Der Klapptisch, den wir für das Signieren aufgestellt haben, ist nicht besonders hoch, aber sie hat recht – er ist zu hoch für sie, um freie Sicht auf Nolan zu haben, besonders in dem schwachen Licht. Für sie ist Nolans Schoß wahrscheinlich eine völlig logische Lösung, nachdem sie ihr Leben lang auf Schultern und Knie gehievt wurde.

Gerade will ich sie sanft enttäuschen, sie zurück zu ihrer Schwester führen, die beschämt von einem Fuß auf den anderen tritt, als Nolan sich in seinem Stuhl nach vorne lehnt und das kleine Mädchen direkt anspricht.

»Hast du ein Buch für mich, das ich signieren soll?«

Seine Stimme ist so warm und sanft, dass ich innehalte.

Das Mädchen zeigt über den Tisch auf ihre Schwester. »Wir teilen uns eins«, sagt sie. »Sie liest. Ich höre zu. Sie sagt, ich lese zu langsam.«

»Du wirst schneller werden.« Nolan lacht, steht von seinem Stuhl auf, um sich auf Knien neben das Mädchen zu hocken. »Kannst du jetzt besser sehen?«

Sie sieht sich sein Gesicht genau an, verzieht den Mund und zeigt mit ihrem dicken, kleinen Finger auf ihre Schwester. »Jennifer findet dich süß.«

Nolan blinzelt auf eine Art, die mich denken lässt, dass er dieses kleine Mädchen wieder auf die andere Seite des Tisches schicken will, aber sie lässt nicht locker.

»Was passiert mit Emmeline und Ainsley? Jennifer sagt, wenn wir in Orman wären, würde sie mich an die Sirene verfüttern, damit ich endlich still bin, aber das geht nicht, oder?«

»Julie«, mahnt die knallrot gewordene ältere Schwester und gibt Nolan eine makellose Ausgabe seines zweiten Buches. »Lass Mr Endsley unser Buch signieren, damit er auch die anderen Leute noch treffen kann, okay?«

Aber Klein Julie lässt sich nicht beirren und ich fange an zu denken, dass das Ganze in einem Trotzanfall enden wird – von Julie oder Nolan –, als Nolan seine Hand um Julies Ohr legt.

Während er flüstert, leuchtet Julies Gesicht wie die Sonne, die nach regenreichen Tagen zwischen den Wolken hervorguckt. So sitzen die beiden mindestens eine Minute lang und es braucht einen neugierigen Blick von Jennifer, um mich daran zu erinnern, dass ich hier die Fotografin bin. Ich mache ein Foto von diesem gestohlenen Augenblick im Gras.

Nolan und Julie schwinden dahin. In der Linse verändern sie sich und Nolan flüstert einem anderen Mädchen ins Ohr, einem Mädchen, das seine dunklen Locken und die Gischt in seinen Augen teilt, und er ist der ältere Bruder, der verrät, wo die Weihnachtsgeschenke versteckt sind.

Nolan betrachtet dieses kleine Mädchen nicht als Julie oder Ainsley. Für ihn ist sie Avery Endsley.

Es ist sehr wahrscheinlich, dass exakt so ein Foto irgendwo auf der Welt existiert, mit ähnlichen Darstellern, in dieser Pose, aber es ist *dieser* Zusammenhang, der das hier besonders macht. Denn *weil* es Nolan und Julie im feuchten Gras sind, während die stille Jennifer zuguckt, ist es das überhaupt wert, dieses Foto zu machen.

Als Nolan zurückweicht, um das Buch zu signieren, breche ich meine eigene Regel und mache kurz hintereinander drei Fotos. Ich kann nicht widerstehen, alle Momente einzufangen, in denen Julie laut ihren Namen buchstabiert, während Jennifer Nolan schüchterne Blicke zuwirft. Es macht die Fotos nicht weniger echt oder besonders, weil sie zu einer Reihe gehören.

Es bleibt keine Zeit, um Nolan zu fragen, was er Julie ins Ohr geflüstert hat. Die Schlange wird langsam unruhig. Er signiert weiter, es fühlt sich an wie Stunden, und obwohl es ihn anstrengt, mit so vielen Leuten zu tun zu haben, macht er seine Sache gut. Seit die Schwestern gegangen sind, ist auch die Furche zwischen seinen Augen kleiner geworden.

Als ich nach dem mindestens dreihundertsten Foto die Kamera sinken lasse, steht Alex neben mir. Seine lockigen Haare stehen in alle Richtungen ab und ich streiche sie ihm glatt, während er mir eine kalte Wasserflasche in die andere Hand drückt. Alex und ich sind nun Partner im Team Versorgung und Pflege von Nolan Endsley und ich bin glücklich darüber.

Einen Freund und eine gemeinsame Sache zu haben, lässt etwas in meinem Inneren leuchten, aber ich zwinge mich, locker zu klingen, als ich frage: »Na, ganz schön anstrengend, nicht?«

Alex zuckt mit den Schultern. »Es läuft erstaunlich gut. Es gab ein paar Popcorn-Probleme und Wally hat Hotdogs aus einer offenen Kühlbox geklaut, aber abgesehen von dem Typen, der sich über Mr Larsons Kaffee beschwert hat, scheinen sich alle gut zu unterhalten.«

»Ich habe vorhin deine Mom gesehen«, sage ich. »Sie war ziemlich froh darüber, dass sie sich nur um die Klaviermusik kümmern muss.«

Ich trete nach vorne, um eine Schar kleiner Jungs in Schach zu halten, die alle wollen, dass Nolan ihr Buch als Erstes signiert. Ich mache ein Foto von ihnen, gebe Nolan das restliche Wasser und kehre zu Alex zurück.

»Na, ganz schön anstrengend, nicht?«, stellt Alex mir meine eigene Frage. Sein Blick ist weiterhin auf die Schlange vor dem Tisch gerichtet.

Ich zucke mit den Schultern und lächele. »Es läuft überraschend gut. Ich möchte ihn nur nicht allein lassen. Die vielen Menschen …« Ich verstumme. Meinem Partner, der in diesem Geschäft schon einige Jahre mehr auf dem Buckel hat, muss ich das nicht erklären.

»Ich habe es gehasst, ihn heute allein zu lassen«, sagt Alex. »Aber ich habe es weniger gehasst, weil ich wusste, dass du da sein würdest.«

Irgendetwas an seinem Ton ist seltsam, also bleibe ich still, bin verunsichert.

»Weißt du«, sagt er, »und das meine ich in aller Aufrichtigkeit, nicht, damit du bleibst, aber du bist vielleicht das Beste, was Nolan in sehr, sehr langer Zeit passiert ist.«

Bleiben. Nein, nein, nein. Ich werde die Bürde meiner Abreise diesen Abend nicht erdrücken lassen, diesen Abend, an dem mich Nolan anlächelt und Alex mich wie eine echte Freundin behandelt und meine Kamera kein Staubfänger ist, sondern mir hilft zu atmen. Ich schiebe die Tatsache, dass der morgige Tag so nah ist, weg und zwinge mich, mich auf die Wale zu konzentrieren, um unerwünschte Gedanken fernzuhalten.

Ich versuche, Alex' Worte abzutun. »Das könnte jeder gewesen sein. Er brauchte nur jemanden, der ihn als den sieht, der er ist, nicht nur als N. E.«

Alex neigt mir den Kopf zu. »Genau, ich bin mir sicher, dass er jedem beliebigen Mädchen nach nur drei Tagen von seinen Schwestern erzählt hätte.«

Mein Blick springt zu Nolan. Als sich unsere Blicke treffen, verschwindet die Furche zwischen seinen Augen ganz und er lächelt in meine Richtung. Ich winke ihm mit einer Hand zu, ein albernes Grinsen überzieht mein Gesicht, bevor ich es verhindern kann.

Alex beobachtet diesen Austausch mit einem besserwisserischen Lächeln und ich will ihm eine reinhauen.

»So ist es nicht«, sage ich. »Wir sind Freunde.«

Lügen. Alex nimmt es mir nicht ab.

»Amelia, sei kein Schwachkopf. Freunde berühren sich nicht gegenseitig im Gesicht und starren sich an, als würde ihnen die Sonne aus jeder Pore entgegenstrahlen.«

Ich lasse meinen Kopf in seine Richtung fallen und versuche, das Klopfen meines Herzens nicht zu beachten, während ich daran denke, wie Nolan mich ansieht.

»Das ist wunderschön, Alex. Hast du daran gedacht, Schriftsteller zu werden? Nolan könnte ein wenig Konkurrenz gebrauchen.«

Er grinst. »Ich hab's mehr mit Computern. Das ist viel unkomplizierter. Hinter Nolan herzulaufen, ist mir Drama genug. Da muss ich nicht auch noch dazu beitragen.«

»Bin ich Teil des Dramas?«

Er tippt sich mit dem Finger ans Kinn, tut so, als müsste er darüber nachdenken. »Du warst auf jeden Fall eine unerwartete Ergänzung, ja.«

Und obwohl alles inzwischen so verwickelt und verworren ist, frage ich, weil es der letzte Abend ist und ich es noch wissen will: »Weißt du wirklich nicht, wer mir das Buch geschickt hat? Wer mich hierhergebracht hat?«

Er sieht weg, seine Verspieltheit ist vergessen. »Wenn du mich fragst, ist es Schicksal.«

Ich runzle die Stirn. »Es gibt kein Schicksal. Das ist etwas für Romane und Disney-Filme. Ich weigere mich, daran zu glauben.«

»Man muss nicht an das Schicksal glauben, damit es sich bewahrheitet.«

Ich verdrehe die Augen. »Habe ich die Bude mit den Glückskeksen übersehen? Das Schicksal hat nichts mit all dem hier zu tun. Ich weiß nicht, wie sie es gemacht hat, aber Jenna hat dafür gesorgt, dass ich dieses Buch bekomme. Ich bin aufgetaucht und …«

»Das war nicht Jenna, Amelia. Das war Schicksal.«

Alex und seine blöden Mauern. Nun bin ich auf der Kirmes hinter seinen Augen gefangen und auf der, die er im richtigen Leben organisiert hat, und es ist so, als wollte er mich da drinnen behalten und mir Dinge weismachen, die ich schon lange hinter mir gelassen habe.

Ich habe das Schicksal aufgegeben, als ich erfahren habe, dass Jenna tot ist.

Das will ich ihm gerade sagen, Alex mit ein paar scharfen Worten wegschieben, ihm erklären, was er mit seinem *Schicksal* tun kann, als er sagt: »Ich hoffe, ihr zwei hattet nicht vor, heute Nacht im Orman-Zimmer zu knutschen, denn ich brauche eure Hilfe. Wenn der Basar vorbei ist, dann komm zum Jachthafen. Und bring Nolan mit.«

Ich bin mürrisch, aber zu neugierig, um nicht nachzufragen. »Was ist denn am Jachthafen?«

Alex zwinkert mir zu. »Wirst du sehen.«

Als er zurück zum Basar geht, frage ich: »Woher weißt du, dass ich kommen werde?«

Ohne sich umzudrehen, ruft Alex: »Weil es dein Schicksal ist.«

Fünfzehn

Nachdem das Feuerwerk vorbei ist und die funkelnden Lichter sich ausgeblinzelt haben, signiert Nolan sein letztes Buch und lässt sich dann mit einem leisen Stöhnen auf den Tisch sinken.

Halb tröstend, halb scherzhaft klopfe ich ihm auf die Schulter und seine Hand greift nach meiner und hält sie fest. Wir sind beide still. Das Band zwischen uns leuchtet hell und ich weiß, was Nolan dieser Abend bedeutet. Ein Fluch ist gebrochen und Alex, Valerie und ich sind wahrscheinlich die Einzigen, die wissen, was es ihn gekostet hat.

Wir lauschen dem Klang von matschigem, geschmolzenem Eis, das aus vollen Plastikbehältern in die Blumenbeete gegossen wird, dem schläfrigen Murmeln derer, die die Zuckerwattemaschinen bedient haben, und – in der Ferne – dem bellenden Wally, der sich an weggeworfenen Nachos und Hotdog-Brötchen satt gegessen hat. Alex tanzt noch am Rand des Basars entlang und sammelt blaue Beutel und Gläser voller Wertmarken und Geld ein.

»Alles okay?«, fragt Nolan mit heiserer Stimme, weil er mit der Gesamtheit von Lochbrook und noch vielen Leuten von ganz woanders gesprochen hat.

»Ja«, sage ich. Meine Überraschung angesichts dieser Wahrheit wärmt meine Stimme. »Und bei dir?«

Er sieht zu mir auf, Lachfältchen um die Augen, als er sagt: »Es ist wohl nicht *alles* beschissen.«

Als Nolan erholt genug ist, um vom Tisch aufzustehen, stehen wir eng beieinander, seine Fingerspitzen stupsen mich in die Seite, während wir durch die Reste der Rauchwolken vom Feuerwerk zu den Sternen aufsehen. Ich schiebe meine Hand fest in seine und frage: »Was hast du ihr gesagt? Diesem kleinen Mädchen?«

Er lacht. »Das, was sie wissen wollte, natürlich.«

Ohne nachzudenken, lasse ich seine Hand los und wende mich ihm zu, doch sein Blick bleibt auf den Himmel gerichtet.

»Du hast ihr gesagt, was mit den Mädchen in Orman passiert? Wirklich?«

Er ist einen Moment lang still. »Du hast mich gar nicht gefragt, warum ich zugestimmt habe, die Bücher zu signieren«, sagt er als Antwort.

»Um Alex zu helfen«, sage ich.

»Nein.«

»Um Valerie zu helfen?«

Sein Blick richtet sich auf mich, sein Mund zuckt. In diesem Licht sehen seine Wangenknochen fast so scharf aus wie auf seinem Autorenfoto.

»Wenn ich das kann« – er zeigt auf den Tisch –, »dann kannst du auch alles tun.« Er greift nach unten und stupst gegen die Kamera, die um meinen Hals hängt. »Alles.«

Wir sind still, Nolan starrt mich so lange an, bis ich den Blick senke und an der Kameralinse rumfummele.

»So einfach ist es nicht«, sage ich. Ich kann ihm nicht in die Augen sehen, also spreche ich mit der Kamera. »Es klingt schmalzig, aber es ist eine ernste Frage: Wenn deine Schwestern dich um etwas gebeten hätten, bevor sie gestorben sind, um etwas, was absolut in deiner Macht stünde, was dir nicht wehtun würde und dir sogar *helfen* könnte … würdest du es dann nicht tun? Für sie?«

Nolan antwortet nicht. Und das ist Antwort genug.

»Ich muss morgen abreisen«, sage ich. »Ich kann nicht bleiben, Nolan. Das weißt du, oder?«

Er greift wieder nach meiner Hand und drückt sie.

»Nolan«, versuche ich es wieder. »Du musst …«

»Schhh«, sagt er. »Tu mit mir so, als ob.«

Und mit Nolans warmen Fingern zwischen meinen tue ich das. Auf einem kleinen Wind, der viel klüger ist als ich, lasse ich die Wale herbeifliegen und denke nicht daran, was es mich kosten wird, morgen diese Schneekugel zu verlassen.

Wir gehen zu Fuß zum Jachthafen, wo Boote in allen Formen und Größen auf den sanften Wellen tanzen. Unsere Schritte klingen über die Holzbohlen, während Nolan mich zu einem bescheidenen blauen Pontonboot führt. Dass er meine Hand so festhält, ist der einzige Hinweis darauf, dass es ihn stört, so nah am Wasser zu sein.

»Alles gut?«, frage ich.

Er drückt meine Hand. »Es ist immer alles gut, wenn ich bei dir bin, Amelia.«

Als ich zu ihm aufschaue, vermischen sich seine dunklen

Haare mit dem Nachthimmel und seine Augen verwandeln sich in winzige Sternbilder. Ich möchte ihn für immer ansehen, aber die morgige Abreise liegt mir wie ein Stein im Magen und es fällt mir schwer, nicht daran zu denken.

»Es muss dir auch gut gehen, wenn ich weg bin, weißt du?«, sage ich.

Er beugt den Kopf nach hinten, um in den Himmel zu gucken. »Ich weiß«, sagt er leise. Eine Pause. »Ich habe heute Morgen mit meiner Lektorin gesprochen.«

Ich richte meinen Blick auf unsere verschränkten Hände, die mich plötzlich sehr interessieren.

»Und?«, flüstere ich.

Er stupst mein Kinn nach oben und ich versuche, die Spur der Sterne in seinen Augen wieder aufzunehmen.

»Es hilft schon.« Seine Stimme ist sanft. »Es hilft, dass andere eine Ahnung davon haben können, wer Avery und Emily waren, wenn sie über Orman lesen. Das hilft.«

Es herrscht eine bedeutungsvolle Pause.

»Ich schicke dem Verlag den letzten Band.«

»Nolan«, hauche ich. »Bist du dir sicher? Wirklich?«

Sein Lächeln ist schief und verlegen schaut er auf unsere Füße. »Bin ich. Er ist nicht perfekt, muss er aber auch nicht sein. Ich mache es … für sie.«

Ich werfe meine Arme um seinen Hals und küsse ihn. Es ist kein Kuss, in dem man ertrinken kann, kein Kuss zum Abschied, sondern ein erstaunter, ein überraschter Kuss.

Es ist ein weiterer zu vollkommener Moment, der noch unwirklicher scheint, weil ich morgen abreise. Er lässt mich zögern, mich zurückweichen, aber bevor Nolan fragen kann, was los ist, kommt Alex den Bootssteg runtergestampft.

Wally erreicht uns als Erster, leckt unsere Knie ab, bevor er in das Pontonboot kracht, sich auf die abgewetzten Plüschsitze stellt und in die Gegend bellt, um dann geschäftig in den hinteren Teil des Bootes zu rasen und aus unserem Blickfeld zu verschwinden.

Alex' Gesichtsausdruck ist gleichermaßen erschöpft und erleichtert, so wie das am Ende eines besonders langen Tages ist. Seine Haare sind wieder durcheinander, und als er meinen Blick sieht, beugt er sich runter, damit ich sie glätten kann. Dann richtet er sich auf und klatscht in die Hände.

»Ihr fragt euch wahrscheinlich, warum ich euch aufgefordert habe, zum Bootssteg zu kommen. Die schlechte Nachricht ist, dass wir bedauerlicherweise keinen eigenen schwimmenden Untersatz haben. Die gute Nachricht ist, dass Mr Larson uns sein Boot für den Abend geliehen hat.«

»Aber was ist mit Nolans …«

Mit einem Winken schneidet Alex mir das Wort ab. »Wir müssen den Hafen nicht verlassen. Aber ich habe mir gedacht, dass es nett wäre, wenn wir unter den Sternen zu Abend essen anstatt im Laden.«

Nolans Hand umschließt meine ganz fest. »Wir können rausfahren«, sagt er.

Als er unsere zweifelnden Gesichter sieht, ergänzt er: »Wirklich. Vielleicht macht es ja Spaß.«

Ich kann Alex ansehen, dass er nicht riskieren will, Nolan aufzuregen, doch ich frage: »Wird es dir helfen oder wird es dir wehtun, wenn wir draußen auf dem Wasser sind?«

Er lässt meine Hand los und schiebt mich sanft an seine Seite. Alex ignoriert uns geflissentlich und guckt auf sein Handy.

»Ich glaube, es wird helfen«, flüstert Nolan. »Vielleicht werden wir irgendwo auf einer Insel angespült und dann musst du bleiben.«

»Oder wir stranden auf Orman«, sage ich, denn ein besseres So-tun-als-ob gibt es nicht.

»Gott, ich hoffe nicht.« Alex lacht und hört auf, vorzugeben, dass er uns nicht zuhört. »Wally würde keine fünf Minuten gegen eine Baumritterin durchhalten.«

»Du würdest keine fünf Minuten gegen eine Baumritterin durchhalten«, sagt Nolan.

Während Alex uns vom Dock losmacht und den Motor anwirft, hören die beiden nicht auf zu zanken. Lichter flackern am Bootsrand auf, aber Alex sagt, dass wir dennoch bei Nacht nicht allzu weit rausfahren werden.

Er hält Wort und schaltet den Motor aus, als das Ufer noch längst in Sichtweite ist. Wenn nötig, könnte man sogar noch dorthin schwimmen, aber immerhin ist es weit genug von Lochbrook und Val's entfernt, um uns das Gefühl zu geben, dass wir völlig woanders sind.

Wir blicken alle zu den Sternen auf, als Nolan sagt: »Es ist perfekt.«

»Nichts ist perfekt«, sagt Alex.

Ich muss lächeln. »Das hier schon.«

Dieser Zustand der Perfektion hält etwa zwei Minuten an, bis Alex verkündet, dass Wally auf die Kühlbox gepinkelt hat und damit unser aufwendiges Abendessen aus Wein, Käse, Crackern und belegten Broten kontaminiert ist.

»Alex, hier war sowieso kaum genug zu essen drin, um ein Kaninchen zu füttern«, sagt Nolan, als er in die urindurchtränkte Kühlbox späht.

»Es sollte ein kleines, feines Picknick werden.«

»Tja, wie auch immer«, seufzt Nolan. »Ich bin am Verhungern.«

Wally, der spürt, dass sich die Stimmung verändert hat, sitzt beschämt hinterm Steuerrad. Ich vermute, wenn er bewegliche Daumen hätte, würde er uns zurück zum Dock steuern.

Ich lehne mich um Nolan herum, um den Schaden zu begutachten, den der weltdümmste Hund verursacht hat.

»Eigentlich ist das meiste ja in Plastik verpackt«, sagt Alex und fischt einen Beutel mit Käsewürfeln raus. »Vielleicht kann man es ja trotzdem essen?«

Ein gleißender Tropfen Pipi zittert am Rand des Beutels und Nolan und ich lehnen uns beide nach hinten.

»*Gut*«, sagt Alex. »Gut. Dann lassen wir das mit dem Essen. Aber guckt mal!« Triumphierend hält er eine glänzende Flasche hoch. »Der Wein ist hundert Prozent in Ordnung.«

Nolan beäugt die Flasche, feucht vom Eis oder vom Pipi, und nickt. »Gut, aber du schenkst ein.«

Der Himmel ist, abgesehen von den Sternen, so pechrabenschwarz, so dunkel, dass man nur verschwommene Schwaden ausmachen kann, die Wolken oder entfernte Galaxien sein könnten, und man sich ganz klein fühlt.

Morgen kehre ich nach Hause zurück, doch hier können die Wale nachtschwimmen und mit ihrem Planschen dafür sorgen, dass ich alles vergesse, außer meinem knurrenden Magen und wie stark und standhaft Nolans Rücken aussieht, obwohl er vornübergebeugt dasitzt, die Ellbogen auf den Knien, die Weinflasche baumelnd in seiner Hand. Wir mussten sie abwischen, weil Alex die Becher vergessen hat, wobei er auch dafür Wally die Schuld gibt.

Nolan reicht die Flasche an mich weiter, und ohne groß darüber nachzudenken, nehme ich einen kräftigen Schluck. Von wo immer sie jetzt ist, strahlt Jenna Missbilligung aus angesichts des Alkoholkonsums dreier Minderjähriger, und ich versuche sie zu beschwichtigen. *Alex ist fast genauso verantwortungsbewusst wie du*, sage ich ihr in meinem Kopf.

»Schwanger«, verkündet Alex. Er liegt ausgestreckt auf einer der gepolsterten Bänke. Wally sitzt ihm zu Füßen und leckt als Entschuldigung ab und zu das Stück Knöchel ab, das zwischen seinem Hosenbein und Schuh entblößt ist.

Er hatte einen harten Tag, ergänze ich.

»Wally verfügt bedauerlicherweise nicht über die notwendigen Organe, um eine Schwangerschaft möglich zu machen, Alexander. Versuch es noch mal.« Mit einem leichten Schwanken kommt Nolan auf die Beine, der Wein hat seine Körperhaltung gelockert, und legt sich dann spiegelverkehrt zu Alex auf die Bank, mit dem Kopf in meinem Schoß.

Alex bewirft Nolan mit dem Korken, aber er trifft nicht und der Korken ploppt ins Wasser. Wally schnellt hoch und will bellen, besinnt sich dann nach seinem schlechten Benehmen aber eines Besseren und lässt sich wieder auf Alex' Füße sinken.

»Ich rede über die Sachen, die ich in Büchern hasse«, sagt Alex, als wäre das völlig offensichtlich. »Ich hasse es, wenn irgendwas, das nichts mit einer Person zu tun hat, die einen Fötus im Leib hat, als schwanger bezeichnet wird. Wie kann etwas bedeutungsschwanger sein? Muss man dann warten, bis die Bedeutung geboren ist, bevor man weiß, was es bedeutet?«

Ungefragt gebe ich die Flasche an Alex weiter. Erfolglos versucht er, im Liegen einen Schluck daraus zu nehmen, und schüttet dabei mindestens ein Viertel der Flasche auf sein Shirt.

Ich zucke zusammen. *Okay*, sage ich Jenna. *Das ist jetzt wirklich ein schlechtes Beispiel, aber ich schwöre, er ist sonst sehr vernünftig.*

»Alex' Hirn wurde am Pommesstand frittiert«, verkündet Nolan.

»Wurde es nicht«, sagt Alex. »Es ist erleichtert, weil der Basar vorbei ist, und leicht beschwipst. Das ist was ganz anderes.«

»Du hast gerade mal zwei Schluck getrunken«, wende ich ein. »Dann kannst du noch gar nichts merken.«

»Weißt du, *was* ich gerade merke?« Alex richtet sich auf und gibt die Flasche an Nolan weiter. »Dass ich nicht ganz klar im Kopf bin, weil ich in den letzten Nächten viel zu wenig geschlafen habe, und bestimmt auch, weil ich vor Hunger schon Wahnvorstellungen habe. Los, jeder erzählt jetzt eine blöde Geschichte.«

Nolan und ich blicken uns stumm an und sehen dann Alex an.

»Gut«, sagt Alex. »Dann fang ich an. Auf dem College hat Nolan einen Fechtkurs besucht.«

»Du warst auf der Uni?« Das habe ich nicht gewusst.

Er seufzt. »Ein Semester.«

»Das war's?«

»Das war's.«

Ich merke, dass er lieber nicht drüber reden will, aber es ist der letzte Abend und ich habe Wein getrunken, also frage ich: »Was war dein Hauptfach?«

»Ich hatte nicht so wirklich eins. Ich habe einfach nur Kurse besucht, die ich interessant fand.«

»Was alles Englisch-Kurse waren, bis auf Fechten«, meldet sich Alex zu Wort.

Ich sehe auf Nolans Gesicht hinunter. »Und die Englisch-Sachen haben dir nicht gefallen?«

Nolan sieht weg. »Nein. Mir hat nicht gefallen, wie die Namen der Autorinnen und Autoren plötzlich wie so eine Art akademische Währung ausgetauscht wurden. Alle wollten immer darüber diskutieren, wer von ihnen der oder die Beste oder Wertvollste ist, aber keiner wollte …« Er stockt und wirft ungestüm die Arme hoch, um seine Frustration greifbar zu machen.

»Lesen?«, frage ich.

Er nickt und dann, begierig darauf, das Thema zu wechseln, ergänzt er: »Außerdem wird Alex genug für uns beide studieren. Er wird in der akademischen Welt leben und sterben.«

Alex, der sein Bestes gibt, um den Eindruck zu erwecken, nach ein paar Schlucken Wein betrunken zu sein, kann Nolans College-Vergangenheit nicht auf sich beruhen lassen.

»Oh! Wenn wir schon beim Fechten sind, erzähl ihr von der Sache mit dem Schwert.«

Nolan wird derart rot im Gesicht, dass ich Angst habe, er setzt das Boot in Brand.

»Willst du nicht wissen, warum er dieses lächerliche Handy hat?«, fragt Alex.

»Wenn er es mir erzählen will«, sage ich mit gleichmütiger Stimme. Wenn ich zu enthusiastisch klinge, dann macht Nolan dicht. Er seufzt, rollt von meinem Schoß runter und setzt sich auf. Sein Gesichtsausdruck ist grummelig.

Pause. »Es war wegen einer Rezension.«

»Als würde das alles erklären«, murmelt Alex und ich bringe ihn zum Schweigen.

Nolan wirft Alex einen wütenden Blick zu, bevor er sich mir zuwendet. »Um es kurz zu machen: Ich habe auf meinem Handy eine schlechte Rezension gelesen. Ich war echt sauer. Ich habe das Handy kaputt gemacht. Ende der Geschichte.«

Jetzt hat sich Alex auch aufgesetzt, seine Beine von Wallys Leib befreit.

»Oh nein, das ist *nicht* das Ende der Geschichte. Du hast dein brandneues Handy *erdolcht*, und zwar mit einem mit Juwelen besetzten *Schwert.*«

Ich kann mir das Lachen nicht verkneifen, wenn ich mir dieses lächerliche Bild vorstelle. Nolan, der über seinem Handy steht, den Schwertgriff in beiden Händen, als hätte er es gerade aus einem Stein gezogen. Es ist lächerlich genug, um eins meiner fantastischen Fotos zu sein.

»Du hast dein Handy erdolcht?«, wiederhole ich. »Und woher hattest du das Schwert?«

Nolan öffnet den Mund, um zu antworten, aber Alex ist schneller. »Er hat es *gekauft.* Es war eine Sonderanfertigung. Und das war buchstäblich das Erste, was er sich gekauft hat, nachdem er den Vorschuss bekommen hat. Ich weiß es, weil er mir direkt ein Foto davon geschickt hat. *Bevor* er eine Handykamera hatte, die total kacke ist.«

»Wer will denn kein Schwert haben?«, fragt Nolan empört. Alex hebt sofort die Hand und sieht mich erwartungsvoll an. Als ich mich nicht rühre, spottet er: »Dich muss es ja wirklich schwer erwischt haben, wenn du bereit bist, so zu tun, als würdest du tatsächlich echtes Geld für ein Schwert ausgeben.«

»Ich fände es klasse«, sage ich. Ich erwähne nicht, dass ich, nachdem ich jahrelang durch Schränke gereist und in fremde Länder gesegelt bin, meiner Waffe schon längst einen Namen gegeben habe. (Feder. Weil sie mächtiger ist als das Schwert.) »Eine Menge Leute besitzen Schwerter.«

»Ja«, sagt Alex. »Aber die meisten benutzen sie nicht, um damit so sehr auf ihr Handy einzustechen, dass sogar der Hersteller sagt, es ist nicht mehr zu reparieren.«

Beschämt sieht Nolan mich an. »Die Rezension war wirklich schlecht. *Und* ich war erst sechzehn.«

»Aber das erklärt nicht das Schrotthandy aus dem 18. Jahrhundert«, sage ich.

Alex bricht in lautes, herzhaftes Gelächter aus, das so ansteckend ist, dass sogar Nolan mitlacht.

»Weil er das *zwei Mal* gemacht hat«, keucht Alex. »Er hat sich ein neues Handy geholt und noch eine Rezension gelesen und es *wieder* erdolcht.«

»Ich war *sechzehn* Jahre alt«, erinnert uns Nolan lachend. »Keinerlei Impulskontrolle. Es war einfacher, mir ein Schrotthandy zu kaufen, anstatt darauf zu vertrauen, dass ich es künftig sein lasse.«

»Er sagt ständig, dass er sich ein moderneres Handy kaufen will, aber er macht es nie«, erzählt Alex dem Bootsboden. Er hat sich den Kopf zwischen die Knie gesteckt und atmet zwischen schallendem Gelächter immer wieder tief ein.

»Noch funktioniert es. Kein Grund, ein neues zu kaufen«, erwidert Nolan. »Und das Beste daran ist, dass ich darauf keine Rezensionen lesen kann, deswegen hatte ich auch nicht mehr den Drang, es zu erdolchen.«

Als unser Gelächter abklingt, wird es still und wir liegen herum und schauen zu den Sternen auf. Es ist spät und ich kann spüren, wie die Dunkelheit ihren uralten Zauber wirken lässt, der Freundschaften über Jahrzehnte voller Übernachtungspartys und spätabendlicher Gespräche auf Veranden und Türstufen zusammenhält. Die Abwesenheit von Licht gemischt mit Müdigkeit lockert die Zungen und stärkt die Beziehungen.

Als mich die Erinnerung an Jenna einholt, kämpfe ich nicht dagegen an. Es ist weniger ein einzelnes Ereignis als ein zusammengewürfeltes Bild davon, wie wir uns in Dutzenden von Nächten tiefe Wahrheiten gestanden haben.

In manchen Nächten ließ ich die Wut und Verwirrung wegen meiner Eltern überkochen. Ich habe mich darüber aufgeregt, wie abwesend sie waren, wie ungerecht es ist, dass zwei Menschen, die einmal darüber gealbert haben, wo die Leuchtsterne an meiner Decke am besten zur Geltung kommen, sich so voneinander und von mir entlieben konnten.

Doch in den guten Nächten haben wir über die Dinge geredet, die uns heimlich beglückt haben, über unsere Hoffnungen und Träume für die Zukunft, an die wir nicht so recht glauben konnten.

Als ich an all die Nächte denke – und daran, dass es sie mit Jenna nicht mehr geben wird –, spüre ich einen Kloß im Hals. Ich schlucke drum herum.

»Auferstehung«, sage ich in die Stille hinein.

»Hä?«, sagt Alex.

Ich kann Nolans Gesicht nicht sehen – unsere Köpfe liegen jetzt Seite an Seite und unsere Körper sind in entgegengesetzter Richtung auf der Bank ausgestreckt –, aber ich spüre, wie seine Wange sich an meiner hebt.

»Was sie in Büchern hasst«, sagt er.

»Warum?«

»Es ist …« Ich verstumme und sammele erst einmal meine Gedanken zusammen, bevor sie sich zwischen den Sternen verstreuen. »Früher hat es mich nicht gestört, aber jetzt macht mich die Vorstellung, zu sterben und wieder zurückkehren zu können, unglaublich wütend, weil ich nicht in einer Welt lebe, in der das möglich ist. Es ist so jenseits meiner Erfahrung mit dem Tod, dass ich es gar nicht mehr in Betracht ziehen kann.«

Die beiden sind so lange still, dass ich mich frage, ob ich die Stimmung zerstört habe. Wally stiehlt sich zu mir rüber, um sich zu meinen Füßen niederzulassen und seinen riesigen Kopf auf meinen Kniescheiben abzulegen. Er sieht mich mit großen braunen Augen an, die das Wirrwarr meiner Gefühle zu verstehen scheinen. Ich kraule ihn hinter den Ohren, und als ich eine Sternschnuppe sehe, wünsche ich mir, dass, wenn ich je an einen Ort geschickt werde, wo Tiere magisch mit ihren Menschen verbunden sind, ich einen Hund wie Wally bekomme. Mit seiner Neigung zu Unfällen und allem.

In meinem Kopf mache ich ein Foto von mir, wie ich triumphierend auf einem Hügel stehe, die Hände in die Hüften gestemmt, Beine auseinander, meinen furchtlosen, pferdegroßen Hund an meiner Seite, mit heraushängender Zunge, die Nase im Wind. *Desaster Duo* würde ich es nennen. Und die Betrachter könnten entscheiden, ob die beiden Desaster verhindern oder verursachen.

»Der Tod ist beschissen«, flüstert Alex.

»Alles ist beschissen«, antwortet Nolan. Ich lache tief in der Kehle über unseren Insiderwitz und Nolan fährt mit den Fingerspitzen über meine Lippen, als wollte er ihn auffangen.

So verbringen wir den Abend, losgelöst vom Ufer und vernünftiger Unterhaltung. Wir reden über den Tod und wie beschissen er ist und wo wir wohl hingehen, wenn es so weit ist. (Nolan: in den Himmel. Alex: ist sich nicht sicher. Ich: irgendwohin, aber nicht nirgendwohin.) Alex teilt seine liebsten Erinnerungen von Sommern mit den Endsley-Kindern, in den meisten geht es um gemopstes Eis und Höhlen aus Büchern. (Wegen der Höhlen haben sie mal Ärger bekommen, weil sie dabei eine ganze Lieferung von brandneuen gebundenen Büchern kaputt gemacht haben, die dann mit Preisnachlass verkauft werden mussten.) Nolan erzählt mir, wie er und Alex den ersten Monat, nachdem er das Sommerhaus seiner Familie gekauft hat, damit verbracht haben, die grünen Wände mit hellgrauer Farbe anzumalen, und das so schlecht gemacht haben, dass Nolan Profis engagieren musste, um alles noch mal von vorne zu streichen.

Ich erzähle ihnen von Jenna. Wie ihr Lippenstift mich gerettet hat, von Moot und wie ich mich bei den gemeinsamen Abendessen mit den Williams nie wie ein extra Puzzleteil gefühlt habe, das nicht reinpasst. Wir lachen, als ich ihnen erzähle, wie ich Jenna mal mit Klamotten in den Pool geschubst habe und sie mich hinterhergezogen hat und ich schließlich ein blaues Auge hatte, weil mein Gesicht auf ihr Knie geknallt ist. Wir lachen noch mehr, als ich ihnen sage, dass das am Tag vor einer Party passiert ist und Jenna fuchsteufelswild war, weil sie sich vorher schon so viel Mühe gegeben hatte, das passende Make-up zu dem Kleid zu finden, was sie für mich ausgesucht hatte. Mit grün-gelber Haut als Grundlage für Lidschatten hatte sie nicht gerechnet.

Unser Gelächter hört allmählich auf, eingelullt von den

sanften Wellen, die gegen das Boot schlagen, von den entfernten Klängen aus Lochbrook, das sich zur Ruhe begibt.

»Wenn Nolan recht hat und wir alle im Himmel landen«, sagt Alex, »dann will ich, dass Jenna Wally erzieht. Ich glaube, sie ist die Einzige, die das kann. Das glaube ich wirklich.«

Nolan begleitet mich bis zum Eingang von Val's und fast bitte ich ihn, bei mir im Orman-Zimmer zu bleiben. Aber er sieht zu müde aus, um eine weitere Nacht schlafend gegen Bücherregale gelehnt zu ertragen, also sage ich: »Wir sehen uns morgen, nicht wahr?«

»Wir sehen uns morgen«, verspricht er. Erst glaube ich, er wird mich zum Abschied küssen, aber dann tut er es doch nicht.

Hinter seinen Augen sehe ich, wie der Wald dunkler wird, als würde der Himmel um uns herum ihm das Licht raussaugen. »Du hast mich nicht gefragt, was ich an Büchern am wenigsten mag«, sagt er.

Ich frage ihn nicht. Ich will es nicht wissen. Ich will weiter so tun, als ob dieser Abend einer von vielen sein wird, an dem ich den Basar fotografiere, der erste Abend von vielen, an dem ich hungrig zu Bett gehe, weil Wally ein geplantes Abendessen ruiniert hat.

Aber Nolan sagt es mir dennoch.

»Ich hasse das Ende von Büchern«, sagt er. »Ich hasse es. Wenn die Geschichte gut ist, kann es nie lang genug sein.«

Die Worte sind raus, bevor ich den Satz zurückhalten kann: »Aber wir hören trotzdem nicht auf zu lesen.«

Nolans träges Lächeln kommt langsam und sorgt dafür, dass ich in meinen Schuhen die Zehen einziehe. Er lehnt sich zu mir runter, sein Atem streicht über meine Stirn, meine Wangen und dann weicht er zurück.

»Gute Nacht, Amelia.«

Als ich die Treppe zu meinem seltsamen Gästezimmer mit dem Waschbecken hochgehe, rasen meine Gedanken ohne anzuhalten durch ihre Gänge, aber ich will nicht wissen, wo sie hinführen. Jeder Gedankengang führt zurück nach Texas und weg von Nolan.

Mein letzter bewusster Gedanke, bevor ich einschlafe, ist das Aufblitzen eines Fotos, das nicht existiert. Ich stehe in einem Gebäude und Nolan geht einen Gang entlang und Jenna einen anderen. Sie laufen in entgegengesetzte Richtungen. Beide winken mich im Vorbeigehen herbei.

Ich schlafe ein, bevor ich das Foto sehen kann, das mir zeigt, welchen Gang ich wähle.

Sechzehn

Am nächsten Morgen wartet Nolan auf mich, als ich aus dem Aufzug steige, und Erleichterung strömt durch meine Adern. Ich war leicht besorgt, dass er nicht da sein würde, um sich zu verabschieden. Das würde ich ihm nicht vorwerfen.

»Da ist noch eine Sache, die ich dir zeigen will«, sagt er. »Bevor du abreist.«

Er klingt unsicher und ich frage mich, was so bedeutend sein könnte, dass es ihn zögern lässt, nachdem er mir bereits die Gräber seiner Schwestern gezeigt hat.

»Was ist es denn?«, frage ich mit gezwungener Heiterkeit. »Sammelst du etwa seltsame Tierpräparate in Einmachgläsern?«

Er prustet. »*Nein.*«

»Gibt es einen ganzen Stapel von misslungenen Internet-Memes, an denen du dich versucht hast, bevor du deine glorreiche Schriftstellerkarriere begonnen hast?«

Beim Frühstück im Café denke ich mir lauter unsinnige Sachen aus, eine lächerlicher als die nächste.

»Weihnachtsdrehbücher«, beschließe ich. »N.E.Endsley hat einige der rührendsten Kussszenen auf einem Beerenhof verfasst, die die Welt je gesehen hat.«

Als wir vom Tisch aufstehen, hört mir Nolan gar nicht mehr zu. Anstatt zur Treppe zu gehen, macht er sich auf den Weg zum Orman-Zimmer und bleibt dann auf halbem Weg stehen. Er sieht den langen Flur hinunter und steckt seinen Kopf in die letzten zwei Räume am Ende, wie ein paranoides Erdmännchen, das nach Fressfeinden Ausschau hält.

»Wir müssen schnell sein«, sagt er dringlich, und als er sich zu Boden fallen lässt und ein viereckiges Stück Teppich *beiseite schiebt*, um eine Lamellentür mit einem Ledergriff aufzudecken, setzt mein Gehirn aus. Er zieht am Griff und die Tür öffnet sich, zieht sich faltig zusammen wie eine Jalousie und offenbart eine kurze Leiter, die in die Dunkelheit dieses … Lochs im Buchladen reicht.

»Was? Warte mal«, höre ich mich sagen. Ist das die Stelle, wo ich nun von dem verrückten, einsiedlerischen Autor ermordet werde? Vielleicht ist es Recherche für einen Krimi, den er schreiben will, und er muss herausfinden, ob mich jemand in diesem unheimlichen Buchladenverlies schreien hören kann.

»Na komm«, stöhnt Nolan und rutscht die Leiter hinunter. Und weil er meine Gedanken lesen kann, sagt er: »Amelia, hör auf, so zu gucken. Niemand wird dich ermorden. Komm rein, bevor dich jemand sieht.«

Kurzerhand zieht er mich an den Waden zu sich runter, unsere Körper sind viel zu groß, um gleichzeitig auf der Leiter zu stehen.

Sobald ich durch die Öffnung gerutscht bin, schiebt Nolan

den Teppich wieder zurück, schließt die Tür mit einem sanften Klicken und lässt uns in vollkommener Dunkelheit zurück.

Ich überlege, ob ich meine Theorie mit dem Schreien ausprobieren soll, als er das Licht anmacht.

Als wäre die Welt nicht bezaubernd genug, hat sich N.E. Endsley innerhalb der Mauern des Erdgeschosses von *Das Maß aller Prosa* einen zweiten Büroraum gestaltet. Ich dachte ja, mein Gehirn hätte mehr als genug Zeichen und Wunder erlebt, aber ich habe mich geirrt. Es fällt mir schwer, den Mund wieder zuzukriegen und meine Hände bei mir zu behalten.

Es ist vielleicht etwas kleiner als das Fort, aber ohne die niedrige Decke würde einem das nicht auffallen. In einer Ecke steht ein weiterer Schreibtisch – diesmal aus Metall und nicht aus Holz –, der den meisten Platz einnimmt, abgesehen von den Reihen moderner Plastikregale voller verschiedener Notizbücher: spiralgebundene, welche in Leder, einige Moleskine. Schmale Holzkisten mit verschnörkelten Schnitzereien mit winzigen getippten Schildchen, auf denen die Daten von vor vier bis fünf Jahren bis heute stehen, sind aufeinandergestapelt. Es gibt haufenweise Griffelkästen, die aussehen, als wären sie fast genauso teuer wie die Füllfederhalter, die sie beherbergen, und Tintenfässer, die man in Flourish & Blotts erwarten würde, aber nicht in einem kellerartigen Trakt von Val's Buchladen.

Doch sie gehören hierher. Dieser Raum ist wie ein Abbild von Nolan – eine alte und neue Welt, modern und trotzdem unfassbar traditionell, melancholisch und widersprüchlich.

Nolan ist wachsam und still. Sein Blick sagt, dass er mir etwas zeigt, was ihm äußerst wichtig ist, so wichtig wie der

Friedhof, auf dem seine Schwestern beerdigt sind, und er möchte unbedingt wissen, was ich davon halte.

Seine Augen verlangen danach zu erfahren, ob mich das überzeugt zu bleiben, dass ich aufhöre, nur so zu tun, als ob.

Aber ich kann nicht klar denken. Ich fühle mich wie Belle, die sich die riesige Bibliothek von dem Biest ansieht, oder wie Aschenputtel, als der Schuh passt. Jede Heldin aus jeder Geschichte, die ich je gelesen habe, platzt aus ihrem Einband heraus, um mir das Herz höherschlagen zu lassen und mir zu versichern, dass das in Ordnung ist, dieses Gefühl von etwas Großem und etwas Richtigem und etwas Falschem, alles miteinander vermischt. Es ist mehr als in Ordnung, dass ich etwas anderes fühle als Trauer. Es ist in Ordnung, dass ich mir nicht ganz sicher bin, ob das ein gutes oder ein schlechtes Gefühl ist.

»Ich habe das noch nie jemandem gezeigt«, sagt Nolan und bricht das Schweigen. »Außer Alex, aber der zählt nicht. Er möchte nur das Wi-Fi benutzen, weil wir direkt neben dem Router sind. Dieser Raum wurde für elektronische Geräte gebaut, wie Lautsprecheranlagen und so was. Jedenfalls vermuten wir das, weil der Raum belüftet wird. Siehst du?« Er zeigt auf einen Lüftungsschacht neben einem der Regale, die kleinen Plastiklamellen flattern in einem stillen Wind.

Nolan lacht unsicher in sich hinein. Er wartet darauf, dass ich etwas sage, aber der Raum in meinem Inneren wird größer und größer und hört nicht auf zu wachsen. Ich habe den seltsamen Gedanken, dass, wenn ich es wollte, ich die gesamte Buchhandlung zum Einstürzen bringen könnte, indem ich nur meinen Zeigefinger an die getäfelte Wand dieses Raumes drücke und sämtliche Energie aus meinem Körper freisetze.

Ich wende mich an Nolan und versuche, mich so wahrhaftig wie möglich auszudrücken: »Das hier bist du.«

Was ich hätte sagen sollen: *Ich fühle mich, als würde ich mitten in deinem Herzen stehen.*

Wenn dies eine andere Art von Geschichte wäre, wenn wir im romantischen Viktorianischen Zimmer untergebracht oder sogar im Abenteuer-Raum wären, würde meine Aussage dazu führen, dass Nolan auf mich zutritt, mich leidenschaftlich auf den Mund küsst und um uns herum Musik erklingen und Vögel fliegen würden, die Glitzer und Schleifen auf mich niederregnen lassen. Sie würden mir ein Kleid erschaffen und zusammen würden Nolan und ich in den Sonnenuntergang reiten, während Wally glücklich hinter uns hertrottet – doch so eine Art von Geschichte ist das nicht.

Es ist die Art von Geschichte, in der Nolan nickt, als wolle er zustimmen, als wolle auch er anerkennen, dass dieses Gefühl zu groß ist, in der er sich nach vorne lehnt, um seine Hand sanft an meine Wange zu legen.

»Ich will, dass du alles weißt«, sagt er. »Alles, einfach alles, was du willst. Du kannst alles aufmachen, alles fragen, ich werde antworten, das schwöre ich. Hier« – er nimmt seine Hand von meiner Wange, um auf die Regale zu zeigen – »findest du die Inhaltsangaben von Orman und Geschichten, die ich in der Schulzeit geschrieben habe, als ich keine Ahnung hatte, was ich da tue. Tagebücher und Notizen und Sachen, die für mich heute wahrscheinlich gar keinen Sinn mehr ergeben.« Er redet so schnell, dass ich nicht glauben kann, dass er wirklich weiß, was er da sagt.

Und mir wird klar, dass er wohl schon sehr lange Zeit darauf gewartet, sich nach einer engen Beziehung gesehnt haben muss, zu jemandem, der alles weiß, jemand, der nicht Alex oder Valerie ist und sein neues Leben vielleicht wenigstens ein bisschen versteht.

Ich beschließe, am Anfang zu beginnen, denn auch wenn Anfänge einschüchternd sein können, fangen sie doch an, mir zu gefallen. Sanft ziehe ich das erste Notizbuch aus dem ersten Regal und setze mich auf den Holzfußboden, um zu lesen. Nolan läuft erst ruhelos hin und her, wie ein Hund, der sein Bett umkreist, und setzt sich schließlich mir gegenüber hin, lehnt sich an die kahle Wand. Ein Sitz in der ersten Reihe, um meine Begutachtung zu beobachten.

Das Notizbuch, das ich in der Hand halte, ist eines von vielen, die in Leder gebunden sind, dieses hat einen großen Baum vorne drauf mit verschlungenen Ästen, die sich in den braunen Lederhimmel erstrecken. Wurzeln winden sich vom Stamm aus bis zum silbernen Verschluss, der das Buch zusammenhält, und um ihn herum. Mit dem Daumen schlage ich das Buch auf und blättere die erste dicke Seite um. Zunächst erscheint es mir schrecklich enttäuschend: eine lange Liste von Namen in verschiedenen Sprachen in einer jugendlichen Handschrift, die Bedeutungen sind an den Rand geschrieben. Notizen aus der Schulzeit, verklärte Kritzeleien. Doch das Wort Orman springt mir ins Auge und verschlägt mir den Atem.

»Orman.« Ich atme das Wort aus, als wäre es eine Kostbarkeit, und für mich ist das wohl auch so.

»Das allererste Mal, dass ich es geschrieben habe«, sagt er. »Da war ich so etwa zehn Jahre alt. Avery hat nach einer Geschichte gebettelt, über die Bäume, die hier in der Gegend wachsen – sie hat geschworen, dass sie ihren Namen geflüstert haben –, und Emily wollte ›irgendwas Hübsches‹ für ein Als-ob-Spiel. Ich hatte mich schon als Autor versucht, indem ich blöde Kurzgeschichten geschrieben habe, also dachte ich, ich könnte mich an etwas Größerem probieren, um sie zu beeindrucken.«

»Das hat ja wohl funktioniert.« Ich lache.

In seinem Lächeln schwingt nur ein wenig Traurigkeit mit. »Das hat es wohl.«

»Du hast sie sehr geliebt, nicht wahr?«, frage ich.

»Natürlich. Sie sind meine Schwestern.«

Keiner von uns beiden geht darauf ein, dass er das Präsens gewählt hat. Ich beuge meinen Kopf wieder über das Tagebuch, versuche mich ungezwungen zu geben, während ich durch die ersten Anklänge dessen blättere, was eines Tages das Phänomen von Orman sein würde.

»Wusstest du wirklich schon so früh, dass es die Baumritterinnen geben würde?«, frage ich.

»Ich wusste, was sie tun, aber sie waren erst später alle weiblich, als ich anfing, die Welt wirklich aufzubauen und eine richtige Erzählstruktur zu entwickeln, anstatt wie vorher einfach kleine Geschichten und So-tun-als-ob-Spiele. Aber die Baumritterinnen sollten von Anfang an Wächterinnen sein. Das wusste ich da schon.«

Als ich das erste Tagebuch überflogen habe, nehme ich mir das nächste, das überhaupt nichts mit Orman zu tun hat, sondern viel mehr mit den unausgegorenen Gedanken eines Jugendlichen mit zu vielen Hormonen.

»Bitte sag mir, dass du diesem Rebecca-Wise-Mädchen nicht gesagt hast, dass du ihre Brüste schöner fandest als jede Bergspitze«, sage ich. »Bitte. Das muss ich wissen, sonst kann ich nicht weiterleben.«

Nolan hat den Anstand, so rot zu werden, dass es der Farbe in meinem Gesicht in nichts nachsteht.

»Wir haben nie miteinander geredet«, sagt er. »Außer du zählst das eine Mal dazu, als sie mir meinen Bleistift gegeben hat, den ich neben ihrem Schließfach habe fallen lassen.«

»Nach Aussage von Seite drei hier hast du es dazugezählt, da du es in aller Ausführlichkeit beschreibst.«

»Oh Gott«, sagt Nolan in seine Hände. »Ich nehme es zurück. Du musst nicht alles lesen.«

»Oh doch, dass muss ich! Das ist meine Pflicht, als der erste Mensch, der hier reindurfte. Für die Nachwelt, Nolan. Irgendjemand verdient zu wissen, was der große N.E. Endsley über Rebecca Wise dachte und …« Ich halte inne und fahre mit dem Finger die Seite runter. »Jessica Rabbit?«

Trotz seiner roten Wangen zwingt Nolan mich mit seinem Starren dazu, den Blickkontakt zuerst abzubrechen. »Du musst zugeben, dass Jessica Rabbit echt heiß ist.«

»Muss ich nicht. Ich meine, falls du auf unrealistische animierte Darstellungen von kurvigen Frauen stehst … oder Hasen? Soll sie ein Hase sein?«

»Sie hat Roger Rabbit geheiratet, sie ist ein Mensch«, sagt Nolan abwehrend.

»Als würde es das besser machen.«

»Was auch immer. Kannst du das Tagebuch nicht einfach überspringen?«

»Gut, aber nur, weil wir nicht jedes davon wirklich lesen können. Kannst du irgendeins empfehlen? Zum Beispiel eins, das weniger ein feuchter Traum ist und etwas mehr Inhalt hat?«

Nolan steht vor dem Regal, tippt mit den Fingern gegen seine volle Unterlippe und jetzt denke ich darüber nach, ihn zu küssen. Wird es noch mehr Küsse geben, bevor ich abreise? Und ist es ihm und mir gegenüber fair, dass ich überhaupt noch mehr *will*?

Mein erster Kuss war mit Greg Peterson, in der fünften Klasse, es war eine Mutprobe und wir wurden beide zur Krankenschwester geschickt und mussten uns eine Strafpredigt anhören, weil gerade Keuchhusten umging. Ich habe mich gern auf die Mutprobe eingelassen, weil ich in Greg verknallt war, aber der Kuss enttäuschte mich mehr als der Keuchhusten, den ich eine Woche später bekam.

Ich dachte damals, dass ich wohl einfach jemand werden würde, der lieber liest als küsst.

Aber genauso, wie ich den Tod nicht wirklich verstanden habe, bis Jenna gestorben ist, habe ich nie richtig verstanden, wie wunderbar Küsse sind, bis Nolan Endsleys Lippen in mir ein Verlangen geweckt haben, das ich nicht benennen kann. Früher fand ich es immer komisch, wenn sich die Verliebten in Geschichten in die Arme fielen … und irgendwie langweilig.

Aber nichts daran ist langweilig, wenn ich Nolan Endsley küsse.

Als er sich mir mit einem Notizbuch in der Hand zuwendet – ein normales, spiralgebundenes –, versuche ich, ihn nicht so anzugucken, als würde ich ein Auge auf ihn werfen, so wie er auf die arme Rebecca Wise mit dem Bergspitzen-Busen ein Auge geworfen hat, oder als wäre ich von der Schlichtheit des Notizbuches enttäuscht.

»Das hier«, sagt Nolan.

Es ist ein weiteres Tagebuch, von einem älteren Nolan Endsley. Über jedem Eintrag stehen sorgfältig das Datum und die Zeit und die Handschrift ist so akkurat und ordentlich, dass ich die Vorstellung habe, sie würde mir in den Finger piksen, wenn ich darüberstreiche.

»Das erste Stück ist unwichtig«, sagt er. »Ich würde so ab dem 31. Juli anfangen zu lesen.«

Ich weiß, was gleich kommen wird, aber ich bin trotzdem nicht darauf vorbereitet, als ich die erste Zeile lese: »Sie sind tot.«

Ich schnelle mit dem Kopf nach oben, doch Nolan sieht auf seine Hände, schlingt die Finger ineinander und wieder auseinander, mit leerem Blick.

»Bist du sicher?«, frage ich.

Er sieht mich an. »Das bin ich«, sagt er.

Also lese ich.

Sie sind tot. Avery und Emily sind tot. Sie sind tot. Tot. Tot. Alles tut weh. Mein Herz tut wirklich buchstäblich weh. Ich dachte, es sei ein Herzinfarkt, aber Val sagt, so eine Art von Schmerz ist das nicht, es fühlt sich zwar körperlich an, ist es aber nicht. Nicht wie der Schnitt auf meinem Arm, als Mom die Nachricht bekommen hat und nach mir gegriffen hat. Ihre Fingernägel waren manikürt. Sie war bei der Maniküre und ich sollte auf sie aufpassen. Sie hat mir gesagt, dass sie zur Maniküre geht, und bevor sie gegangen ist, hat sie gesagt: »Pass auf sie auf, Nolan.« Als würde ich nicht schon immer auf sie aufpassen, als müsste man mir das sagen.

Oh Gott, oh Gott, oh Gott. Sie sind tot. Ich habe sie gesehen. Sollte ich gar nicht. Alex hat versucht, mich zurückzuhalten, aber er ist kleiner als ich und ich bin groß und ein Idiot, also bin ich hingegangen und habe geguckt, als sie sie aus dem Wasser gezogen haben. Sie sahen wie ertrunkene Leichen aus einem Horrorfilm aus, kalt und blau und kalt. Aber wie? Vor ein paar Stunden waren sie doch noch hier.

Tot. Tot. Tot. Tot. Meine Schuld. Tot.

Es tut weh. Ich will, dass sie hier sind, und ich will, dass sie in mein Zimmer kommen und mir sagen, dass das ein Witz ist. Ich will, dass sie auf Alex rumhüpfen und ihn wecken.

Alex schläft auf dem Fußboden. Er sagt, er lässt mich nicht allein. Er sagt, es ist nicht meine Schuld.

Dad ist vor einer Stunde nach Hause gekommen. Er trug noch Anzug und Krawatte von seiner Besprechung und ich bin nach unten gegangen, um ihn zu sehen. Ich weiß nicht, warum, aber ich wollte wissen, was er sagt. Er hat gesagt, alles ist in Ordnung, es ist nicht meine Schuld, alles wird gut. Aber ich habe gehört, wie er und Mom sich angebrüllt haben, und da bin ich zurück in mein Zimmer gerannt.

Tot.

Emily hat mich heute gefragt, ob ich mit ihr in den Buchladen gehe, ob ich ihr noch mal vorlese. Ich habe Nein gesagt, dass ich was zu tun habe, dass sie mit Avery spielen soll und wir uns ja heute Abend sehen werden.

Aber jetzt ist Abend. Sie sind nicht hier.

Hilfe, Hilfe, Hilfe.

Hilfe. Tot.

Ich wünschte, ich wäre tot.

Das letzte Wort ist über die Seite geschmiert, in einer geraden Linie führt der Stift ins Nichts, als wäre jemand gegen die Hand des Autors gestoßen. Weinend schaue ich auf und Nolan sieht aus, als würde er sich daran erinnern, wie weinen sich anfühlt, ohne es tatsächlich zu tun.

»Alexander«, sagt er einfach. »Er ist aufgewacht, hat gesehen, was ich schreibe, und hat mir den Stift aus der Hand genommen und mir gesagt, es sei nicht meine Schuld. Und selbst wenn, würde ich es meinen Schwestern schulden, zu leben.«

Ich wische mir die Nase an meinem Ärmel ab. »Und du hast auf ihn gehört.«

»Irgendwie schon. Ich habe es so verstanden, dass ich dazu verflucht bin, weiterzuleben, dass ich damit bestraft werde. Jedenfalls fühlte es sich so an.« Er schnaubt. »Vor allem, als er zu mir ins Bett gekrochen ist, weil man mich ›nicht alleine lassen könnte‹.«

Und da ich mitten in seinem Herzen sitze und er will, dass ich es weiß, fühle ich mich gezwungen, zu fragen, selbst wenn ich nicht sicher bin, ob ich die Antwort hören will: »Fühlst du dich immer noch so? Bestraft?«

»Nein.« Sein Blick fällt auf meine Lippen. »Es ist ein Privileg.«

Ich stelle das Tagebuch zurück an seinen Platz und mache mich auf die Suche nach dem nächsten. »Zeig mir noch was«, sage ich.

Ich lese einen Eintrag nach dem nächsten über seine Eltern. Sein Vater hatte das, was von der Familie noch übrig war, nachdem Avery und Emily gestorben waren, verlassen, aber Nolan hat ihn dann sogar öfter gesehen, weil gerichtlich angeordnet wurde, dass sie jedes zweite Wochenende zusammen verbringen. Für den spießigen Mann im Geschäftsanzug, den er da gesehen hat, hatte Nolan nichts übrig. Und anders als bei meiner Mutter ließ die Eigenständigkeit Nolans Mutter aufblühen und sie verbrachte jede Woche Stunden mit übermäßiger Körperpflege, bei geselligen Events und – dank der satten Scheidungsvereinbarung – beim Shoppen. Nolans Worte beschreiben sie als unsympathischen, eindimensionalen Charakter aus einem Märchen, eine böse Mutter, der der Thronerbe der Familie wenig bedeutet. Aber sie taucht oft auf, jede Begegnung mit ihr ist von ihm aufgezeichnet worden, sodass ich mich frage, ob er weiß, wie sehr er seine Sehnsucht in die Sätze hineingeschrieben hat, die behaupten, er würde sie nicht brauchen und vermissen.

Ein Eintrag von vor weniger als einem Jahr berichtet ausführlich von ihrem Umgang miteinander, als er achtzehn Jahre alt geworden ist und das Sommerhaus der Endsleys in Lochbrook gekauft hat.

Mom hat mir über ihren Makler einen geschlossenen Umschlag zukommen lassen. Warum die Frau nicht dazu in der Lage ist, eine Nachricht oder E-Mail zu schicken, ist mir schleierhaft. »Solltest du die Möbel kaufen wollen, kann ich meinen Assistenten vorbeischicken, damit er einen vernünftigen Preis festlegt.« Ich wette, dass das Geld von Dad schon weg ist und sie mich zwingt, mit irgendeinem namenlosen Assistenten um meine Kinderdecke, Emilys Bilderbücher und Averys Fußball zu feilschen.

»Zeig mir etwas Glückliches«, sage ich, als ich die Last nicht mehr ertragen kann. »Etwas Gutes.«

»Etwas, das nicht beschissen ist?« Er lächelt. Während ich gelesen habe, hat er auch durch seine Tagebücher geblättert und sieht nicht mitgenommen aus. Ich frage mich, ob es für ihn einfacher ist, Bruchstücke seiner Erinnerungen zu durchleben, wenn ich in der Nähe bin. Ich hoffe es.

Er gibt mir ein weiteres in Leder gebundenes Tagebuch, um dessen Mitte ein Band gewickelt ist.

»Was ist das?«, frage ich.

»Etwas Gutes«, sagt er.

Die Handschrift hier ist gerade noch so lesbar. Ich fange an, den ersten Eintrag zu lesen, der ohne Datum ist und in kindlicher Krakelei seitlich auf der Seite steht.

Heute sind wir nach Orman gegangen. Orman ist türkisch für Wald. Das hab ich in einem Buch gelesen. Ich hab auch ein Buch über eine Maus und ihre Mausfreunde gelesen. Es war komisch und die Maus hatte einen komischen Namen. Em und A mögen Orman. Ich hab es erfunden. Morgen wollen sie wieder hin. Zum Mittagessen habe ich Sandwiches gegessen, aber Em hat geweint, weil sie mein Schinkensandwich und nicht ihr Käsesandwich haben wollte, also haben wir getauscht. Avery war sauer, weil ich rausgefunden habe, dass Aviarium Vogelkäfig bedeutet. Hab ich in einem Buch gelesen. Sie hat gesagt, sie will nicht in einem Käfig sein. Em hat geweint, weil sie dachte, Avery muss jetzt in einen Käfig, aber dann hat sie es vergessen und ihr Sandwich aufgegessen.

Ich muss kichern und das ist fast so ungewohnt, dass sich mein Bauch anfühlt, als hätte ich ein ganzes kohlensäurehaltiges Getränk mit einem Schluck getrunken.

»Das ist nicht der gute Teil.« Nolan lehnt sich nach vorne, um ein paar Seiten weiter zu blättern. »Fang hier oben an.«

Mrs S. sagt, ich kann sie Valerie nennen. Mrs S. gehört der Buchladen. Mama ist es egal, wenn wir allein zum Buchladen gehen. Sie sagt nur, wir müssen uns an den Händen halten, wenn wir alleine gehen. Mama lässt uns raus und sagt, sie wird in einer Stunde zurück sein. Valerie gibt uns grüne Kartoffelchips, sie sagt, das sind Gemüsechips, aber eigentlich sind es einfach nur Kartoffelchips. Wir müssen unsere Hände abwischen, damit wir die Bücher nicht vollkrümeln. Das Zimmer mit dem Leuchtturm und dem Berg mag ich am liebsten. Em und A sagen, das ist, wo Orman wohnt. Ich habe ihnen gesagt, dass sie recht haben. Sie denken, ich bin der König von Orman. Ich glaube, sie haben recht.

»Warte«, sage ich. »Es gab das Orman-Zimmer, bevor es Orman gab?«

Nolan nickt und lächelt, während er seine kindliche

Handschrift verkehrt herum liest. »Ja. Ohne Val und diesen Buchladen wäre Orman nicht das, was es ist.«

»Oder ohne Avery und Emily«, sage ich.

Er nickt mit einem traurigen, aber nicht zu traurigen Lächeln auf den Lippen. »Ja.«

Ich freue mich über diesen Augenblick in Nolan Endsleys Herz, in dem die Geschichte von Orman und seine eigene offen in meinen Händen liegt. Ich lasse zu, dass sich Erinnerungen an Jenna in diesen Moment mischen, denke daran, wie sie immer darauf bestanden hat, nur perfekt gestaltete Bücher zu kaufen. Ich denke daran, wie mir mein Dad jeden Abend vor dem Einschlafen vorgelesen hat. Ich staune angesichts von zwei kleinen Mädchen und einem kaum älteren Jungen, die an sandigen Stränden unter der leuchtenden Sonne und in der kühlen Zuflucht eines außergewöhnlichen Buchladens so tun, als ob. Und allmählich bevölkere ich die trostlose Welt mit Dingen, die das Leben lebenswert machen.

Als ich damit fertig bin, die Welt neu aufzubauen, ist sie aus Liebe gemacht; aus dem Verlust und dem Finden von Liebe. Es ist das *Finden*, die Möglichkeit, noch so viel mehr zu entdecken, was ich an diesem Leben lieben könnte, statt Zeit auf etwas zu verschwenden, was ich nicht liebe, die mich mein Handy greifen lässt, bevor ich es mir anders überlege.

Als Nolan mich fragend ansieht, sage ich: »Kannst du mich kurz allein lassen? Ich muss mich um etwas kümmern.«

Er schaut immer noch prüfend, während mein Handy schon aufleuchtet, bereit, Mark anzurufen, und lächelt.

»Ich gucke mal nach Wally, damit er nicht alles kurz und klein schlägt. Vergiss nicht, den Teppich wieder draufzulegen, wenn du gehst.«

Er klettert die Leiter hoch und bleibt auf halbem Weg stehen, was ich sehe, weil das Band zwischen uns meinen Blick auf ihn lenkt.

»Amelia?«

»Ja?«

»Viel Glück.«

Er hockt oben auf der Leiter und wartet, den Kopf geneigt, während er aufmerksam lauscht, bevor er beschließt, dass die Luft über der Luke rein ist. Mit einer eingeübten Bewegung öffnet er schnell die Tür und schiebt den Teppich zur Seite. Es ist doch unmöglich, dass er dabei noch nie erwischt wurde.

Ich warte, bis ich hören kann, dass er den Teppich wieder über die Tür geschoben hat, und rufe dann schnell Mark an, bevor ich zu viel darüber nachdenke oder sich ein kluger kleiner Wind einmischen kann.

Mark geht sofort ran.

»Amelia, ist alles in Ordnung? Weißt du, wie du zum Flughafen kommst? Bist du verletzt?«

Ich wünschte, hier gäbe es einen Kompassteppich, an dem ich rumfummeln könnte. Stattdessen falte ich den Stoff meiner Jeans zwischen den Fingern.

»Nein, alles in Ordnung. Ich wollte nur … ich wollte sehen, ob du Zeit hast zu reden.«

»Ich bin gerade ziemlich beschäftigt. Können wir heute Abend sprechen, wenn wir dich vom Flughafen abholen? Ich habe gerade einen Klienten da und …«

»Ich will das Stipendium nicht«, platze ich heraus und kneife fest die Augen zusammen. »Ich … also, ich will sagen, ich will nicht Professorin werden. Jedenfalls keine für Englisch. Glaube ich. Ich habe keine Ahnung, was ich machen will.«

Ich höre gedämpfte Stimmen, Mark, der sich bei dem unbekannten Klienten entschuldigt, und das Schließen einer schweren Tür.

Er wird es verstehen. Mark wird herzlich und besorgt sein. Er wird mir helfen, es Trisha zu erklären.

»Amelia, was soll das Ganze?«

Seine Stimme ist ein Zischen, eine Schlange in meinem neuen Garten und mir dreht sich der Magen um. Noch nie habe ich gehört, wie Mr Williams die Stimme erhoben hat, und wenn, war er höchstens ein wenig gereizt. Es scheint albern, aber ich dachte immer, er ist nicht dazu fähig, Wut zu empfinden, als wäre sie nicht Teil seiner chemischen Zusammensetzung.

Ich habe mich geirrt.

»Es tut mir leid«, flüstere ich. Dieses Mal entschuldige ich mich nicht für Jennas Tod, sondern für meine eigene Verwirrung, für meine Unfähigkeit, einen Weg zu wählen, der klug und sicher ist. Ich muss ihm erklären, warum ich es mir anders überlegt habe, aber wie erklärt man Anwälten in Anzügen kluge kleine Winde und unsichtbare Wale?

»Das ist einfach nicht das, was ich will«, sage ich.

»Möchtest du ein anderes Hauptfach wählen?«

»Ich weiß es nicht«, flüstere ich. »Ich weiß gar nicht, ob ich überhaupt nach Montana möchte.«

Schweigen.

»Jenna würde wollen, dass du wie geplant aufs College gehst. Das ergibt keinen Sinn. Amelia, was willst du denn sonst tun?« Seine Stimme wird lauter, bis sie alle Telefonleitungen zwischen Dallas und Lochbrook ausfüllt. Ein großer Klumpen Klang arbeitet sich durch die Drähte, erschreckt Vögel und kleine Kinder, die aus Autofenstern gucken, obwohl ich weiß, dass Handys keine Leitungen brauchen.

»Ich weiß es nicht«, sage ich wieder, meine Entschlossenheit von vorhin ist verschwunden. »Ich weiß … ich bin mir nicht sicher. Fotografie vielleicht? Ich habe gedacht, dass ich vielleicht beim Nachbarschafts-College anfange. Damit ich herausfinden kann, was ich mal machen will.«

»Das ist *keine* angemessene Vorgehensweise. Das wird nicht dazu beitragen, dass du auf die besten Universitäten des Landes kommst. Das Nachbarschafts-College ist für Rentner, die Computerkurse belegen, und für junge Leute, die nicht zu solchen Colleges zugelassen wurden wie dem, auf das du gehen wirst. Willst du das? Deinen Verstand und deine wertvolle Zeit auf so was verschwenden?«

Ich rudere im Meer seiner Worte herum, meine Hände greifen nach den Wellen und ich ringe nach Luft. »Nein«, sage ich. »Das ist nicht, was ich will.«

Ich möchte sagen, dass er sich wegen des Nachbarschafts-Colleges irrt, möchte fragen, was so schlimm daran ist, herauszufinden, was ich machen will und was ich gut kann, bevor ich Tausende seiner Dollars für einen Abschluss ausgebe, der mir wahrscheinlich nicht gefallen wird.

Ich möchte ihm sagen, dass ich nicht weiß, was ich tue, dass Jenna die Kluge, die Leistungsstarke war, nicht ich.

Ich bekomme keine Luft mehr, Mark schon.

»Amelia«, sagt er, bemüht um einen ruhigen Ton und ohne die Stimme zu heben, doch er klingt angespannt. »Du hast in sehr jungen Jahren eine schreckliche Tragödie erfahren müssen. Du bist verständlicherweise verstört. Trisha und ich verstehen besser als jeder andere, wie eng ihr beiden wart.« Jennas

Dad hat angefangen zu weinen und nun ertrinke ich sowohl in seinen Tränen als auch in seinen Worten. Ich möchte so kräftig wie möglich an dem Faden zwischen Nolan und mir ziehen, aber Mark hört nicht auf zu reden. »Geh aufs College wie geplant, so wie Jenna das wollte. Du sollst alles bekommen, was du brauchst, um ein erfolgreiches Leben zu führen. Wir helfen dir. Verstehst du?«

Ich verstehe gar nichts mehr, aber ich will, dass dieses Gespräch vorbei ist, also sage ich: »Ja, ich verstehe.«

»Du musst dir die Chance geben, dich darauf einzustellen. Du musst dir die Chance geben, ein erfolgreiches Leben zu führen, Amelia. Das würde Jenna wollen.«

Seine Stimme bricht, als er ihren Namen sagt, und nun schluchzt er ins Telefon.

»Ich gehe hin«, sage ich. Alles, damit er aufhört zu weinen, damit ich das Netz aus Besorgnis, das mir übergeworfen wurde, loswerden kann. »Ich gehe auf das College in Montana. Ich mache es.«

Ich höre, wie er sich vom Telefon abwendet, um sich die Nase zu putzen, und frage mich, ob er in einem Flur steht, umgeben von Kollegen, die zusehen, wie er heult.

»Amelia, Schatz, ich will nur, dass du glücklich bist.«

»Ich verstehe«, sage ich wieder. »Es tut mir leid.«

»Ich will nur, dass du glücklich bist«, wiederholt er. »Es gibt keinen Grund, alles hinzuschmeißen, okay? Es muss sich nicht alles auf einmal verändern, Amelia. Wir werden dir helfen. Es wird alles gut, Amelia. Es wird alles gut.«

Als die Verbindung gekappt ist, möchte ich schreien. Ich möchte jedes Notizbuch aus Nolans geheimem Arbeitszimmer nehmen und sie alle in den See fallen lassen, zusehen, wie die Seiten dunkel werden und sich auflösen. Ich möchte zusehen, wie sich die verlorene Prinzessin im Wald verliert und dann im Wasser, bis von ihr nichts mehr übrig ist außer eine abgetrennte Locke ihres langen, hellen Haars. Ich will zusehen, wie Orman in sich zusammenfällt, von den Wellen der Erwartungen und des Erwachsenendaseins überschwemmt wird, von Richtig und Falsch, von allem, was an mir, an meiner Entscheidungsfreiheit nagt. Ich möchte meine Bibliothek aus den Fängen von Nolan Endsleys Flächenbrand befreien, zusammen mit seinem glühenden Kuss, und so lange Seewasser darüberschütten, bis er zu große Angst hat, je wieder in meine Nähe zu kommen.

Ich möchte zurück zu der Zeit, als er nicht mehr war als ein Foto auf dem Einband eines meiner Lieblingsbücher.

Ich möchte ihn nie kennengelernt haben.

N.E. Endsley ist schuld und jeder Autor vor ihm und jeder nach ihm, weil sie mich haben glauben lassen, dass ich eine Wahl habe, dass es Magie tatsächlich gibt.

Aber Nolan hat recht. Es gibt keine Magie. Bücher *lügen.*

Ich bin es leid, so zu tun, als wäre es nicht so.

Siebzehn

Nolan wartet nicht auf mich, als ich aus seinem geheimen Herzen trete, also gehe ich nach unten, um Valerie Bescheid zu geben, dass ich jetzt zum Flughafen fahre.

Sie hört nicht auf, um die Kasse herumzuwuseln, als ich es ihr sage. Ständig springt die Kassenschublade auf, egal, wie kräftig sie dagegendrückt. Ich zähle mindestens drei genervte Seufzer, bevor sie aufgibt und sich die Brille von der Nasenspitze auf den Kopf schiebt.

»So bald? Du kannst so lange bleiben, wie du willst«, sagt sie beiläufig. »Sollte dir die Gesellschaft zu bezaubernd oder der Buchladen zu einladend sein, lässt sich bestimmt Arbeit für dich finden, falls etwas Geld dabei helfen würde, dich zum Bleiben zu überreden.«

Sie sagt das so, als hätte ich von Anfang an geplant, hierherzukommen, als würde ich hier immer den Sommer verbringen. Ich höre kurz auf, gedankenverloren den Tresen mit meinem Ärmel zu polieren, aber lang genug, um in Betracht zu ziehen, dass dieser Ort hier meine Schneekugel werden könnte. Ich könnte hier *leben*, inmitten von Charakteren und geliebten Handlungen und Menschen, die immer Geschichten zur Hand und im Herzen haben. Ich könnte gemütliche Tage damit verbringen, die Touristen zu fotografieren, die Einheimischen, ihre Lieblingsgeschichten kennenzulernen und das Funkeln in ihren Augen mit meiner Kamera einzufangen. Ich könnte die Geschichte der Geschichten selbst erzählen und dabei zusehen, wie die Wörter auf einer Seite die Menschen prägen, die sie lesen.

Ich könnte bei Nolan bleiben.

Das ist der gefährlichste Gedanke von allen. Schließlich lebe ich immer noch mit den Konsequenzen, mein Leben so genau mit jemand anderem abgestimmt zu haben, und so schlage ich mir Nolans Namen mithilfe von Marks Wortlawine aus dem Kopf und zwinge mich zu sagen: »Danke für alles, Valerie. Aber ich muss wirklich zurück nach Dallas. Ich muss zu einem Vorbereitungskurs fürs College.«

»Du reist wirklich ab?«

Alex taucht aus dem Büro hinterm Tresen auf und lässt mich auch nicht aus dem Blick, als er sich zwei Sekunden lang unter die störrische Kassenschublabe beugt, ein uraltes Hunde-Leckerli herauszieht und sie zuknallt. Die Kasse gibt ein glückliches Ping von sich und Valerie murmelt etwas vor sich hin, was ganz nach einem Fluch klingt, während ich Alex' Blick ausweiche.

Als ich nicht sofort antworte, wendet sich Alex an Valerie: »Reist sie wirklich ab?«

»Ich stehe *genau* vor dir«, sage ich.

»Warum kann sie nicht den ganzen Sommer bleiben?«, fragt Alex und beachtet mich nicht. »So machen das doch alle.«

»Ich kann nicht«, sage ich. »Jenna … ihre Eltern … sie wollen mich in Dallas haben. Da gehöre ich hin.«

Die Wörter klingen wie Blechdosen, die man über einen Kiesweg tritt, hohl und monoton.

»Du musst bleiben«, sagt Alex. Seine Augen flehen mich an, ertrinken im Namen von jemand anderem. »Wenigstens noch ein bisschen. Wenn du ihn auch nur ein klein wenig gernhast …«

Die Tür bimmelt, als Nolan hinter einem ungeduldigen Wally auftaucht, der, ohne uns zu begrüßen, die Treppe hochrast. Ich kann von hier aus hören, wie Mr Larson in Wally-Sprech gurrt.

Alex, Valerie und ich starren Nolan schweigend an, während alle darauf warten, dass jemand zuerst spricht.

»Was ist los?«, fragt Nolan. Ich tue so, als würde ich nicht bemerken, wie sein Gesicht aufleuchtet, als er mich sieht.

»Ich muss los«, sage ich ohne lange Vorrede. Ein einzelner Kieselstein rollt den Berg hinunter und die Erde erzittert in dem Wissen, dass noch weitere folgen werden. »Ich kann nicht bleiben.«

Das Licht in seinen Augen erstirbt sofort, ebenso wie sein Lächeln. Es ist, als hätte ich ihn geschubst, ihn mit aller Kraft in eine andere Dimension geschoben, in der ich alle Wale in den Wellen ertränkt habe, nur weil ich dazu in der Lage war, nur weil ich ihn leiden sehen will.

»Ich dachte vielleicht, du überlegst es dir anders.« Seine Stimme ist ruhig, eine Brücke über einen Fluss, der kaum noch zu bändigen ist. »Du hast doch angerufen, um ihnen zu sagen …«

»Habe ich nicht«, lüge ich. »Das heißt, ich kann nicht.«

Mit meinen Augen flehe ich ihn an, zu verstehen. »Ich *muss* los.«

Sein Gesichtsausdruck wechselt von Ungläubigkeit zu Wut zu Schmerz und wieder zu Wut. Sogar jetzt komme ich nicht umhin zu denken, wie ich je meinen konnte, er sei nicht absolut umwerfend, nur weil er nicht so aussieht wie auf seinen Autorenfotos. Ich lenke meinen Blick von seinem Kopf zu seinen langen Fingern, die ich mir genauso gut in meinen Haaren vorstellen kann wie beim Schreiben von Orman. Sie sind nicht zu Fäusten geballt, sondern hängen vergessen an seiner Seite.

Er scheint von innen heraus zu brennen und er ist wunderschön, aber ich verbiete mir, es zu bemerken, denn sonst werde ich nicht gehen.

»Nachdem ich dir von den Mädchen erzählt habe«, sagt er. »Und nach heute Morgen. Nach dem Basar und den Fotos? Nach allem, was ich dir erzählt habe, hast du entschieden, dass du einfach genauso weitermachst, wie man es von dir erwartet?«

Auf der Suche nach Mittagessen gleiten Kunden zur Tür hinein und hinaus. Wir sind bestimmt ein ganz schön einmaliger Anblick, Nolan und Alex und Valerie und ich, wie wir da in einem Viereck aus geflüsterter Wut und gegenseitigem Missverstehen, die wie giftige Dämpfe zwischen uns schweben, dastehen.

Valerie tauscht einen Blick mit Alex, den ich nicht deuten kann, weil Nolan sich weigert, mich aus den Augen zu lassen.

Ich habe mich nicht geirrt, als ich gedacht habe, der Wald hinter seinen Augen sei dunkel. Ich habe mich nicht geirrt, als ich gedacht habe, er wolle sich verstecken. Aber während wir uns angucken, sehe ich, was ich vor ein paar Tagen noch nicht erkennen konnte. Er versteckt sich nicht nur vor der Welt; er hat die Äste benutzt, um seine Schwestern zu schützen, seine Familie, vor den neugierigen Augen derer, die die Erinnerung an sie misshandeln und Orman nur so zum Spaß zerpflücken würden. Er hat sich eine Mauer aus Dornen wachsen lassen, um jegliche Verwundbarkeit zu verstecken, aber gestern Abend hat er mit dem Finger geschnipst und die Dornen sind zurückgewichen und haben mich das Allerheiligste betreten lassen. Heute Morgen hat er mir Einlass in sein Herz selbst gegeben.

Und nun verrate ich ihn, indem ich es in seine Brust zurückstoße.

Er wird mir nicht verzeihen können, also gebe ich ihm noch einen Grund, mich zu hassen, als ich unsere Verbindung trenne und mich an Valerie wende: »Ich muss nach oben und meine Sachen packen.«

»Ich helfe dir«, sagt sie und ihre Miene ist undurchdringlich.

Ich sehe Nolan nicht an.

Als wir im Aufzug stehen, bin ich schockiert, dass Valerie kein Wort sagt. Sie stand ganz oben auf meiner Liste magischer Beschützer, die hilfreiche, hutzelige gute Fee mit einer Belegschaft aus Büchern und Musik, die mich meinem Schicksal zuführen würde.

Jetzt, wo sie mir wirklich Ratschläge erteilen könnte, ist sie still und auf ihre vielen Halsketten konzentriert. Die Klaviermusik, die aus den Lautsprechern des Aufzugs tönt, geht mir unheimlich auf die Nerven.

Als sie die Tür zu ihrer Wohnung aufschließt, spüre ich, wie mein Mund sich bewegt: »Willst du gar nichts sagen?«

Valerie neigt den Kopf und sieht mich an, während der Schlüssel im Schloss innehält.

»Was willst du denn von mir hören?«

Das macht mich wütend. Magische Beschützer sollten die Antworten kennen, anstatt selbst Fragen zu stellen.

Als ich nicht antworte, sagt Valerie: »Ich glaube, du stehst an einer Wegscheide, Liebes. Und niemand auf dieser Welt oder in der nächsten kann dir deine Entscheidung abnehmen.«

»Das war's? Das ist dein weiser Ratschlag? Ich habe zwei Möglichkeiten und du willst mir nicht helfen?«

Sie schließt auf, öffnet die Tür und wir gehen ins Gästezimmer, meine zitternden Hände machen den Reißverschluss meiner Tasche auf und erst dann sagt sie: »Ich habe mit einundzwanzig Jahren geheiratet, in meinem dritten Jahr auf dem College. Wir haben uns kennengelernt, als ich ihn bei einer seiner Opernaufführungen begleitet habe, meine Abschlussprüfung fürs Klavier. Er war wunderbar und hat später Alben verkauft und ist auf der ganzen Welt aufgetreten.« Sie seufzt, ihre Augen sind auf eine Art geschlossen, die ich erkenne: So versuchen wir, konkrete Erinnerungen aus der unzuverlässigen Vergangenheit in unseren Köpfen hervorzuholen. »Wir sind durch die Welt gereist, er und ich. Wir haben alles, was man sich nur vorstellen kann, gegessen. Er hat immer gesagt, weil Opernsänger nicht dünn sein sollen.«

Das tut mir weh, denn ich will unbedingt so mit Nolan durch die Welt reisen, aber ich muss Lava sein und Wind und Feuer. Ich muss unverrückbar sein und so konzentriere ich mich allein darauf, meine Kleider in meine Reisetasche zu packen.

»Mit zweiunddreißig Jahren war ich Witwe«, sagt Valerie,

als wäre das eine Geschichtsstunde und als würde sie es nicht schmerzen, daran zu denken. »Er ist im Schlaf gestorben. Ein Hirnaneurysma, das zu einem Schlaganfall geführt hat. Es ging alles sehr schnell und es ließ sich nicht ändern. Sehr ungewöhnlich für sein Alter, aber so ist es nun mal, meine Liebe. Mindestens ein Mal im Leben sind wir Opfer einer unwahrscheinlichen Statistik. Zu dem Zeitpunkt hatten wir eine Menge Geld gespart, genug, um mich für den Rest meiner Tage in unserem zu großen Haus in der großen Stadt verkriechen zu können, mit unserem einzigen Baby Alexander zur Gesellschaft. Ich bin Waise, weißt du, und Georges Familie hielt nicht viel von meiner bescheidenen Herkunft.«

Das finde ich vollkommen absurd, sage aber nichts.

»Ich hätte mich zurückziehen können, Amelia, und wirklich, das lässt die Welt auch zu, wenn du das willst. Du kannst dich vor allem verstecken, was wehtut oder dich an den Schmerz erinnern könnte. Die Welt ist zu groß und zu schwerfällig, um dich auf Schritt und Tritt bloßzustellen, wenn du dich wirklich verstecken willst. Aber ich wollte mich dem Schmerz entgegenstellen und neuen Schmerz entdecken und alten aufreißen. Ich wollte, dass mein George weiß, dass ich an seiner Stelle auf eine Art gelebt habe, die er zu Lebzeiten nicht vorausgesagt, die ihn erfreut hätte, wenn er mich sehen könnte. Ich habe einen Laden aufgemacht, der unser beider Leidenschaft im Angebot hat, Musik und Bücher, und habe weiterhin anderen die Gabe verliehen, Musik zu machen. Es war nicht immer einfach, aber ich wollte kein einfaches, duldendes Leben, ein Leben, von dem viele erwartet haben, dass ich es nach Georges Tod wähle. Ich konnte es nicht ertragen.«

Wieder sage ich nichts. Meine Tasche ist gepackt, also werfe ich sie mir über die Schulter. Ich bin aus Stein. Aus Lava. Ich lasse mich nicht aufhalten.

Valerie sieht mich ruhig an, als wüsste sie, was ich tun werde, und sie wird nicht versuchen, mich aufzuhalten. Aber schweigend danebenstehen wird sie auch nicht.

»Du musst entscheiden, Amelia, wie du dein Leben gestalten willst. Nur du kannst den Mut aufbringen, das, wofür du dich entschieden hast, unermüdlich zu verfolgen, und deswegen bist du diejenige, die diese Entscheidung treffen *muss.*«

Wenn das hier eine andere Geschichte wäre, würde ich meine Tasche fallen lassen und Valerie umarmen. Ich würde verkünden, dass ich bleibe, nach unten rasen, um Nolan Endsley zu küssen, und zwar so lange, dass er vergessen würde, dass ich je abreisen wollte.

Aber das hier ist die Geschichte von Amelia Griffin, die nun lernen muss, nach dem Tod ihrer besten Freundin weiterzuleben. Sie muss entscheiden, wie sie *auf Dauer* leben will, nicht nur in diesem Moment, nicht nur wie in den letzten drei Tagen, als sie so getan hat, als ob. Sie muss mutig und stark und entschlossen sein.

Egal, wie verlockend es wäre, hierzubleiben, egal, wie sehr es mich schmerzt, Nolan zu verlassen, kann ich meine Zukunft nicht einfach so auf den Kopf stellen, um etwas so Ungewisses zu verfolgen. Vielleicht war genau das Jennas Plan, mich erkennen zu lassen, dass sie von Anfang an recht hatte. Sie und ihre Eltern wollten immer nur mein Bestes.

Ich atme ein und aus und zwinge meine Augen, leer zu bleiben. »Danke für alles, Valerie«, sage ich. »Ich muss los.«

Falls sie überrascht ist, zeigt sie es nicht. Ich bemühe mich, die Enttäuschung in ihrem Blick zu ignorieren, gehe zum Aufzug und lasse sie allein im Gästezimmer zurück.

Ich brauche keine gute Fee mehr.

Als sich die Aufzugtüren im Erdgeschoss öffnen, sitzen Alex und Nolan auf den nicht zusammenpassenden Sesseln, die Stimmung im Raum ist drückend und stickig, als wäre auch die Luft wütend auf mich. Alex sieht auf, aber Nolan starrt eisern auf die Wasserflasche, die er locker in den Händen hält.

Ich beachte Alex nicht und stelle mich vor Nolan hin. Das schulde ich ihm. Ich schulde ihm einen Abschied.

»Ich muss los«, sage ich. »Es tut mir leid. Ich weiß, dass du das nicht verstehst, aber das ist etwas, was ich tun *muss.* Ich habe mich geirrt. Ich muss aufs College gehen und das werden, was ich werden soll.«

Er weigert sich, hochzugucken oder zu sprechen. Ich rede mit seinem gebeugten Nacken und ich bin wütend auf die Tränen, die heraussprudeln, um mein hartes Herz zu kühlen.

»Ich erwarte nicht, dass ich von dir hören werde«, sage ich. Und weil ich in meinem Entschluss nie vollkommen vulkanisch sein werde, ergänze ich: »Das hat mir alles etwas bedeutet. *Du* hast mir etwas bedeutet. Wirklich.«

Er sagt noch immer nichts und sieht mich nicht an.

»Leb wohl, Nolan«, sage ich.

Eine frühere Version von Amelia hätte ihn gebeten, anzurufen oder zu schreiben oder zu Besuch zu kommen oder *irgendetwas*, aber die Neue Amelia weiß, dass es am besten ist, alles dort zu lassen, wo es hingehört – hier, in Lochbrook, an den Wellen des Sees, der nie ein Meer war und nie ein Meer sein wird.

Halbherzig winke ich Alex und Valerie zu. Ich sollte mich für ihre Gastfreundschaft bedanken, aber heute habe ich keine Erklärungen mehr übrig, keine Abschiedsworte. Mechanisch verlasse ich die Buchhandlung, die Glocken über der Tür lassen traurig ihren Abschied erklingen.

Als ich auf halbem Weg zum Parkplatz bin, wo mein Mietauto steht, ruft er meinen Namen, und obwohl die Lava in mir sagt, dass ich flüchten soll, weigern sich meine Beine, weiterzugehen. Mithilfe der Alten Magie hat er mich an Ort und Stelle verankert, indem er nur meinen Namen ausgesprochen hat, und ich bin wie erstarrt.

»Amelia«, sagt er. Er bleibt ein paar Meter entfernt stehen. »Amelia.«

Es ist nur mein Name, warum klingt es also wie alles, was ich je hören wollte?

»Nolan«, sage ich. Was *kann* ich sonst sagen? Ich muss los.

»Das bist nicht du«, sagt er. »Das ist nicht das, was Jenna wollen würde.«

»Doch, das ist es«, sage ich. »Ich muss zurück.«

Er keucht, weil er gerannt ist, weil er in Not ist – ich weiß es nicht. Es ist nicht länger meine Angelegenheit. Er rauft sich die Haare und geht vor meinem Auto auf und ab – ertrinkt an Land – und ich lasse den Boden zwischen uns aufbrechen und zersplittern, um mir ihn und seinen Kummer vom Leib zu halten.

»Es gibt ein Foto«, sagt er plötzlich, mit leuchtenden Augen. »Ein Foto von einem Mädchen, das es sich in einem Sessel gemütlich gemacht hat. Sie sieht in die Kamera und trägt Kopfhörer. Sie ist …« Seine Stimme bricht und er hält inne. »Sie ist das schönste Mädchen auf der ganzen Welt. Sie lässt alles um sich herum leuchten, denn sie ist angefüllt mit Geschichten, und auch wenn sie denkt, dass sie nicht mehr kann, lässt sie ein weiteres Kapitel zu und noch ein weiteres. Sie liest alle Seiten des Lebens. Denn das ist, wer sie ist.«

Ich zwinge mich, den Kofferraum zu öffnen, und werfe meine Tasche hinein.

»Sie sieht Wale am Himmel und hat selber Geschichten zu erzählen. Sie weiß noch nicht genau, wie sie sie erzählen will, aber das wird sie.«

Ich knalle den Kofferraum zu.

»Ich liebe sie«, flüstert Nolan und mein Herz bleibt stehen. »Ich weiß, es ist zu früh und unrealistisch und idiotisch, aber ich liebe Amelia Griffin, und wenn sie zulässt, dass ich sie liebe – egal auf welche Weise –, könnten wir uns bis in alle Ewigkeit Geschichten erzählen. Von Fotos und Walen und … was immer du willst, Amelia.«

Ich ignoriere das Staunen in seiner Stimme, die Hoffnung. Wenn ich stärker wäre, würde ich ihn zum Abschied küssen, aber ich bin nicht stark. Je eher ich gehe, desto eher können wir vergessen. Desto eher kann alles wieder normal werden.

Ich lasse Nolan Endsley stehen, wie vom Donner gerührt und noch zerstörter, als ich ihn vorgefunden habe. In meinem Rückspiegel wird sein Gesicht kleiner und kleiner. Ich warte darauf, zu spüren, wie das Band zwischen uns auseinanderreißt, und frage mich, ob es wie ein Gummiband zurückschnappen und einen bösen Striemen auf meinem Arm zurücklassen wird, eine abschließende Vergeltung.

Tut es aber nicht.

Ich hätte nicht hierherkommen sollen.

Im See sind keine Wale, als ich vorbeifahre. Nichts versteckt sich in den Bäumen, das ein Abenteuer oder Gefahr verspricht. Es ist nur ein See. Es sind nur ein paar Bäume.

Achtzehn

Alles ist wieder normal. Na ja, das neue, Jenna-lose Normal.

Es ist mein neues Mantra, das, was ich mir jeden Morgen sage, wenn ich in der klebrigen Hitze von Texas aufwache, zum Geräusch des Fernsehers, vor dem meine Mutter sitzt.

Alles ist wieder normal.

Ich gehe zu dem Vorbereitungskurs und schreibe sorgfältig mit. Der Kurs ist tatsächlich sinnvoll, mit lauter Experten für Lebensberatung und Ernährung, die uns Dinge beibringen wie, einen billigen Salat geschmackvoll anzurichten, und wie man einen Teilzeitjob, ein Sozialleben und einen vollen Stundenplan unter einen Hut bringt.

Als es vorbei ist und ich meine Sachen zusammenpacke, dankt mir eine der Kursleiterinnen fürs Kommen und fragt mich, wo ich aufs College gehen werde.

»Missoula«, antworte ich.

»Das ist so ein gutes College.« Sie strahlt. Ihr Lächeln ist breit und echt, als hätte ich ihr erzählt, dass ich zweimal hintereinander im Lotto gewonnen habe und den Gewinn mit ihr teilen würde. »Es wird dir dort gefallen. Weißt du schon, was du studieren willst?«

Ich bin damit beschäftigt, meine Stifte und meinen Notizblock zusammenzusammeln und mein Handy nicht zu vergessen, und warte zu lange mit der Antwort und dann platzt das Erste, das auf meiner Zunge landet, aus mir heraus.

»Fotografie«, sage ich.

Lügen, Lügen, Lügen.

»Oh!« Sie lehnt sich nach vorne und greift aufgeregt nach meinem Arm. »Dann musst du unbedingt ins Missoula Art Museum. Das wird dich umhauen.«

Ich verbringe den Rest des Tages damit, mir zu sagen, dass ich normal sein muss, als Strafe für meinen Ausrutscher. Ich sage mir, dass es nicht wieder vorkommen wird.

Als die Pressemitteilung, die die Fortsetzung von N.E. Endsleys Chroniken von Orman verkündet, durch das Internet brandet, erfahre ich zusammen mit allen anderen, dass es nun fünf statt drei Bände geben wird. N.E. Endsley ruft mich nicht an, um mir zu sagen, dass der dritte Band nächsten Juni erscheint, und ich rufe ihn nicht an.

Zweimal die Woche esse ich bei den Williams zu Abend. Wir unterschreiben die Schriftstücke für mein Stipendium, unterhalten uns über mein erstes Semester und am Ende des Besuchs gehe ich nicht in Jennas Zimmer, um mich zu verabschieden, denn was gibt es noch zu sagen?

Alles ist wieder normal.

Abgesehen von der Fotografie.

Ein paar Tage nach dem Vorbereitungskurs unterdrücke ich den Appell meiner Gedanken an Normalität lange genug, um zu Downtown Books zu gehen und sie darüber zu informieren, dass ich für den Rest des Sommers ihre Fotografin auf Veranstaltungen sein werde. Das hat nichts mit dem klugen kleinen Wind zu tun – den habe ich in Lochbrook zurückgelassen –, aber ich brauche irgendein heimliches Vergnügen, damit ich die restliche Zeit hier durchstehe. Und vielleicht werde ich so ein wenig von dieser absurden Foto-Energie los, damit ich mein Leben leben kann.

Es ist nur für einen Monat.

»Wir können dir nichts zahlen«, sagt mir Beckys Boss – ausgesprochen un-Valerie-haft in seinen Sweatpants und seinem Buchshirt. »Wir haben dafür kein Geld.«

»Ich will nur Erfahrungen sammeln«, sage ich.

Lügen. Lügen. Lügen.

Das bedeutet, dass ich mehr als ein Foto auf einmal schießen muss – eine weitere neue Normalität, damit ich einen Teil meiner Schuld tilgen kann –, und mit mindestens zwei Lesungen pro Woche verdoppelt sich fast jedes Mal die Anzahl der Fotos, die ich auf der Website von Downtown Books poste.

»Du bist gut«, sagt eine Autorin, die ich vom Literaturfestival wiedererkenne, als sie mir nach der Lesung über die Schulter guckt. Ich habe sie dabei fotografiert, wie sie lachend einem eifrigen Fan ein Buch signiert. »Du solltest Profi werden.«

Ich bedanke mich bei ihr und versuche, das Kompliment zu ignorieren, während es klirrend in dem leeren Brunnen in meinem Inneren aufschlägt.

Der Weg nach Hause fühlt sich heute Abend besonders anstrengend an. Ich bin erschöpft. Zwei Lesungen in der Buchhandlung hintereinander, meine Füße tun weh und ich zerbreche mir schon den ganzen Tag den Kopf über den Mitbewohnerinnen-Fragebogen, den mir das College geschickt hat.

Er soll dabei helfen, mir die optimale Zimmergenossin zuzuordnen, damit wir uns austauschen und kennenlernen können, bevor das Semester anfängt. Der Gedanke daran hat mich wie eine persönliche Regenwolke den ganzen Tag verfolgt, und da der kluge kleine Wind nicht mit nach Hause gekommen ist, muss ich sie selber hinter mir herziehen, damit sie nicht auf Unbeteiligte herabregnet.

Als ich zu Hause ankomme, lasse ich meine Kamera auf die Bettdecke fallen, weil ich zu müde bin, sie wegzuräumen, und erlaube mir kurz, so zu tun, als ob. Obwohl die neue Normalität bedeutet, dass ich, abgesehen vom Lesen, auf jegliche Vorstellungskraft verzichte, nehme ich die kleine Regenwolke mit unter die Dusche. Ich sehe zu, wie sie unter den Duschkopf schwebt und dunkel wird, als sie sich mit Wasser füllt und sich dann über meinem Kopf entleert.

Geschieht mir recht.

Der Badezimmerdampf wogt hinter mir, als ich in ein Handtuch gewickelt zurück ins Schlafzimmer gehe, wo ich noch ein paar Fotos bearbeiten will, bevor ich schlafen gehe.

Gerade denke ich, dass ich auch noch den Fragebogen ausfüllen sollte, als mein Blick auf meine Mutter fällt. Sie sitzt in ihrer neuen Supermarktkluft auf meinem Bett und hält meine Kamera in der Hand.

»Mom?«

Ihr Kopf schnellt nach oben, ihre blonden Haare fliegen überrascht hoch, als sie eilig die Kamera beiseite legt.

»Tut mir leid«, sagt sie schuldbewusst, als hätte sie gerade mein Tagebuch gelesen.

Sie sieht älter aus, ihre Schultern sind zerbrechlich und ihre Arme dünn. Ihre Fingernägel sehen brüchig und stumpf aus.

Ich rücke mein Handtuch zurecht, setze mich neben sie aufs Bett und greife nach meiner Kamera. Sie ist noch eingeschaltet, die Miniaturansichten der heutigen Veranstaltungen sind ordentlich aufgereiht.

Ich sollte wütend sein, weil sie geschnüffelt hat, aber ich bin es nicht.

Sie sieht mich aus den Augenwinkeln an und das Geplärre einer Werbung für elektrische Zahnbürsten tönt aus dem Fernseher im Wohnzimmer zu uns rüber, doch als ich so neben ihr sitze – neben meiner Schalentiermutter, die nie einen weiteren Panzer gefunden hat, nachdem mein Vater sie verlassen hat –, tut sie mir leid.

Es lässt mich auch an Nolan denken und an Klapphandys und Orman.

Nolan.

Hoffnungsvoll guckt ein Wal zwischen den Wellen hervor, der erste, den ich seit Lochbrook gesehen habe, aber ich drücke ihn wieder unter Wasser und segele weiter in meinem sorgsam gelenkten, sorgsam konstruierten Schiff der Effizienz und des Erwachsenseins.

»Ich mache Fotos in der Buchhandlung«, sage ich ihr. »Autorenlesungen und so ein Zeug.«

Ich kippe die Kamera in ihre Richtung, mit dem Foto eines alten weißen Typen mit offenem Mund, ein übermäßig dickes Buch vor ihm. »Das ist John Rinker. Er schreibt sehr langweilige Bücher, die alle lieben.«

Ich klicke mich durch ein paar weitere Miniaturansichten

und halte bei einer Ansicht von einer Veranstaltung letzte Woche an. Eine Frau grinst breit in die Kamera und hält ihr Kinderbuch wie eine Trophäe über den Kopf.

»Das ist eine neue Autorin. Sie war so glücklich über ihr erstes Buch, dass es ihr egal war, dass nur sechs Leute zu ihrer Lesung gekommen sind. Sie hat gesagt, dass du nicht kontrollieren kannst, was passiert, wenn dein Buch einmal erschienen ist, aber es hat sie so glücklich gemacht, es zu schreiben, und so glücklich, dass andere Leute – egal wie wenige – es lesen.«

Meine Mom sagt nichts, aber sie hat sich auch nicht wieder vor den Fernseher gesetzt.

Ich scrolle weiter zurück, versuche, etwas zu finden, was sie interessieren könnte, aber es sind meistens eine Menge Leute, die sich über eine Menge Bücher freuen – bis ich zum ersten Foto komme.

Jennas Kopf ist gebeugt. Sie guckt sich das Festival-Programm an, in ihren Mundwinkeln zuckt es konzentriert und leicht amüsiert angesichts meiner Aufregung hinter der Kamera. Ihr Haar gleitet um ihre Wangen und endet in einem kleinen Knäuel aus Locken unter ihrem Kinn.

Sie ist wunderschön. Mein Herz bleibt stehen.

»Jenna«, sage ich meiner Mutter mit belegter Stimme. »Bevor …«

Ich höre auf, lasse die Tränen meinen Worten nicht folgen.

Sanft nimmt Mom mir die Kamera aus der Hand. Wäre sie die Mutter von jemand anderem, würde sie mich umarmen, aber sie klickt nur durch die Fotos, drückt auf den kleinen Pfeil, um Jenna zurückzulassen.

»Ich habe so eine Sendung gesehen«, sagt sie. »Sie heißt

Die Talentsuche. Kennst du die? Jedenfalls gab es eine Folge über Fotografie. Ich habe sie zwei Mal geguckt.«

Klick. Klick.

»Die sind gut, Ames. Richtig gut.«

Sie kippt die Kamera, damit ich das Foto sehen kann, für das sie sich entschieden hat. Mit ihrem abgeplatzten Fingernagel fährt sie leicht über das Bild einer Kundin, die gegen eine Wand lehnt, den Kopf zurückgeworfen, lacht sie über etwas, was der Autor gesagt hat.

Ich mag das Foto auch. Die Augen der Frau sind geschlossen, aber über ihrem Kopf sind die großen Augen von Dr. Eckleburg aus *Der große Gatsby* an die Wand gemalt. Wenn ich dem Bild einen Namen geben würde, dann *Träumen mit geschlossenen Augen.*

»Das spielt keine Rolle«, sage ich Mom. »Daraus kann ich keinen Beruf machen. Ich wüsste noch nicht einmal, wie man da vorgeht.«

Mom klickt sich noch durch ein paar andere Ansichten und sagt: »Ich glaube, du musst es einfach machen, Kind. Und dabeibleiben.« Sie gibt mir die Kamera zurück. »Die Buchhandlung ist kein schlechter Anfang.«

Das ist alles ganz und gar nicht normal.

»Aber ich habe alles geplant«, sage ich. »Die Williams … sie wollen, dass ich aufs College gehe und etwas anderes mache, etwas, das Sicherheit verspricht.«

Ich will, dass sie mir sagt, dass ich die richtige Entscheidung getroffen habe. Oder sogar die falsche Entscheidung. Aber weil meine Mutter meine Mutter ist und nicht jemand anders, hat sie das Ende ihrer Fahnenstange erreicht.

»Wie du willst«, sagt sie und steht von meinem Bett auf.

Ich klicke zurück zu dem Foto von Jenna und starre es so lange an, bis meine Haare trocken sind, spüre jeder Pore, jedem Detail von ihr nach.

Ich will sie sehen. Ich will ihr von Orman erzählen, von Nolan und Wally und Val's. Ich will sie mit Geschichten über Mr Larsons Kaffee zum Lachen bringen und gemeinsam mit ihr über Avery und Emily weinen.

Aber Jenna ist nicht da.

Der Wind bläst durch den Riss in meinem Fenster. Es ist kein kluger kleiner Wind, nur ein texanisches Lüftchen. Aber es lässt mich an Windspiele denken und Friedhöfe und plötzlich weiß ich, wo ich hinmuss.

Eine Erinnerung: Jenna und ich hinten im Auto ihrer Eltern. Ihr Dad fährt, eine Hand auf dem Steuer, die andere ist mit Mrs Williams' Hand auf der Mittelkonsole verschlungen. Jenna ignoriert die beiden ganz und gar, aber meine Augen wandern immer wieder zu ihren Händen, die so gut ineinanderpassen.

»Wie lang noch?« Jennas Blick hängt an dem Internetbrowser ihres Handys und ihr Daumen schwebt über dem Symbol zum Aktualisieren.

Schnell gucke ich auf mein Handy, die Uhr zeigt die Zeit auf die Sekunde genau.

»Zwei Minuten. Kannst du mal runterkommen? So schnell wird er nicht ausverkauft sein.«

Jenna wirft mir keinen bösen Blick zu, würde sie aber, wenn sie nicht Angst hätte, den Bildschirm ihres Handys aus den Augen zu lassen.

»Ich werde kein Risiko eingehen«, sagt sie.

»*Ich werde kein Risiko eingehen: Die Memoiren von Jenna Williams*«, sage ich mit meiner besten Scherzstimme.

»Amelia, das ist nicht lustig. Wir reden hier über meinen Glücks-Lippenstift.«

»Warum machst du dir denn solche Sorgen, Jenna, mein Liebes?«, fragt Mrs Williams vom Beifahrersitz.

Jenna seufzt. »ColorCentral ist dafür bekannt, dass sie ihre Lippenstifte ausverkaufen. Es ist sowieso schon ein Wunder, dass sie diese Farbe wieder auflegen, es ist der einzige matte Beerenton, den ich gefunden habe, der mich nicht wie ein Clown aussehen lässt.«

»Und Glück bringt er anscheinend auch«, ergänze ich. »Eine Minute, Jenna.«

»Warum bringt er Glück?«, fragt ihr Dad.

Eine Pause.

»Das war der Lippenstift, den ich getragen habe, als ich Amelia das erste Mal richtig kennengelernt habe«, sagt Jenna in sachlichem Ton. »Ich habe sie vor dem Schaufenster gesehen, weil ich mein Spiegelbild angeguckt habe, um zu prüfen, wie die neue Lippenfarbe aussieht.«

Diese Version der Geschichte kenne ich noch gar nicht.

»Zeit, Amelia.«

»Jenna?«

Sie kneift die Augen zusammen, aber sieht nicht auf. »Die Zeit, Amelia. Ich brauche die Zeit.«

»Jenna.«

Sie sieht auf. »Was denn?«

»Das ist lächerlich«, sage ich. Und weil ich plötzlich das Bedürfnis habe, es ihr zu sagen, ergänze ich: »Ich liebe dich, aber das ist lächerlich.«

»Das ist nicht lächerlich«, sagt sie und guckt wieder auf ihr Handy. »Das war das erste Mal, dass ich den Lippenstift getragen habe, und erstens sah er fantastisch aus und zweitens sind wir so Freundinnen geworden. Also verzeih mir, wenn ich alles tue, was in meiner Macht steht, um sicherzugehen, dass unsere Freundschaft für immer ist.«

»Vier Sekunden«, sage ich.

Sie kauft zehn Mal den gleichen Lippenstift. Als sie das triumphierend im Auto verkündet, sagt ihr Dad: »Du musst kein Make-up tragen, um schön auszusehen, Schätzchen, aber wenn du glücklich bist, bin ich auch glücklich.« Ihre Mom nennt es Geldverschwendung, ist aber besänftigt, als Jenna ihr anbietet, ihr einen abzugeben.

»Das ist lächerlich«, wiederhole ich, aber ich muss lächeln. Mich kennenzulernen, hat für sie aus einem Lippenstift einen Glücksbringer gemacht.

Sie antwortet mit einem umwerfenden Lächeln, dieses leuchtende, das mich glauben lässt, sie könnte wirklich ein himmlisches Wesen in menschlicher Form sein.

»Möge unsere Freundschaft länger halten, als es diese Lippenstiftfarbe gibt«, sagt sie.

»Oh Mann«, sage ich.

Seit der Beerdigung bin ich nicht an ihrem Grab gewesen. Als der Grabstein aufgestellt wurde, hat Mark mir angeboten, dass wir ihn uns zusammen angucken, aber ich wollte nicht.

Ich will immer noch nicht, nicht wirklich, aber ich weiß nicht, wo ich sie sonst erreichen soll. Ich weiß auch, dass sie nicht wirklich dort ist, aber es scheint der richtige Ort für die Beichte zu sein, die mir schwer auf dem Herzen liegt.

Ohne die Taschenlampe auf meinem Handy wäre es zu dunkel, um etwas zu erkennen, und selbst mit ihr muss ich Reihe um Reihe von Toten abwandern, bis ich Jennas Grab finde.

Ein Strauß künstlicher gelber Blumen ist in die Grabvase aus Metall gestopft worden, die mit dem Grabstein verankert ist. Sogar mitten in der Nacht leuchten sie grell und gedankenverloren arrangiere ich sie mit einer Hand, die andere zeigt nach unten auf den Stein, den ich nicht lesen will.

Ihn zu lesen, ist der letzte Schritt. Es bedeutet, dass sie nicht zurückkommt, dass ich diejenige bin, die alle Entscheidungen verantworten und auch noch damit leben muss.

Ich schalte die Taschenlampe aus und setze mich im Dunkeln auf den schmalen Gehweg.

Der Gesang von Grillen und Heuschrecken erfüllt die Luft um mich herum, ein Getöse aus Insektenmelodien, in denen meine Stimme untergeht, als ich sage: »Hallo, Jenna.«

Keine Antwort. Kein Wind. Aber ich habe einiges zu sagen und irgendjemand – Jenna, der Grabstein, diese Insekten – sollte es auch hören.

Eigentlich will ich mit der Fotografie anfangen, aber was herauskommt, ist: »Ich weiß, dass du mir ein Buch geschickt hast.« Ich muss lachen. »Und ich bin den ganzen Weg nach Lochbrook gefahren, weil ich mehr darüber herausfinden wollte … über dich. Irgendwie habe ich das auch.«

In der Ferne höre ich das Röhren eines Automotors und halte inne, um zu lauschen, bis das Geräusch in der Nacht verklingt.

»Ich habe mit Nolan gesprochen. Über dich und seine Schwestern und über Orman. Er hat mir erzählt, dass du ihn auf dem Literaturfestival gerettet hast. Ich bin mir ziemlich sicher, dass er mir das Buch geschickt hat. Oder vielleicht Val irgendwie? Ich weiß es nicht. Aber das ist nicht das, was ich dir sagen wollte.«

Ich hole Luft. Ich sage mir, dass es ganz normal ist, ganz gewöhnlich für ein Mädchen, allein dazusitzen und im Dunkeln auf den ungelesenen Grabstein ihrer besten Freundin zu weinen.

»Ich wollte dir sagen, dass es mir leidtut. Es tut mir leid, dass ich nicht da war, um dich zu retten, dich aus dem Auto zu ziehen oder wenigstens bei dir zu sein, als du gestorben bist. Es tut mir leid, dass ich dich am Flughafen nicht so fest in den Arm genommen habe, wie ich das hätte tun sollen. Ich hätte dich zerquetschen sollen. Ich hätte es ernst meinen sollen.

Als du gestorben bist, hätte ich es wissen sollen, und ich wusste es nicht und das tut mir so, so leid.«

Ich weine und höre auch nicht auf, als der Boden zu meinen Füßen erzittert und aufbricht und gigantische blaue Wale aus der Erde hervorschießen, ihre riesigen Körper neben mir aufsteigen wie schnell wachsende Bäume. Rückenflossen und Ruderfußkrebse und gummiartige Haut voller winziger Härchen streifen mich, schaben an meinen Ellbogen und fegen meine Haare hoch, während ich mich in gebrochene Schluchzer auflöse, die alle Grillen und alle Seestürme auf der Welt übertönen.

Ich lasse jegliches Bedauern, jede einzelne gute und leuchtende Erinnerung gemischt mit jedem bitteren Gedanken an ihren Tod aus mir herausströmen. Ich lasse sie in den Boden sickern, während sich die Wale aus der Erde wühlen, in die Lüfte schwingen und auf dem klugen kleinen Wind schweben, der heulend aus dem fernen Michigan gekommen ist, um sie zu begrüßen.

»Es tut mir leid wegen der Fotografie. Ich weiß nicht mal, warum ich sie so liebe. Tue ich einfach. Es ist ein Teil von mir und ich habe es wie etwas Tückisches, Fürchterliches mit mir herumgetragen, aber Jenna, ich glaube, es ist der beste Teil von mir und … und …« Ich stocke.

»Ich kann nicht du sein«, sage ich. »Ich muss mich entscheiden und entscheide mich nicht für deinen Plan und ich hoffe, dass du das verstehst.« Wieder weine ich und meine Tränen schmecken wie der Ozean. Ich werde von Wasser reingewaschen anstatt von Feuer. Ich zwinge meinen Kopf, auf den Grabstein zu gucken, die Linien ihres Namens mit den Fingerspitzen nachzufahren.

»Wie soll ich das deinen Eltern erzählen, Jenna? Ich will sie nicht verletzen. Was soll ich machen? Sag mir, was ich machen soll.« Meine Stimme bricht.

Ich ertrinke noch immer an Land, wie Nolan, als eine Hand meinen Hinterkopf berührt. Ich erschrecke mich zu Tode, während ich versuche, die langen, blassen Beine vor mir zuzuordnen.

»Mrs Williams?«

Der Lärm verstummt – sogar die Grillen –, als Trisha Williams mir das Haar von meinem verweinten Gesicht zurückstreicht, ihre perfekt gepflegten Fingernägel kämmen über meinen Kopf.

»Ich kann gehen, wenn du willst«, sagt sie. »Manchmal mache ich hier nach einem langen Arbeitstag halt, aber ich kann auch morgen noch mal kommen, wenn du Zeit für dich brauchst.«

»Nein.« Ich wische mir mit dem Ärmel übers Gesicht und beeile mich aufzustehen. »Nein, bleib.«

In Abwesenheit des Walgetöses und der Tränen klingeln meine Ohren. Alles, was ich hören kann, ist der Wind, der zwischen uns und um das Grab unter uns herumbraust.

Sag es ihr, Amelia. Jennas Stimme ist leise, triumphierend. *Sag es ihr.*

Wer bin ich, dass ich mit dem Wind streiten würde? Oder mit Jenna.

Ich werde ein weiteres Mal reingewaschen, als ich Trisha Williams von Lochbrook erzähle, davon, wie Jenna N.E. Endsley gerettet hat, von Nolan. Ich schniefe mich durch die Diskussion mit Mark im Herzen von Nolan, doch ich kann nicht aufhören zu kichern, als ich ihr von den Strichmännchen erzähle, die wir im Fort gezeichnet haben, und von Wallys Kaffeegewohnheiten.

Avery und Emily erwähne ich nicht und auch nicht Nolans Tagebücher.

Anders als der Wind nickt und murmelt Trisha als Antwort auf meine Geschichte, und als ich fertig bin, sitzen wir beide auf dem Boden und auch sie weint. Die stillen, stetigen Tränen einer stillen, stetigen Frau.

»Ich will nicht nach Montana«, sage ich ihr. »Und ich weiß noch nicht, was ich mal machen will, aber das nicht. Ich will nicht Professorin werden.«

Ich zittere, als die Beichte, die ich unter einem Haufen Bücher und Pläne verborgen habe, aus mir herausplatzt. Ich gehe völlig davon aus, dass Trisha wie Mark reagieren wird, wütend und verletzt. Stattdessen gräbt sie eine Packung Taschentücher aus ihrer Handtasche und wischt mir das Gesicht ab, als wäre ich vier Jahre alt. Meine Wangen sind mit Rotz verschmiert, aber ihre Bewegungen sind so liebevoll und gütig, dass es mir egal ist.

Entschieden nimmt sie mein Kinn zwischen ihre Finger, ihre Fingernägel streifen kaum meine Wangen, und sagt: »Amelia Griffin, Jenna will nicht, dass du ihr Leben lebst, sie will, dass du *dein* Leben lebst. *Ich* will, dass du dein Leben lebst. Das ist alles, was du tun kannst, Baby. Mehr können wir alle nicht tun.«

Zusammen sitzen wir auf Trishas ausgebreitetem Blazer, während uns der kluge kleine Wind streichelt, die Insekten wieder ihr instinktives Summen aufnehmen und die Wale sich Richtung Norden bewegen, auf den Horizont zu.

Nachdem Trisha mich zu Hause abgesetzt hat, schlafe ich besser, als ich je zuvor geschlafen habe.

»Ich spreche mit Mark«, sagt sie, als wir in der Einfahrt stehen. Sie verspricht mir wieder und wieder, dass er einlenken und nicht wütend sein wird.

»Wir werden dich unterstützen, Amelia, egal, was du auch tust. Dafür sind Familien da.« In der Dunkelheit des Autos lächelt sie mich mit Jennas Lächeln an. »Ich bin Anwältin für Sorgerecht. Ich kenne mich mit so was aus.«

Es ist ein schlechter Witz, aber ich bin so erleichtert, endlich die richtige Entscheidung getroffen zu haben, dass ich trotzdem lache.

Neunzehn

Wie im Nebel zieht die Nachmittagsveranstaltung in Downtown Books an mir vorbei. Nach meiner Grabbeichte bei Trisha habe ich den Wecker zweimal hintereinander auf Schlummern gestellt und bin gerade noch rechtzeitig aufgewacht, um mich einigermaßen professionell zurechtzumachen und zum Buchladen zu wetzen, damit ich zwei Stunden lang einen Tee mit heimischen Autoren fotografieren kann.

Neben dem Alarmsymbol war heute früh auch eine Nachricht von Mark auf meinem Display. Drei Sätze von gestern Nacht, als ich schon längst in einen Schlaf voller Wale und Fotografien versunken war.

Es tut mir leid, Schatz.
Ich liebe dich.
Kommst du zum Abendessen?

Allein der Gedanke daran, dass ich meine Freiheit *und* Mark *und* Trisha haben werde, stimmt mich aufrührerisch und albern. Nach der Veranstaltung bin ich geradezu beschwingt, und als ich Becky auf mich zukommen sehe, vermute ich, dass sie mich fragen will, welche Drogen ich nehme.

Stattdessen tut Becky das Unmögliche: Sie gibt mir eine kleine, robuste Schachtel mit einem vertrauten Aufkleber auf der Seite und das Blut gefriert mir in den Adern. Es ist ein V in Schönschrift in der Mitte eines aufgeschlagenen Buches.

Val's.

Mein Herz schlägt zu schnell.

»Noch ein Päckchen für dich, Amelia. Du solltest ihnen wirklich mal deine Adresse geben. Wir sind schließlich keine Poststelle, weißt du.«

»Klar«, sage ich. Mein Mund ist auf Autopilot, während mein Gehirn versucht, Wale herbeizurufen, damit sie die Erinnerungen an Nolan Endsley forttragen, die mir in den Blutkreislauf tropfen und dafür sorgen, dass mir bis über beide Ohren warm wird. Die Wale tauchen nicht auf und so bleibe ich einen Augenblick lang sitzen und lasse zu, dass die Erinnerungen mich überfluten: Nolan, der lacht und sich an seinem Wein verschluckt, als Alex von Schwertern und Handys erzählt. Nolan, der darauf besteht, dass ich Strichmännchen male, als wäre das das Wichtigste auf der Welt. Nolan, der mich im Orman-Zimmer küsst. Nolan, der mir vorliest. Nolan, erschöpft, aber triumphierend, der mir verspricht, dass, wenn er seine Angst besiegen kann, ich es auch kann.

»Amelia? Alles in Ordnung?«

Sobald ich aus der Buchhandlung raus bin, gehe ich zu dem kleinen Platz zwischen den Gebäuden mit braunem Gras und einem verdorrten Baum, den die Angestellten der Buchhandlung als Pausenraum nutzen. Meine Fingernägel werden dreckig, als ich hastig Zigarettenkippen und Kronkorken wegfege und mich mit dem Rücken an den Baumstamm setze.

Die Schachtel ist fest mit Klebeband umwickelt, aber meiner Neugier ist es nicht gewachsen. Ich brauche nur ein paar Sekunden, um sie aufzureißen, doch dann sitze ich eine Minute lang da und starre auf den Inhalt.

Oben auf dem zerknüllten Packpapier liegt ein Umschlag neben einem schlichten schwarzen Fotoalbum mit einem Plastikrahmen vorne drauf. Das Foto in dem Rahmen ist körnig. Alex muss es gemacht haben, bevor wir an Bord gegangen sind, um unsere Seereise mit dem verhängnisvollen Abendessen anzutreten.

Es ist schon jetzt mein neues Lieblingsbild.

Nolan hat den Arm um mich gelegt und ich kann kaum die Strähnen meines langen Haars zwischen seinen ausmachen. Wir küssen uns nicht, sind auch nicht kurz davor, aber die schlechte Qualität des Fotos kann nicht den ehrfurchtsvollen Ausdruck unserer Gesichter verbergen, als wir uns gegenseitig anstarren.

Ich lache mit offenem Mund, die Augen über meinen gerundeten Wangen sind zusammengekniffen, doch Nolans Wärme ist in seinen Augen zu finden. Um Alex zu zitieren: Er sieht mich an, als sei ich die Sonne, die nur für ihn scheint.

Widerwillig reiße ich meinen Blick von Nolans Gesicht los, um das Album zu öffnen, und plötzlich bin ich wieder dort, auf dem Basar. Mr Larson sitzt auf einem Klappstuhl, sein Knöchel ruht auf seinem Knie, während er strickt. Valerie, die Alex hinterherlächelt, als er geschäftig an ihr vorbeieilt. Ein Jugendlicher, der in sein Schmalzgebäck niest sodass der

Puderzucker ihm ins Gesicht schießt. Die glitzernden Lichter an den Bäumen beleuchten ihn genau richtig.

Mein Blick verweilt auf dem Foto von Alex' und Nolans Bromance und dann auf dem, wo Nolan Julies Buch signiert, während ihre Schwester errötend im Hintergrund steht. Trotz des Andrangs verwirrter Gefühle, die in mir hochkochen, bin ich überwältigt von der Qualität meiner Aufnahmen, besonders da ich mehr Zeit damit verbracht habe, neben Nolans Signiertisch zu stehen, als zu fotografieren.

Die sind wirklich gut.

Ich blättere noch einmal durch das ganze Album, bevor ich nach dem Brief greife. Der Umschlag fühlt sich dick in meinen Händen an und ich schiebe meinen Finger unter die Lasche, um ihn aufzureißen. Ich ermahne mich dazu, langsam zu machen, aber jahrelanges Lesen hat aus mir einen Hasen gemacht, keine Schildkröte, und ich verschlinge die Wörter mit den Augen, bevor ich sie aufhalten kann:

Amelia,

als ich zufällig mitbekommen habe, wie der große N. E. Endsley auf dem Literaturfestival von einem Mädchen in glitzernden Strumpfhosen beruhigt wurde, habe ich sie abgefangen, als sie ging, und angeboten, ihr ein signiertes Exemplar eines der Bücher von Orman zu schicken. Ich fand, dass ich ihr etwas schulde, weil sie es nicht ausgenutzt hat, dass Nolan in so einem verletzlichen Zustand war. Sie hat mich gefragt, ob ich es stattdessen an ihre beste Freundin schicken kann, an die Freundin, durch die sie die Bücher kennengelernt hatte. Sie hat mir die Adresse ihrer Buchhandlung gegeben (einem Wildfremden wollte sie nicht ihre Privatadresse überlassen) und gesagt, dass sie dafür sorgen wird, dass ihre Freundin das Buch bekommt.

Ich hätte dir sagen sollen, dass ich derjenige war, der das Buch geschickt hat, als du im Laden angerufen hast oder als du zurück nach Dallas abgereist bist. Ich habe es dir nicht gesagt, weil ich ein schlechtes Gewissen hatte, dass ich dich dadurch – ohne es zu wollen, aber trotzdem war ich dafür verantwortlich – nach Lochbrook gebracht habe, als hätte ich aus Versehen eine Fangirl-Dämonin herbeigerufen, die meinen Freund heimsucht.

Seit dem Literaturfestival war er noch weniger er selbst (ich glaube, er fühlte sich vernichtet), aber manchmal habe ich ihn dabei erwischt, wie er aus dem Fenster starrte, und ich wusste, dass er mit den Gedanken ganz woanders war, und ich konnte ihn von dort nicht zurückholen.

Aber du konntest das, Amelia. Du hast deine Streitmacht aus Güte und Mitgefühl zusammengesammelt und bist durch seine Dunkelheit marschiert, um meinen Freund zurückzubringen, als ich dazu nicht in der Lage war.

Jenna wäre stolz auf dich. So stolz. Das weiß ich, weil ich stolz auf Nolan bin, auch wenn er sich manchmal wie ein Idiot benimmt.
Ich wollte, dass du sie bekommst – deine Fotografien sind wie du: Sie fangen etwas ein, das nur du erfassen kannst.

Was immer du auch entscheidest: Solltest du es wollen, dann gibt es immer einen Job und – meine Mutter hat mich gebeten, das zu erwähnen – ein Schlafzimmer mit einem eigenen Waschbecken hier für dich in Lochbrook. Ich habe mir erlaubt, ein paar Fotokurse in der Gegend beizufügen.

Verzeih mir, Amelia, dass ich dir nicht die ganze Wahrheit gesagt habe.

Verzeih ihm, weil er nicht selbst schreibt, um dir zu sagen, dass du ihm fehlst.

Astra inclinant, sed non obligant,
Alex

PS: Bitte lies das Packpapier. Aber du darfst ihm nie, nie sagen, dass ich es aus seinem Geheimzimmer genommen habe, sonst lässt er mich nicht mehr das Wi-Fi benutzen. Oder ersticht mich mit einem lächerlichen, mit Juwelen besetzten Schwert.

Ich streiche das Packpapier glatt, von dem ich dachte, dass es nur den Inhalt schützen sollte. Ich habe nicht erwartet, Zeile um Zeile von Nolans unordentlicher, frustrierter Handschrift zu sehen.

~~*Amelia, du fehlst mir*~~

~~*Liebste Amelia*~~

~~*Meine liebe Amelia*~~

~~*Amelia*~~

~~*Das war so nicht in unserem Skizzenbuch*~~

~~*Liebe Amelia,*~~

~~*Wally vermisst dich.*~~

~~*Ich kann die Wale nicht sehen, wenn du nicht da bist*~~

Ich lege die zerknitterten Seiten mit der Schriftseite nach oben, die Ecken liegen so übereinander, dass es von oben aussieht wie ein Strauß aus Papier, lege das Fotoalbum sanft in die Mitte und stehe auf. Ein Foto, sage ich mir. Ich nenne es *Unsinn und Unsinnigkeitlichkeit*, packe den Inhalt wieder ein und gehe nach Hause, um mich für das Abendessen mit den Williams fertig zu machen.

Mein Gedankenkarussell wird langsamer und ich kann aussteigen. Ich habe einen Plan.

Mark und Trisha sind damit einverstanden, im Hotel zu bleiben, während ich allein in die Buchhandlung gehe.

Unter dem Vorwand, Urlaub machen zu wollen, sind sie mit mir mitgekommen, aber ich weiß, dass sie sich eigentlich Lochbrook ansehen wollen und Val's und …

Nolan.

Die Sonne von Michigan geht gerade unter und alles ist in Gold getaucht, als würde ich eine fiktionale Welt erkunden.

Die dunkelrote Tür mit ihrem kühlen Metallgriff ist Teil eines aufwendig gestalteten Buches. Das Klingeln des Glöckchens über mir, als ich in Val's eintrete, deutet darauf hin, dass Magie in der Luft liegt.

Aber es ist nicht Magie, die bellend die Treppe runterkommt, mit Krallen, die auf den Kacheln Halt suchen, bis sie auf den Teppich treffen; es ist nicht Magie, die sich mit aufgeregtem Gejammer auf mich schmeißt wie ein haariger Wirbelwind.

Mir gelingt es, ein nicht bedrohliches »Nein!« von mir zu geben, bevor er auf mich trifft, und wieder liege ich flach auf dem Rücken in Val's Eingang.

Diesmal kommt mir nicht Alex zu Hilfe, sondern seine Mutter, sie steht gebieterisch über mir wie eine römische Göttin und reicht mir anmutig eine Hand.

»Du bist spät dran«, sagt sie.

Auf der Suche nach Beulen reibe ich mir den Hinterkopf. »Spät dran?«

Sie hebt eine Augenbraue. »Amelia, was habe ich dir über Idiotie gesagt?«

»Ich verstehe nicht so richtig, was du meinst.«

Sie hebt die andere Augenbraue. »Wie kann ich Ihnen weiterhelfen, Miss Griffin?«

Ich versuche, die Wale herbeizurufen, aber vielleicht haben sie Jetlag, weil sie so lange neben dem Flugzeug hergeschwommen sind.

»Wo ist Nolan?«, frage ich.

Valerie wirft mir einen prüfenden Blick zu, bevor sie den Kopf hebt und mit zusammengekniffenen Augen etwas hinter meiner Schulter anstarrt.

»Es ist Mittwoch«, sagt eine weitere vertraute Stimme.

Als ich herumwirbele, strahlt Alex mich an, die Arme weit aufgerissen, und glücklich laufe ich in seine Umarmung.

»Fort-Tag?« Ich grinse.

»Ich bringe dich hin«, sagt er. »Wenn das für dich in Ordnung ist, Mom. Ich muss das Café schließen.«

Valerie sieht uns abschätzend an und ich spüre, wie meine Freude angesichts ihrer strengen Miene nachlässt. Sie hat mich noch nicht ein Mal angelächelt.

Im Kommandoton fragt sie: »Wirst du anwesend sein, um auf unserer Weihnachtsfeier Fotos zu machen?«

Sie will wissen, ob ich bleibe. Mein Gesicht hellt sich auf.

»Trag mich für die nächsten zwei Weihnachtsfeiern ein«, sage ich ihr.

Sie lächelt noch immer nicht, aber ihr Blick ist gütig, als sie ihren Sohn ansieht und sagt: »In Ordnung. Bring sie zu dem Jungen. Und nehmt den Köter mit.«

»Ich muss zurück ins Café«, sagt Alex, als ich keine Anstalten mache, auszusteigen. »Na ja, nicht wirklich, aber wenn ihr zwei knutschen wollt, dann sehen wir uns lieber später.« Wally ist schon von der Ladefläche gesprungen und rennt von dem blauen Haus Richtung Fort davon und schon ist er nicht mehr zu sehen.

»Amelia?«

»Hmmm?«

Alex blickt mich freundlich an, als er meine Hand nimmt. »Er wird begeistert sein, dich zu sehen.«

Das Herz klopft mir bis zum Hals und ich weiß nicht, was es tun wird, wenn ich an die Tür des Bootshauses klopfe.

Ich muss Zeit schinden.

»Aber ich habe mich noch gar nicht für das Päckchen bedankt und das Album und wir haben noch gar nicht darüber geredet, was Jenna *dir* auf dem Literaturfestival gesagt hat und …«

Alex' Finger berührt nicht meine Lippen, um mich zum Schweigen zu bringen, aber es ist klar, was er mir sagen will.

»Dafür ist später noch genug Zeit, okay?«

Mein Herz schlägt etwas langsamer und leuchtet. Was für ein Luxus Zeit ist, was für ein Geschenk.

Ich sehe aus dem Seitenfenster.

»Wie kannst du dir sicher sein, dass er mich nicht hasst, weil ich nicht angerufen habe und nichts?«

Ich höre eher, wie Alex lächelt, als dass ich es sehe. »Schicksal. Und jetzt raus aus meinem Auto. Es sind noch weniger als dreihundertvierzig Tage bis zum nächsten Basar und ich bin ein sehr beschäftigter Mann.«

Nolan ist nicht im Fort.

Als ich den sanften Hügel runtergehe, der sich im Sand verliert, sehe ich ihn. Er steht knietief im Wasser und betrachtet den perlrosa Sonnenuntergang.

Wally sieht mich zuerst und sein Begrüßungsbellen schreckt ein paar Möwen auf. Das Schlagen ihrer Flügel und Wallys unablässiges Kläffen, als er ihnen hinterherjagt, übertönt das Geräusch meiner Füße, die samt Schuhen und allem durchs Wasser planschen.

Aufrecht steht er da, die Hände in den Taschen seiner Jeans, und ich will wissen, was er denkt. Ich will unbedingt sein Gesicht sehen, die Linien in seiner Handfläche nachfahren, herausfinden, ob seine Lippen so weich sind wie in meiner Erinnerung, und schon frage ich mich, ob ich ihm auf die Schulter tippen muss. Da spüre ich, wie das Band zwischen uns straff wird.

Seine Schultern spannen sich an, seine Hände rutschen aus den Jeanstaschen und langsam wendet er sich mir zu.

Nolan Endsley sagt nicht ein Wort, aber ich kann fühlen, mit welcher Energie die Verbindung zwischen uns summt. Ich muss etwas sagen, irgendetwas, um diese schreckliche, schreckliche Stille zu brechen. Alle Worte, die ich eingeübt habe, alle Szenen, die ich im Kopf durchgespielt habe, verschwinden.

»Du bist im Wasser«, sage ich.

Nolan antwortet nicht. Ich sammle mich. Versuche, Wörter zu finden für das prickelnde Gefühl in meinen Fingerspitzen, das laute Schlagen meines Herzens.

»Es gibt ein Foto«, sage ich, »von zwei Menschen und sie sehen einander an.«

Nolan sagt nichts.

Ich weine jetzt schon. Ich schlucke schwer und rede weiter. »Sie … es ist idiotisch und ergibt keinen Sinn, denn sie kennen sich erst seit ein paar Tagen und alle werden sich über sie lustig machen, wenn sie es laut aussprechen, aber ich glaube, für sie könnte das Immer und Ewig gelten, das es sonst nur in Büchern gibt.«

Seine Augen glänzen im diffusen Licht der untergegangenen Sonne.

»Aber das ist noch nicht alles«, sage ich. »Sie lieben ihre gegenseitigen Geheimnisse. Sie liebt seine Tagebücher und er liebt ihre Fotos. Sie erträgt seinen geistesgestörten Hund und er lässt sie näher an sich ran, als er das sonst je zulässt.«

Nolan geht einen Schritt nach vorne, die Hand ausgestreckt.

Ich stürze darauf zu, stolpere über einen Seestein und richte mich an seiner Brust wieder auf. Es ist mir egal, wie kitschig es ist. Ihm auch.

»Es gibt ein Foto«, sage ich, als seine Lippen meine Stirn berühren, er die Augen niederschlägt, »von einem Mädchen. Sie trägt Kopfhörer, ihr Lieblingsbuch liegt auf ihren Knien und sie liebt dich. Sie weiß es noch nicht, aber sie wird dich kennenlernen und das wird der beste aller Anfänge werden.«

Er starrt mich an und mir wird klar, dass er mich ansieht, um seinen Mut zusammenzusammeln, als wäre ich *sein* Wal. Es ist eine Bürde und ein Privileg, die ich gerne auf mich nehme, und das versuche ich ihm zu sagen, mit meinem Lächeln, meinem Blick, dem Band, das zwischen uns pocht.

Dann küsst er mich, denn natürlich versteht er.

Und später werden wir Zeit haben, Zeit für hungrige Du-hast-mir-gefehlt-Küsse und Ich-werde-dich-nie-wieder-verlassen-Küsse und alles dazwischen. Aber jetzt genügt es uns, am See zu stehen, der kein Meer ist, und uns von dem klugen kleinen Wind das Haar zerzausen zu lassen und einfach zu sein.

Epilog

Wenn mein Leben ein Buch wäre, würde ich mit dem nächsten Kapitel hier beginnen, hinter dem Stativ meiner Kamera. Hier in meinem neuen Zuhause, im Gästezimmer von Val's, während ich Alex und Nolan fotografiere, die meine Kisten um das Waschbecken herumbugsieren.

Doch das hier ist kein Buch, es ist unsere Geschichte. Nolans und meine.

Und einstweilen bedeutet das: Fotokurse und Fechtunterricht und sogar eine Einführung in die Mikrobiologie – warum auch nicht – am Nachbarschafts-College und einen Job in der Buchhandlung. Es bedeutet wöchentliche Videoanrufe mit den Williams und ab und zu ein Telefonat mit meiner Mutter, die nie den Fernseher ausmacht, aber wenigstens drangeht.

Es bedeutet lange Nächte im Orman-Zimmer, Seite an Seite lesend mit Nolan, der des Öfteren sein Buch beiseite legt, um sich zu mir rüberzulehnen, meine Hand zu berühren und sich zu versichern, dass ich bleibe, worauf mein Herz antwortet: *Ja.Ja.Ja.*

Später mag das bedeuten, dass wir uns im Erdgeschoss von Val's bei unserer Hochzeit an den Händen halten, mit Alex als Trauzeugen und Mark, der mich an unseren Lieblingsbüchern und Lieblingsmenschen vorbei zum Traualtar führt. Es mag endlose Nächte bedeuten, in denen Nolan sein neuestes Buch für Legionen von Fans signiert oder die wir in Fotogalerien verbringen mit meinem Namen unter jedem noch so eigenartigen Rahmen.

Es könnte sanfte Schluchzer von mir bedeuten und beherzte Tränen von Nolan, als wir uns von Wally verabschieden, der im reifen Alter von sechzehn Jahren stirbt und – wie Nolan sagt – nach jahrelangem begründet vermuteten Hirntrauma. Es könnte die gleichen beherzten Tränen und sanften Schluchzer bedeuten, nur umgekehrt, als Val ein paar Jahre später an Krebs stirbt und uns mit ihren letzten Worten dazu auffordert, keine Idioten zu sein, und uns sagt, dass sie längst bereit ist, George einen Besuch abzustatten.

Es könnte eine außergewöhnliche Fügung bedeuten, wegen der wir die Leitung des Buchladens übernehmen und ein Zimmer an einen Klavierspieler namens Michael vermieten, der sehr sonderbar ist, von dem wir aber wissen, dass er Vals Klavierunterricht vertrauensvoll weiterführt. Es könnte gerahmte Fotos von Val, von Jenna, von Avery und Emily bedeuten, die im Buchladen über dem Kamin stehen.

Es könnte bedeuten, dass Nolan und ich einen bedeutungsvollen Blick wechseln, als an einem stürmischen Nachmittag eine junge Frau durch die Tür geweht wird, einen brausenden Wind im Rücken, auf Nolan zumarschiert und fragt, ob wir Arbeit für sie haben, weil sie es überall versucht hat und einfach nicht weiterweiß.

Jeder kann eine Geschichte davon erzählen, wie er das erste Mal die Chroniken von Orman gelesen hat, und das hier ist meine.

Ich mag nicht weiter vorblättern.

Danksagung

Zuerst möchte ich mich bei Thao Le bedanken, der großartigsten Agentin weit und breit und meiner leidenschaftlichsten Fürsprecherin. Ich muss mich noch immer kneifen, weil wir zusammenarbeiten können. Dein Enthusiasmus, deine immense Kenntnis des Verlagswesens und deine ausführliche Beratung, was diesen Neuling betrifft, ist ein Geschenk. Vielen Dank für alles.

Ich bedanke mich bei Vicki Lane, die an meine Charaktere geglaubt hat (und Wally verteidigt hat), und zwar von Anfang an; und die sich auch nicht über meine Theorien zur letzten Staffel von *Game of Thrones* lustig gemacht hat. Anders als diese Staffel hat meine Geschichte von einem engagierten Lektorat wie deinem und deiner Kompetenz profitiert und dafür werde ich immer dankbar sein.

Meine unendliche Dankbarkeit für das Team von Wednesday Books: Jennie Conway, Jessica Katz, Anna Gorovoy, Jeremey Haiting und alle anderen, die daran arbeiten, dass dieses Buch verlegt wird. Ich bin so glücklich darüber, Seite an Seite mit so vielen wunderbaren Autorinnen und Autoren Teil der Wednesday-Familie zu sein.

Ich danke Alaysia für ihre aufschlussreichen Kommentare und meiner großen Anzahl an am famosesten schreibenden Freundinnen: Lindsey, Karina, Amy, Kim, Meg, Clara und Kiara. Ich danke euch allen für eure schriftstellerische und moralische Unterstützung. Ihr habt dafür gesorgt, dass ich nicht verrückt geworden bin. Einen besonderen Dank an Jenna N., die mir erlaubt hat, ihren Namen zu leihen, auch wenn sie noch ganz schön sauer über das Schicksal ihrer Namensvetterin ist. (Tut mir leid, Jenna.)

Ganz viel Dankbarkeit und Lacher gehen an Cristin, Beth, Lynn und all meine Freunde vom Wordsmith Workshop für ihre endlose Liebe und Bereitschaft, Hunderte von Fragen zu beantworten: Ihr seid die absolut Besten, auch wenn unsere gemeinsame Zeit zu 99 Prozent aus Hühnerschnitzeln und seltsamen Dokumentarfilmen und zu einem Prozent aus Schreiben bestand. Anders hätte ich es auch nicht haben wollen.

Cassie, du bekommst einen ganzen Absatz nur für dich. Danke, danke, danke. Für die langen Telefonate, wo eine von uns oder auch beide der anderen etwas vorgekaut hat, für das fragwürdige Kartenlegen (Wale und Pferde für immer), die Besuche im Schokoladenladen, wenn es gut lief, und die Blumen vor der Tür, wenn es schlecht lief. Du bist die Kritikerin und Freundin meiner Träume und irgendwann werden wir wieder räumlich näher aneinander wohnen und das war's dann mit unserer Produktivität. Du hast diese Geschichte entscheidend mitgeprägt und sie ist dadurch besser geworden.

Meiner Familie möchte ich dafür danken, dass sie immer

an mich geglaubt hat, als ich nicht an mich selbst glauben konnte. Ein besonderer Dank an Mom, die mich jeden Sommer jede Woche mit in die Bücherei genommen und immer daran geglaubt hat, dass sie einmal mein Buch in den Händen halten würde; an Dad, der mich nie an Mom verpetzt hat, wenn ich nachts heimlich unter der Bettdecke gelesen habe, und an Amber, die jahrelang meine Geschichten beim Schaukeln ertragen musste und wenn wir Tierhandlung gespielt haben. Meine Liebe und Dankbarkeit geht auch an die Familie Ramos, an Cathy und Scott. Es gibt einen Grund dafür, dass ihr Teil des Familienabschnitts seid. Anders würde ich es auch gar nicht haben wollen.

Und schließlich an Eddie. Irgendwann in meiner Jugend oder Kindheit muss ich etwas Gutes vollbracht haben, dass ich hier gelandet bin auf dieser vergnügten Reise den gelben Ziegelsteinweg hinunter. (Übrigens, vielleicht sollten wir weniger fernsehen. Aber vielleicht auch nicht.)

Ashley Schumacher ist eine Jugendbuchautorin mit einem Abschluss in Kreativem Schreiben von der University of North Texas. Wenn sie nicht gerade liest oder schreibt, singt sie lautstark Disney- und Broadwaysongs, beschützt Snacks vor ihrem gierigen Golden Retriever, stickt oder spielt Mario Kart. Die Autorin lebt mit ihrem Ehemann und mehr Büchern, als genau genommen notwendig sind, in einer Kleinstadt bei Dallas, Texas. *Amelia – Alle Seiten des Lebens* ist ihr Debüt.

Barbara König, aufgewachsen in Asien, Irland und den USA, studierte Slavistik, Politik und Geschichte in Bonn und Moskau. Bücher begleiten sie schon ihr ganzes Leben lang, erst als Leserin, dann als Lektorin, Programmleiterin und Verlagsleiterin. Heute lebt sie als Literaturübersetzerin und Lektorin in Hamburg.

»Erinnert ein wenig an Bücher von John Green, und ist zumindest ebenso einfühlsam und lebensnah.«

Jugendbuch-Couch

Kyra Groh
Sicherheit ist eine verdammt fiese Illusion
Gebunden, 464 Seiten
€ 18,00 [D] | € 18,50 [A]
ISBN 978-3-03880-038-5

Arctis

Manchmal stellt Mia sich vor, ihre Krankheit wäre eine beneidenswerte Superkraft. Tatsächlich ist es aber ganz schön problematisch, wenn man keine Schmerzen empfinden kann und blindlings in alle Gefahren läuft. Das weiß Mia spätestens, seit sie ihre Mutter verloren hat. Die quälende Erinnerung daran ist gleichzeitig ihr größtes Geheimnis – bis sie Jake begegnet. Auch er kann sich seinem Kummer nicht stellen und versucht, ihm durch Kraftsport zu entfliehen. Obwohl die beiden so verdammt verschieden sind, scheint irgendetwas bei ihnen ganz genau zu passen ...